소설은 프랑스군이 강화도를 침략한 병인양요(1866)때부터 시작한다. 열 다섯 살 소년승려 이동인이 병인양요를 목도하며 미지의 문명에 눈을 뜨는 것부터 시작하여, 유홍기, 오경석, 박규수 등 개화 1세대들의 애국심과 개화에 대한 열정, 그들의 문도로 역시 조선의 개화를 위해 헌신하고자 했던 이동인 및 김옥균, 유길준, 홍영식, 박영효 등 젊은이들의 활약이 당시 조선 정권의 핵심이었던 홍선대원군을 위시한 훈구세력과, 명성황후를 비롯한 외척 민씨 일문의 정권 다툼 속에 박진감 넘치게 그려진다.

작가는 또한 당시 서구 열강의 개항 요구라는 우리와 흡사한 처지를 맞았던 이웃 나라 일본의 예에 관심을 기울인다. 1853년 일본 동경만 우라가항에 미국의 군함이 처음 들어온 이후 16년의 세월 동안 선각의 젊은이들이 국내의 혼란을 잠재우면서 '명치유신'에 성공하여 정신적, 물질적인 근대화를 성공적으로 이루어 낸 반면, 우리는 1866년 프랑스의 군함이 한강 양화 나루에 들어온 이후 똑같은 16년을 보내는 동안 우리 역사상 가장 걸출했던 선각자 한 사람을 암살로 죽였을 뿐이라는 것이다. 작가는 그 16년간의 성공과 실패가 21세기로 들어선 오늘의 일본과 대한민국의 격차를 무려 133년이나 벌려 놓았다고 말한다. 소설속에 소개된 사카모토 료마를 비롯한 일본의 젊은 선각자들이 조국의 근대화를 이루어가는 과정은 나라를 생각하는 사람들이라면 한번쯤 곱씹어 볼 만한 교훈을 담고 있다.

Design IS

이동인의 나라
2

신봉승

1933년 강릉에서 출생하여 강릉사범학교, 경희대학교 국어국문학과 및 동 대학원을 졸업하였다. 〈현대문학〉에 시·문학평론을 추천받아 문단에 나왔다. 한양대·동국대·경희대 강사, 한국시나리오작가협회 회장, 대종상·청룡상 심사위원장, 공연윤리위원회 부위원장, 1999년 강원국제관광EXPO 총감독 등을 역임하였으며, 현재 대한민국 예술원 회원, 추계영상문예대학원 석좌교수로 재직 중이다. 한국방송대상, 서울시문화상, 위암 장지연상, 대한민국 예술원상 등을 수상하였고, 보관문화훈장을 받았다. 저서로는 《대하소설 조선왕조 5백년》(전 48권) 《난세의 칼》(전 5권) 《임금님의 첫사랑》(전 2권) 《이동인의 나라》 등의 역사소설과 시집 《초당동 소나무 떼》 《초당동 아라리》 등과 역사에세이 《역사 그리고 도전》 《양식과 오만》 《문묘 18현》 《조선의 마음》 《직언》 《일본을 답하다》외 《TV드라마 시나리오 창작의 길라잡이》 자전적 에세이 《청사초롱 불 밝히고》 등이 있다.

이동인의 나라 2

지은이 **신봉승** · 발행인 **김윤태** · 발행처 **도서출판 선** · 교열 **김민경** · 내지디자인 **디자인이즈 정승연**
등록번호 제15-201호 · 등록일자 1995년 3월 27일 · 초판 1쇄 발행 2010년 7월 7일
주소 서울시 종로구 낙원동 58-1 종로오피스텔 1409호 · 전화 02-762-3335 · 전송 02-762-3371

값 11,000원
ISBN 978-89-6312-029 4 04810 · 전3권 978-89-6312-027 0 04810

이 책의 판권은 지은이와 도서출판 선에 있습니다.

이동인의 나라

2

보아라
조선 개항의 횃불을 짊어지고
스스로 불덩이가 된 선각의 젊음을

신봉승 역사소설

머리말

국민에게 바치는 소설

'선각先覺의 젊은이'란 얼마나 아름답고 멋진 명예인가.

강자에게는 강하고 약자에게는 자애로우며, 공명하고 정대하여 누굴 만나도 꿀림이 없는 도덕적 용기를 가진 젊은이들……, 나라의 미래를 위해 몸소 횃불을 짊어지고 스스로 불덩이가 되었던 선각자의 숭고한 희생이 있고 없음에 민족의 명운이 갈라지는 것이 역사의 가르침이다.

이동인李東仁은 30세의 아까운 나이로 헐벗고 가난한 조국 조선의 근대화를 위해 불꽃처럼 살다가 사라진 선각이지만, 이 땅의 교과서에는 단 한 줄도 나오지 않는다. 이 점에 대해 나는 역사학자들의 무책임을 수없이 질타해 왔다. 이동인이 없었다면 김옥균, 박영효, 홍영식, 서광범, 서재필 등 개화파의 젊은이가 탄생될 수 없다. 학자들이여, 왜 이 엄연한 사실을 외면하는가!

1980년, 영국 외무성에서는 비공개시효가 만료된 외교문서 『사토 페이퍼Satow Paper』를 공개하였다. 이 문건은 조선 말기의 외교사를 다시 써야 할 만큼 충격적인 내용을 담고 있다. 이 『사토 페이퍼』가 쓰인 시기가 1880년 무렵이니 장장 100년 만에 햇빛을 보게 된 셈이다.

문건을 적은 어니스트 사토Ernest Satow는 이동인이 일본국 교토에 있는 히가시 혼간지東本願寺의 승려가 되어 활동하고 있을 무렵, 주일 영국 공사관의 2등 서기관으로 근무하고 있던 37세의 외교관이다. 1880년 5월 12일, 그는 조선인 승려 이동인과 첫 대면을 한다.

"처음 뵙겠습니다. 제 이름은 아사노朝野라고 합니다."

"아사노라니요? 그것은 일본 이름이 아닙니까?"

"그렇지요. 그러나 나는 조선에서 왔으니까 조선 야만인Korean Savage이라는 뜻이지요."

너무도 구체적인 기록이다. 이동인은 어니스트 사토의 조선어 교사가 되어 그로부터 급변하는 세계의 정세를 익혀 가면서 조선의 선각자로 성장한다. 이에 앞서 「병자수호조약丙子修好條約」이 체결된 이듬해인 1877년, 일본인 승려 오쿠무라 엔신奧村圓心

과 그의 미모의 여동생 오쿠무라 이오코奧村五百子는 부산포에 상륙하여 동본원사東本願寺 부산 별원別院을 열고, 당시의 조선과 일본의 사정을 세세히 적은 『조선국포교일지朝鮮國布敎日誌』라는 희귀한 기록을 남겼다. 이 기록에도 청년 이동인과의 만남과 일본으로의 밀항 과정이 세세히 적혀 있다.

이 땅의 역사학자들은 왜 이 엄연한 사실史實을 끝까지 외면하는지 내 상식으로는 이해가 되지 않는다. 불행하게도 우리의 지식인들은 일본과 일본인들의 근대화 과정을 제대로 헤아리지 못한 채, 일본적인 사고로 세상을 바라보는 데 익숙해지고 말았다. 마침내 대한민국 정부수립을 선포한 지 반세기가 지나도록 식민지 사관의 늪에서 허덕이는 우리의 참담한 현실이 되었고, 젊은 지식인들마저 거기에 물들면서 자가당착의 모순에서 헤어나지 못하고 있다.

나는 이 모순된 현실을 자성自省하는 마음으로 역사를 주제로 한 여러 장르의 작품을 써 왔다. 그것이 정사正史를 대중화하는 작업이었고, 우리의 진솔하고 아름다웠던 삶의 모습을 복원하는 일이었으며, 민족의 자긍심을 일깨우는 일이었다. 이 힘들고 고달팠던 작업을 격려하고 지지해 준 이 땅의 지식인들에게 보은의 길을 찾는 것이 나의 소임임을 단 한 번도 잊은 적이 없다.

소설 『이동인의 나라』는 우리의 정신적인 근대화가 실패로 끝날 수밖에 없었던 근원을 세세히 살피면서, 일본국의 물질적·정신적 근대화 과정인 '명치유신明治維新'의 성공을 동시에 그려 간다. 그러므로 오늘 우리가 겪어야 하는 역사교과서의 왜곡 문제 등 한일 양국의 갈등이 어디에서 비롯된 것인지의 원천을 확연하게 살필 수가 있게 구성되었다. 선각의 지식인이란 국가가 아무런 변란 없이 태평할 때는 독물毒物이 되어 제거되기도 하지만, 천하가 위급할 때는 없어서는 아니 될 묘약妙藥과도 같은 절대적인 존재임을 이 소설은 확연하게 보여 줄 것으로 믿는다.

소설 『이동인의 나라』는 아버지가 먼저 읽고, 사랑하는 아들에게 선물해 주기를 바라는 간절한 염원을 모아서 썼다. 곧 자취 없이 사라질지도 모르는 '호연지기浩然之氣'를 다시 살려 낸다면 우리의 가정과 사회, 나아가서는 국가의 미래에 꿈을 심을 수가 있을 것이라는 확신 때문이다.

지난 40여 년 세월 동안 역사드라마를 쓸 때도, 역사를 입에 담으면서 전국을 누비고 다닌 강연장에서도 한결같이 분에 넘치는 찬사와 예우로 나를 이끌어 준 이 땅의 모든 국민들에게 이 한 편의 소설을 헌정하는 것으로 그 은혜에 보답하고자 한다.

2010년 2월
관훈동 '초당서실草堂書室'에서

차례

머 리 말 _ 국민에게 바치는 소설 4

새싹들 11

밀항의 실패 · 일본국 유신정부 · 동래부사의 무지
요원한 친정 · 새싹은 아직 어리고 · 진장방 별저

대원군의 퇴진 69

친정의 소용돌이 · 전쟁의 빌미 · 옹주의 죽음
대결의 구도 · 최익현의 상소 · 통용문의 폐쇄

정한론의 정체 117

정승의 자리 · 불타는 중궁전 · 정승의 소임
정한론 · 원자 탄생 · 위기일발

설득과 반발 165

미소년 민영익 · 대만 점령 · 의정부를 설득하고
환희와 인선 · 두 번째 작별

이동인의 바라춤　209
일본국 증기선 · 모리야마 시게루 · 바라춤
조영하의 상식 · 회담의 성과

폭탄 테러　255
배신과 좌절 · 병조판서와의 담판 · 폭탄 테러
사태의 진상 · 우여곡절

여걸을 위하여　295
방화 · 갑술년은 저물고 · 세자 책봉
여걸을 위하여 · 재회 · 판단 착오

운양호 사건　345
함포사격 · 운양호 사건 · 대토론 · 산홍의 편지
임박한 회담

강화도조약　395
입궁 · 중전과의 밀약 · 대원군의 편지
오경석의 문정 · 공포의 회담장 · 눈물의 조인식

새싹들

밀항의 실패

남해바다의 파도는 그림처럼 잔잔하다.

이동인李東仁은 도성으로 보낸 김정선의 소식을 기다리며 초조한 나날을 보내고 있다. 왜국으로 떠나야 하는 날이 이틀 앞으로 다가와 있었기 때문이다. 끝내 아무 소식이 없다면 그대로 떠나면 될 것이지만, 그래도 이동인은 스승 유홍기劉鴻基로부터의 소식을 애타게 기다리고 있다.

이 나라 조선의 개항開港에 관한 일이라면 아직은 백의정승白衣政丞 유홍기의 지도를 받는 것이 최선이라는 사실을 이동인은 굳게 믿고 있다. 그러므로 김정선이 도성에서 돌아와 밀항이 시기상조라는 유홍기의 완강한 뜻을 전한다면, 아무리 애써 마련한 배편이라도 포기하겠다는 마음의 준비까지도 이미 하고 있었던 터이다.

파도소리를 헤치는 발자국소리가 들렸다. 이동인은 황급히 몸을 돌린다. 예상대로 김정선이 다가오고 있다.

"오, 수고가 많았어."

"무불 선사께서 동행해 주셨습니다."

"아니, 무불이라니. 그 사람이 도성에 있던가?"

"예. 약국에서 만났습니다."

"이렇게 반가울 데가……. 어서 가세나."

이동인은 빠른 걸음으로 달린다. 무불無不 탁정식卓挺埴이 동행을 했다면 도성의 소식은 말할 것도 없고, 스승 유홍기의 당부도 전할 것이 아니겠는가. 임시로 마련된 거처로 들어서면서 이동인은 화통 같은 목소리를 토해 낸다.

"무불, 어디야."

무불 탁정식이 달려 나오면서 이동인을 덥석 당겨 안는다. 두 사람은 한참 동안이나 얼싸안은 채 서 있다.

"무사해서 다행일세."

탁정식이 이동인의 손을 잡아끌면서 방으로 들어간다. 주객이 전도된 형국이었으나, 탁정식으로서는 환경桓卿 박규수朴珪壽와 대치大致 유홍기, 원거元秬 오경석吳慶錫이 보낸 금봉金棒을 전하는 일보다 더 기쁘고 보람찬 일은 없다.

등잔불 밑으로 펼쳐진 한지에는 세 개의 노란 금봉이 빛을 뿜고 있다.

"하나는 환경 대감께서 친히 보내는 것이고, 나머지는 대치 선생과 원거 선생께서 마련하신 것일세."

"……!"

이동인의 얼굴에 눈물줄기가 흘러내린다. 일개 승려의 신분으로 대제학大提學 박규수의 신임을 받고 있다는 것, 더구나 왜국으로 밀항하여 선진문물을 살피라는 무언의 지지가 이동인의 허허해진 마음을 뒤흔들고 있음이 아니겠는가.

"장도壯途가 무사하기를 기원한다 하시더군……."

이동인이 세 개의 금봉을 움켜잡는 순간, 큰 돌덩이가 장지문을 뚫고 방 안으로 날아 들어와 구른다. 뒤이어 김정선의 다급한 목소리가 들려온다.

"선사님, 피하소서. 관아의 나졸들이 몰려오고 있사옵니다!"

"어서!"

두 사람은 번개 같은 몸놀림으로 방을 뛰쳐나갔으나, 이미 사립문 밖은 나졸들의 횃불로 대낮같이 밝다. 이동인과 탁정식은 급한 눈빛을 굴리며 피차의 작별을 고한다.

"무사하길 빌 것이네!"

누가 먼저랄 것도 없다. 달려드는 나졸들을 후려치면서 퇴로를 열어 가는 두 사람의 모습은 비호와도 같다. 탁정식은 사립문이 있는 앞쪽으로 달려 나가면서 뒤따르는 나졸들을 물리치고 있고, 이동인은 부엌문을 차고 들어가면서 뒷마당으로 달려 나간다.

"여기닷!"

10여 명의 나졸들이 뒷마당으로 몰려든다. 이동인은 그들 몇 사람을 패대기치면서 다급하게 몽둥이 하나를 낚아챈다.

"물러서라. 물러서면 살 것이니라!"

이동인이 몽둥이를 휘두를 때마다 바람이 갈라지는 소리가 들렸다. 그런 완력을 앞세우며 나장羅將 한 사람의 멱살을 잡아챌 때,

"이 사람, 동인, 이쪽이야!"

하는, 날카로운 소리가 들렸다.

탁정식의 목소리가 아닌데도 귀에 익은 소리다. 그러나 그가 누구인지를 괘념할 겨를이 없다. 눈앞으로 밀려드는 나졸들을 처치하지 않고서는 퇴로를 열 수가 없는 절체절명의 순간이 계속되고 있어서다.

"상전을 살리고 싶으면 썩 물러서렷다!"

이동인은 멱살을 잡은 나장을 방패로 삼으면서 담장으로 접근한다. 에워싼 나졸들이 포위를 좁혀 든다.

"물러서라. 이놈을 죽일 것이니라!"

이동인은 멱살을 잡은 나장의 면상을 후린다. 그의 비명소리가 주위를 놀라게 했음일까. 나졸들이 주춤 물러서는 기미가 보인다. 이동인은 잡고 있던 나장을 던지듯 그들에게 밀어 낸다.

나졸들이 비틀거리는 나장에게로 몰려들고 있을 때, 이동인은 훌쩍 담장을 뛰어넘어 어둠 속으로 잠겨 든다.

어촌의 골목은 좁다. 자칫하면 막다른 골목으로 들어설 위험도 있다. 이동인은 안간힘을 다해 바다와는 반대쪽……, 산길로 이어지는 언덕에 이르고서야 뒤돌아볼 여유를 찾는다. 천만다행으로 따르는 나졸들은 보이질 않는다.

'무불, 무사해야 해.'

이동인에게는 악몽과도 같은 순간이 아닐 수가 없다. 그는 아무렇게나 주머니에 쑤셔 넣었던 금봉 세 개를 확인하면서 안도한다. 노자는 얻었으되 뱃길을 잃은 딱한 지경이 된 셈이다.

이동인은 큰 고목에 등을 대면서 스르르 주저앉는다. 전신에 맥이 풀리면서 눈이 감긴다. 그리고 얼마의 시간이 흘렀는지 모른다.

서서히 주위가 밝아지고 있다.

지난밤의 악몽과는 사뭇 다른 맑고 신선한 아침이다. 이동인은 실눈을 뜨면서 주위를 살핀다. 새들의 지저귀는 소리가 들리는가 싶더니 다가오는 발자국소리가 들린다. 여러 사람이 아닌 한 사람이 다가오는 모양이다. 이동인은 발자국소리와 반대쪽으로 몸을 숨기면서 주위를 둘러본다. 퇴로를 살펴 두어야 하기 때문이다.

나뭇가지 사이로 다가오는 사내의 모습이 보인다. 상복 차림에 삿갓을 쓴 사내다. 이동인은 더 가까이로 다가선 상복의 사내를 보면서 소스라치게 놀란다. 의금부의 수의부위修義副尉 이승준 李承俊이기 때문이다. 그제야 이동인은 지난밤의 난중에서 "이 사람 동인, 이쪽이야!" 라고 소리친 사람이 그였음을 짐작한다.
"네 이놈, 게 섰거라!"
이동인이 화통같이 소리치자 이승준은 움찔 놀라면서 대지팡이에서 장검을 뽑아 든다.
"허허허, 수의부위가 예까지 웬 일이야."
이동인이 모습을 드러내며 너털웃음을 웃는다. 그제야 이승준은 긴장감을 풀면서 그를 반긴다.
"오, 동인 선사, 무사해서 다행이야……."
"허허허, 자네였구먼……. 지난밤 길을 열어 준 은인이……."
"동인 선사의 개죽음을 그냥 두고 볼 수가 있었어야지."
"하면……, 도성에서부터?"
"대치 선생의 간곡한 당부가 계셨거든……."
"아니, 뭐야?"
이동인은 적이 놀란다. 공동의 약국 근처를 맴돌면서 백의정승의 동태를 정탐하던 이승준이 아니던가. 그가 어찌하여 대치 선생의 당부라는 말을 입에 담을 수가 있는가.
"선사의 밀항을 확인하고 돌아오라는 분부를 받았는데, 여기와 보니 이미 통영統營 관아에 왜국으로 밀항을 기도하는 중놈이 있다는 밀고가 들어와 있었어."

"뭐가 어째……!"

"선사에게 배를 내주겠다고 한 바로 그놈이었어."

"이런 빌어먹을……."

이동인의 얼굴에는 분노와 회한이 함께 일어난다. 이승준의 말대로라면 잃었던 목숨을 다시 찾은 것과 무엇이 다른가.

"내가 먼저 선사의 거처를 급습하자고 했지. 소동이 벌어지면 능히 탈출할 수 있을 것이라고 믿었거든……. 허허허."

"웃음이 나오시는가!"

"그럼, 웃을 수밖에. 자, 일어서시지. 지금은 여길 벗어나는 것이 급해. 곧 대대적인 기찰譏察이 있을 테니까."

이승준이 빠르게 몸을 일으킨다. 이동인은 따르지 않을 수가 없다. 대치 선생의 심려가 이승준을 통해 전달되고 있다면 천우신조가 아니고 무엇인가.

두 사람은 거친 숨결을 뿜어내며 산길을 누빈다. 두 번째 마을에 들어섰을 때는 해가 중천에 떠 있다.

"시장하구먼……."

이승준은 거침없이 주막으로 들어가 평상에 걸터앉는다. 이동인은 지난날의 이승준이 아닌, 새로운 이승준의 언동이 싫지 않으면서도 경계를 늦추지 않는다. 뭔가 앙금이 가시지 않는 느낌 때문이다. 그러나 이승준은 다르다. 진심을 다한 접근을 시도

하고 있음이 완연하지 않던가. 두 사람은 우선 탁주 한 사발로 목을 축이고 본다.

"원량이 태어났다가 대변불통으로 죽질 않았나."

이승준이 전하는 도성의 소식은 이동인의 피를 끓게 한다. 특히 갓 태어난 원량元良(正妃의 맏아들)에게 산삼을 달여 먹인 홍선대원군興宣大院君의 무지가 그랬다.

"중전께서는 대원위大院位가 원량을 죽였다고 절치부심을 한다더군……."

"당연하지. 항문이 없는 핏덩이에게 산삼을 달여 먹였으니까. 하나……, 어차피 잘된 일이 아닌가."

"잘되긴……, 뭐가?"

"중전 마마의 분노가 크면 클수록 주상 전하의 친정親政이 앞당겨지지를 않겠나."

이동인이 화제를 앞당기려 하자 이승준은 냉정한 어조로 운현궁雲峴宮의 사정을 전한다.

"우리가 알고 있는 일을…… 운현궁에서 모른대서야 말이 되는가. 대원위 쪽 움직임이 벌써부터 심상치가 않다고 들었으이."

"심상치가 않다니……?"

"아직 세세히 알지는 못하나, 일련의 개혁정책을 추진하는 것을 빌미로 자신의 반대세력들에게 철퇴를 내릴 계책을 세우고 있다는 게야. 그리 되면 자네의 신변은 둘째 치고 백의정승의 약국까지도 안심할 수가 없질 않겠나."
"……!"
 이동인의 뇌리에는 불현듯 박진령朴眞鈴의 모습이 떠오른다. 그녀가 중궁전에 출입하고 있다면 고종의 친정을 외치는 외척들의 반격태세를 짐작할 수가 있을 것이기 때문이다.
 이승준은 이동인의 속내를 읽었던 모양으로 박진령의 근황도 입에 담는다.
 "다슬의 말로는 약국에 있는 지구의地球儀가 중궁전으로 들어갔다고 하더군……."
 "하면……?"
 "중전께서도 신문물에 눈을 뜨시기 시작한 것이 아니겠나."
 아, 이동인의 가슴이 두근거린다. 만에 하나라도 조선의 개항에 중전 민씨가 힘이 되어 준다면 그야말로 천군만마의 원군이 아니고 무엇인가.
 실제로 중전 민씨는 박진령의 지혜로 급변하는 세계의 정세에 큰 관심을 보이면서 접근하고 있었으나, 이승준이나 이동인의 처지로는 짐작하지도 못할 때다.
 "나와 함께 도성으로 올라가세. 동인의 은신처는 내가 마련해 줄 테니까."
 이동인은 잠시 허공으로 시선을 던진다. 그리고 조용히 입을 연다.

"먼저 올라가시게. 곧 뒤따를 것일세."
"헛……, 아직 날 믿질 못하겠는가."
"그럴 수도 있겠지."
이동인이 몸을 일으키자 이승준이 당황해한다.
"이 사람, 동인!"
"만났으면 되었질 않았나. 모든 것을 본 대로만 전해 주시게나."
그리고 이동인은 훌쩍 주막을 나선다. 그리고 무엇엔가 쫓기는 사람처럼 빠른 걸음으로 오던 길을 달려간다.
"이 사람, 동인!"
이승준이 다시 한 번 목청을 높였으나 이동인은 뒤도 돌아보지 않고 어딘가로 향해 달려간다.

일본국 유신정부

"조선과의 교린交隣도 세계의 추세에 따른다."

마침내 일본국 유신정부의 바람이 조선을 향해 불어오기 시작한다. 이때까지만 해도 대마도對馬島의 도주島主는 세직世職(대대로 이어 가는 자리)이었고, 조선 조정과의 교섭은 그들에게 맡겨져 있었다. 그러나 유신에 성공한 일본국의 새 정부는 조선과의 교린업무를 외무대신의 소관으로 완전 이관하였다.

"조선 조정에서는 우리 일본국 유신정부의 체제를 이해하기는 고사하고 외무대신이라는 말도 모를 것인데……, 교린이 되겠는가."

그랬다. 지난 수백 년 동안 조선 조정은 일본 정부를 얕잡아 보았고, 따라서 대마도주로 하여금 일본 정부와 내왕하게 하는 것이 고작이었다. 따라서 일본 정부의 외무대신을 인정할 까닭이 없을 것이라는 게 일본국의 고민이다.

"무력을 동원한다면 조선의 오만방자를 고칠 수가 있을 것으로 알아요."

"무력을……!"

"그렇지요. 무장한 화륜선 몇 척을 부산포에 보내 화공火攻을 시도한다면 우리 일본국의 국력을 이해하지를 않겠습니까."

"그렇습니다. 이번 기회에 우리 일본국을 얕잡아보는 조선의 오만방자를 다스려야 하지를 않겠습니까."

"오, 허허허, 그게 좋겠구먼……."

"곧 조선에 파견할 외무성의 정예를 선발하겠습니다."

"음, 서둘러 주게."

명치유신明治維新의 성공은 새로운 일본국을 탄생하게 하였다.

1853년, 동경 만 남쪽의 우라가浦賀에 나타난 미국 함대가 일본국의 개항을 요구하면서 필모어Millard Fillmore 대통령의 국서를 전하겠다고 엄포를 놓으면서 시작된 미일수교의 요구가 이른바 존황토막尊皇討幕의 거센 물결을 불러일으켰고, 그 물결은 놀랍게도 1868년 9월 8일(양력 10월 23일), '명치개원明治改元'을 선포하면서 종결된다. 단 15년이라는 짧은 기간에 270년 세도의 도쿠가와 막부德川幕府를 때려뉘면서 소위 천황天皇을 섬기는 새로운 군주국가로 탈바꿈하는 데 성공하지를 않았던가.

명치유신의 이전만 해도 일본국의 백성들에게는 이름은 있어도 성은 없었다. 일본국의 유신정부가 근대적인 호적제도를 확립하고자 한 것은 호적을 정비하여 징병제徵兵制를 실시하기 위해서다. 이른바 부국강병富國强兵을 실현하기 위한 기반조성을 다지면서 일본국 규슈九州의 나가사키長崎와 중국 상해上海 간에 해저통신을 개설하는가 하면, 국민들의 무지를 깨우치기 위해서 문부성文部省(교육부)을 설치하여 각급 학교를 열었고, 새로운 지도자로 부상한 이와쿠라 도모미岩倉具視 등 주요인사들로 하여금 유럽을 시찰하게 함으로써 서양의 문물과 교육제도를 몸소 체험하게 하여 새로운 일본국에 적용하는 등 부국정책에 사력을 다하고 있다.

미국의 동인도함대東印度艦隊 사령관인 페리Matthew C. Perry 제독에게 밀리면서 일본국은 유신의 길로 들어서게 되었듯……, 교활하게도 일본국의 유신정부는 미국에게 당했던 똑같은 방법으로 조선의 문호를 열겠다는 속셈이다.

마침내 고종 9년(1872), 일본국 유신정부는 외무성 관리들인 모리야마 시게루森山茂, 히로쓰 히로노부廣津弘信 등 10여 명의 정예관리를 선발하고, 그들을 무장한 기선에 태워 부산포에 있는 초량草梁 왜관에 파견한다. 물론 조선과의 강압적인 교섭에 임하게 하기 위해서다.

한편, 조선 조정은 왜국과의 모든 문제를 동래부사東萊府使 정현덕鄭顯德과 왜학훈도倭學訓導 안동준安東畯에게 일임해 두는 등의 구태의연함만 고수하고 있었던 탓으로 조정의 뜻과는 아무 상관없이 대일외교는 꼬여 갈 수밖에 없었다.

새롭게 태어난 일본국 유신정부의 공식문서가 조선에서는 동래부사의 선에서 처리된다. 이 무지하고 어처구니없는 사태는 전혀 개선될 기미를 보이지 않는다.

"허어, 이런 무례한 것들이 있나. 이 따위 해괴한 문서는 접수할 수 없다!"

동래부사 정현덕은 초량 왜관을 통하여 전달된 일본국 외무대신의 서계書契를 접수조차도 하지 않고 돌려보낸다. 일본에서 보낸 서계에는 일본국의 통치권자들이 쓰는 도장이 찍혀 있어야 하는 것이 지금까지의 통례다. 그 도장은 조선의 예조禮曹에서 만든 철인鐵印을 반으로 쪼개어 양쪽에서 사용하고 있었는데, 그것을 서로 맞추어 봄으로써 위조가 아닌 진짜 서계임을 확인하는 절차를 두고 있었다.

초량 왜관에서 머물고 있던 모리야마 시게루는 분통을 참지를 못한다.

"이자들이 함포사격을 맞아야 정신을 차릴 것인가."

"아직은 일러요. 한 번 더 시도를 해 보고 함포를 쏘아도 늦질 않아요."

모리야마 시게루는 끔, 하고 신음을 토하면서 히로쓰 히로노부의 충고를 따르기로 마음을 굳혔으나, 정작 동래부사 정현덕의 고집불통은 요지부동이나 다름이 없다.

"철인이 찍히지 않은 서계는 접수할 수가 없다."

"일본국의 신정부는 모든 교린문서는 외무대신의 직인으로 성립한다고 합니다."

왜학훈도 안동준이 겁먹은 목소리로 부연해 본다.

"그런 생떼를 인정할 수가 없다는데도!"

실로 엄청난 무지가 아닐 수 없다. 피 흘려서 이룩한 근대 일본 정부가 반쪽으로 나누어진 종래의 철인을 인정할 까닭이 있을까. 일본국의 급변을 까맣게 모르고 있었던 동래부에서는 당연히 전례에 따른 철인의 사용을 고집할 뿐이다.

"철인도 철인이려니와 문면의 방자함은 또 무엇이야!"

동래부사 정현덕에게는 철인뿐만 아니라 서계에 적힌 문면도 마음에 들지가 않는다.

시세時勢가 일변하여 대정大政이 귀일황실歸一皇室하였으니 양해하라.

지금까지는 대마도의 수령 이름으로 보내지던 서계가 이번에는 '좌근위소장左近衛少將'이라는 들어 보지도 못한 생소한 이름으로 바뀌어 있었고, '대정이 귀일황실' 하였다는 말이 무엇을 뜻하는 것인지도 알 수가 없다.

일본국의 급변에 대응책을 세우기는 고사하고, 그 급변을 눈치 채지도 못한 동래부사 정현덕과 왜학훈도 안동준의 무지만을 탓할 수는 없다. 흥선대원군을 비롯한 조정의 신료들도 대외정세에 무감각하기는 막상막하나 다름이 없었다.

몇 달이 지나도록 조선과의 교섭에 아무 진척이 없자 일본국 외무성 관리를 안내하고 온 사가라 마사키相良正樹는 안동준을 찾아와서 위협적인 어투로 따지고 든다.

"일본국 정부가 파견한 공식사절이외다. 동래부사와의 면담을 주선하시오."

"이거야 원……, 서계를 믿을 수 없는데 공식사절이라니. 쓸데없는 짓거릴랑은 삼가고 그만 돌아가라지 않았는가!"

"이것 보시오. 우리 일본국의 요구를 가감 없이 조선 조정에 전하는 것이 통변通辯의 소임이 아닌가!"

"내가 비록 통변이나……, 일본과의 교섭 절차를 위임받은 사람임을 잊지 마시오!"

안동준이 단 한 발자국도 물러설 기미를 보이지 아니하자 사가라 마사키는 최후의 통첩을 입에 담는다.

"그렇다면 우리들 스스로 관원들을 이끌고 동래부로 갈 것이니 후회 마시오."

안동준에게는 기가 찰 노릇이다. 왜관에 머물고 있는 일본인들은 허가 없이 초량을 벗어날 수가 없도록 규정되어 있는데도 사가라 마사키가 관원들을 이끌고 동래부로 가겠다면, 조선의 국법까지도 무시하겠다는 도발이 아니고 무엇인가.

"말을 삼가라. 그대들이 조선의 국법을 어기고서도 무사할 수 있으리라 보는가!"

"우리는 갈 것이니 그리 아시오!"

"이런 무엄한……!"

안동준이 언성을 높였으나 소용없는 일이다. 내란과 폭동을 방불케 하는 유혈참극을 극복하면서 이루어 낸 명치유신이 아니던가. 그런 엄청난 소용돌이를 헤쳐 나온 사가라 마사키는 모리야마 시게루 등과 함께 초량 왜관의 관원들을 이끌고 동래부로 향한다.

"아니, 저자들이!"

초량을 떠난 왜인들의 무리가 거리를 활보하는데도 누구 하나 제지하는 사람이 없다. 그들은 모두 민간인 복색이면서도 소총을 메고 있었기 때문이다.

그들이 동래부의 대문 앞에 이르렀을 때는 꽤 많은 조선인들이 따라왔다.

"초량 왜관에서 왔소. 부사의 거처로 인도하시오!"

모리야마 시게루가 서툰 조선말로 더듬거린다.

"당장 돌아가라. 그대들 왜인들이 초량을 벗어난 것은 대죄를 받아서 마땅할 것이니라!"

"동래부사를 면담하겠다질 않았는가."

사가라 마사키가 다시 언성을 높이자 일본인들은 장총을 벗어 앞에총의 자세로 고쳐 든다. 바로 그때 격노한 동래부사 정현덕이 병사들을 거느리고 달려 나온다. 병사들은 재빨리 집총執銃한 일본인들을 포위한다.

"내가 동래부사 정현덕이니라. 무슨 일로 조선의 국법을 어기면서까지 난동을 부리느냐?"

"이건 난동이 아니오. 어서 우리 일본국의 서계를 접수하시오!"

모리야마 시게루는 서계가 든 봉투를 정현덕의 앞으로 내밀면서 항변한다. 정현덕이 호락호락할 까닭이 없다.

"서계의 접수와는 상관없이, 너희들은 조선의 국법을 어겼느니라. 감옥으로 가겠느냐, 왜관으로 돌아가겠느냐!"

"갈 때는 가더라도 서계는 접수하시오!"

"이런 못된 것들이 있나. 감옥으로 가겠느냐, 초량으로 가겠느냐고 물었느니라."

"......!"

정현덕의 노여움이 거세질 기미를 보이자 비로소 일본인들은 엉거주춤 물러설 기미를 보인다. 정현덕은 그때를 놓치지 않는다.

"조용히 돌아간다면 오늘 일은 불문에 부칠 것이로되, 그렇지 않은 경우가 있다면 초량 왜관까지 폐쇄할 것이니라. 알았거든 당장 물러가렷!"

조선 병사들은 재빨리 총을 든 일본인들을 옥죄듯 포위한다.

"돌아가라. 당장 돌아가렷!"

일본인들을 겹겹이 에워싼 조선 병사들이 움직이기 시작하자 총을 든 일본인들도 속수무책인 모양이다. 들고 있는 소총으로 조선 병사 몇 사람은 죽일 수가 있을 것이었으나, 끝내는 중과부적으로 모두가 몰살을 면치 못할 것이기 때문이다.

초량 왜관으로 돌아온 모리야마 시게루는 격노한다.

"철관으로 대처합시다."

철관撤館이란 초량 왜관을 철수하자는 것으로 외교적인 면에서는 최강책이나 다름이 없다. 사가라 마사키가 신중론으로 맞선다.

"철관이 급한 것이 아니라, 서계부터 접수하는 것이 우리의 소임이 아닌가."

"어차피 전단戰端(전쟁을 일으킬 빌미)을 구해야 하지를 않겠소. 저들이 먼저 초량 왜관을 폐쇄하겠다고 했으니까, 우리는 그것을 빌미로 삼으면 된다니까."

"하면, 서계의 접수는 어찌하고?"

"우리가 철관하면 저들의 반응도 달라질 것이오. 우선 기선汽船까지라도 철관을 단행하자니까."

모리야마 시게루의 강경론을 따르기로 한 외무성의 관리들은 초량 왜관의 모든 관원들을 이끌고 기선으로 돌아가면서 동래부사에게 철관하였음을 통고한다.

철관, 동래부사 정현덕은 외교적인 의미에서의 철관을 정확히 헤아리지 못했다. 그러므로 왜인들의 소행이 괘씸하기만 하다.

'금수만도 못한 것들이다.'

그러나 일본 측은 달랐다. 새로운 유신정부를 수립하고 서양의 문물을 받아들이면서 부국강병의 나라를 만들기 위해 몸부림치고 있었던 일본국은 미리견米利堅(미국)이 그들에게 했던 것처럼 군함의 위력과 잘 훈련된 병사들을 동원해서라도 조선 반도를 지배하겠다는 이른바 '정한론征韓論'까지 대두되던 시기가 아니던가.

동래부사의 무지

이 무렵, 이동인은 다시 금정산金井山 범어사梵魚寺로 돌아와 통영에서 헤어졌던 무불과 함께 머물면서 동래 관아와 초량 왜관의 움직임에 신경을 곤두세우고 있다.

'대체 무슨 꿍꿍이속이란 말인가.'

부산 앞바다에 닻을 내린 일본국의 기선에는 일장기가 나부끼고 있었고, 하루에도 몇 번씩 작은 보트가 내려지면서 초량 왜관 사이를 내왕한다는 소식이 이동인을 불안하게 한다. 그리고 며칠 후, 일본국 외무성 관리들이 동래 관아로 몰려가 서계를 받아 줄 것을 강청하다가 조선 병사들에게 포위된 채 초량 왜관으로 돌아왔다는 소식은 이동인을 더욱 남감하게 하였다. 생각만 같아서는 당장이라도 부산진으로 달려 나가고 싶었으나 왜학훈도 안동준의 눈에 뜨일까 걱정되어 마치 연금과 같은 생활을 자처하고 있는 형편이다.

　왜학훈도 안동준을 만나고 돌아온 무불 탁정식이 전하는 초량 왜관의 소식은 이동인을 더욱 자지러지게 한다.

　"이봐, 동인, 초량 왜관의 모든 일본인들이 저들의 기선으로 돌아가면서 철관을 선언했다는 게야!"

　"하면, 동래부사는……?"

　"그야 희희낙락일 테지. 초량 왜관의 폐쇄를 먼저 입에 담았던 위인이니까."

　"이렇게 무지하고 미련할 수가 있나. 왜관이 철관하면 전쟁이 난다는 것을 왜 몰라!"

　이동인은 소리치듯 말하면서 몸을 일으킨다.

　"어딜 가려고."

　"부사를 만나야지. 저들의 철관을 내버려 두면 부산은 쑥밭이 된다니까."

　"아니, 이 사람이 왜 이러나. 안동준이 자넬 잡아서 요절을 내겠다는 판국에 부사를 만나다니."

　"차라리 내가 잡혀서 매를 맞는 일이 있어도 저들의 철관만은 막아야 해!"

　"……!"

　"무불 잘 들어. 내가 동래부사를 만나고 나면 지체 없이 도성으로 갈 테니까, 자넨 왜인들의 동태를 더 소상히 지켜보았다가 광통방廣通坊으로 달려오게나. 알겠나."

이동인은 촌각의 여유도 두질 않고 승방을 뛰쳐나간다. 탁정식으로서는 물불을 가리지 않는 이동인의 용기가 부러울 따름이다.

동래 관아로 달려가는 이동인의 발걸음은 범과 같이 빠르다. 만에 하나라도 왜학훈도 안동준과 마주친다면 척화비斥和碑 공방을 불태운 죄로 형언하기 어려운 고초를 겪을 것이 분명하다.

동래 관아는 아무 일도 없다는 듯 덩그렇게 솟아 있다. 이동인은 해가 지기를 기다렸다가 관아의 담장을 넘는다. 아전들과 시비를 벌이느니 월장을 해서라도 정현덕과 담판하는 것이 더 효과적일 것이라는 생각에서다.

관아의 내정까지 스며든 이동인은 사위를 살핀다. 천만다행으로 인적은 없다. 그는 소리 없이 대청으로 올라 동래부사 정현덕이 거처하는 사랑으로 스며들었다.

"웬 놈이냐……!"

정현덕은 소스라치게 놀라면서 언성을 높인다. 이동인은 손가락을 입술에 올리면서 조용히 말한다.

"화급을 다투는 일을 진언코자 왔습니다. 잠시만 참아 주소서."

"화급……?"

이동인은 정현덕의 턱밑까지 다가가 앉으면서 초량 왜관의 철관을 방치한다면, 저들의 기선이 부산진을 포격하는 빌미가 될 것임을 경고한다.

"이치가 아주 간단하질 않습니까. 저들은 대마도에서 온 사람들이 아니라 일본국 유신정부에서 파견한 외교관입니다."

"외교관이라니. 대체 일본국 유신정부라는 것이 뭐라는 것이야."

"지금의 일본국을 다스리는 것은 옛날 막부가 아니라……, 새롭게 수립된 유신정부라는 사실을 아셔야지요."

"이렇게 답답하긴……, 그 유신정부라는 것과 나하고 무슨 상관이라는 게야."

"상관이 없다니요. 부사 어른께서는 저들의 서계를 접수하여 조정으로 보내는 것으로 소임을 다하는 것이 아니겠습니까."

"그리는 못 해. 저들의 국서라는 것이 얼마나 오만하고 방자한 것인지를 자네 같은 승려가 알기나 하는가."

정현덕은 벌컥 언성을 높이면서 일본인들의 서계에 적힌 바를 설명한다. 실제로 저들이 보인 서계에는 '황조皇朝', '황상皇上'이라는 말을 예사로 쓰고 있었고, 또 '봉칙奉勅', '조정朝廷'이라는 말도 쓰는가 하면……, 심지어 조선을 '귀국貴國'이라고 적고 있다.

"저 무도한 왜인들이 감히 우리 조선을 귀국이라고 할 수 있는가!"

이동인은 퉁명스럽게 반문한다.

"하면, 상국上國이라고 써야 받겠다는 말씀입니까."
"그렇게까지는 않더라도 지금까지 지켜 온 관행은 따라 줘야지!"

동래부사 정현덕의 의지는 무식한 대로 완강할 뿐이다. 이동인은 일본국 유신정부의 성격을 설명하고 서계를 받는 것이 새로운 시대를 열어 가는 길임을 간곡히 설득한다.

"어림없는 소리. 왜국과의 교섭은 동래부사의 전권이라는 것이 국태공國太公 저하의 엄명임을 모르는가."

그 점만은 엄연한 사실이다. 지난 수백 년 동안 왜국을 업수이 여겨 온 조선 조정은 동래부사에게 전권을 일임해 두고 있었다.

"지금은 국태공의 시대가 아니라는 사실을 아셔야지요."
"무엇이라. 하면, 누구의 시대란 말인가."
"주상 전하께서 성년이 되시질 않았습니까. 이젠 주상 전하의 친정으로 나라를 보존해야지요!"
"이런 못된 중놈이 있나……. 밖에 아무도 없느냐!"

정현덕이 밖을 향해 언성을 높인다. 이동인은 뛰쳐나갈 태세를 갖추면서 마지막 말을 입에 담는다.

"대원위의 그늘에서 헤어나시오. 부산포는 왜인들에게 봉변을 면치 못할 것이오!"

"뭣들 하느냐. 당장 이놈을 잡아 가두질 않고……!"
"오래 살고 싶으면 일본국의 서계를 접수하여 조정으로 보내시오!"
 이동인의 말이 채 끝나기 전에 방문이 열리면서 기세등등한 나졸들의 모습이 드러난다. 이동인은 재빨리 정현덕을 낚아채며 팔을 꺾는다.
 "대문까지만 잠자코 동행해 주시오."
 이동인은 팔이 꺾인 정현덕을 앞세우고 방을 나선다. 나졸들은 두 사람을 둥글게 에워싼 채 걸을 수밖에 없다.
 "잘 들으시오. 기선으로 돌아간 왜인들이 화포를 쏘기 전에 저들의 서계를 접수하여 도성으로 보내시오. 그것이 화근을 면하는 길일 것이오."
 삐걱, 동헌의 대문이 열린다. 이동인은 정현덕을 앞세운 채 대문을 나선다. 사위는 온통 어둠뿐이다.
 "사또, 내 말 명심하시오."
 이동인은 나졸들이 있는 쪽으로 정현덕을 세차게 밀어 버린다. 정현덕이 비틀거리자 나졸들은 모두 그에게로 달려든다. 이동인은 지체 없이 어둠 속으로 몸을 날린다.
 칠흑 같은 밤길을 재촉하는 이동인의 발걸음은 허둥거린다. 새로운 일본국과의 관계를 개선하지 않고서는 큰 불행을 자초하게 될지도 모른다는 것이 이동인의 확고한 신념이었다.

요원한 친정

 정무를 살피지 못하는데도 임금이랄 수가 있을까.
 육신이 노쇠하였다던가, 환후가 깊어서 심신을 가누지 못한다면 대리섭정代理攝政을 명할 수도 있지만, 성년이 된 고종의 경우는 사정이 다르다. 그는 아버지 흥선대원군에게 왕권을 박탈당한 것이나 다름이 없었기 때문이다.
 "몸소 친정을 선포하시면 그만 아닌가."
 유홍기가 격앙된 목소리로 짜증을 토하자, 그나마 조정의 사정을 환하게 꿰고 있는 오경석은 고개를 저으면서 말한다.
 "워낙 효성 지극하신 전하가 아니신가."
 "그건 효성이 아니라 우유부단일세. 지금이 어디 훈구들에게 국사를 맡겨 놓을 때라던가!"
 서구의 문물은 파도처럼 밀려오는데, 자신들의 기득권만을 지키기 위해 몸부림치고 있는 훈구세력들에게 나라의 대사를 맡겨 둔다면 새로운 국제정세에 대응할 수 있는 근대국가를 열 수 없다.

"대원위의 노탐이 아니고서야!"

그렇다. 노탐老貪보다 더 추한 것은 없다. 탐욕에 젖은 사람들이 그러하듯이 흥선대원군 이하응李昰應도 스스로 비참한 종말을 자초하고 있으면서도 시시각각 다가오는 큰 불행조차도 감지하지 못하고 있다.

"상께서도 노심초사는 하고 계실 것일세."

"그런 기미라도 보인다던가?"

"중전 마마께서도 자주 진언하신다고 들었네만……."

열두 살 어린 보령으로 보위에 올랐다지만, 중전 민씨와 같은 정치성향의 지어미를 거느렸고, 민승호閔升鎬 형제들이 자신의 친정을 열망하고 있음을 안다면, 아니 면암勉菴 최익현崔益鉉과 같은 선비가 흥선대원군의 실정失政을 통박하고 나선 판국이면 자신의 친정을 염두에 두지 않을 수가 없다.

"아버님……, 그간의 노고가 크셨사옵니다. 이제부터 소자가 만기萬機를 친재親裁하고자 하오니, 아무 심려를 마오시고 편히 쉬소서."

아무리 태산교악泰山喬嶽과 같은 흥선대원군이라고 하더라도 고종이 용기백배하여 이같이 아뢴다면 어찌 될 것인가.

"그 무슨 당치 않으신 분부십니까. 보령 유충幼冲하신 주상께서 만기를 친재하신다 하여 이 어려운 때를 슬기롭게 넘길 수가 있다고 보십니까. 이 애비는 임금의 자리를 탐하고 있는 것이 아니라……, 모든 악덕을 짊어지더라도 오직 튼튼한 나라를 만들어서 주상으로 하여금 성군의 이름을 만세에 남기게 하려는 충정임을 아셔야 할 것이오이다."

고종의 친정이 시기상조임을 조목조목 따지고 드는 홍선대원군의 핏발 선 눈빛을 상기하면서 고종은 고개를 절레절레 젓고 만다. 게다가 홍선대원군의 심복들로 구성된 의정부가 여기에 동조를 한다면 오히려 공론이 장기화될 위험까지 있다. 사정이 그러하다면 고종으로서는 섣불리 나설 수도 없는 노릇이다.

유홍기가 침통하게 말한다.

"순리나 타협으로 결판이 날 일이 아니야. 강제로 퇴출시킨다면 모를까……."

"누가, 누가 감히 천하의 대원위를 강제로 퇴출하게 해. 의정부가 모두 대원위의 수족들인데."

"대체 외척들은 뭐하고 있다는 것이야!"

물론 외척이란 민승호 형제를 중심으로 한 여흥 민씨驪興閔氏 일문을 말한다. 하다못해 그들이라도 부추겨서 대원군의 전횡을 물리치지 않고서는 개항과 개혁이 공론화되기 어렵다는 뜻이다.

"중전께서 몸소 나서신다면 모를까……, 민문에 기대를 걸기는 어려울 것일세."

"……!"

유홍기는 할 말이 없다. 정치적인 야망이 힘으로 성취되는 것이라면 아직 흥선대원군을 에워싸고 있는 훈구세력을 꺾을 수 있는 새로운 정치세력은 없다. 그렇다고 중전 민씨를 부추겨서 왕실의 분란을 자초하게 한다면 그 분란을 수습하기는 더욱 어려워질 것임은 불을 보듯 뻔한 노릇이다.

"그 정한론이라는 게 도지기 전에 우리도 전열을 가다듬어야 하질 않겠나."

정한론征韓論이란 무엇인가. 글자 그대로 조선을 정벌하자는 사람들의 주장이다. 일반적으로는 명치유신을 이루어 낸 주역 중의 한 사람인 사이고 다카모리西鄕隆盛를 정한론의 주역으로 보는 경향이 있으나, 기실 정한론이란 그보다 훨씬 전에 발의된 일본국 지식인의 자부심이나 다름이 없다.

일본국 근대화의 상징인 명치유신의 주역들에게 호연지기浩然之氣를 심어 주면서 새로 태어날 일본국을 위해 목숨을 초개같이 버려야 한다고 가르친 요시다 쇼인吉田松陰도 정한론자의 수괴로 거론된다. 그렇다면 그로부터 호연지기를 배우면서 그의 사상을 교본처럼 간직하고 있는 유신정부의 지도자들은 모두가 내심 정한론을 지지하고 있지를 않겠는가.

또 게이오의숙慶應義塾(지금의 게이오의숙대학)을 설립하여 일본인 청년들에게 신문물과 신사고를 일깨우고 있는 후쿠자와 유키치福澤諭吉(일본 화폐 1만 엔권에 그려진 초상화의 주인공)는 일찍부터 '탈아입구론脫亞入歐論'을 주장하여 일본인 젊은이들을 설레게 하였다. 그가 주창하는 '탈아입구론'의 실체는 '일본국은 아시아를 떠나서 서구의 열강과 어깨를 나란히 해야 한다'라는 것으로 정한론보다 한 술 더 뜨고 있는 것이나 다름이 없다.

오경석으로부터 일본국 유신정부의 눈부신 활동상을 전해 듣고 있던 유홍기는 입속이 마르는 안타까움을 토해 냈으나 오경석의 대답은 비정하기만 할 뿐이다.
"현책賢策이 없어……!"
나라 안의 사정은 고종의 친정을 명분으로 내세우면서 흥선대원군의 퇴진을 앞당겨 보겠다는 민씨 일족의 밀계가 연일 도모되고 있는데, 바다 건너 일본 땅에서는 조선 침공설의 모태나 다름이 없는 '정한론'의 시비로 내란이 일 조짐까지 보이고 있었다면 두 나라의 사정이 얼마나 대조적인가.

새싹은 아직 어리고

 광통방으로 들어서는 이동인의 옷자락은 땀에 흠뻑 젖어 있다.
 동래를 떠난 이동인은 기선으로 철관한 일본인 외무성의 관리들이 대포를 쏘는 등의 무력도발을 자제해 주기만을 소망하면서 낮밤을 가리지 않고 도성을 향해 달려왔다. 왜인들이 초량 왜관에서 기선으로 철관한 것은 전단을 구하고자 하는 농간이라는 것이 이동인의 판단이다.
 "이 사람, 동인……!"
 뜻밖으로 그의 앞을 막아서는 사람이 있다. 이승준이다.
 "오, 승준이. 조정에서 초량 왜관에 관한 설왕설래가 있던가?"
 "왜, 초량에서 또 무슨 일 있었는가?"
 "아니면 되었어."
 이동인은 통영에서 헤어진 이승준과의 재회를 즐길 겨를이 없다. 그는 허둥거리는 걸음으로 유홍기의 약국으로 들어선다.

"선생님, 송구하옵니다."

"송구하긴……. 통영에서의 일은 수의부위에게 전해 들었어."

"아, 예……."

이동인은 유홍기의 곁으로 다가앉으면서 말머리를 급하게 돌린다.

"선생님, 재동齋洞 환경 대감 댁으로 가시지요."

"재동이라니, 무슨 일인데?"

이동인은 동래부사 정현덕이 일본국 유신정부의 외교관이 제출한 서계를 접수하지 않은 사실과 마침내 초량 왜관이 기선으로 철관했다는 사건을 세세히 설명하고 나서 언성을 높인다.

"동래부사 정현덕의 무지함과 오만함이 일을 그르쳐도 아주 크게 그르치질 않겠습니까. 부산포에 정박한 기선은 무장을 하고 있습니다."

"무장을……?"

"그렇다니까요. 일본국의 서계를 접수하지 않은 것은 조선의 실책이 분명하지를 않습니까. 저들에게 무력을 사용할 수 있는 빌미를 주고 있다니까요."

"……!"

유홍기는 시선 둘 곳을 찾지 못한다. 이동인의 언동을 보아서는 부산진에서의 일이 예사롭지를 않아서다.

"지금이라도 동래로 파발을 보내서 저들의 서계를 접수하게 하자면, 환경 대감께서 나서지 않고서는 불가능하지를 않습니까."

"그렇기는 하네만……."

때를 같이하여 환경 박규수로부터 전언이 왔음을 알리는 최우동의 목소리가 들렸다.

"원거 선생님과 함께 재동으로 오시랍시는 환경 대감마님의 분부가 계셨다 하옵니다요."

"오, 마침 잘되지 않았나. 어서 가서 뵙세."

유홍기와 이동인은 약국을 나서면서 오경석에게도 기별한다. 이동인은 길을 걸으면서도 일의 심각함을 거침없이 토로한다.

"이 일을 예사롭게 보시면 아니 됩니다. 미리견에게 일격을 당하면서 개항을 시작한 왜국이 아니옵니까. 그 신생 일본 정부가 우리 조선을 향해 그 흉내라도 내는 날이면……."

"흉내라니……?"

"무력으로 조선의 개항을 요구하는 사태를 생각하지 않을 수가 없지 않사옵니까."

"……!"

"유신이 성사된 지 몇 년이 되었다고 무장한 기선을 타고 부산진에 들어온답니까. 이건 우리 조선을 만만하게 보고 있음이 아니옵니까. 불연이면 함포를 쏘아서 전단을 얻겠다는 속셈일 테고요."

유홍기는 이동인의 비약이 지나치다고 생각한다. 겨우 엊그제 개항에 성공한 신생 일본 정부가 조선을 상대로 미리견의 흉내를 낼지도 모른다는 것이 어디 말이나 될 법한 소린가. 유홍기의 생각이 이러하다면 조선의 식자들 또한 알아듣지 못할 것은 불문가지의 일이다.

재동 박규수의 집 솟을대문은 이미 열려 있다. 하인 종속들의 분주한 움직임을 보아서는 또 다른 내객이 있는 것으로 보인다. 아니나 다를까, 박규수의 거처인 큰사랑 댓돌에는 주인 것이 아니고도 네 사람의 갖신이 더 놓여 있다.

"대감마님, 대치장께서 오셨습니다."

"어서 뫼시어라."

유홍기와 이동인이 박규수의 거처로 들자 유길준俞吉濬이 이미 와 있었고, 낯모를 젊은이가 세 사람이나 더 앉아 있었는데 그중의 하나는 애티가 가시지 않은 소년이었다.

"대감, 소승 문안 여쭈옵니다."

이동인은 밀항에 실패한 일을 사죄하듯 정중한 예를 올린다.

"허허허, 통영에서의 분발은 백의정승을 통해서 듣고 있었지. 기다리노라면 기회는 다시 오지를 않겠나."

"그렇기는 하옵니다만……, 여비까지 받았던 처지라 송구하기 그지없사옵니다."

유길준이 몸을 일으켜서 유홍기와 이동인이 앉을 만한 공간을 비워 주고 다시 좌정을 한다.

"소승 동래에서 오는 길이옵니다만……, 왜국의 유신정부는 우리 조선에서 전단을 구하고 있음이 분명하옵니다."

"전단이면……, 저들이 전쟁이라도 일으킨다는 말인가."

박규수는 흠칫 놀라면서 반문한다. 이동인은 초량 왜관의 철관과 거기에 대처하는 동래현감 정현덕의 무지를 맹렬히 비난하면서 지체 없이 이 위급한 사태를 의정부에 고해 줄 것을 웅변으로 입에 담는다.

"나도 동인 선사의 뜻에 동감하나, 지금으로서는 무망한 일일세."

"무망하다니요. 국운이 걸린 일이라니까요."

"왜국과의 교섭은 동래부사에게 일임해 두질 않았나."

"대감, 그 명을 다시 거두어 예조로 하여금 관장하게 하셔야지요. 일개 동래부사 따위에게 한 나라의 외교를 맡겨 놓을 수가 있다고 보시옵니까."

"……!"

"조선 조정이 이렇게 한가하고서도……, 이렇게 허송세월하고서도 진정 개항이 이루어질 것으로 보시옵니까. 이젠 대감께서 나서 주시지 않으신다면 나라의 앞날이 심히 위태롭사옵니다."

박규수는 침통한 표정으로 고개만 끄덕일 뿐, 아무 현책도 입에 담지를 못한다. 이동인은 답답한 심중을 가누지 못한 채 유홍기의 표정을 살폈으나, 그 또한 시선을 천정에 던져 둔 채 말이 없다.

"원거장께서 드셨사옵니다."

"어서 뫼시어라."

유길준이 재빨리 몸을 일으키며 방문을 연다. 오경석이 방으로 들어서자 이동인도 일어선다. 그는 조금은 어색해진 목소리로 사죄의 말부터 입에 담는다.

"송구하옵니다. 소승은 원거장께서 보내 주신 노자로 주유천하는 했습니다만……, 밀항의 뜻을 이루지 못했사옵니다. 용서하소서."

"허허허, 장해요. 동인은 일당백이라니까. 아니 그렇습니까, 대감마님."

"그렇다마다. 암, 일당백이다마다. 허허허."

오경석의 가세가 방 안의 분위기를 일신하게 하였다. 그러나 이동인에게는 초량 왜관의 일을 매듭짓지 못한 것이 못내 아쉬울 뿐이다.

화제를 바꾸듯 박규수가 부드럽게 부연한다.

"이 아이가 이번에 영혜옹주와 혼인하게 될 부마도위일세."

좌중의 시선은 일제히 박규수가 소개하는 미소년에게로 쏠린다. 준수하리만큼 아름답고 앳된 용모다.

유길준은 그 미소년을 지켜보면서 전에 없이 세차게 가슴이 두근거리는 것을 느낀다. 그것은 운명적인 만남이라는 교감과 같은 것이기도 하였다.

"전에 도사都事를 지냈던 박원양朴元陽의 아들이네. 이름은 영효이고 나이는 열두 살이야……."

조선 개항의 주역이나 다름이 없는 박영효朴泳孝가 영혜옹주永惠翁主와 혼인하게 됨으로써 유홍기, 오경석, 이동인 등 개항의 선각자先覺者와 자리를 같이하게 되었다면 운명적인 만남이 아니고 무엇인가.

영혜옹주는 선왕인 철종 임금이 남긴 유일한 혈육이다. 철종에게는 왕비와 후궁들 사이에 5남 6녀의 소생이 있었으나 애석하게도 여섯 달 남짓 살았던 원자를 포함하여 모두 일찍 죽고, 오직 숙의 범范씨 소생인 영혜옹주만이 살아 있다.

박영효는 열두 살 어린 나이로 그녀의 지아비가 되어 금릉위錦陵尉의 위세를 누리게 된다. 후일 그가 개화세력의 구심점이 될 수가 있었던 것도 따지고 보면 부마도위駙馬都尉(임금의 사위에게 주던 칭호)라는 유리한 입지가 있었기 때문이다.

박규수는 곧 부마도위가 될 박영효와 나란히 앉은 또 한 사람의 소년을 가리키며 입을 연다.

"그 곁이 영교泳敎라고 영효의 형이 되는구먼……. 총명한 아이들이니 많이 가르치고 다듬어야 할 것일세."

부마도위의 형이라면 크게 관심을 두지 않아도 된다. 이동인은 그의 곁에 앉아 있는 또 한 사람의 젊은이에게 시선을 보낸다. 박규수는 그들의 궁금증을 풀어 주듯 환하게 웃으면서 단정한 모습으로 앉아 있는 젊은이를 소개한다.

"지난번 알성시에서 장원급제한 김옥균일세. 서로 알고 지내노라면 도움 될 일도 있지를 않겠나."

"아, 예. 빈도貧道 이동인이라 하오만……."

잠시 소란스러울 만큼 허리를 굽히고 언성을 높이는 수인사가 거침없이 진행된다. 유홍기, 오경석, 이동인 등은 김옥균金玉均을 동지로 맞아들이고 있었으므로 구태여 반상班常의 예를 갖출 일은 아니었지만, 유길준은 사대부이면서도 김옥균에게 악수를 청할 만큼 파격의 수인사를 건넨다. 김옥균에게는 곤혹스러운 일이 아닐 수가 없다. 그렇다고 한성판윤漢城判尹에 대제학을 겸하고 있는 박규수의 면전에서 반상의 법도를 거론하면서 불편해할 수도 없다.

김옥균이 잠시 미간을 찌푸리며 뒤틀려 오는 심기를 추스르고 있을 때 박규수가 근엄한 목소리로 다시 입을 연다.

"영교와 영효도 잘 들어야 할 터이지만……, 특히 옥균이가 명심해서 들어야 할 것이니라. 오늘부터 저기 앉아 계시는 세 분을 너희들의 스승으로 삼아서 극진히 섬기고 받들어야 할 것이니라."

"……!"

김옥균의 시선이 불빛을 뿜어낸다. 명문의 핏줄로 태어나 이미 등과까지 하였는데, 그것도 임금이 친임하는 알성시謁聖試에서 장원급제의 영예를 누렸는데 의원, 역관, 승려 따위를 스승으로 삼아서 극진히 섬기고 받든대서야 말이 되는가.

"반상의 법도만으로 따진다면 저들이 어찌 너희들의 스승이 되겠느냐만……, 학문을 배우고 경륜을 익히려고 한다면 비록 천민이라고 할지라도 스승으로 받들 수가 있어야 어진 선비라 할 것이며, 그것을 부끄러워해서는 참선비일 수가 없느니!"

"천민에게까지도 말씀이옵니까?"

김옥균은 마치 항변이라도 하듯 상기된 목소리로 묻는다. 박규수의 대답은 인자하면서도 칼날과 같이 이어진다.

"일찍이 조선 성리학性理學의 거벽이신 정암靜庵(趙光祖의 호) 선생께서는 하찮은 피장皮匠(갖바치)과 교유하면서 학문을 논하시고, 도학정치를 구현하고자 하시지를 않았더냐. 학문이나 경륜을 바로 익힐 수가 있다면 비록 오랑캐에게 배운다 하여도 부끄럽게 여겨서는 아니 될 것이니라."

"오랑캐에게까지 말씀이옵니까?"

김옥균은 예리한 눈빛을 굴리면서 다시 한 번 반문한다. 어린 시절을 양부를 따라 강릉의 지방 관아에서 보낸 김옥균에게는 반상의 개념이 남다를 수밖에 없다. 김옥균이 박규수의 말을 이해할 수가 없음은 당연한 일이고도 남는다.

"이를 말이더냐. 배움을 구하면서 수치심을 느낀다면 그 배움이 이루어질 까닭이 없느니. 저기 네 스승들의 면면들을 소상히 살펴보아라."

김옥균은 다시 유홍기, 오경석, 이동인 등에게로 뜨거운 시선을 보냈고, 박규수는 곧 부마가 될 박영효의 어깨를 다독거리며 소개의 말을 이었다.

백의정승이라 불리는 유홍기의 학문을 소개하면서는 유불선 儒佛仙에 통달했다고 극찬하였고, 역관 오경석을 말할 때는 이 나라 금석학金石學의 대가이며 서양의 문물과 국제정세를 꿰뚫어 보는 선각자라고 했으며, 그들의 문하에 들어와 조선의 개항에 몸을 던진 이동인은 왜국에 밀항을 결심할 만큼 열혈 같은 정열과 의지를 불태우고 있으니 모두가 본받아 마땅한 선각일 것이라고 힘주어 말한다.

김옥균은 박규수의 설명을 들으면서 두 주먹이 불끈 쥐어지는 혈기를 느끼면서도 가슴 한가운데 자리한 회의를 지워 내지 못하고 있다.

"허허허, 그리고 보니 길준일 빠뜨리지 않았나. 저기 나이 어린 유길준은 내 문도이자 저들의 문도이기도 하지. 스승의 길을 따르기 위해 과장에 나가기를 거부한 용기 있는 젊은이가 아니겠나."

"과거를 거부하고서야……."

김옥균이 유길준을 바라보면서 가당치 않다는 투로 중얼거리자, 유길준은 마치 기다리고 있었다는 듯 김옥균을 향해 입을 연다.

"우리 조선도 이제 새로운 문물과 선진제도를 받아들여서 근대적인 국가로 발전해 나가야 할 줄로 압니다. 그러기 위해서는 먼저 반상의 법도가 혁파되어 모든 백성들이 평등하게 살아갈 수 있게 해야 되지를 않겠습니까."

"……!"

"혹세무민惑世誣民이라 하여 그토록 핍박을 받으면서도 천주를 신봉하는 사람들이 날로 늘어나는 것은 거기에 반상과 남녀의 차별이 없기 때문인 줄로 압니다. 또한 동학이 그 세를 번창할 수 있었던 것도 따지고 보면 인내천人乃天이라는 저들 나름대로의 평등사상이 있었기 때문인데……, 이 땅의 사대부들은 대체 언제까지 중인中人과 천민 들의 위에 군림하려고 한답니까."

이동인은 놀라지 않을 수가 없다. 자신이 잠시 도성을 비운 사이에 어린 유길준이 어찌 저리도 성숙해질 수가 있었다는 말인가. 그는 마음속으로 박수를 치면서 다시 유길준을 주시한다.

"세계는 급변하고 있고, 그 여세가 우리 조선으로 밀려오고 있다면 우리도 거기에 발맞추어야 하지를 않겠습니까. 저 또한 사대부가의 자손이기에 솔선하여 나섰습니다. 새로운 근대국가를 만들기 위해서는 사대부가 먼저 나서야 할 것으로 압니다. 등

과만이 능사가 아니라는 생각은 그래서 생긴 것이지 장원급제를 욕보이고자 하는 것은 아닙니다. 오해 마시기를 바랍니다."

유길준의 설변이 어찌나 진지하고 설득력이 있었는지 놀란 사람은 김옥균이 아니라 박규수다. 유홍기, 오경석 등도 유길준이 아직 나이 어리다 하여 그의 성장을 유심히 살펴보지를 않고 있었는데, 오늘 비로소 굳건한 개항사상으로 무장되어 있음을 확인할 수가 있었던 것은 큰 기쁨이고도 남았다.

김옥균은 이미 빨갛게 상기된 안색 때문에 시선 둘 곳을 찾지 못하여 당황해하고 있었으나, 열두 살 난 박영효는 유길준의 의젓한 모습에 감동하는 기색이 완연하다.

열일곱 살 소년인 유길준이 입에 담은 평등사상과 개항사상은 당시로서는 상상을 초월하는 것이고도 남는다. 그러기에 유홍기는 유길준과 김옥균의 토론이 계속되기를 은근히 바라고 있다. 오경석과 이동인이라 하여 마다할 까닭이 있을까. 그들에게는 의젓하게 성숙한 유길준의 모습이 한없이 자랑스러울 수밖에 없다.

"허허허, 알성장원이 어리둥절해하는 지경이면 길준의 신학문이 제법 숙성하지를 않았나."

"그러하옵니다. 대감께서 한번 시험해 보시는 게 어떨까 합니다……!"

"그건 알성장원을 예우하는 것이 아닐 테지. 오백 년 이상을 지탱해 온 학문과 풍속이 무너지는 이치를 어찌 단숨에 터득할 수 있음이던가. 옥균은 들으라."

"예……."

"뜻을 세우는 일에는 가르치는 사람보다 배우는 쪽에서 더 애를 써야 얻음이 있을 것이니라. 영효 너도 명심하고……."

"예. 대감마님……."

박영효가 먼저 상체를 숙여서 입문의 예를 올리자 김옥균도 자세를 고쳐 앉으면서 허리를 깊게 굽혀 보인다. 선각의 길에 나선 사람들은 모두 흐뭇해하는 표정들이다.

여기서 우리는 박규수의 거처에 모여 앉은 사람들의 면면을 눈여겨 살펴 둘 필요가 있다. 유홍기, 오경석, 이동인은 이미 개화에 눈뜬 선각들이다. 이들은 백성이라는 말보다는 '민초民草'라는 말을 선호하고 있으며, 조선의 개항과 평등사상을 입에 담고 있다. 이들을 개화 1세대라고 부른다면, 개화 2세대에 해당하는 김옥균이 22세, 유길준이 17세, 박영효가 12세라면 조선의 개항사상이 싹트기가 얼마나 어려운 시기인가를 미루어 짐작할 수가 있을 것이리라.

진장방 별저

　재동 박규수의 사저를 나선 이동인의 마음은 편하지가 않다. 김옥균을 비롯한 박영효 등 젊은 인재들을 만났다고는 하더라도, 동래부사 정현덕과 왜학훈도 안동준의 무지를 응징할 수 있는 현책을 세우지 못한 것이 못내 아쉽고 답답해서다. 따라서 기선으로 철관한 일본인들의 행패가 몹시 걱정되는 것도 당연하다.
　'너무 우유부단하질 않은가!'
　이동인은 박규수의 내심을 알 길이 없다. 개항의 필요성을 누구보다도 절감하고 있는 유일한 고위관직이면서도 자신의 확고한 의지를 펼치지 못하고 있는 것은 고사하고, 문도들에게조차도 행동강령을 지시해 주는 일이 없다.
　"아직은 때가 아닐세."

대동강을 거슬러 올라왔던 미국 상선 제너럴셔먼General Sherman 호가 화공火攻으로 격침되고, 프랑스 해병대가 강화섬을 유린했던 병인년의 양요도 어언 6년 전의 일이 되었고, 또 지난해에는 미국 해병대에 의해 강화도가 다시 쑥밭이 되는 신미년의 양요가 있었질 않았는가. 서구 열강의 출현을 계기로 이웃나라 일본국은 15년이라는 짧은 기간에 내란과도 같았던 혼돈을 수습하면서 새로운 유신정부를 세우고 부국강병을 부르짖고 있는데, 조선은 두 차례에 걸쳐 서양 문물에 시달려야 하는 귀중한 체험을 하고서도 변화한 거리에 척화비를 세워서 서양의 신문물을 배척하고 증오하고 있었다면 참으로 놀라운 대조가 아닐 수가 없다.

이동은 "아직은 때가 아닐세!"라고 말하는 박규수의 말에 흥미를 잃어 가고 있다. 그는 왕실과 조정을 무너뜨리는 반정反正을 해서라도 조선의 개항을 실행해 보이고 싶을 뿐이다.

달이 없는 밤이라 인적은 없다. 이동인은 자꾸만 허허해지려는 심중을 가누면서 골목 모퉁이를 돌아서는데 황급히 앞을 막아서는 사내가 있다. 얼핏 보아도 사대부의 행색은 아닌 것 같다.

"웬 놈이냐!"

이동인은 재빨리 한 발 물러서면서 찌르듯 묻는다.

"동인 선사님이시죠?"

말투가 공손한 것으로 미루어 해코지를 할 사람은 아닐 것이라는 생각이 든다.

"웬 놈이냐고 물었느니라."

"은밀히 모시랍시는 당부가 계셨습니다."

"은밀히……, 누가?"

"가 보시면 아십니다. 따르소서."

말을 마친 사내는 빠르게 뒤돌아서면서 걷는다. 지난해 척화비를 훼손한 일로 수배를 받아 온 이동인이 아니던가. 아무리 1년여 동안을 떠돌다가 다시 돌아온 도성 거리라고 해도 아직은 마음을 놓을 처지가 못 된다.

'금부의 앞잡이면……!'

그랬다. 마음이 내킬 까닭이 없다. 이동인은 빠르게 몸을 돌리면서 골목길을 달린다. 날렵한 몸놀림으로 두 번째 골목을 벗어났을 때 잠시 전에 만났던 사내가 앞에 서 있다. 어둠 속이었는데도 웃고 있는 얼굴이 분명하다.

"달아나셔도 부처님 손바닥입니다요."

"대체 누구의 당부라는 것이야."

"아직도 짐작을 못하셨습니까요?"

이동인은 그제야 박진령의 당부일 것이라는 생각이 든다.

"이런 젠장……, 당장 앞장서렷다!"

두 사람의 발걸음은 비호와 같이 빠르다.

진장방鎭長坊도 어둠에 잠겨 있다. 장안에서도 명당으로 소문난 길지인 데다 경관이 빼어나서 고대광실이 즐비한 곳, 앞서 걷던 젊은 사내가 멈추어 선 곳은 그야말로 하늘을 찌를 듯한 솟을대문 앞이다.

"병판 대감께서 쓰시던 진장방 별저別邸옵니다."

"하면, 민승호 대감의……."

"바로 보셨습니다. 진령 아씨께서 이 별저를 아주 뺏어 버렸습니다요."

"뺏았다니……?"

얼마나 놀라운 일이던가. 아무리 중궁전에 드나드는 박진령이기로 어찌하여 나는 새도 떨어뜨린다는 외척의 두령인 민승호의 별장을 뺏을 수가 있다는 말인가. 여기에는 그만한 사연이 있다.

민승호가 수원유수水原留守로 밀려났다가 병조판서兵曹判書로 다시 내직에 들어오면서 민규호閔奎鎬가 도승지都承旨에 제수되고, 민겸호閔謙鎬가 예조참판禮曹參判으로 승차되는 등 외척의 핵심들이 임금의 손발이나 다름이 없는 요직을 차지하게 되자, 그 두령 격인 민승호는 중전 민씨의 대은에 오금을 못 쓰게 되었다.

그 무렵 중전 민씨는 박진령의 강론으로 서구의 문물에 눈뜨고 있던 때다. 오대양과 육대주가 그려진 지구의를 돌리면서 박진령의 변설을 듣고 있노라면 곧 새로운 미래가 열려 올 것만 같은 희열에 들뜨곤 하였다. 따라서 중전 민씨는 잠시도 박진령과 떨어져 있고자 하지를 않았다.

중전 민씨는 보다 가까운 곳에 박진령의 거처를 마련해 주고 싶다면서 병조판서 민승호에게 강권한다.

"오라버니, 진장방에 참한 별저가 있다면서요. 그걸 이 아이의 거처로 주었으면 어떨까 해서요."

물론 박진령이 먼저 귀띔해 둔 것이지만, 중전 민씨의 후광이 곧 자신의 미래임을 아는 민승호로서는 감히 거역할 수 없는 명이기도 하다.

"이를 말씀입니까. 내일이라도 옮기도록 하겠사옵니다."

"호호호, 고맙습니다. 이제야 한시름 놓게 되질 않았나."

박진령이 진장방에 있는 민승호의 별저를 차고앉았다는 사실은 여러 가지 의미를 내포한다. 박진령을 향한 중전 민씨의 신임이 얼마나 두터운가를 입증하는 것이기에 그녀의 의견이 때로는 중전 민씨의 뜻을 대신할 때가 있음을 의미하는 것이고, 따라서 개항의지를 펼쳐야 하는 유홍기, 오경석, 이동인 등의 신진세력들에게는 큰 힘이 되고도 남을 일이다.

솟을대문이 열리면서 수진방의 판수가 나와 선다.

"아니, 동인 선사……."

"허어, 이거야 원."

"따르시오."

판수는 이동인을 기다리고 있었다는 듯 성큼성큼 그를 별채로 인도한다.

"아씨께서 선사의 서재로 정한 거처오이다."

판수가 물러가자마자, 방문이 열리면서 박진령이 버선발 그대로 댓돌을 내려선다.

"선사님……!"

박진령은 거침없이 이동인의 가슴팍으로 날아든다. 이동인으로서도 마다할 일은 아니다. 두 사람은 으스러지듯 두 팔에 힘을 모은다. 힘차고 아름다운 포옹이다.

"얼마나 기다렸다고요."

박진령의 교성嬌聲이 이동인의 귓바퀴를 맴돈다.

"허허허, 그야 이를 말이겠느냐. 나 또한 그러했던 것을……!"

"거짓말."

이동인은 대답 대신 그녀의 입술부터 덮친다. 칠흑 같은 어둠은 헤어졌던 정인들의 재회를 감싸 주기에 안성맞춤이다.

두 사람은 손을 잡은 채 대청으로 오른다. 이동인은 선경仙境으로 들어서고 있다는 착각을 떨쳐 낼 수가 없다. 어디를 흐르는지 조잘거리는 시냇물소리가 들리면서 시원한 바람이 코끝을 스쳐 간다. 이동인은 감격한 듯 천천히 주위를 둘러보고서야 방으로 들었다. 선비가 책을 읽는 데 필요한 문구들이 갖추어진 방이다.
이동인은 그제야 생각난 듯이 묻는다.
"아까, 나를 인도한 녀석이 퍽 영특해 보이던데?"
"아, 고영근이라고 죽동竹洞 대부인마님의 사동使童입니다."
"대부인마님의 사동이 왜?"
"호호호, 저간의 사정이 어디 어지간했어야지요. 그야말로 삼국지인 것을요."

애초에 박진령을 신임한 것은 죽동 대부인 이씨였다. 중궁에서 일어나는 일들을 입에 담는 참언讖言이 신통한 데다가 범절도 남달랐고, 제법 아는 것이 많아서 중전 민씨의 좋은 말벗이 될 것이라고 기대하였기에 중궁에 천거하였는데, 아니나 다를까, 중전 민씨는 동갑내기 박진령의 수렁으로 빠져 들기 시작하였다.
중전 민씨는 박진령을 극도로 신임하고 있다. 중궁과 죽동 간의 은밀한 연락까지도 그녀에게 맡기는 빈도가 높아지면서 대부인 이씨를 비롯한 병조판서 민승호는 부리는 겸복傔僕(사랑과 안채의 일을 두루 맡아 보는 하인)까지 그녀에게로 보내 모든 편의를 돌보아 주게 하고 있다.
고영근高永根도 그중의 한 사람이다. 워낙 눈치 빠르고 민첩한 고영근은 후일 중전 민씨의 심복이 되어 겸복의 신분으로 경상도 관찰사觀察使로 발탁이 되고, 중전 민씨의 시해 사건이 있고 나서는 고종의 밀명으로 일본 땅으로 건너가 도피 중인 우범선禹範善(농학자 禹長春의 아버지)을 살해하고 법정에 서게 되는 등, 그야말로 중전 민씨의 손발로 성장하게 되는 인물이다.

방 밖으로 등촉 빛이 어른거리더니 주안상이 들었다는 전언이 있자, 박진령이 몸소 주안상을 받아서 이동인의 앞에 놓는다.
"문안 여쭈옵니다."
박진령은 새삼스럽게 큰절을 올리고 다소곳이 앉는다. 이동인에게는 눈시울을 적시고도 남을 감격이 아닐 수 없다. 그는 무릎걸음으로 진령에게 다가가 손을 잡아 다독이며 말한다.
"대치장으로부터 자네의 활약은 전해 들었네만, 장하달밖에……, 달리 무슨 할 말이 있으리."
박진령은 반길 수 있는 모든 것을 흐느낌에 담은 듯 어깨를 들먹이며 한참 동안이나 울고 있다. 이동인은 그녀의 격정이 가라앉기를 기다릴 수밖에 없다.
"이제야 미진하나마 스님을 도울 수 있게 되었사옵니다."
"고마우이……. 대견하이."
박진령은 끝없이 이어질 것만 같았던 흐느낌을 진정하고 술잔을 채운다. 이동인은 그녀의 애틋한 성정을 몸으로 받아들인다. 합환의 잔이나 다름이 없는 정겨운 순배巡杯를 거듭하면서도 두 사람은 선후를 가리는 냉정함을 잃지 않는다.

"중전 마마께오서 전하의 면전에서 지구의를 돌리면서 서구 열강의 문물을 입에 담으셨사옵니다."

"……!"

아, 이동인의 가슴이 쿵쿵거린다. 이 땅의 사대부들이 그 쥐꼬리 같은 기득권을 지키는 일에만 매달려 있는 판국에 국왕이 몸소 서구의 문물을 깨닫기 시작했다면, 개항을 주도하려는 세력에게는 그야말로 희망이 아닐 수가 없다. 그러나 이동인에게는 아직 초량 왜관의 일이 걱정스럽기 그지없다.

"혹, 부산에서 날아든 불미한 소식은 없더냐?"

"왜국이 조선을 침공해 온다는 소식이 있었사옵니다."

"……!"

어찌 놀랍지 않으랴. 초량 왜관이 기선으로 철관한 것을 목격한 것이 엊그제의 일인데 침공이라니, 무엇이 그리 급하게 돌아가고 있다는 말이던가.

사단의 실마리는 대략 이러하다. 청나라의 예부禮部에서 조선 조정을 위한다는 구실로 심각한 정보 하나를 전해 주었다. 그것은 일본국 규수九州 출신의 야도 준슈쿠八戶順淑란 자가 홍콩香港에 머물면서 일본의 유신정부가 조선을 무력으로 침공할 것이라고 호언장담한 것을 광동廣東에서 발행하는 『중외신문中外新聞』이 소상하게 기사화한 것이었다.

일본이 지금 80여 척의 화륜선火輪船을 건조하여 군사적으로 조선을 침공할 계획인바, 개춘화난開春花暖한 계절이 되면 일본도 조선으로 진병進兵, 침공하게 될 것이다.

기막힌 노릇이 아닐 수 없다. 이 정보에 놀란 흥선대원군이 왜학훈도 안동준을 도성으로 불러들이고서야 비로소 초량 왜관이 동래부와의 갈등으로 철관하는 등의 소동이 있었음을 알게 되었다. 그런 판국에 영의정 홍순목洪淳穆은 혼찌검을 내서라도 왜인들의 방자한 소행을 다스리라고 언성을 높였다면, 대일정책의 난맥상이 어느 지경에 이르러 있었는지를 알고도 남는다.

이러한 때에 청나라 예부에서 일본국의 침공설을 은밀하게 전해 주었으니 그 파장은 클 수밖에 없다. 그러면서도 그 정보를 확인할 수 있는 통로조차도 찾지 못하고 있는 조정이다.

"중전 마마께서 서양의 문물에 눈뜨셨다면······."
"아직은 대원위 대감의 세상이 아니옵니까."
"······!"

이동인은 고개를 떨굴 수밖에 없다. 수구세력의 두령이나 다름이 없는 흥선대원군이 '양이攘夷 · 보국保國'을 부르짖으면서 척화비의 수를 늘여 간다면 개항은 아득히 멀어질 뿐이다.

"허락이 계신다면……, 소녀가 중전 마마께 일본국의 사정을 좀 더 소상히 고해 올릴 수도 있사옵고, 불연이면 선사께서 쇤네와 함께 중궁전으로 가실 수도 있을 것으로 아옵니다."

"헛, 그 무슨……!"

이동인은 헛김을 내뿜는다. 성문의 출입도 자유롭지 못한 일개 승려의 신분으로는 입궐을 하는 일도 가당치 않거니와 어찌 감히 중궁전으로 들 수가 있다는 말인가. 그러나 박진령은 집요하다.

"선사께오서 몽매에도 바라시던 일이 아니옵니까."

"유념은 할 것이네만……, 아직은 서둘 일은 아니네."

"아니라니요?"

반문하는 박진령의 눈초리에 불꽃이 일고 있다.

"가까운 길에 위험이 도사리고 있다면 먼 길을 돌아서 가는 것이 지혜로울 수도 있는 것을……."

이동인의 말이 한숨에 섞여지자 박진령은 더 채근하지 않는다. 어차피 함께 기거하노라면 더 소상한 의논이 있을 것으로 믿었기 때문이다.

"앞으로는 여기서 기거하소서. 의금부에서도 함부로 덮치기 어려운 병판 대감의 별저가 아니옵니까."

이동인은 흡족하게 끄덕인다. 박진령은 그의 곁으로 다가가 앉는다. 얼마 만에 두 사람만의 만남을 이렇듯 정겹게 보내는 것이던가.

 박진령은 긴긴 겨울밤을 정인과 함께하는 기쁨을 만끽하면서도 내일 불어올 거센 바람이 걱정스럽기만 하다.

대원군의 퇴진

친정의 소용돌이

운현궁雲峴宮의 아재당我在堂(홍선대원군의 거처)에는 영의정 홍순목을 비롯한 김병학金炳學 등 훈구대신들이 자리를 함께하고 있었으나 누구 하나 밝은 표정은 없다. 방으로 들어서는 박규수는 확하고 얼굴이 뜨거워지는 열기 같은 것을 느끼면서 조심스럽게 좌정을 한다.

홍선대원군은 평소의 그답지 않게 한참 동안이나 뜸을 들이고서야 침중한 목소리를 토해 내듯 입을 연다.

"왜국의 침공설이 파다한 땝니다. 대체 저들이 말하는 귀일황실歸一皇室이 무슨 뜻이며, 또 저들이 어찌 변했다는 것인지……, 환경께서 알고 있는 바를 소상히 들려주었으면 합니다."

홍선대원군의 주문이 채 끝나기도 전에 좌중의 시선은 일제히 박규수에게로 쏠린다. 호의적이라기보다는 사뭇 적대시하는 눈빛들임을 감지할 수 있었지만, 박규수에게는 물실호기勿失好機가 아닐 수 없다.

"일본국의 개항과 개혁을 한마디로 거론하기는 어렵습니다만, 귀일황실이라는 말은 소위 명치유신이라는 저들의 근대화와 개혁이 장장 이백칠십 년이나 통치해 온 막부를 타파하고 유명무실했던 황실의 존엄을 다시 찾았으니 천황이 다스리는 나라가 되었음을 알리는 문투로 보면 될 것이오나……, 이미 미리견의 문물을 받아들이면서 새롭고 강력한 근대국가로 탈바꿈하였다고 자부하는 일본국 새 정부의 의지를 과시하자는 뜻도 포함되어 있을 것으로 압니다."

"……헛, 노루 꼬리 묵힌다고 여우 꼬리 된다던가!"

누군가의 비아냥거리는 소리가 들렸으나 박규수는 되도록 자극적인 말로 그들의 무지를 깨우쳐 보리라고 다짐하면서 말을 이어 간다.

"일본의 개혁이라는 것이 말로만 하는 것이 아니라, 온 국민을 개명하게 하여 서구 열강에 뒤지지 않는 문명국가를 세우자는 집념이옵니다. 일본국의 유신정부는 새로운 학제學制를 포고하여 전국을 여러 학구로 나누고 그 학구마다에 대학, 중학, 소학교를 설립하여 서양의 신식 학문을 가르쳐서 모든 국민의 낡은 생각을 뜯어고치는가 하면……, 개항의 관문이나 다름이 없는 횡빈橫浜(요코하마)에서 동경까지 철도를 부설하여 증기기관차를 다니게 하였다면 이미 대량운반의 시대로 접어들고 있는 것이며……."

"자, 잠깐……."

누군가가 박규수의 열변을 제지한다. 훈구대신들에게는 용어부터가 생소하였기에 말의 뜻을 이해할 수가 없다. 물론 흥선대원군도 예외가 아니다. 당혹감을 감추지 못하여 얼굴을 붉히기도 하였는데, 때마침 의문을 표명하는 사람이 있는 것이 오히려 모두에게 다행인 셈이다.

"……그 철도라는 게 무엇이며, 증기기관차는 또 무엇이라는 게야?"

박규수는 국가의 기간산업의 발달을 위해서는 대량운반의 수단이 강구되어야 하고, 그러기 위해서는 철도를 부설하여 석탄의 힘으로 달리는 증기기관차가 필요하다는 사실을 도도하게 역설하였다.

"하면, 단번에 수백 명의 백성들이 멋대로 옮겨 다닐 수도 있겠는데……, 그리 되면 무슨 수로 백성들을 다스릴 수가 있는가."

"아니지요. 백성들에게는 거주의 자유를 보장하는 것이 근대국가가 지향해야 할 통치의 골격임을 유념하여야 할 것이옵니다."

"그 무슨……!"

누군가가 혀를 차며 탄식한다. 더러는 이양인異樣人을 오랑캐라고 부르는 연유가 바로 거기에 있음을 토로하는 데 열을 올리기도 한다. 그러나 박규수는 성의를 다해 설명을 계속한다.
 "일본의 유신정부는 저들 천황의 명을 빌려서 징병제도를 법제화하는 칙서도 내렸습니다. 이는 장차 무武가 문文을 억누를 수도 있을 것이며……, 침공설의 진원도 바로 여기일 것으로 짐작이 되옵니다."
 화제는 점입가경으로 들어서고 있었으나 훈구대신들의 반발은 거세기만 하다. 그것이 조선의 실정이 아니고 무엇인가.
 "왜국에서 감히 황제를 사칭할 수가 있는가!"
 "일본국이 제 나라의 임금을 '천황'이라고 부르는 것은 어제 오늘의 일이 아니질 않습니까. 그것을 알고 있는 저희가 세계의 문면이 다르다 하여 접수조차 아니 하는 것은 나라와 나라가 서로 평등하다는 국제관례를 어기는 일일 뿐만이 아니라 우리 조선이 편협하다는 것을 만방에 드러내는 일일 것으로 압니다."
 "어째서 만방인가?"
 "중국의 연경燕京(청나라의 수도 북경)에 서양 제국의 공사관이 있는 것처럼, 일본에도 서양 제국의 공사관이 있어서 항시 서로의 의견이 나누어지고 있을 것인지라 조선과 일본 간에 있었던 일들도 지체 없이 서양 제국의 공사관에 알려진다면 만방이 아니겠습니까."
 훈구대신들의 안색에 핏기가 가신다. 박규수의 개항의지가 폭언으로 받아들여진 때문이다.

"그 무슨 당치 않은 망언인가. 환경은 정녕 우리 조선이 왜국과 대등하다고 보시는가!"

"그야 당연하지요. 나라와 나라가 서로 동등하게 교섭하고 교역하는 것은 각기 제 나라의 국익과 백성들을 보호하자는 것인지라……."

"환경은 말을 삼가시오. 우리 조선이 어찌하여 왜국과 동등해. 그게 바로 혹세무민이 아닌가!"

마침내 홍순목의 찌렁한 노성일갈이 터져 오른다. 방 안에는 긴장감이 팽배하였으나 박규수는 물러설 수가 없다.

"대감, 우리 조선은 삼면이 바다올시다. 우리 어민들이 왜국에 표류하는 것이 일 년에도 수백 번에 이르는데, 이제 일본을 응징하느니, 단교하느니 한다면 일본 땅에 표류한 우리 어민들이 무사하리라고 보십니까. 이 한 가지만으로도 일본과의 단교는 백해무익한 것이며 국제관례에도 어긋나는 일이 아니오이까!"

"허어, 저렇게 체통을 잃고서야……!"

"이는 체통을 잃는 것이 아니라, 나라 밖을 향해 체통을 세우는 일임을 아셔야지요."

"그건 괴변일세. 어찌 물에 빠진 몇 사람의 어부를 살리자고 왜구와 동등함을 자처하는가!"

"백성을 소중히 하는 것은……."

"그만 되었습니다."

태산교악과 같은 모습으로 화제의 진척을 지켜보고 있던 흥선대원군이 마침내 입을 연다. 그는 박규수의 진언이 옳은 것임을 아는 것처럼 훈구대신들의 뜻에 반기를 들 수 없다는 사실도 알고 있다.

게다가 흥선대원군에게는 고종의 친정親政을 뒤로 미루기 위해서도 국론을 장악해야 하는 부담이 있다. 그 부담을 줄이자면 자신을 옹호하고 있는 훈구세력을 다독여서 앞장세우는 것이 최선이 아니겠는가.

흥선대원군의 분신이나 다름이 없는 영의정 홍순목이 사태의 흐름을 모른대서야 말이 되는가. 그는 훈구세력의 의사를 대변하는 기세를 돋우면서 박규수의 개항의지에 다시 찬물을 끼얹고 나선다.

"왜국과의 통교는 주종主從을 분명히 해야 할 것으로 압니다. 일찍이 세종조에서는 왜구의 소굴인 대마도를 정벌하여 호된 맛을 보인 바도 있사옵고, 아직은 임진, 정유년의 왜란으로 인한 백성들의 원한도 가시질 않았는데 저들과의 통교를 대등이라고 하는 것은 천부당만부당한 망언인 줄로 아옵니다. 이 점 각별히 유념하시어 허둥거리는 백성들이 없도록 국론을 정비해야 할 줄로 압니다. 통촉하소서."

마치 피를 토하는 것과도 같은 주청이다.

흥선대원군은 그것이 홍순목 한 사람의 뜻이 아님도 알고 있고, 그 뜻을 따르는 것이 자신의 입지를 보전하는 길임도 알고 있다.

"알겠어요. 그리 조처하리다."

박규수는 훈구대신들이 승리를 확인하듯 토해 내는 웅성임을 들으면서도 흥선대원군의 얼굴에서 시선을 뗄 수가 없다.

6년 전, 제너럴셔먼 호의 격침을 계기로 그와는 조선의 개항을 논의한 때도 있었지만, 언제나 칼날 같은 독선으로 개항의 불길을 잠재우면서도 어느 한편으로는 수긍하는 기색을 보이곤 하였는데, 오늘은 자신의 집권을 연장하기 위해 훈구대신들을 편드는 모습이 안쓰럽기까지 하다고 박규수는 생각한다. 물론 흥선대원군도 그런 박규수의 내심을 헤아리고 있는 사람처럼 자리를 파할 때까지 끝내 눈길 한 번 주지 않는다.

운현궁을 물러나온 박규수는 수구의 벽이 높다는 사실을 절감하면서도 절망하지는 않는다. 조정의 실권을 장악하고 있는 훈구대신들에게 일본국의 개항과 개혁을 소상하게 거론한 것만으로도 큰 성과를 거두었다는 자부심 때문이다. 그는 만 가지의 회한을 씹으면서 광통방에 있는 유홍기의 약국으로 자비를 몰아간다.

전쟁의 빌미

조선 조정의 대일정책이 왜학훈도 안동준에 의해 기선으로 철관한 일본국 외무성의 관리들에게 전해진다. 혈기 왕성한 모리야마 시게루의 반응은 폭언이 되어 쏟아져 나온다.
"이렇게 무지한 것들이 있나. 내가 왜학훈도에게 다녀와야겠어!"
"다녀오긴……. 우선 함포사격부터 때리자니까."
"조선놈들에게 왜 함포사격을 하는지를 알려 주어야지. 어서 보트를 내리게 하라는데도!"
기선에서 보트가 내려지고, 모리야마 시게루는 뱃사람으로 변장한 해군 병사들 몇 사람과 함께 초량으로 향한다. 그들은 초량 왜관으로 가지 않고 곧장 왜학훈도 안동준의 거처로 행선을 정한다. 안내하는 조선인이 없는데도 그들의 발걸음이 머뭇거리지 않았다면 부산포의 지리에 익숙해 있음이 아니고 무엇인가.

왜학훈도 안동준은 모리야마 시게루의 예고 없는 방문에 적이 놀란다.

"아니, 그대가……?"

"아주 중차대한 의논이오. 거처로 인도하시오."

"뭐라!"

모리야마 시게루는 거침없이 안동준의 거처로 들어선다. 안동준은 어이없다는 표정으로 그의 뒤를 따를 수밖에 없다.

"이런 무례함이 있나."

안동준이 연상이 놓여 있는 뒤쪽으로 좌정하면서 퉁명스럽게 말했으나, 모리야마 시게루는 불같은 시선을 굴리면서 따지고 든다.

"내 무례함을 탓하기에 앞서 조선 조정의 무지부터 고쳐야 하지를 않겠소."

"아니, 이런 방자한……."

"안 선생. 밖에 있는 아이들이 해군 병사들이니 행여 행패를 부릴 생각은 마시오!"

"……."

"우리가 철관한 것은 조선과의 단교를 전제로 한 것이오. 따라서 앞으로 양국 간에 일어날 모든 불미한 일에 대해서는 조선 정부가 전적으로 책임을 지게 될 것이라는 사실을 정말 모르신다는 말이오이까!"

"허어, 말을 삼가라. 동래부사가 그대들을 홀대하는 것은 대원위 대감의 분부를 받고 있음을 알아야지!"

"허허허, 정말 딱하군. 대원군의 전횡도 미구에 붕괴될 것임을 왜 모르신다는 말이오."

"네 이놈, 말을 삼가렷다!"

모리야마 시게루는 부산포에서 사는 안동준보다도 조선 조정의 사정에 정통해 있는 것으로 보인다. 그는 자신감 넘치는 목소리로 말을 이어 간다.

"허허허, 우리의 함선은 곧 철수할 것이나, 다른 경로를 통해 다시 오게 될 것이오. 그때 안 훈도는 어디서 무엇을 하고 계실지……. 허허허, 대원군이 권좌에서 쫓겨나도 안 훈도가 이 자리를 지켜 갈 수가 있을 것으로 보시오?"

안동준은 자신의 파직을 입에 담는 모리야마 시게루의 본심을 알고 싶다.

"다른 경로는 무엇이며, 또 대원위의 퇴진을 입에 담는 연유가 무엇이야!"

"허허허, 그야 두고 보면 알 것이 아닌가. 그때가 되면 안 훈도는 기필코 후회할 것이오이다."

"……?"

"내일모레까지 빌미를 줄 것이니 동래부사와 다시 한 번 의논하시오. 조선의 땅덩이를 불바다로 만들 것임을 경고하겠소!"

모리야마 시게루의 엄포가 이같이 방자해진 데는 초량 왜관에 고용된 조선인들의 고자질이 동래부사의 언동까지 입에 담고 있었기 때문이다.

"허허허, 철관이 두려워서 서계를 받아들이다니. 돌아가게 하면 그뿐 아닌가. 초량 왜관을 비워 놓으면 왜놈들의 방자한 소행도 보지 않게 되는데……, 무엇이 두려워서 저들의 서계를 다시 받는가. 훈도는 저들로 하여금 돌아가게 하시오. 내 눈도 깜짝하지 않을 테니까."

동래부사 정현덕의 판단은 잘못된 것이 분명했으나, 어디가 잘못되었는지를 모르고 있다는 데 문제가 있다. 그것은 문제라기보다 한계라고 하는 편이 옳을지도 모른다.

결국 모리야마 시게루는 초량 왜관의 관원들을 이끌고 조선에서의 철수를 단행한다. 이로써 조선과 일본은 통신사通信使의 왕래가 있은 이후 처음으로 교린의 공백 상태를 맞게 된다. 국가 간의 외교관행에 미숙했던, 아니 외교관행을 전혀 이해하지 못했던 조선 조정의 큰 실책이나 다름이 없다.

이때의 단교가 일본국 내에서의 '정한론'을 더욱 부채질하였고, 마침내 '운양호雲揚號 사건'이라는 침략전쟁의 빌미를 제공하게 된다.

옹주의 죽음

"무슨 소리야. 영혜옹주가 세상을 뜨다니?"
"그러게 말씀입니다. 아직 합방도 치루지 않은 부부가 아니옵니까."
 이동인은 영혜옹주의 단명에 충격을 받는다. 부마도위 박영효에게 개항사상을 심어 준다면 이 땅의 왕실이나 사대부들에게도 개항의지를 전할 수 있는 통로가 마련될 것이라는 기대에 부풀어 있었는데, 영혜옹주가 세상을 떴다면 이동인의 꿈은 물거품이 된 것이나 다름이 없다.
 지어미를 잃은 박영효의 나이 겨우 열두 살……, 영혜옹주와 함께 있은 기간이 겨우 석 달이라면 어린 부부가 실제로 체험할 수 있었던 것은 무엇이었을까.
 사람들은 영혜옹주의 돌연한 죽음을 애석히 여겼지만, 실상은 살아 있는 박영효가 더 딱하게 되었다. 그의 나이가 아무리 어리다고 해도 당시의 법도와 관행으로는 부마가 상처喪妻를 하면 재취再娶를 할 수가 없었기 때문이다.

대왕대비 조씨와 중전 민씨는 이 점을 안타까이 여겼기에 박영효를 자주 대궐로 불러들이곤 하였다.

"아무리 하늘이 무심하기로 이럴 수가 있는가. 세상을 버린 옹주는 박복해서 그렇다 치고……, 나이 어린 우리 부마도위의 상처는 또 어찌하누."

박영효는 지어미의 죽음을 아직 실감하지 못하였기에 얼굴을 붉히면서 고개를 숙일 뿐이다.

"이 사람, 금릉위, 날 원망하시게. 부마도위를 맞아들이자고 서둔 게 내가 아닌가. 그렇게 서둔 것이 아닌데……, 나이 들고 쓸데없는 이 늙은 것도 살아 있는데 이게 대체 무슨 변괴인가."

"……."

대왕대비 조씨는 금릉위 박영효의 고사리 같은 손을 잡고 하염없이 눈물을 쏟았으나 어린 박영효에게는 위로라기보다 민망하게 느껴지는 경우가 많았고, 진수성찬으로 차려진 수라상을 사이에 두고 고종과 마주 앉았어도 지루하기만 하였다.

박영효의 가슴에는 이때 이미 개항의지가 강렬하게 싹터 있었다. 유홍기는 김옥균, 유길준, 박영효 등의 개화 2세대를 자주 송죽재松竹齋로 불러 새로운 각오를 다짐하게 하는 일을 소홀히 하지를 않았다.
"옹주께서 세상을 뜨신 것은 안타까운 일이나 그렇다고 달라진 것은 없지를 않은가. 옹주께서 아니 계신다 하여 금릉위가 부마도위를 면하는 것이 아닐 테니까 말일세. 자네들의 분발도 있어야 하겠지만, 특히 금릉위는 설움이란 오래 간직할 게 못 된다는 것을 명심하고 더욱 학업에 열중해야 할 것일세."
"명심하겠사옵니다."
목소리는 앳되고 여렸지만 단호한 결기가 담겨 있었기에 좌중은 모두 고개를 끄덕이며 흐뭇한 표정을 짓는다.
유홍기의 당부가 주효한 탓일까, 박영효는 스승들의 기대에 어긋나지 않았다. 그는 특히 진장방 이동인의 서재를 자주 찾았다. 유홍기나 오격석의 신중한 가르침보다 이동인의 호방한 성품과 열혈 같은 호기가 어린 박영효의 마음을 뒤흔들었기 때문이다.
"허허허, 살다가 보면 계집은 얼마든지 있어요. 그야말로 부마도위가 아니십니까. 해서……."
박영효는 이동인의 말투가 거칠어질 때가 좋다. 먹장삼을 걸친 승려의 몸이면서도 거침없이 뿜어내는 호연지기가 사내답다는 느낌이 들어서다.
"빈도와 함께 일본 땅에 건너가서 군함을 한 척 사옵시다."
"군함이라고요?"
"이거 원……, 삼면이 바다인 나라에 군함 한 척 없대서야 말이 됩니까. 내가 군함을 한 척 사올 테니까 금릉위께서 함장을 하세요."

"……!"

"조선은 땅덩이가 너무 좁아요. 허허허, 그 군함을 몰고 오대주 육대양을 마음대로 휘젓고 다니시라 이 말씀이에요."

박영효는 이동인과 마주 앉아 있으면 하늘을 날아오르는 듯한 힘을 느끼곤 한다. 게다가 진장방을 드나드노라면 민씨 일문의 실세들과 만나는 것은 물론, 박진령을 통해 중궁전의 사정을 알게 되는 것도 큰 낙이다.

또 박진령은 박영효가 입궐하는 날이면 윗전의 거처에서 물러나기를 기다렸다가 함께 퇴궐하는 것을 그날의 일과로 삼곤 하였다.

"오늘도 쇤네가 뫼시리까?"

"그래, 진장방으로 가 주시겠는가."

박진령은 일찍부터 박영효의 영특함에 감동하고 있었으므로 그의 학업에 도움이 되는 일이라면 물불을 가리지 않았고, 중전 민씨에게도 박영효의 장래를 보장하는 참언을 아끼지 않음으로써 그와 민씨 일문과의 교분이 돈독히 유지될 수 있도록 힘을 보태고 있었던 터이다.

박진령은 발걸음을 늦추며 은밀하게 입을 연다.

"금릉위 대감, 기쁜 소식 전해 올리고자 하옵니다."

"기쁜 소식이라니요?"

나이가 어린 탓인가, 박영효는 상기된 얼굴로 반문한다.

"잠시 전 중전 마마께서 대왕대비 마마께 진언하시는 말씀을 쇤네가 들었사온데, 금릉위 대감의 재취를 허용해야 될 것이라는 아주 간곡한 주청이 계셨사옵니다."

"……?"

"대왕대비 마마께오서도 금릉위 대감의 전도를 염려하시는 자애로운 말씀을 내리면서 주상 전하의 대은이 계시도록 조처하시겠다는 확답을 주셨다 하옵니다."

박영효는 얼굴을 붉히고 있다. 나이를 보아서도 다른 반응을 보이기가 어려울 것인데 하물며 연상의 여인에게랴. 그런 박영효의 모습이 어찌나 귀여웠던지 박진령은 치미는 웃음을 참지 못한다.

"호호호……, 장가를 두 번 드시는 일인데도 기뻐하시지 아니하옵니까?"

"그게 개항이라면……, 얼마나 좋겠습니까."

명가의 핏줄은 정말로 있는 것일까. 박진령은 나어린 박영효의 확신에 찬 대답을 들으면서 새로운 시대가 열리고 있음을 피부로 느낄 수가 있었다. 물론 후일에 이르러 박영효는 고종 임금의 대은을 입으면서 재혼을 허락받게 되었으니, 상처한 부마도위가 재취를 맞아들이는 최초의 기적을 누리게 된 셈이다.

대결의 구도

해가 바뀌어 고종 10년$^{(1873)}$, 격동의 한 해가 시작된다.

2월로 접어들면서 중전 민씨가 공주를 생산하였다. 원량이기를 고대하고 있었던 민씨 일문에게는 엄청난 아쉬움을 남겼고, 대변불통이라는 어처구니없는 변괴로 원자를 잃었던 중전 민씨의 좌절은 이만저만 큰 것이 아니었다. 그녀는 침식을 잊은 채 울기만 하였다. 그러나 고종의 친정을 늦추어야 하는 흥선대원군에게는 회심의 미소를 짓게 하는 일이기도 했다.

고종은 시름에 잠겨 있는 중전 민씨의 심기를 다독이며 어루만질 줄 알았다.

"중전……, 외숙들을 가까이에 두고자 합니다. 내 성의로 알고 위안으로 삼으세요."

고종은 중전 민씨와의 약조를 어기지 않았다. 그는 날씨 화창한 4월을 택하여 민씨 일족을 중용하는 인사를 독단으로 단행한다.

왕명을 출납하는 승정원 도승지가 민규호였다면 홍선대원군과 의논을 거치지 아니하고서도 얼마든지 친재할 수 있는 길을 연 것이나 다름이 없다. 민태호閔台鎬를 황해도 관찰사로 승차시켰다면 곧 내직으로 불러 중용하겠다는 뜻이겠고, 민겸호를 형조참판刑曹參判에 제수한 것은 미구에 판서의 서열로 끌어올리겠다는 의지가 아니고 무엇인가.

"이런 고얀……, 다시 외척의 발호를!"

홍선대원군 이하응의 진노는 하늘을 찌른다. 그는 민씨 일족의 도전에 철퇴를 가하리라는 생각으로 도승지 민규호를 운현궁의 아재당으로 부른다.

도승지 민규호는 운현궁으로 들어서면서 부대부인의 바랜 안색을 보았으므로 사태의 진전을 헤아릴 수가 있었고, 또 그에 상응할 만큼 사무적으로 대하리라고 다짐하면서 홍선대원군의 앞으로 다가간다.

"찾아 계시옵니까……."

민규호는 일체의 문안을 생략한 채 공적인 내방임을 암암리에 내세운다. 홍선대원군은 그런 민규호의 방자함에 체머릴 흔들면서도 칼날 같은 독선을 토해 낸다.

"내가 부른 것은 왕명을 출납하는 도승지를 부른 것이 아니라, 연하의 처남을 부른 것임을 명심해야 할 것이니라. 또한 너와 너희 척분들의 방자한 소행을 다스리기 위해 네 누님이 이 자리에 배석하였음도 명심해야 할 것이니라!"

"……!"

부대부인 민씨는 쿵 하고 가슴이 울리는 고동소리를 들으면서 눈앞이 캄캄해지는 두려움에 젖는다. 언젠가 한 번은 겪어야 할 일이다. 가늠할 수 없는 불길한 예감 속에서도 부대부인 민씨는 지아비 흥선대원군에게 불려 온 것이 친정 아우 승호가 아니고 규호인 것을 천만다행으로 여긴다. 민규호의 처지라면 흥선대원군의 꾸지람을 순순히 받아들일 것이라고 믿었기 때문이다.

"네 아무리 승정원의 우두머리요, 척족의 일원이기로 섭정 대원위가 너와 무관하지도 않거니와, 또 네 누님의 어려운 처지를 생각해서라도 나와 일언반구의 상의도 없이 관찰사나 참판의 교지에 옥새를 찍을 수가 있다고 생각했더냐!"

"……"

"왜 대답을 못해. 나는 너의 대답을, 외척 일문의 다짐으로 받아들일 것이니라!"

"아뢰옵기 송구하오나, 시생 도승지의 처지라 왕명을 천명으로 받드는 것이 소임을 다하는 것이며, 또한 그것이 국법의 소중함을 아는 신민 된 도리인 줄로 아옵니다."

"아니, 무에야……!"

"이 사람아, 자네 대체 무슨 말을…… 그리 하는가."

흥선대원군의 안색이 창백하게 바래면서 두 손으로 연상의 모서리를 움켜쥐는 것과 동시에 부대부인 민씨가 떨리는 몸을 추스르며 원망을 토한다. 그러나 사태는 이미 엎질러진 물일 수밖에 없다.

민규호는 흥선대원군에게 밀리지 않겠다는 결기를 다짐하고 온 것이 분명하다. 그는 흥선대원군의 진노를 애써 외면하면서도 부대부인 민씨에게는 거세게 항변하고 나선다.

"무슨 말이라니요. 이미, 성년이 되신 주상 전하의 어명을 대체 누구와 다시 의논한다는 말씀인지 도무지 알 수가 없는 책망이 아니옵니까!"

"아니, 대체……."

부대부인 민씨는 황급히 손을 들어 이마를 짚는다. 극심한 현기증이 일었기 때문이다. 어찌 규호가 그토록 야멸치게 반격을 가하리라고 짐작이나 했던가.

"저, 저런 못된, 저놈이 진정……, 부인에게 진정, 저따위 금수만도 못한 아우가 있었답니까. 네 이 노옴!"

흥선대원군은 민규호를 향해 연상을 집어던지면서 절규 같은 고함을 내지른다. 그런데도 민규호의 모습은 조금도 흐트러지지 않는다. 흥선대원군에게는 두려운 노릇이 아닐 수 없다.

"대원위 대감, 시생이 도승지의 자리에서 물러난다 해도 왕명의 차질은 없을 것으로 아옵니다. 이 점 유념하소서."

"규호야, 행실이 그래서는 못 쓴다. 네가 대감의 노심초사를 알거든 사죄의 말씀을 올려야 할 것이니라. 어서."

대부인의 눈물겨운 호소도 소용이 없다. 도승지 민규호는 자신이 감내해야 할 모든 아픔을 간직한 채 조용히 아재당을 물러나고야 만다.

흥선대원군은 참담해질 수밖에 없다. 그는 눈시울을 적시고 있다.

"대감……, 올 것이옵니다. 승호가 와서 저 아이를 대신해 사죄를 할 것으로 압니다."

악몽의 여름이 아닐 수 없다. 흥선대원군은 찌는 듯한 무더위 속에서도 민승호가 다녀가기를 애타게 기다리고 있었으나, 그는 끝내 흥선대원군의 존재를 무시할 뿐이다. 고종이 성년이면 당연히 만기를 친재해야 한다는 노골적인 선언이나 다름이 없지를 않은가.

"어찌 될 것 같던가?"

이동인은 중궁에 다녀오는 박진령에게 매번 같은 말을 되풀이하여 묻는다. 물론 흥선대원군에 대한 민씨 일문의 반격의 강도를 알고 싶어서다.

고종이 서구의 문물에 관심을 보였다는 사실은 익히 들어서 알고 있다. 흥선대원군을 에워싸고 있는 훈구대신들이 고종의 친정으로 설 자리를 잃는다면, 개항과 개혁의 논리가 조정 대사의 표면으로 등장할 수가 있을 것이리라. 그러나 박진령의 대답은 엉뚱하게 흘러나온다.

"공주 아기씨의 몸에 신열이 불덩이와 같다 하옵니다."

"허어……!"

이 무슨 불길한 소식인가. 조정에 변혁의 조짐이 있을 때마다 중전 민씨의 가슴을 옥죄는 불행이 닥쳐오곤 하였다. 완화군完和君이 태어나면서 궐 안의 이목이 영보당永保堂 이씨에게로 쏠린 것이 그러하였고, 대변불통으로 세상을 떠난 원량에 대한 회한이 아직 가시질 않았는데 공주의 몸에 신열이 불덩이와 같다면 어찌 개항의 일에 마음을 쓸 겨를이 있겠는가.

"광통방으로 가야겠네. 서둘러 주게나."

이동인은 몸을 일으키며 급하게 토해 낸다. 궐 안에 명의의 이름을 날리는 어의들이 있을 것이나, 이동인은 유홍기의 의술에 기대고 싶다. 지금으로서는 중전 민씨의 심기를 편하게 하는 것이 흥선대원군과 그가 거느린 훈구세력의 퇴진을 앞당기는 일이었고, 또 그것이 조선의 개항과 개혁의지에 불을 지르는 유일한 길일 것이기 때문이다.

9월, 태어난 지 약 여덟 달이 된 공주가 유홍기를 비롯한 수

많은 명의들의 노고도 아랑곳하지 않고 세상을 떠난다. 비통하기보다는 참담한 노릇이 아닐 수 없다. 아직 원량을 잃은 아픔에서 헤어나지 못하고 있었던 중전이 아니던가.

중전 민씨의 처연한 몸부림은 오히려 만류하는 사람들의 눈시울을 적시게 하였고, 지난해에도 선대의 옹주를 잃었던 왕실이라 소리 내 울기조차도 민망한 노릇이다.

"소생들이 왜 이리 단명하는지……, 너만은 알고 있었을 것을……."

그것은 물음이 아니라 탄식이다. 박진령은 중전 민씨에게 용서를 빈다.

"중전 마마, 쇤네에게 중벌을 내려 주소서. 쇤네는 오직 강성한 원량을 맞이하는 일에만 열중한 나머지……, 바로 눈앞의 일을 무심히 지나치고 말았사옵니다."

"이러다가는, 이런 꼴로 살다가는……."

후사後嗣(대를 이어 갈 왕자)는 고사하고 소생도 두지 못할 것이라는 중전 민씨의 비탄은 눈물겨운 것이고도 남았다.

"중전 마마, 심기를 굳건히 하소서. 곧 원량 아기씨께서 백마를 타고 마마의 곁에 당도하실 것이옵니다."

"원, 량이……?"

"그러하옵니다. 이번에는 무병장수하오시고, 대통을 이어받으실 세자 저하시온지라, 조종祖宗의 영혼들께서도 기뻐하실 것이옵니다. 중전 마마 감축드리옵니다."

"오, 그래……. 진령이 너의 치성이 주효했음일 테지. 나는 너만 믿는다. 네 말을 믿으리라."

박진령은 중전 민씨의 어지러워진 심기를 다독이는 일에 익숙해져 있다. 곧 새로운 원량이 태어날 것이라는 예언은 중전 민씨의 모든 설움을 잠재우고도 남을 참언이다.

중전의 마음이 너그러워지는 기미가 보이자 박진령은 면암 최익현을 거명하는 것으로 그녀의 정치적인 관심사에 불을 댕겨 보기도 한다. 물론 실명을 거론하기 전에 고종의 친정을 앞당기게 할, 도성 북방에 은거하는 귀인이 있다는 말로 신비감까지 충족하게 한다.

중전 민씨는 입 안에 든 조청처럼 자신의 속내를 헤아리는 박진령의 참언에 또다시 감복하면서 도승지 민규호에게 경기도 포천抱川에 은거하고 있는 최익현에게 동부승지同副承旨의 교지가 내려질 것임을 귀띔하고, 고종에게는 공주의 죽음이 불러들인 극악한 설움에서 헤어나고 있음을 과시하듯 젖은 목소리로 주청한다.

"전하, 최익현을 중용하시어 가까이에 두소서."

"면암을……?"

"그러하옵니다. 전하께오서 친정에 임하시기 전에 면암과 같은 강직한 신료를 가까이에 두셔야 하옵니다. 면암을 승정원으로 부르시어 동부승지로 두신다면 삼사(三司)는 말할 나위도 없고 성균관 유생들까지도 전하의 성은에 감읍할 것이옵니다."

"오, 이르다 뿐인가. 왜 진작 그런 생각에 미치지 못했을꼬……. 다만 면암의 사람됨이 불러도 아니 올 수가 있기에 걱정됩니다."

고종은 면암 최익현의 강직한 성품을 알고 있다. 애써 그의 입사를 청했다가 뜻을 이루지 못한다면 왕명의 위엄을 스스로 깎아내리는 것이 아니겠는가.

중전 민씨는 간절하게 다시 주청한다.

"전하, 도승지로 하여금 교지를 먼저 전하게 한다면……, 아무리 면암의 성품이기로 어찌 왕명을 거역하오리까."

"음……, 그럴 수도 있겠지요."

고종은 공주를 잃은 설움에서 헤어나고자 하는 중전 민씨의 진언을 소홀히 할 수가 없다. 그는 도승지 민규호를 불러 면암 최익현을 동부승지로 부르겠다는 어의를 밝히고 교지를 마련할 것을 명한다. 물론 이 같은 일들은 박진령의 입을 통해 이동인에게 빠짐없이 전해지고 있다.

무불 탁정식이 광통방으로 달려온 것은 그 무렵이다.

그는 초량 왜관과 동래 관아를 드나들면서 조선 조정의 사정을 정탐하는 왜인들로부터 들었다는, 참으로 엄청난 정보를 전한다.

"곧 일본국의 대대적인 무력도발이 있을 것이라고 하옵니다."

자리를 함께한 유홍기, 오경석, 이동인 등은 소스라치게 놀란다. 애써 아닐 것이라고 자위하고 있었던 최악의 사태가 현실문제로 등장하면 어찌 되는가.

"하면, 저 못된 왜국이 조선을 침공할 것이란 말인가!"

"이젠 왜국보다 유신 일본국이라고 불러야 마땅하겠지만……, 지난번 일본국 외무성 사절의 서계를 접수하지 않은 것이 큰 실책이었사옵니다."

"아무리 그래도 그렇지. 대체 어느 못된 놈이 감히 조선을 정벌하겠다는 망언을 했다는 것이야!"

"지금 일본국의 사이고 다카모리西鄕隆盛라는 자는 제 놈이 스스로 조선에 전권대사로 와서 조선과 시비를 벌려 자신이 죽게 되거든 일본은 조선을 쳐야 한다고 공공연히 떠들고 다닌다 하옵니다!"

얼마나 놀라운 일인가. 내란을 방불케 했던 유신에 성공하여 새로운 근대 일본 정부를 수립한 지 이제 겨우 5년……. 그 짧은 기간에 부국강병을 부르짖으면서 모든 법령을 새롭게 정비하고 조선 정벌을 획책하고 있었다면 어찌 되는가.

"헛, 이거……, 동래부사 정현덕부터 때려잡아야 한다니까! 내 그놈에게 알아들을 만큼 얘길 했는데도 일을 이 지경으로 만

들었으면 죽여 마땅하질 않습니까."

이동인이 주먹을 불끈 쥐면서 언성을 높인다. 생각 같으면 다시 부산포로 달려가고 싶다는 욕구의 발현일 수도 있다. 그때 탁정식이 말한다.

"소승의 생각으로는 조선이 개항을 미루는 것은 오직 대원위 대감의 옹고집인지라……, 사이고라는 자가 조선으로 와서 대원위 대감과 담판을 짓겠다는 뜻으로 그와 같은 말을 퍼뜨리고 있는 것이 아닌가 합니다만……."

유홍기는 고개를 끄덕이며 중얼거린다.

"헛, 저희들에게 『천자문千字文』을 전해 주었고, 조선 주자학朱子學을 가르쳐서 사람 구실을 하게 하였는데……, 아무리 미개한 것들이기로 은혜를 전쟁으로 갚으려 들다니……."

"안 되겠네. 내가 먼저 환경 대감을 뵙고 의논드려 볼 테니, 기다리고 있게나."

오경석은 빠르게 몸을 일으키며 송죽재를 나선다. 그를 보내는 시선들은 불안하기만 하였으나, 이동인만은 불같은 시선을 내뿜고 있다.

최익현의 상소

박규수가 운현궁으로 달려간 것은 밤이 이슥해서다.

그는 자리에 앉기가 무섭게 일본국에서 들끓고 있는 이른바 정한론의 실체를 구체적으로 설명하면서 대비책을 강구할 것을 간곡히 건의하는데도 흥선대원군은 자신의 부족한 정보는 탓하지 않은 채 가가대소하는 실수를 계속할 뿐이다.

"헛, 기가 막히지 않은가. 한 줌도 안 되는 섬나라 왜국이 조선을 정벌하겠다니. 허허허, 세상에 이 같은 망상도 있던가."

"저하, 이는 망상으로만 볼 일이 아닌 줄로 아옵니다."

"허, 망상이 아니면……?"

"그들은 병기창兵器廠을 세워서 신식 무기를 제조하고 있다 하옵고……."

"그 무슨 당치 않은 소리!"

"뿐만이 아니질 않습니까. 일본국 유신정부의 군병들은 이미 서양의 신식 무기로 무장하였고……, 또한 서양에서 공부한 장교들에 의해 수년간에 걸쳐 고도의 훈련을 시켰는지라 지금은 최정예의 병사들을 보유하였다 하옵니다."

"그만두시오. 이미 불란서佛蘭西와 미리견의 군함도 굳건히 물리친 우리가 아닌가. 이제 와서 왜적들에게 밀린대서야 말이 되는가."

"……."

"왜병들이 서양의 문물을 따르고 있다면, 그 또한 오랑캐의 무리가 아니고 무엇인가. 나는 모든 국력을 모아 그들의 난동도 단호히 물리칠 것이니 그리 아시오!"

박규수는 아연실색할 수밖에 없다. 고종의 친정을 박탈하면서까지 나라의 모든 권력을 손아귀에 틀어쥐고 있는 흥선대원군의 무지가 이런 지경에 이르러 있다면 그를 신봉하고 따르는 이 땅의 훈구대신들의 생각이 무엇인지는 알고도 남는다. 박규수에게는 이보다 더 큰 좌절감은 없다.

"대감마님……, 영상대감 드셨사옵니다."

"오, 어서 뫼시어라."

흥선대원군 이하응은 득의만만하다. 방으로 들어서는 영의정 홍순목은 빨간 상소 보자기를 들고 있다. 그는 연상 가까이로 다가와 상소 보자기를 흥선대원군에게 올리고 뒷걸음질로 물러나 좌정을 한다.

"상손 게로군……."

"그러하옵니다. 동부승지 최익현이 또다시 올린 것이온데, 차마 못 들을 망언만을 늘어놓고 있사옵니다. 용서치 못할 대죄를 범하고 있음을 통촉하소서."

"면암, 그자가 또!"

흥선대원군 이하응은 수염발을 곤두세우면서 보자기를 펼쳐서 상소 두루마리를 꺼내 든다. 강렬한 눈빛으로 상소의 내용을 훑어가던 흥선대원군의 손이 부들부들 떨리기 시작한다.

신 동부승지 최익현은 돈수백배하고 삼가 아뢰옵니다. 신이 산림山林에 홀로 앉아 조정의 형세를 살펴보건대, 실로 울분을 금할 길이 없사옵니다. 벌써 오래전부터 정치의 옛 규범이 무너지니, 조정의 모든 이가 유약하여져서 삼공三公과 육경六卿은 건의하는 일이 전혀 없고, 대간臺諫과 시종侍從 들에게는 직언을 피하는 풍조가 만연되어 있사옵니다. 이로 하여 조정 안에는 속론俗論만이 나돌아 다니니 정의正誼가 소멸하고, 모함하고 저주함만이 번성하여, 직사直士는 물러나고 혹독한 세금은 끊일 줄을 모르며 생민生民은 어육魚肉이 되었사옵니다. 사기士氣는 메마를 대로 메말라 공익公益을 일삼는 것을 꺼리는 바 되고 사익私益을 일삼는 것을 현명함으로 여기게 되었으니, 이와 같이 부끄러움을 모르는 자들만이 당당하게 득세하는 것이 지금의 조정이옵니다.
 원하옵건대 전하께오서는 부디 밝으신 성총으로 시세를 살피시어 이러한 폐단을 없이 하소서.

 홍선대원군은 최익현의 상소문을 세차게 구겨 쥐면서 모욕감으로 치를 떤다. 조정이 맑은 물과 같이 깨끗하다고 믿지는 않았으되, 장김壯金(安東 金氏 일문) 60년 동안의 적폐積弊인 외척의 전횡과 부패를 바로잡으며 사대부의 사치와 방종을 다스려서 새로운 기풍을 진작하고 있었는데……, 어찌 이리도 폐부를 찌르는 문장으로 자신을 비롯한 삼공육판의 무능함만 매도하는 까닭이 무엇인가. 오직 한 가지, 고종의 친정을 종용하고 있음일 것이리라.
 "저하, 중전 마마께오서는 그 상소문을 대소 신료들로 하여금 필히 회람하라 하시었다 하옵니다."
 "외척이 성하고서도 나라가 무사한 일이 있던가!"
 홍선대원군은 탄식처럼 풀쑥 내뱉었지만, 박규수는 섬뜩한 느낌을 받는다. 면암 최익현의 상소 한 장이 불러들이는 파장이 너무도 클 것이라는 예감이 들어서다.
 "영상."
 "예. 저하……."
 "전하의 탑전榻前에서 이 상소문의 처결을 의논케 하시오."
 홍선대원군은 구겨진 상소문을 홍순목의 앞으로 내던지면서 벌컥 언성을 높인다. 물론 모든 훈구대신들을 동원해서라도 면암 최익현의 방자한 소행을 엄히 다스리라는 명이다.

고종의 탑전에서 문제의 상소를 올린 최익현을 논죄한 것은 10월 25일(양력 12월 14일)이었고, 영의정 홍순목, 좌의정 강노姜港, 우의정 한계원韓啓源, 봉조하奉朝賀 유후조柳厚祚 등 그야말로 훈구의 거벽들이 모두 동참한 자리에서다. 먼저 영의정 홍순목이 꼬장꼬장한 목소리로 최익현과 그가 올린 상소 내용을 타박하기 시작한다.

"전하, 동부승지의 상소는 허황되게 과장된 문투로 조정 관원들을 불신하고, 섭정 대원위 대감과 조정을 이간하여 전하께 큰 누를 끼치고자 하는 저의가 분명하옵니다. 이에 신 등은 불충 중의 불충을 저지른 최익현을 마땅히 중벌로 다스릴 것을 간하여 올리옵니다. 통촉하소서."

영의정 홍순목의 간언이 흥선대원군의 명을 받은 것임을 모르지 않을 고종일 것인데도 그의 반론은 뜻밖으로 거세고 단단하다.

"최익현의 상소는 충곡衷曲에서 나온 것이오. 만에 하나라도 이를 반박하고자 하는 신료들이 있다면 소인 됨을 면치 못할 것이니 그리 아시오."

"……!"

훈구대신들이 너무도 어리둥절하여 서로의 눈치를 살피고 있을 때 고종의 싸늘한 옥음이 다시 이어진다.

"종사의 일을 걱정하는 최익현의 충정에 보답하여 그를 호조참판戶曹參判에 제수할 것이니, 서둘러 시행하시오."

얼마나 놀랍고 무서운 비답批答인가. 고종은 마치 오랜 동안 준비하고 있었다는 듯 훈구대신들의 직간을 물리치면서 면암 최익현의 승차를 입에 담았다.

고종의 이 같은 단호한 의지는 국론을 두 갈래로 가르는 엄청난 파장을 불러들인다. 일구월심 고종의 친정을 촉구하던 민씨 일문과 흥선대원군의 독선에 찬 장기집권으로 날로 살림이 피폐되어 가던 누항의 백성들은 조정의 무능을 맹타한 면암 최익현이야말로 만고의 충신이라고 환호성을 올렸고, 그와는 반대로 흥선대원군의 그늘에서 기득권을 누리는 훈구세력들은 살인적인 반발로 사대부들을 규합해 나간다.

아직은 흥선대원군의 시대, 그를 따르는 삼사의 대간들이 훈구세력의 사주를 받으면서 사임 상소를 올리자 성균관이 권당捲堂(동맹휴교)하는 지경에 이르는데도 고종의 의지는 꺾이지 않았다. 그것은 중전 민씨를 정점으로 하는 여흥 민씨 일문에게는 하늘의 도움이나 다름이 없다.

통용문의 폐쇄

병조판서 민승호가 박진령의 인도를 받으며 진장방 별저를 찾은 것은 맑은 물소리가 손끝을 시리게 하는 동짓달로 들어서면서다. 물론 그는 박진령을 통하여 이동인의 식견과 개항의지를 익히 들어서 알고 있었던 터이다.

뚝심으로 따진다면 당연히 천하의 이동인일 것인데도 쌍호무늬의 흉배가 돋보이는 병조판서 민승호를 맞으면서는 입이 열리지 않는다.

"아, 아니, 이거……."

"허허허, 좀 더 일찍 선사를 만나고 싶었으나……, 국사의 일이 여의치 않아서 이제야 마주 앉게 되었구먼……."

"소승에게는 큰 광영입니다. 아미타불……!"

"그럴 리가 있나. 재동 환경 대감께서도 선사를 예우한다고 들었는데……."

병조판서 민승호는 성품이 단순하면서도 약삭빠른 데가 있다. 그러므로 실익이 있다고 판단되는 일이라면 물불을 가리지 않는 편이었으나, 잘못된 일을 수습하는 완력과 면밀함이 부족하여 휘하에 두뇌집단을 거느리지 못하는 약점을 안고 있다.

이동인의 서재로 들어선 민승호는 자신으로서는 경험하지 못한 새로운 세계가 있음을 한눈에 읽는다. 이동인은 그를 상석으로 인도하고 화두를 연다.

"병판 대감, 면암이 조정의 적폐를 시정하라고 했다면 그게 곧 전하의 친정을 요구하는 것이 아니겠습니까."

"허허허, 선사의 화두가 잘못되었어. 면암은 유림의 거두 화서華西(李恒老의 호) 선생의 문하인지라 어떤 경우에도 개항하는 일에는 나서지 않을 것으로 아네."

"……!"

이동인의 얼굴은 순식간에 홍당무로 변한다. 허를 찔렸기 때문이다. 병조판서 민승호가 진장방으로 든 것은 이동인의 개항의지를 확인해 두고 싶어서다. 근자 중전 민씨가 지구의를 돌리면서 서구의 문물에 지대한 관심을 보이는 것을 자주 목격하였고, 그 진원지가 유홍기를 비롯한 오경석, 이동인임을 박진령으로부터 귀가 아프도록 들었던 터이다.

이동인은 재빨리 화두의 방향을 트는 순발력을 보인다.

"하오시면, 우리에겐 면암과 같은 충절이 백이 있은들 아무 소용이 없질 않사옵니까."

"조정의 적폐를 고쳐야 하는 것도 늦출 수가 없고, 개항 또한 더 뒤로 미룰 수가 없게 되었으나……, 면암은 오직 위정척사의 화신일 뿐이니 나나 선사에게는 아무 도움이 되지 않을 것일세."

위정척사衛正斥邪가 무엇인가. 조선시대의 전통적인 가치관인 주자학을 바른 삶의 근본으로 놓고, 천주교를 서양의 문화로 분류하여 강력히 물리친다는 뜻이다. 물론 조선 후기를 지배하는 사상적인 맥락이기도 하다.

이동인은 민승호의 만만치 않은 변설에 눌리지 않기 위해서라도 시간을 벌어야 했다.

"하오시면……?"

"내게는 면암으로 인한 조정의 갈등보다, 전하의 친정이 더 급하고……, 그러기 위해서 선사의 지혜가 필요하다는 것뿐일세."

아, 이동인은 더 참고 기다릴 수가 없다. 외척의 두령 격인 민승호의 속내를 알았다면 그의 소망을 이루는 현책을 제시하면 될 것이었고, 그로 인해 보다 더 두터운 유대를 이어 갈 수 있게 된다면 그것이 곧 자신이 소망하는 개항을 앞당기는 일이 아니고 무엇이겠는가.

"대감, 아뢰옵기 송구하오나, 하루라도 빨리「조보朝報(정부의 방침을 알리는 간행물)」에 전하의 친정을 선포하시면 될 일이 아니옵니까."

"「조보」에……?"

"그렇지요. 전하의 친정을 국태공과 의논한다는 것은 어불성설……, 또 의논을 해서는 결말이 날 일이 아니질 않습니까."

"설혹 「조보」에 선포했기로 대원군이 순순히 따르겠는가?"

"딱하십니다. 「조보」에 선포하면서 그 양반이 드나드는 통용문을 폐쇄하면 그뿐이지요."

"통용문의 폐쇄를, 주상의 아버님이 쓰는 통용문을……?"

"아버님을 거론해서는 안 되지요. 성년이 되신 국왕의 통치를 위해서가 아닙니까."

"……!"

참으로 기막힌 현책이 아닐 수가 없다. 국왕의 친정이 선포되었음을 「조보」를 통해 내외에 알리고, 그것을 항변하기 위해 입궐하는 흥선대원군의 통용문通用門을 폐쇄한다면 그것으로 만사가 끝나는 것이 아니겠는가.

병조판서 민승호는 이동인의 곁으로 다가앉으면서 그의 손을 움켜잡는다. 온몸의 힘이 꿈틀거리는 역동적인 손이다.

"선사, 선사께서 나라를 구했음이오!"

"다, 당치 않습니다. 대감."

"아니야. 그보다 더한 현책은 없어. 허허허, 뭐하고 있는가, 어서 곡차 내오질 않고."

소담하게 차려진 주안상이 든다. 외척의 두령이자 병조판서인 민승호는 흥분을 감추지 못한다. 당장 내일이라도 실행만 한다면 고종의 친정시대를 열어 갈 수 있을 것이라는 확신이 그를 들뜨게 한 것이리라.

"자, 드십시다. 전하의 친정이 선포되면……, 나는 선사와 더불어 이 나라 조선의 개항을 이끌어 나갈 것이오."

"병판…… 대감!"

이동인은 열린 입이 닫히질 않는다. 고종의 친정체제가 자리 잡히면서 중전이 개항을 입에 담고, 외척의 두령 격인 병조판서가 앞장을 선다면 조선은 개항을 명분으로 근대국가를 만들어 갈 수가 있다.

이동인은 무릎을 꿇으면서 빈 술잔을 민승호에게 올린다. 그의 눈에는 눈물이 그렁하게 고여 있다. 이동인은 목멘 소리로 찬사를 아끼지 않는다.

"대감께서 조선의 개항을 주도하시고……, 이 나라 조선이 열강과 어깨를 나란히 하는 근대국가로 발전할 수 있다면 대감께서는 가위 영웅의 이름을 만세에 남기게 될 것으로 아옵니다. 감축하옵니다."

"도와주시오. 선사. 내 반드시 선사를 탑전으로 인도하여 서구의 문물을 강론하게 할 것이오!"

"감축, 감축하오이다. 대감……!"

이동인은 두 손으로 방바닥을 짚으면서 상체를 몇 번이고 굽혀 보인다. 뚝, 굵은 눈물방울이 떨어지고 있다.
 순배는 끝없이 돈다. 이동인에게는 형언할 수 없는 감격의 순배다. 두 사람의 호연지기는 날이 밝을 때까지 불타올랐다.

 병조판서 민승호가 도승지 민규호를 거느리고 중궁전으로 달려가「조보」에 고종의 친정을 선포하고, 대궐로 들어오는 흥선대원군의 통용문을 폐쇄하겠다고 진언하자 중전 민씨는 티 없이 맑은 웃음을 활짝 웃어 보이면서 고개를 끄덕인다.
 그때 중궁전 지밀상궁의 상기된 목소리가 울렸다.
 "중전 마마……, 승정원 기별이옵니다."
 "들어와서 고하라."
 승정원의 우두머리가 도승지라면 당연히 민규호가 나서야 한다. 지밀상궁은 들어와 앉기가 무섭게 면암 최익현이 또 상소를 올렸음을 고한다.
 "오라버니, 전하의 힘이 되어 드리세요. 마지막 고비가 아닙니까."
 "명심하겠습니다. 중전 마마."
 "제게도 면암의 상소를 보게 해 주시고요."
 도승지와 병조판서가 승정원으로 돌아간 지 얼마 되지 않아서 면암 최익현이 올린 상소문 사본이 중궁전에 전해진다.
 중전 민씨는 그 상소문을 읽으면서 가슴을 울리는 고동과 흘러내리는 눈물을 주체할 길이 없다. 너무도, 너무나도 고마운 내용이어서다.

전하께서 즉위하신 이래 행하신 일 가운데 만동묘萬東廟의 철폐는 군신 간의 윤리를 무너뜨렸으며, 서원의 혁파는 스승과 제자 간의 의리를 끊었으며, 여러 국적國賊을 신원伸寃한 것은 충역忠逆의 분별을 흐리게 하였으며, 호전胡錢을 사용함은 중화와 오랑캐의 구분을 어지럽게 하였으니 그 폐해가 이미 하늘과 백성에까지 미쳤사옵니다. 그 위에 토목, 원납願納의 일이 표리를 이루어 나라를 어지럽혔으니, 이는 모두 전하께오서 유충하시어 정사를 이끌지 못하던 날에 생긴 화란이옵니다. 〈중략〉
이제 전하께오서는 몸소 만기萬機를 주재하시어 서무庶務는 삼공 육경三公六卿에게 나누어 맡게 하시되, 공경公卿의 자리에 있지 않고 친열親列에 속하는 자는 다만 그 위位를 높이고 녹祿을 후하게 주되 국정에는 간여치 말게 하소서.

마지막 구절을 보면 안다. 공경의 자리에 있지 않은 사람은 비록 친열에 속한다 해도 정사를 보아서는 아니 된다는 구절, 그것은 곧 흥선대원군의 위를 높여 녹을 후하게 주되 국정에 간여치 못하게 하라는 간언이다. 중전 민씨를 비롯한 외척 일문에게는 가물었던 하늘에서 단비가 내리는 경우에 비유될 쾌재이고도 남는다.

그리고 다음 날 아침 고종의 친정을 선포하는 내용이 「조보」에 실린다. 홍선대원군의 격노는 이만저만이 아니다.

"입궐할 것이니라. 자비를 놓으라!"

홍선대원군을 태운 자비는 위풍당당하게 운현궁을 빠져나와 경복궁景福宮의 전용 통용문을 향해 쏜살같이 달린다.

'이럴 수가 없어요. 주상!'

홍선대원군은 자비 위에서 흔들리며 몇 번이나 중얼거렸는지 모른다. 병조판서 민승호를 불러서 패대기를 치지 못한 것도 후회로 남을 일이다. 그리고 아들 고종에게로 향한 회한이 물결치듯 일고 있다.

'이 애비는 권세를 탐해서도, 재물을 탐하고자 섭정의 자리를 고수하려는 것이 아니오이다. 내가 물러나서 명실상부한 전하의 친정이 이루어진다면 무슨 미련이 있겠습니까. 하나, 전하의 친정에는 외척의 발호가 도사리고 있지를 않습니까. 전하의 여리고 착하신 성품을 내가 알고 있는데……, 몸소 민씨 일문의 발호를 물리치면서 이 땅을 향해 밀려오는 서양 오랑캐의 무리들을 퇴치할 수가 있다고 보시오이까. 이 애비를 바람막이로 쓰면서 왕도를 익혀 가노라면 친정의 시기는 저절로 열릴 것인데……, 애비의 가슴에 통한의 상처를 내면서까지 친정을 서두르는 연유가 무엇이오이까!'

흥선대원군은 소리 없이 외치고 있다. 물론 고종을 배알한 자리에서 깐깐하게 따지면서 고할 말이다. 만일 고종을 배알하는 자리에 중전이 동석해 있다면 그녀 또한 호되게 나무라서 다스릴 것임도 굳게 다짐하고 있는 터이다.

자비는 어느덧 흥선대원군의 통용문으로 다가서고 있다.

20여 명의 갑사들이 수문장의 지휘를 받으면서 민첩하게 움직이고 있는 것이 보인다. 평소라면 대여섯 사람의 갑사들이면 족할 것인데 그 수가 불어난 것이 대원군에게는 불길한 예감을 들게 한다.

게다가 수문장이나 갑사들이 급하게 다가오는 흥선대원군의 자비를 보았을 것인데도 전혀 반응을 보이지 않는다.

"물럿거라. 국태공 저하 입궐이시다!"

사태를 짐작한 천희연千喜然이 고래같이 소리치는데도 수문하는 갑사들을 창칼을 번득이며 흥선대원군의 자비를 막아선다.

"이런 무엄한 것들이 있나. 당장 물러서지 못할까!"

이번에는 하정일河靖一이 눈을 부릅뜨며 다시 소리쳤으나 갑사들은 전열을 흩뜨리지 않는다. 이 어처구니없는 정경을 자비 위에서 지켜보고 있던 흥선대원군은 비로소 수문장을 향해 추궁한다.

"무엇들 하고 있느냐, 어서 열지 않고!"

그제야 수문장이 앞으로 나서면서 장중한 목소리로 고해 올린다.

"대원위 대감의 통용문은 폐쇄되었소이다."

"누가, 누가 감히 국태공의 통용문을 폐쇄해!"

"주상 전하의 지엄한 분부가 계셨사옵고, 이미 아침 「조보」에 올라 있는 것으로 아옵니다. 유념하오소서."

"……!"

이미 늦었다는 말인가. 홍선대원군의 수염발이 뻣뻣하게 곤두선다. 턱 밑 살도 꿈틀거리고 있다. 불을 뿜는 듯한 그의 시선은 수문장의 얼굴에 못 박혀 있다.

"물러서라. 섭정 국태공이 주상 전하를 배알하러 왔느니라. 어서 궐문을 열라!"

"다른 하교가 계실 때까지 만나지 않으시겠다는 어명이라면, 대감의 입궐은 금지된 것이 아니오이까. 조용히 물러가시는 것이 신민 된 도리일 것으로 아오이다!"

홍선대원군은 마지막 안간힘을 다한다는 생각으로 쥐어짜는 듯한 목소리를 토해 낸다.

"참으로 발칙한 놈이구나. 네 감히 뉘 안전에서 헛된 수작을 입에 담느냐. 당장 열라지 않았느냐. 그게 네 소임을 다하는 일임을 명심하렷다!"

"받자올 수 없소이다. 저희는 대감의 자비를 길 건너로 밀어 낼 수도 있음을 유념하소서!"

"……!"

급기야 흥선대원군의 시선은 허공으로 옮겨 간다. 이제 모든 것이 끝났다는 자괴에서 헤어날 길이 없어서다.

"대감, 저 무도한 놈들을 박살 내랍시는 분부를 내려 주소서!"

"그러하옵니다. 궐문을 부수랍시는 분부도 함께 내려 주소서!"

장순규張淳奎와 안필주安弼周가 피를 토하듯 외치자 수문장의 호통이 찌렁찌렁하게 울린다.

"이런 무엄한 것들이 있나. 너희가 감히 왕명을 거역하고서도 무사하기를 바라느냐. 목숨 부지하려거든 당장 물러가렷다."

"허어, 이런 못된……!"

마침내 천하장안千河張安(대원군을 호종하는 네 사람을 이르는 말)은 팔뚝을 걷어붙이면서 갑사들의 앞으로 다가선다. 수문장은 그런 사태를 기다리고나 있었다는 듯 재빠른 손짓으로 전투태세를 갖추고 나선다. 장검은 뽑아지고 창끝은 천하장안의 가슴팍을 노린다.

흥선대원군은 몸서리치는 비감에 젖으면서도 물리적인 충돌을 자초하지 않는다.

"자비를 돌리라!"

흥선대원군 이하응이 울음 같은 소리를 토해 낸다.

"대감마님, 저 무엄한 놈들을 때려잡게 해 주소서!"

"자비를 돌리라고 일렀거늘……."

"저하……, 으흑……."

천하장안은 통곡을 터트리고야 만다. 아무리 무지한 그들이기로 오늘의 이 수모가 얼마나 참담한 것인지를 모른대서야 말이 되는가.

애비가 자식의 명으로 권좌에서 밀려나는 처참한 퇴진이며, 지금 이 자리에서 물러난다면 다시 다가설 수가 없는 경복궁일 것임을 모를 까닭이 없다. 그러나 어찌하는가. 여기서 유혈참극을 자초한다면 인명의 손실은 고사하고 후일을 기약하기는 더욱 어려워질 것이 분명하다.

"어서 자비를 돌리라는데도!"

흥선대원군을 태운 자비는 지난 10년 동안 자신만이 통용할 수 있었던 전용문을 열어 보지도 못한 채 방향을 돌리고야 만다. 나는 새도 떨어뜨린다던 '대원위 분부'도 이제는 한낱 물거품일 수밖에 없다.

"곧은골 산장으로 갈 것이니라."

흥선대원군은 운현궁으로 돌아가지 않을 것임을 선언한다. 도성 한복판에서 망신살을 당하느니, 차라리 초야에 몸을 던진 채 재기의 칼날에 살기를 돋우고 싶었던 것이리라.

곧은골 산장이란 양주楊州 땅에 있는 직곡산장直谷山莊을 말한다. 사랑채의 마당으로 내려서면 우뚝 솟은 도봉산道峰山이 손아귀에 잡힐 것만 같은 천하절경의 별장이다.

'두고 보면 알 터인즉!'

쉰네 살, 놀랍게도 그는 재기를 노리고 있다.

대단한 집념이자 탐욕이 아닐 수가 없다. 아무리 그렇기로 보위에 있는 자식을 밀어내고 임금의 자리에 오를 수가 없다면, 고종이나 민씨 일문으로서는 도저히 수습할 수 없는 일대 혼란이 야기되기를 기다려야 하질 않겠는가. 아니 그런 혼란을 몸소 연출하리라고 다짐하고 있는 흥선대원군 이하응이다.

정한론의 정체

정승의 자리

 독선과 전횡의 화신으로 불리었기에 '대원위 분부'라는 말만 들어도 조선 팔도의 산천초목이 떨었다는 위명을 날렸고, 장김 60년의 세도를 피 한 방울 흘리지 아니하고 다스린 뚝심이 숱한 일화를 남기면서 10년 세월을 임금 위에 군림했던 흥선대원군의 통용문이 폐쇄되면서 양주 땅 직곡산장으로 쫓겨 갔다는 소식은 일시에 도성 거리를 휩쓰는 태풍과 같은 화제이고도 남았다.
 "으하, 으흐, 핫핫핫!"
 진장방 노송 사이에서 짐승의 울음 같은 괴성이 들린다. 나무와 나무 사이를 뛰어다니면서 미친 듯이 울부짖는 사내는 이동인이다. 흥선대원군이 양주 땅 직곡산장으로 쫓겨난 지 한 달이 되어 가는데도 이동인의 흥분은 가라앉질 않는다. 그 웃음소리는 때로 울음소리로 들리기도 한다.

외척의 두령인 병조판서 민승호에게 고종의 친정을 앞당기자면 흥선대원군의 통용문을 폐쇄하는 것이 현책일 것임을 제시한 것이 곧 현실의 일로 성사되지를 않았는가. 웃고 울부짖는 이동인의 뇌리에는 민승호의 호언장담이 생생하게 되살아나고 있다.

"전하의 친정이 선포되면……, 나는 선사와 더불어 이 나라 조선의 개항을 이끌어 나갈 것이오."

어디 그뿐이던가.

"도와주시오. 선사. 내 반드시 선사를 탑전으로 인도하여 서구의 문물을 강론하게 할 것이오!"

이동인은 끓어오르는 감격을 주체할 길이 없다. 단 세 사람의 중인들만이 온갖 애간장을 다 태우면서 7년여를 소망하던 개항의 꿈이 마침내 조정 핵심세력의 힘을 빌리게 되고, 그가 호언한 대로 자신이 고종의 탑전에서 서구의 문물을 세세히 소개하면서 개항과 개혁이 조선 조정이 나아가야 할 가장 시급한 길임을 설득하게 된다면……, 아, 조선은 일본의 경우처럼 유혈참극을 겪지 않고서도 유신정부를 수립할 수가 있을 것이 아니겠는가.

소나무 사이로 사람이 다가오고 있는 것이 보인다.

번쩍 손을 들어서 흔드는 젊은 사내는 죽동의 겸복인 고영근이다. 무슨 길보가 날아들려는가, 고영근은 걸음을 빨리하며 환하게 웃고 있다.

"허허허, 길한 전언인 게로군……."

"이르다 뿐이옵니까. 재동 환경 대감께서 우의정에 제수되셨다 하옵니다."

"……!"

이동인은 숨이 막힐 것만 같다. 고종의 친정이 선포되었다면 병조판서 민승호가 개항이 타당하다는 여론을 주도할 것이라고 호언장담을 했는데, 개항을 신봉하는 유일한 고위관직인 환경 박규수가 정승의 반열에 올랐다면 천우신조가 아니고 무엇인가.

"중궁전에 들어 계시던 진령 아씨께서 무수리 아이 하나를 궐문까지 내보내어 알려 주셨습니다."

"허허허, 그래. 허허허……."

이동인은 치솟는 웃음을 멈추지 못한다. 그는 허파에 바람 든 사람처럼 껑충껑충 뛰면서 별채로 달려가 옷을 갈아입고 나온다.

"나는 광통방 약국으로 갈 테니, 더 좋은 소식이 있거들랑 그리로 알려 주게나."

이동인은 뒤도 돌아보지 않고 달려 나간다.

광통방 송죽재에는 오경석이 와 있다. 이동인은 쏜살같이 그들의 앞으로 다가가 앉으면서 숨 가쁘게 토해 낸다.

"경삽니다. 다시없는 경사라니까요."

"허어, 진정하시게나."

"진정할 일이 아니옵고……, 잠시 전 환경 대감께서 우의정에 제수되셨습니다."

"아니, 무에야!"

유홍기도 오경석도 화들짝 놀란다. 어찌 그들에겐들 놀라운 소식이 아니랴. 상상도 못 했던 소식 때문인가. 잠시 침묵이 흐른다. 소망을 이룬 감격을 형언할 수가 없어서다.

이동인은 격정을 이기지 못하는 사람처럼 떠벌리듯 말한다.

"허허허, 천지개벽이 눈앞으로 다가온 것이 아니오니까. 그간에 베푸신 선생님들의 노심초사가 이제야 햇빛을 보게 되지를 않았느냐 이 말씀입니다. 참으로 고진감래올시다."

이른바 개화 1세대라고 불리는 유홍기, 오경석, 이동인 세 사람은 새로운 천지가 열리고 있는 들뜸을 맛보고 있다. 대동강에 미리견 상선 제너럴셔먼 호가 올라와서 평양부민의 화공으로 격침 된 지도 어언 7년 전의 일이었고, 미리견의 해병대가 강화섬에 상륙하여 분탕질을 친 신미년의 양요로부터도 약 3년이라는 세월이 흘러갔다.

그 속수무책의 세월을 흘려보내면서 가슴 조이는 초조함을 맛보면서도 어디 하소연할 곳조차도 없질 않았는가. 그런 중인 선각자 세 사람에게 조정으로 통하는 길이 열리고 있다는 사실은 그대로 조선 개항의 앞날에 서광이 비치는 일과 조금도 다름이 없었다.

승석僧夕 무렵이 되면서 송죽재에 주안상이 든다.

순배가 돌면서 들떠 올랐던 흥분이 조금씩 가시기 시작한다. 이윽고 유홍기가 사태를 냉정하게 바라보는 시각을 입에 담는다.

"나는 주상 전하의 친정만은 감읍하고 있으나……, 그렇다고 정세가 급변하리라고는 보지 않으이."

유홍기의 신중론이 뜻밖인 듯 이동인이 찌르듯 묻는다.

"아니라니요. 환경 대감께서 정승의 반열에 오르지 않으셨습니까?"

"그 또한 감축할 일임은 분명하나……, 환경 대감께서는 우상의 자리를 맡지 않을 것일세."

"맡지 않으시다니요."

"지금 그 어른이 우상의 자리에 오르신다 해도 아무 일도 못 하실 게 아닌가."

"……!"

이동인에게는 기막힌 노릇이 아닐 수가 없다. 개항과 개혁을 하자면 조정의 고위층에 지지자가 있어야 하는데, 박규수가 정승의 자리를 거부한다면 대체 누굴 의지해야 하는가.

유홍기는 박규수의 뜻을 대변하듯 말을 부연한다.

"설사 우상으로 나가신다 해도 급작스러운 변혁보다는 점진적인 개혁을 주도하실 어른이심을 몰라서 그러는가."

"안 되지요. 그래서는 안 됩니다. 만에 하나라도 환경 대감께서 그리 생각하고 계신다면 우리 모두가 나서서라도 그 길이 잘 못되었음을 고해 올려야지요."

"종사의 일이 어디 우의정 한 사람에게 좌지우지된다던가."

유홍기는 급진적인 변화가 없을 것임을 단언하면서도 환경 박규수의 소극적인 성품을 입에 담지는 않는다. 이동인은 오경석의 얼굴에 강한 시선을 옮기면서 무언의 압력을 가한다. 당신의 의사도 분명히 해 달라는 강요나 다름이 없다.

오경석은 천천히 잔을 비우고 나서 입을 연다.

"전하의 친정이 조정의 급변을 몰고 온다면, 양주로 쫓겨난 대원위에게 재기의 기회를 줄 수도 있을 것일세."

"재기라니요. 안 됩니다. 정말 왜들 이러십니까!"

이동인은 언성을 높이면서 항변을 계속한다.

"헛, 두 분 선생님의 생각이 겨우 그 정도라면 앞으로 조선의 개항과 개혁은 소승이 주도할 것이니 가타부타 말씀을 마셨으면 하옵니다!"

"……!"

유홍기와 오경석은 비로소 이동인의 안광에서 뿜어져 나오는 살기를 본다. 그는 술상을 뒤엎을 듯한 기세로 고래고래 소리치고 나선다.

"지난 병인년 양요 때, 소승이 통진通津에서 대치 선생님을 처음 뵙고 개항이라는 것에 눈뜨게 된 지도 어언 칠 년의 세월이 흘렀습니다. 그 칠 년 세월 동안 달라진 게 무에 있사옵니까. 다시 말하면 두 분 선생님께서 그 칠 년 동안에 이 나라의 개항을 위해 하신 일이 무엇이냐 이 말씀이에요!"

"……!"

뼈아픈 지적이 아닐 수가 없다. 허무하게 끝난 일이기는 했어도 그나마 척화비를 쓰러뜨리면서 부산포로 달려가 무불 탁정식을 개항의 일꾼으로 끌어들인 이동인이다. 또 척화비를 만드는 동래부의 공방을 불태우면서 왜학훈도 안동준과 동래부사 정현덕에게 개항이 무엇인지를 소리쳐 깨우치기도 했다.

병인년의 양요를 자청하여 지켜본 열다섯 살 까까머리 소년은 스물두 살의 열혈 같은 청년으로 성장해 있는데……, 오히려 그를 가르쳤던 유홍기와 오경석은 예나 지금이나 신중론만을 고집하고 있다. 일본국의 유신을 설계하고 이끌어 낸 사카모토 료마坂本龍馬의 거침없었던 추진력을 본받고자 했던 이동인의 집념은 이때 이미 성숙의 경지로 들어서 있다.

"소승 수삼 일 안으로 주상 전하를 배알하고, 탑전에서 서구의 문물을 강론하게 되어 있사옵니다."

"……!"

이게 무슨 아닌 밤중에 홍두깨 같은 소린가. 불교를 배척하는 나라 조선에서 어찌 일개 승려가 궐 안으로 들어갈 수가 있으며, 더구나 주상의 탑전에 이를 수가 있다는 말인가. 게다가 위정척

125

사의 바람이 불기 시작한 마당에 군왕의 탑전에서 서양의 문물을 강론하다니. 유홍기와 오경석은 두 눈을 크게 뜬 채 이동인의 다음 말을 기다려 볼 수밖에 없다.

"그때 소승은 개항과 개혁만이 조선의 살길임을 주상 전하께 직간할 것이옵고, 그래서 혹세무민의 누명을 쓴다면 아무 미련 없이 형장의 이슬이 될 것이옵니다."

"형장의 이슬은 나중 일이고……, 전하의 탑전에 이른다는 것이 대체 무슨 소리야!"

유홍기는 추궁하듯 물었고, 오경석은 타이르는 듯한 목소리로 구체적인 설명을 요구한다. 이동인은 거칠고 큰 몸놀림으로 술잔을 비우고 비장한 목소리를 토해 낸다.

"병조판서 민승호에게 대원위의 통용문을 폐쇄할 것을 진언하면서, 그 대신 개항에 앞장서 줄 것이라는 확답을 받아 냈습니다."

"주상 전하의 배알도 그때에……?"

"그러하옵니다."

"믿을 바가 못 돼. 탐욕한 자들의 허세쯤으로 치부하게."

유홍기는 일언지하에 민승호의 말을 불신하면서 이동인의 호기에 찬물을 끼얹는다. 물론 오경석도 유홍기의 뜻에 동조하는 기색을 보일 뿐이다.

"죽겠습니다. 병조판서가 일구이언한다면 소승은 그자를 죽이고, 함께 죽겠습니다."

"그만 진정을 하게. 이 사람아!"

"진정이라뇨. 소승은 폭탄을 짊어지고 가서라도 그자와 함께 죽을 각오가 되어 있다니까요!"

"허어, 저렇게 원, 아직 이 나라에는 그렇게 사람을 함부로 죽인 일이 없음을 왜 몰라!"

"······!"

유홍기의 노성일갈이 있고서야 이동인은 주춤하는 기색을 보인다. 조선왕조가 5백 년 동안 왕권을 유지하면서 정변政變이나 사화士禍가 있는 것은 사실이지만, 정적政敵을 제거하는 수단으로 암살과 같은 비열한 방법을 쓴 일이 없다는 사실을 유홍기가 눈에 불을 뿜으면서 상기시켜 주고 있다.

"죽어서 일을 망치느니, 살아서 뜻을 이루어야 하질 않겠나."

"소승은 일찍 죽어서 불후不朽가 될 생각입니다."

이동인이 벌컥 몸을 일으키면서 노여움을 토로한다. 그는 당장에라도 죽동으로 달려갈 기세다.

"이 사람, 앉게. 아직 얘기가 끝나질 않았어."

바로 그때 지축을 흔드는 폭음소리가 들렸다. 세 사람 모두 놀란 얼굴로 서로의 시선을 살핀다. 예사로운 일이 아닐 것이라는 예감이 들어서다.

"아니, 이건······!"

분명 폭약이 터지는 소리다. 가까운 곳은 아니더라도 뭔가 상상을 초월하는 폭발이 있은 게 분명하다. 그리고 어디선가 사람들의 비명소리와 아우성소리가 들려오는 것만 같다.
 그리고 얼마의 시간이 흘렀을까. 방 밖이 술렁거리더니 죽어 넘어가는 듯한 최우동의 목소리가 들렸다.
 "선생님……, 중궁전에 폭약이 터지면서 화염이 일었다고 하옵니다."
 "중, 중궁전이면……?"
 오경석의 비명 같은 목소리가 채 끝나기도 전에 이동인은 황급히 송죽재를 뛰쳐나간다. 유홍기와 오경석도 일단 밖으로 달려 나가지 않을 수가 없다.
 잠시 전, 유홍기는 조선왕조 창업 이래 아직 이 땅에는 정적을 암살로 제거한 일이 없었음을 목청을 돋우며 상기시켰는데, 중궁전에서 폭약이 터졌다고 한다. 대체 화약은 어디서 났으며, 누가 폭약으로 개조했으며, 왜 하필이면 중궁전을 겨냥했다는 말인가.

불타는 중궁전

 이동인은 기력을 다해 달린다. 길가에는 이미 구경을 나온 사람들로 발 딛을 틈도 없다. 그가 육조관아의 뒤편으로 흐르는 개천을 끼고 경복궁의 동십자각東十字閣 근처에 이르렀을 때는 대궐의 담장 너머로 화염이 솟구치는 것을 볼 수가 있었고, 상궁나인들의 비명소리가 귀에 잡힐 듯 들려오는 지경이다.
 이동인은 인산인해를 이룬 인파를 헤치면서 같은 말만 되풀이하고 있다.
 "중전 마마께서는 무사하시답니까?"
 "……."
 아무도 대답하는 사람이 없다. 중궁전에서 폭약이 터졌다는 소문은 파다하게 퍼져 있는데도, 중전 민씨가 무사하다는 소식은 아직 새어 나오지 않는다.

"어느 못된 것의 소행이랍니까?"

"글쎄요. 우선 불이나 꺼야겠지요."

중전 민씨가 남달리 영특하다는 사실은 이미 널리 알려져 있다. 거기에 대변불통으로 목숨을 잃은 원량의 비극……, 또 태어난 지 약 여덟 달 만에 세상을 등진 공주의 일 등으로 동정론까지 들끓고 있던 터에 중궁전에서 터진 폭약과 그로 인한 화염으로 인명의 손상이라도 있다면 시정의 여론은 일시에 중전 민씨에게로 쏠릴 것이 분명하다.

진장방 별저로 돌아온 이동인은 온 집 안을 서성이며 박진령이 돌아오기만을 학수고대하고 있다. 오직 그녀만이 온전한 소식을 전할 것이기 때문이다.

박진령이 지친 모습으로 돌아온 것은 자정이 지나서다. 이동인은 그녀의 거처로 따라 들어가 앉으면서 숨 가쁘게 묻는다.

"인명의 손상도 있었는가?"

"없었사옵니다. 얼마나 천우신조인지……."

이동인은 비로소 안도의 한숨을 놓는다. 박진령은 궐 안에서의 일을 세세히 입에 담는다. 최초로 폭약이 터진 곳은 중전 민씨가 거처하고 있는 자경전慈慶殿의 부속건물인 순희당純熙堂에서라고 한다. 요란한 폭음과 함께 치솟은 화염이 순식간에 여러 전각으로 옮겨 붙으면서 거센 불길로 번져 나갔다고 한다.

궁궐을 흐르는 도랑은 얼어붙어 있었고 세밑 모진 바람은 거칠기만 했다. 불길을 잡아야 할 사람들이 속수무책이었다면 피해가 커지는 것은 당연하다.

석지당錫祉堂 열두 간, 자경전 서른두 간, 자미당紫薇堂 서른여덟 간, 교태전交泰殿 서른여섯 간, 복도 스물여덟 간, 행각行閣 백여든여덟 간 등 모두 삼백육십사 간 반이 하룻밤 사이에 회진灰塵되는 엄청난 참사였다.

중전 민씨는 쥐어짜는 듯한 회한을 씹어 뱉었다고 한다.

"어찌 이럴 수가 있더냐. 금지옥엽과도 같은 원자를 죽이더니, 그것도 모자라서 나까지 죽이려고 들었다더냐!"

아녀자의 원한이 오뉴월에도 찬 서리로 내린다고 했던가. 중전 민씨는 양주 땅 직곡산장으로 쫓겨난 흥선대원군이거나, 그를 섬기는 무리들의 소행으로 단정하며 울부짖더라면서 박진령은 울음 섞인 눈물을 쏟는다.

까마귀 날자 배 떨어진다는 속언을 따른다면 그렇게 생각하는 것도 무리가 아니다. 고종이 친정을 선포한 지 한 달 남짓 지나서 중궁을 노리는 폭약을 던졌다면 친정을 반대하는 세력이거나, 외척의 발호를 두려워하는 무리의 소행일 것이 분명한데……, 그 어느 쪽이거나 흥선대원군과 노선을 같이하는 부류임은 분명하지를 않은가.

고종은 울부짖는 중전 민씨에게 사죄하듯 머리를 숙인다.

"중전, 모두가 내 탓이에요. 내가 부덕한 탓이니……, 그만 노여읍을 거두세요. 내가 부덕한 탓이라니까요."

"잡아 주소서. 어느 못된 것의 소행인지 분명하게 가려 주셔야 하옵니다."

"이를 말씀입니까. 나를 믿고 고정하세요."

"전하, 전하의 친정을 시기하는 무리들일 것이옵니다. 통촉하소서."

"알아요. 내게 맡겨 주시라니까요."

고종은 자신의 부덕함을 수없이 입에 담으면서 중전의 분노를 애써 위로하였지만, 끝내 폭약을 던진 사람이 누구인지를 밝혀내지는 못한다. 그런 사정이라면 중전 민씨의 원한에 찬 진노가 가라앉을 까닭이 없다.

"병판과 도승지를 부르라."

민승호와 민규호가 죽을상이 되어 중궁전으로 달려온다. 중전 민씨가 쏟아 놓은 원한의 응어리는 얼음장과도 같이 싸늘하다.

"잘 들으셨다가 서둘러 주상 전하께 주청해 주셨으면 합니다. 첫째, 이미 불타 없어진 삼백육십여 간의 전각은 다시 지어도 아니 될 것이며, 수리를 해서도 아니 될 것으로 압니다."

"아니……, 마마!"

"백성들의 원한으로 지은 전각들이 아닙니까. 이제 간신히 주상 전하의 친정이 시작된 마당에 또다시 경복궁의 중수로 백성들에게 고통을 주고서도 선정이랄 수가 있겠습니까."

"……!"

"둘째, 주상 전하는 물론이요, 대비 마마, 대왕대비 마마를 뫼시고 나는 창덕궁(昌德宮)으로 거처를 옮길 것이니 그리들 조처하세요."

"중전 마마, 내전에 화재가 있었고 그 손실이 막대한 것은 분명하오나, 대전이 무사하온데 창덕궁으로 이어(移御)한다 하심은 명분도 명분입니다만, 번거롭기가 이만저만이 아닐 것으로 아옵니다."

병조판서 민승호가 조심스럽게 반대의 뜻을 개진하자 중전 민씨의 얼굴에는 노기마저 일렁거린다.

"참으로 딱하신 어른이 아니십니까. 경복궁의 중건은 천주교의 교도들을 학살하면서 시작하지를 않았습니까. 또 얼마나 많은 인부들이 피 흘리며 죽어 갔습니까. 그 원성이 얼마나 컸으면, 대변불통의 원자가 태어났고, 멀쩡하던 공주가 죽었답니까!"

"……!"

병조판서 민승호와 도승지 민규호는 숨이 막힌다. 중전 민씨의 총명함이 예사롭지 않다는 사실은 익히 알고는 있었지만, 조정을 이끌어 가는 핵심 관료들을 앞에 두고 어찌 이리도 야멸치게 자신의 소신을 관철해 나갈 수가 있던가.

"두 달 뒤면, 나는 출산을 해야 합니다. 무엇 하나 제대로 된 일이 없고 원한으로만 얼룩진 경복궁인데 다시 폭약이 터지지 말라는 법이 있답니까. 못 합니다. 나는 이 경복궁에서 산일을 맞을 수는 없습니다. 내 산실청은 무슨 일이 있어도 창덕궁에 마련할 것임을 명심해 주셨으면 합니다!"

"……!"

중전 민씨의 논리에는 빈틈이 없다. 게다가 서슬 푸른 원한까지 서려 있었고 보면 함부로 반론을 제기하기도 어렵다.

민승호와 민규호는 중전 민씨의 뜻을 고종에게 전한다. 고종은 지어미의 고통을 헤아리고 어루만질 줄 알았다.

"의정부로 하여금 이어 절차를 정해 올리게 하라."

영의정 이유원李裕元, 좌의정 이최응李最應, 우의정 박규수 등 삼정승은 황급히 회동한다. 박규수는 서너 번에 걸쳐 우의정의 자리를 간곡히 사양하였으나 고종의 간곡한 설득으로 사임을 철회한 처지다.

"창덕궁으로의 이어는 중전 마마의 단호한 뜻이고, 상께서도 중궁의 뜻을 헤아리실 의향이시면 마땅히 받들어 모시는 것이 신하 된 도리인데……, 의논이 오히려 불충이 되지를 않겠소."

영의정 이유원이 두 사람의 의중을 떠보려는 듯 조심스럽게 화두를 열자 좌의정 이최응이 기다렸다는 듯이 나선다.

"이를 말씀이오이까. 중전 마마의 하교를 받들지 않을 수가 없어요. 폭약이 터지는 경복궁에 산실청을 마련하였다가……, 또다시 상서롭지 못한 변을 겪게 된다면 그때의 난감함은 아무도 감당할 수가 없게 됩니다."

친아우인 흥선대원군으로부터 무능하다는 타박만을 받아 왔던 흥인군興寅君 이최응은 영의정 이유원의 말에 적극적인 찬동을 보내면서 박규수의 눈치를 살핀다.

개항을 갈망하는 박규수의 처지로도 조정의 분위기를 쇄신할 수 있는 일에 반기를 들 까닭이 없다.

"불타 버린 전각을 중건할 만한 재정이 여의치 아니하고, 중전 마마께서 산실청의 설비를 거론하셨다면, 아무리 번거로운 일이라고 하더라도 창덕궁으로의 이어는 불가항력이 아니겠습니까!"

"글쎄, 그렇다니까. 영상 대감, 서둘러 시행토록 합시다."

마침내 중전 민씨의 뜻은 왕명으로 변한다. 아무리 경복궁과 창덕궁이 지척이라 하더라도 왕실과 조정이 이어하는 행렬이라면 대단한 구경거가 아닐 수 없다. 그것은 흥선대원군의 시대가 완전히 끝났음을 내외에 다시 한 번 과시하는 것이나 다를 바가 없다.

이날이 섣달 스무날(양력 1874년 2월 6일), 경복궁 순희당에서 폭약이 터진 지 불과 열흘 뒤라면 창덕궁으로의 이어가 얼마나 전격적으로 결행된 것인지를 짐작하고도 남는다.

정승의 소임

새해가 밝아서 1874년, 고종 11년으로 접어든다.

철옹성보다 더 강하리라던 흥선대원군의 섭정체제가 참담하게 무너지고, 고종이 만기를 친재한다면 권력구조의 개편이 있어야 한다. 실세의 동향을 면밀하게 살피고서야 떡고물이라도 얻어먹을 수가 있다면 정가政街를 떠도는 철새들이 가야 하는 곳은 불문가지가 아니겠는가.

병조판서 민승호를 필두로 한 민씨 일족의 사저에는 봉물封物을 가득 실은 우마차가 길을 메웠고, 세배를 하겠다고 밀려드는 어중이떠중이들로 발 들여 놓을 틈이 없다.

"한심한 것들의 작태라더니!"

혀를 차는 부류들이 그런 작태에 앞장을 서는 것은 예나 지금이나 다름이 없다. 영의정 이유원의 집도 세배객으로 붐비기는 마찬가지였지만, 특히 좌의정 이최응의 집에 인파가 들끓었다는 풍설이 자자하였다. 재물이라면 사족을 못 쓰는 그의 음흉한 성품이 널리 알려져 있었던 탓이라는 게 풍설의 진원이기도 했다.

우의정 박규수는 세밑부터 사저의 대문기둥에 세함歲銜 광주리를 매달아 두었으므로, 그가 거처하는 재동 사저의 대문 밖에서는 무수한 세배객들이 발길을 돌리는 진풍경이 벌어지고 있다.

세함 광주리란 집주인이 세배를 받지 않겠다는 뜻을 밝히는 것으로 찾아온 내객들로 하여금 직함과 이름을 적은 쪽지를 광주리에 남기고 돌아가라는 일종의 명함 수거함과 같다.

세함 광주리에 쪽지가 가득하다고 하더라도 새해의 덕담을 나누어야 할 사람들과는 만나는 것이 인지상정이다. 박규수의 큰사랑에는 개화 1세대로 일컬어지는 유홍기, 오경석, 이동인 등과 개화 2세대로 불려야 하는 김옥균, 유길준, 금릉위 박영효와 그의 형인 박영교 등이 자리를 함께하고 있다.

스승 격인 박규수가 시임 우의정의 자리에 있다면 지난해 섣달에 있었던 경복궁의 화재며 창덕궁으로의 이어가 화제가 되어야 하고, 따라서 민심의 동향도 거론되는 것이 당연하다.

곡차 때문인가. 얼굴이 벌겋게 달아오른 이동인이 좌중을 압도하듯 거친 목소리를 토해 낸다.

"대감, 양주 땅 곧은골 산장에서는 수하들의 통곡소리가 담장 밖까지 들리더라는 풍설입니다만……, 그런 사정이면 경복궁의 화재와 맥을 같이하는 대원위 대감의 보복이 다시 있을 것이 아니겠사옵니까."

"단정은 금물일세. 대원위의 사주라니!"

유홍기가 박규수의 눈치를 살피면서 이동인의 과격한 추리에 제지를 가하려 했으나, 그의 반론은 오히려 거칠게 이어지는 것을 어찌하랴.

"사주가 어디 말로만 하는 것입니까. 상전의 눈치만으로도 그만한 일은 능히 할 수가 있다니까요!"

"허어……!"

"그만 되었네."

젊은 문도들의 앞이라 듣기 거북했음인가, 박규수가 조용히 만류의 뜻을 밝혔는데, 이번에는 오경석이 나선다.

"대감, 동인 선사의 말이 그른 것만은 아니질 않습니까. 정적을 제거하는 일에 폭약을 쓴 일이 이 나라의 역사에 단 한 번이라도 있었사옵니까. 이 또한 주자의 가르침이 무너지고 있음이옵니다."

"……!"

김옥균이 자세를 고쳐 앉는다. 충격을 받은 모양이다.

"그것도 국모를 폭시爆死하기 위해 국왕의 침전 근처에다 폭약을 장치하였다면 이는 천지개벽과 무엇이 다르옵니까. 그것이 누구의 소행이든 간에 이를 계기로 이젠 폭약으로 사람을 죽일 수도 있다는 사실이 만천하에 알려진 것이라면……, 우리가 열망하는 개항의 방법도 바꾸어야 할 때가 오지를 않았습니까."
　방 안에 터질 듯한 긴장감이 돌자 박규수는 당혹해하는 기색이 완연하다. 주자의 가르침이 무너진다면 개항의 방법도 바꾸어야 옳다는 오경석의 발언을 시임 우의정의 처지로는 수긍할 수가 없고, 더구나 경복궁에서 있었던 폭약 사고를 김옥균이나 유길준, 박영효 형제와 같은 젊은이들이 지켜보는 앞에서 흥선대원군의 소행으로 단정한다는 것은 어불성설이고도 남았다.
　그것을 모를 이동인이 아닐 것인데도 이어지는 그의 반론은 모골을 송연하게 할 만큼 끔찍하다.
　"그런 일에 물증을 요구하고, 범인이 잡혔느냐 아니 잡혔느냐에 매달릴 게 무에 있사옵니까. 대원위의 사주를 받은 무리들이 저지른 소행임은 삼척동자도 알 일인 것을요. 국모를 폭사 시해하기 위해서는 자신의 피땀으로 지어진 경복궁도 불태울 수 있다는 노추老醜를 드러내 보인 것이 분명하질 않습니까."
　이동인의 말은 폭언이나 다를 바가 없다. 방 안에는 터질 것만 같은 긴장감이 팽팽하게 당겨지고 있는데도, 김옥균만은 더 강력한 항변을 요구하듯 열혈 같은 시선으로 이동인을 지켜보고 있다.
　이동인은 김옥균이 채근하는 무언의 강청을 만족하게 여기면서 다시 말을 이어 간다.

"우상 대감, 이젠 대감께서 나서 주셔야 하옵니다. 개항과 개혁을 공론화하여 모든 사대부와 모든 백성이 공히 이 일에 나서게 하지 않고서는 조선의 미래는 보장받을 수가 없사옵니다. 입에 담기 민망하오나 대감께서는 정승의 자리를 걸고서라도 개항의 의지를 표면으로 끌어내 주셔야 하옵니다. 그것이 대감의 소임이 아니리까!"

"……!"

배불하는 나라의 승려가 시임 우의정에게 직격탄을 퍼붓는 진풍경이 연출되자 유홍기는 몸 둘 바를 몰라 하였고, 좌중의 시선은 모두 박규수에게로 집중될 수밖에 없다.

"허허허, 과시 동인 선사야. 내가 선사의 뜻을 충분히 알았으니……, 그와 같은 새로운 조선의 앞날을 위해서라도 일본국에서 일어나고 있는 정한론의 실체를 설명해 줄 수는 없겠는가."

박규수는 대범하고 유연하게 후학들의 공격을 피해 나가면서 화두를 정한론으로 옮길 것을 제의한다.

"그렇지 않은가. 여기 있는 젊은이들에게 급변하는 국제정세를 정확히 알게 하는 것이 우리 조선의 미래를 준비하는 일이 아니겠나."

"그래, 그래 주시게. 나도 알고 싶어 하던 일이었다네."

유홍기가 가세한다. 방 안에 가득한 긴장감을 풀기 위해서는 달리 방도가 없겠다는 생각이 분명하다.

정한론

 일본에서 거론된 이른바 '정한론征韓論'의 실체는 오늘 우리가 생각하는 것보다 훨씬 더 복잡하다. 왜냐하면 그 기원이 그들의 신정부가 탄생되는 '명치유신'보다 썩 앞으로 올라가야 하고, 유신의 인재들을 양성한 요시다 쇼인도 정한론자로 분류된다는 사실에 주목할 필요가 있다.

 일본의 역사학자 기타지마 만지北島萬次는 필자에게 정한론의 역사를 다음과 같이 말해 주었다.

 "듣기 좋게는 대륙정책이라고 합니다만, 섬나라의 진로는 그럴 수밖에 없었겠지요. 이를테면 혼다 도시아키本多利明 같은 사람은 이미 18세기 초에 '북방에 식민지를 만들라'라고 주장하는 지경이 아니었습니까. 뿐만 아니라 19세기로 들어와서도 사토 노부히로佐藤信淵 같은 사람은 '중국을 정복하라'라고 주장하고 있습니다. 명치유신의 스승 격인 요시다 쇼인은 한술 더 뜹니다. '조선을 정벌하여 속국으로 삼아서 조공을 받치게 해야 한다'라고까지 하였습니다. 모두가 사상가요, 경제학자 들이니까. 허허허……, 과연 도요토미 히데요시豊臣秀吉의 후예들이라고 할 만하지요."

기타지마 만지는 숨 돌릴 겨를도 주지 않고 말을 이었다.

"더 놀라운 것은 '정한당征韓黨'이라는 게 결성되기도 했지요. 그것도 외무성의 고위관리가 주동이 되어서 말입니다."

점입가경이 아니고 무엇인가. 요시다 쇼인의 가르침을 받은 유신정부의 실력자 기도 다카요시木戸孝允(본명은 桂小五郎)가 조선과 중국 문제를 일거에 해결하기 위해 1870년 1월 '지나支那(중국)와 조선 사절'을 자청하여 받아 놓고 있었는데, 그해 6월 이른바 '천진天津 사건'이 발발하여 그의 중국과 조선 방문 계획이 무산되었다.

이동인은 좌중을 둘러보며 정한론의 뿌리부터 차근차근 설명하기 시작한다.

"저들이 조선을 정복하기 위한 소위 '정한당'을 결성하여 여론몰이를 시작한 것은 3년 전입니다."

그랬다. 고종 8년인, 1871년 5월. 일본국 외무권대승外務權大丞 마루야마 사쿠라쿠丸山作樂는 퇴락한 사족士族(일본에서는 사무라이武士를 말함)들과 결탁하여 '정한당'을 조직하였다. 그들은 조선으로 건너가 폭력으로 개국을 실현하게 하려는 밀계를 도모하였으나, 미처 출발도 하기 전에 조직이 발각되어 무려 61명이나 체포됨으로써 뜻을 이루지 못하였다.

이것이 이른바 대조선 '무력개국론武力開國論'이라는 것이지만, 실상 마루야마에게 동조한 사족들은 유신정부의 전복에 목적이 있었던 탓으로 처음부터 불협화음을 동반할 수밖에 없었다.

이 '정한당' 사건이 시사하는 또 다른 의미는 민간인의 신분으로 중국과 조선에 진출하여 국내에서 이루지 못한 꿈을 성취해 보려는 욕구가 유신정부의 선병先兵임을 자청하며 중국과 조선에 영향력을 행사하려는 이른바 대륙낭인大陸浪人(명성황후를 시해한 무뢰배들)의 성격으로 변질되는 시발점이라는 점에 주목해야 될 것이리라.

"저들은 이미 병제兵制를 통일하여 해군은 영국식 제도를, 육군은 불란서식 제도를 채택하였고……, 거기에 정병을 양성하기 위한 수단으로 징병제도까지 갖추었다는 사실을 알아야 합니다."

그랬다. 일본국 유신정부는 국민개병정책國民皆兵政策을 채택하면서 강력한 정부군을 창설하였고, 그 군부의 지도자로 잡병雜兵 출신의 미치광이 야마가타 아리토모山縣有朋가 급격히 부상되고 있었다. 야마가타 아리토모가 미치광이인 것은 사람들이 그를 일러 '야마가타 쿄스케山縣狂介'라고 부른 것으로도 알 수 있다. 또 그가 단노우라 포대壇浦砲臺의 대장이 되었을 때, 부하들에게 술을 내리면서 "양놈들의 배를 안주 삼아 실컷 퍼마시자!"라고 소리친 것도 그를 언급할 때 꼬리표처럼 따라다니는 말이라면 미치광이가 분명하다. 그런 야마가타 아리토모가 군부의 지도자로 급부상하고, 내각에서는 기도 다카요시의 발언권이 날로 높아 가고 있었다면 일본국 유신정부의 향배는 알고도 남는다. 게다가 이들 두 사람은 모두 조슈 번長州藩(지금의 야마구치 현) 출신의 지도자인 요시다 쇼인의 문하가 아니던가.

(서구와의) 불평등 조약으로 인한 손실은 조선과 만주에서 보상받으라!
유신정부에 방해되는 무리들은 대륙으로 몰아내라!

등과 같은 유신정부의 당면과제가 '정한론'으로 응집되었다면 그것은 어느 개인의 발상에서 머무는 것이 아니라 일본국 정부가 표방하는 대외정책이었음이 확연해진다.

이동인의 상황설명은 너무도 구체적이다.
"저들은 이미 오래전에 유신정부의 지도자를 미국과 구라파에 파견하여 선진국을 시찰하게 했고, 그 지도자들이 모두 젊은 선각들이라는 사실도 유념해야 합니다. 그러니까 저들은 이미 철도를 부설하고 기차를 다니게 하고 있지를 않습니까."

"……!"

참으로 엄청난 노릇이 아닐 수가 없다. 일본국 유신정부는 새 정부 수립을 선포한 지 4년째가 되던 1872년에 요코하마橫浜에서 도쿄東京의 신바시新橋를 연결하는 철도를 개통하였고, 태양력을 사용하는 혁신을 착착 진행하고 있었다.

"유신이 성사된 지 약 육 년 지났을 뿐인데, 어찌하여 그런 천지개벽이 이루어질 수가 있었는지요?"

김옥균은 얼굴을 새빨갛게 물들이면서 조심스럽게 묻는다. 이동인의 목소리에는 불을 토하는 듯한 열기가 넘쳐난다.

"자네와 같은 젊은이들이 나섰기 때문이 아닌가. 하루빨리 나라를 부강하게 하여 세계의 열강과 어깨를 나란히 하겠다는 불타는 열정이 있었기 때문이 아니겠나."

"……!"

"잘 듣고 가슴에 새겨 두어야 해. 왜국의 이름 없는 젊은이들은 새로운 근대국가를 세우기 위해 삼백 년 세도의 막부幕府를 맨손으로 때려뉘었어. 그 주역들이 모두 약관弱冠을 갓 넘긴 열혈 같은 젊은 청년들이었다는 사실……, 저들은 이미 자네 나이에 유신정부의 핵심이 되었다는 사실을 명심해야 될 것일세. 자네들의 꿈이, 자네들의 의지가 이 나라 조선의 희망이라는 자부심을 갖는다면 내일 죽어도 아까울 것이 없질 않겠나!"

피를 토하듯 외치던 이동인은 자작으로 술을 따라 단숨에 비우고서야 가빠진 숨결을 고른다. 김옥균을 비롯한 유길준, 박영효 등은 충격에서 헤어나지 못한다.

조선 반도에서의 개항은 조선왕조의 종언終焉과 맥을 같이할 수밖에 없다. 이동인의 불같은 어투에서 그 점이 강조되었다면, 고종 11년은 실로 엄청난 변화를 예고하는 해가 되지를 않겠는가.

원자 탄생

마침내, 2월 초여드렛날(양력 3월 25일).

중전 민씨는 대망의 원자를 출산한다. 물론 창덕궁에 마련된 산실청에서의 경사다. 갓 태어난 원량을 대변불통으로 잃었고, 여덟 달이 된 공주마저 생으로 잃어야 했던 왕실이었기에 원자 탄신의 기쁨은 이루 헤아릴 길이 없다.

대왕대비 조씨는 고종을 거처로 불러 들뜬 목소리로 치하한다.

"주상……, 하늘이 이 나라 종묘사직을 굽어보시질 않습니까. 주상이 만기를 친재하고 계신 때라 그 기쁨이 더한 것을요. 호호호……."

"모두가 대왕대비 마마의 홍복洪福이신 줄로 아옵니다."

"당치 않아요. 이 경사를 이 나라 만백성들과 함께하셔야 할 것으로 압니다. 중죄인이 아닌 모든 죄인들은 사면하시고, 전 우의정 한계원 같은 원훈元勳들은 특별히 다시 서용하시는 것이 좋지 않겠습니까."

"명심하여 거행하겠사옵니다."

"또 끼니 걱정을 하는 백성들에게는 쌀을 나누어 주도록 하세요. 신역도 얼마간 면하게 해 주는 것도 큰 성은일 줄로 압니다. 그게 원자 탄신의 기쁨을 백성들과 함께하는 것이며, 그런 은혜는 반드시 원자에게로 돌아오는 것이 하늘의 이치임을 명심하시고요."

마다할 일이 아니다. 고종은 먼저 사면령부터 내린다. 중죄인이 아닌 모든 죄인을 방면하였으며, 그토록 흥선대원군을 두둔했던 전 우의정 한계원을 판중추부사判中樞府事로 복직케 하였고, 증광시增廣試의 실시도 명한다. 그리고 각 도의 환곡還穀을 탕감해 주었으며 백성들의 신역身役도 60일간 면제하도록 했다. 그리고 도성 안의 빈민들에게 쌀 30석을 내려 기아에서 벗어나게 하였으니, 원량을 다시 얻은 기쁨이 얼마나 컸던가를 짐작하고도 남는다.

"진령이를 부르라."

원자의 탄신은 나라의 경사가 분명하다. 아무리 그렇기로 중전 민씨의 기쁨을 넘어설 수가 있을까. 그녀는 누구보다도 먼저 박진령을 불러 치하를 아끼지 않는다.

"호호호, 네 덕이다. 내가 이리 화평한 것도 모두가 진령이 네 덕일 것이니라."

"당치 않으시옵니다. 중전 마마."

"말하라. 네 소망을 말하라. 내 모두 들어줄 것이니 망설이지 말고 모두 말하라."

"……!"

"호호호, 걱정할 일도 망설일 일도 아니라질 않았느냐. 어서 네 소망을 모두 말해 보라니까."

박진령은 비로소 뿌듯하게 치밀어 오르는 보람에 젖어 든다. 민씨 일문의 천거로 중궁전을 출입하게 되었고, 중전 민씨의 지극한 신임을 얻을 수가 있었던 것은 참언으로 맺어진 인연이었기에 삼가고 조심하기를 하늘 받들 듯하였다.

원량이 대변불통으로 죽어 갈 때도, 멀쩡하던 공주가 불덩이 같은 신열로 세상을 등질 때도 박진령은 그녀의 앞에 엎드려서 자신에게 과실이 있었음을 눈물로 사죄하였고, 지난해 섣달 경복궁 순희당에서 폭약이 터졌을 때는 창덕궁으로 이어할 것을 지성으로 간청하지 않았던가.

중전 민씨가 박진령의 소망을 모두 들어주겠다고 호언하는 것은 그간에 있었던 그녀의 참언에 신통력이 작용한 탓도 있었으나, 삼가고 조심하면서도 지성을 다하는 동갑내기 박진령의 품성이 마음에 들어서이기도 하다.

"중전 마마……."

"그래, 어서 말하라."

박진령은 영특하다. 그녀는 일신의 영달을 위한 소망을 입에 담지 않는다. 오직 이 나라 조선의 근대화된 정부를 세우기를 열망하는 백의정승 유홍기, 그리고 개항과 개혁에 관한 일이라면 죽음까지도 두려워하지 않는 이동인에게 도움이 되어 주고 싶을 뿐이다.

"중전 마마, 소녀의 일신을 위해서라면 진언드릴 소망이 없사옵니다만……, 종사를 위한 진언이라면 아주 없지를 않사옵니다. 유념해 주오소서."

"종…… 사, 네 정녕 종사를 위한 진언이라 하였더냐."

"미천한 소녀의 처지를 잘 알고 있사온지라, 허락해 주신다면 중전 마마께라도 주청드리고 싶사옵니다."

"……?"

중전 민씨는 무엇에 홀린 사람의 눈빛으로 빨갛게 상기된 박진령의 몰골을 건너다보고 있고, 박진령은 공연한 발설을 했다는 죄책감으로 숨소리도 낼 수가 없다.

"소망이 있다면서……?"

"중전 마마, 바다 건너 일본국의 일을……."

박진령은 잠시 진언을 중단하고 문갑 위에 놓인 지구의를 들어다가 중전 민씨의 앞으로 옮겨다 놓는다. 그리고 일본국의 위치를 그녀의 앞으로 고정하고 다시 말을 이어 간다.

"중전 마마, 지금의 일본국은 지난날의 왜국이 아님을 유념하셔야 하옵니다."

"……!"

"예로부터, 이 나라 조선에서는 대마도의 도주로 하여금 왜국의 사절을 대신하게 하였사오나……, 미리견과 손을 잡고 서구 열강의 문물을 받아들인 왜국의 새 정부는 대마도주의 지위를 박탈하여 백성들과 평등하게 살도록 하였사옵고, 나라 밖과의 모든 외교업무를 정부에 귀속하게 하였사온지라 조선 조정도 일본국이 보낸 서계書契를 받아들이고 그들과의 교섭을 재개하여 선린善隣관계를 돈독히 하는 것이 바른 길인 줄로 아옵니다."

중전 민씨의 표정에 냉기가 돌기 시작한다. 참언을 입에 담는 것으로 목에 풀칠할 수밖에 없는 박진령의 목소리에 세계를 꿰뚫어 보는 자신감이 넘치고 있다면 국모의 무지를 힐문하고 있는 것과 무엇이 다르랴.

중전 민씨의 반문은 날카롭기 그지없다.

"네 정녕, 주상 전하의 탑전에서도 그와 같은 왜국의 실정을 입에 담을 수가 있겠느냐."

"……!"

박진령은 질겁을 하듯 자세를 고쳐 앉는다. 중전 민씨의 목소리에 자신의 오만을 다스리겠다는 노기가 실려 있었기 때문이다. 그렇다고 여기서 무너질 수는 없다. 참언으로 쌓아 올린 신임까지 다시 원점으로 돌아간다면 만사휴의萬事休矣가 아니고 무엇인가.

박진령은 더욱 단호하게 자신감을 피력할 수밖에 없다.

"아뢰옵기 송구하오나 소녀가 입에 담은 세계의 정세는 중전 마마께오서 몸소 전하께 진언하시는 것이 온당한 일이옵고, 연이나 미천한 소녀에게 천은이 내려진다면……, 전하의 탑전에 동석할 수는 있을 것이옵니다. 통촉하소서."

"네 생각이 정녕 거기에 이르렀다면, 너를 내게로 보낸 패거리가 있을 것이 아니겠느냐!"

"……!"

"아니라고 할 터이더냐!"

"중전 마마……, 맹세코 말씀 여쭈옵니다만, 소녀는 참언을 입에 담으면서 생계를 꾸려 가는 미천한 신분이옵니다. 하오나, 서구 열강의 문물을 입에 담는 것은 참언이 아니오라 나라의 앞날을 열어 가는 신학문임을 유념하오소서."

"그러게 너를 내게로 보낸 네 두목이 있을 것이라고 물었느니라."

박진령은 숨이 막힌다. 오랜 세월을 꿈꾸어 온 개항의 씨앗을 마침내 왕실에 뿌리게 되었다는 뿌듯한 심회에 젖은 것도 잠시뿐, 중전 민씨의 추궁에 말려들면 스승들의 신변에 위해를 가하게 될지도 모른다.

박진령은 떨리는 목소리로 자신의 의지를 밀고 나간다.

"중전 마마, 일본국은 무력을 동원하여 조선을 침략해 올 것이라 하옵니다. 저들은 미리견이나 불란서처럼 멀리 떨어져 있는 나라가 아니라 가까이에 있는 이웃임을 유념하오시고……."

"말을 돌리지 마라. 그러게 너를 내게로 보낸 두목이 있을 것이라고 물었느니라!"

중전 민씨는 일본국의 무력침략설에는 전혀 관심을 보이지 않은 채 오직 박진령의 내심만을 추궁하고 있다. 그럴 수밖에 없는 것이 아직 나이 어린 아녀자의 처지로 서구 열강의 문물을 그만큼 당당하게 입에 담을 수가 있다면 십중팔구 천주교도일 것이었고, 그녀의 뒤에는 그렇게 조정하는 세력이 있을 것이 아니겠는가. 바꾸어 말하면 그런 무리의 사주를 받은 박진령이 중궁전에 침투해 있는 것이라면 언젠가는 치명적인 상처를 입게 될 것이 분명하다. 그런 중전 민씨의 속내를 눈치 챈 박진령은 몸서리치는 두려움에 떨면서 생각을 굴린다.

중전 민씨의 의심을 풀어 가자면 이동인이 적임일 것이지만, 일이 잘못되는 날이면 척화비를 훼손한 일을 재론되게 할 위험이 있다.

어찌해야 하는가. 그렇다고 우의정 박규수의 문도임을 자복한다면 그 어른의 신상에 얼마나 큰 폐를 끼치게 될지도 가늠할 수가 없다. 박진령은 죽기로 작정하고 유홍기를 거명한다.

"광통방 외나무다리를 건너면 백의정승이라고 불리는 의원 한 분이 계시온데 환경 대감께서도 그분의 학덕을 백의정승으로 칭송하신다고 들었사옵니다."

"우상께서……!"

"그러하옵니다."

"아무리 의원이기로 이름은 있을 것이 아니더냐!"
"유홍기라 하옵니다!"
"유…… 홍, 기?"
"더러는 대치장大致丈이라고 높여 부른다고 들었사옵니다."
 중전 민씨의 시선에는 날이 서 있다. 박진령은 외면할 수밖에 없다.
"밖에 김 상궁 있으면 이리 가까이 들라!"
 중전 민씨의 야멸친 성품은 칼날과도 같아서 빈틈을 보이질 않는다. 그녀는 박진령을 앞혀 둔 채 김 상궁에게 광통방에 다녀 올 것을 명한다.
"광통방 공동으로 가면, 외나무다리가 있을 것이니라. 그 근 방에 백의정승이라고 불리는 의원이 있을 것인데……, 그 약국에 우의정 박규수 대감께서 출입하신 일이 있는지를 알아보고, 또한 천주교의 신도들과 상관되는 곳이 아닌지도 소상히 수소문해 와야겠다!"
"분부 명심하여 거행하겠사옵니다."
 중전 민씨는 방문을 나서는 김 상궁의 등판을 쏘아보고 있다가 다시 박진령에게로 시선을 옮겼는데, 놀랍게도 눈가에 웃음이 실려 있다.
"밖에 누구 있느냐."
"대령해 있사옵니다."
"잡인들의 근접이 있어서는 아니 될 것이니라. 너희들도 물러가 있으라!"

박진령은 갈피를 잡을 수가 없다. 중전 민씨는 비로소 노기를 풀면서 다정한 말투로 돌아온다.

"내 호통이 서운했을 것이다만……, 네 신임을 더 두터이 하고 싶었느니라."

"마마……."

"나는 너와 함께 전하를 배알할 것이니라. 어서 이리 가까이 다가와서 전하에게 진언하고자 할 바를 내게 먼저 고하라!"

"마마, 감읍, 감읍하옵니다. 중전 마마."

박진령은 중전 민씨의 곁으로 옮겨 놓은 지구의 쪽으로 무릎걸음으로 다가앉는다.

"서구 문물은 무엇이며……, 신학문은 또 무슨 말이더냐?"

얼마나 오랜 세월 동안 꿈꾸어 온 기회이던가. 주상에게 먼저 고한다면 말할 나위 없겠지만, 중전 민씨에게라도 급변하는 세계정세를 고할 수 있다는 것은 하늘이 내린 은혜이고도 남았다.

박진령은 지구의를 돌려서 먼저 프랑스를 지적해 보이고 서서히 미국 쪽으로 돌리면서 입을 연다.

"중전 마마, 지난 병인년과 신미년에 이 땅을 유린했던 불란서는 여기 구라파에 있는 나라이옵고, 여기 미리견은 아메리카 대륙에 있사옵니다. 두 나라는 이 넓은 바다를 건너고서야 일본이나 중국 그리고 우리 조선에 당도할 수가 있었사온데……, 그러자면 몇 달 동안을 배에서 먹고 자야 하지를 않겠사옵니까. 석탄을 때는 증기선蒸氣船이 아니고는 꿈도 꿀 수가 없는 일일 것으로 아옵니다. 지금 일본 땅 장기長崎(나가사키)와 중국의 상해上海에는 그런 함선들이 수없이 드나들고 있다 하옵니다!"

"그 모두가 증기선이란 말이더냐!"

"그러하옵니다. 석탄을 때어 물을 끓이고 그 증기의 힘으로 움직인다 하옵니다. 나무로 만든 것도 있고, 쇠로 만든 철선도 있다고 하옵니다."

"철…… 선!"

"철갑으로 만든 함선에 수십 문의 대포를 실었는데, 거기에 또 수백 명의 병사를 태우고 바다를 건너왔다면 함선의 위력은 알고도 남을 일이 아니옵니까."

중전 민씨는 진솔하면서도 열성으로 가득한 박진령의 변설에 새로운 감동을 체험하고 있다. 그녀는 서쪽 들창이 빨갛게 물들 때까지 미동도 하지를 않은 채 박진령의 열강에 빠져 들고 있다.

광통방으로 나갔던 김 상궁이 환궁한 것은 중궁전의 내정에 땅거미가 스며들고 나서다. 그때까지 진령은 중전 민씨에게 『해국도지海國圖誌』에 쓰인 서구 문물의 내용을 열강하고 있었지만, 실상은 김 상궁이 돌아올 때까지 인질로 잡혀 있었던 셈이다.

중전 민씨는 다시 날카로워진 목소리로 김 상궁을 추궁하고 나선다.

"그 유홍기라는 의원이 백의정승으로 불리고 있다는 것이 사실이더냐!"

김 상궁은 힐끗 박진령을 살피면서 입을 연다.

"그러하옵니다. 학덕이 하늘을 찔러서 백의정승이옵고, 이웃을 아끼는 자애로운 인품도 널리 알려져 있었사옵니다."

"그 약국에 천주교의 무리들이 모인 일은 없었다더냐!"

박진령의 등판에 소름이 끼치고 지나간다. 유홍기의 분신이나 다름이 없었던 김문호가 천주교의 교도라 하여 병인년에 효수梟首를 당한 바가 있었고, 비록 배교背教를 했다고는 해도 박진령 또한 천주교에 입문했던 사실이 있었음에랴. 이 사실이 밝혀진다면 중전 민씨의 노여움은 터져 오르지 않겠는가.

김 상궁의 대답은 맹랑하다.

"그런 풍설은 들은 바가 없사옵고, 또 있다 한들 아무도 입에 담지 않을 듯하였사옵니다."

"무슨 소리야. 그게!"

"약국은 약국대로, 대치장이라는 어른은 그 어른 나름으로 많은 사람들의 칭송을 받고 있사온지라 험구할 사람은 없을 것으로 보였사옵니다."

"하면, 환경 대감께서 그 약국에 거동하는 일이 잦다는 것 또한 사실이더냐!"

"그러하옵니다. 우상 대감께서 자주 약국에 거동하신다 하옵고, 더러는 재동 사저로 그분을 불러서 국사를 논하신다고 들었사옵니다."

"국사를……?"

중전 민씨는 실망과 감동이 교차되었던 모양으로 이번에는 박진령에게로 시선을 돌리면서 묻는다.

"그 유홍기라는 사람의 가계가 대대로 약국을 하였더냐!"

"아니옵니다. 선대는 모두 역관을 지낸 것으로 알고 있사옵니다."

"그렇다면, 너는 그 사람과 어찌 알게 되었느냐?"

"우상 대감께서 평안도 관찰사로 계실 때, 미리견 상선이 대동강에서 불탄 일이 있었질 않았사옵니까. 그때 우상 대감께서 대치 선생님과 함께 소녀의 거처에 들리셨사온데……, 두 분 어른께서는 이미 그때 서구 열강의 문물을 입에 담으셨사옵니다. 소녀는 그날의 감동을 잊지 못하여 대치 선생님의 문도가 되기를 청했사옵니다."

"하면, 유홍기라는 의원 말고 또 그런 이치에 밝은 사람이 있더냐?"

"환경 대감께서 지난번 청나라에 가셨을 때 수역首譯으로 수행했던 오경석이라는 역관이 계시옵니다."

"오, 경석……?"

"그 원거元秬 선생님께서는 금석학의 대가이시며 서양의 문물과 국제정세를 꿰뚫어 보시는 선각자이시옵니다."

중전 민씨는 거침없이 흘러나오는 박진령의 야멸친 대답이 마음에 들지 않는다. 조금은 어눌한 쪽으로 가장하던가, 아니면 조심조심 대답하면서 송구해하는 기색을 보였다면 오히려 마음이 편했을 것인데, 박진령은 마치 사생을 결단하는 사람처럼 중전 민씨의 무지를 자극하고 있어서다.

"그만 되었구나……. 물러가 있으면 기별이 있을 것이니라."

비로소 박진령은 일이 잘못되어 가고 있음을 감지한다.

중궁전의 밖은 칠흑 같은 어둠에 싸여 있다.

박진령은 고개를 떨군 채 타박타박 걷는다. 따지고 보면 중전 민씨의 날카로운 추궁에서 벗어나야 한다는 일념으로 안간힘을 다해 대답한 것인데, 그로 인해 축객逐客을 당하듯 중궁전에서 물러났다면 얻은 게 없질 않은가. 게다가 우의정 박규수와 백의정승 유홍기, 역관 오경석까지 거명하였으니 만에 하나라도 그들에게까지 불이익이 돌아간다면 무슨 수로 그 송구함을 감당할 수 있을까.

궐문을 나선 박진령은 광통방 유홍기의 약국으로 가야 할지 아니면 이동인이 거처로 쓰고 있는 진장방 별저로 가야 할지를 망설이지 않을 수가 없다.

광통방 유홍기의 약국으로 간다면 중궁전에서 사람이 다녀간 일로 어수선할 것이므로 모든 시선이 자신에게로 쏠릴 것이 분명하다. 더구나 또 다른 중전의 분부가 당도해 있을지도 모른다. 그녀는 발걸음을 돌린다.

위기일발

　진장방 이동인의 거처에는 유홍기가 달려와 있다. 물론 중궁전의 김 상궁이 광통방의 기미를 살피고 간 것이 불길해서다. 그러나 유홍기는 아무 내색도 하지 않은 채 박진령이 퇴궐하기만을 기다리고 있다.
　산새들의 지저귐이 잠잠해졌는가. 흐르는 물소리가 요란하게 들렸다. 참다못한 이동인은 일본군의 대만 침공을 입에 담으면서 조정의 무능을 힐난하기 시작한다.
　"선생님, 왜국이 급하게 변하고 있다는 사실조차도 인정하지 않으려는 조정인데……, 일본군이 대만을 쳐들어갔다는 사실에 대응할 방책이 없는 것은 당연하질 않사옵니까!"
　"지금 우리의 처지로서는 환경 대감의 결단을 믿고 기다리는 수밖에 달리 방도가 없겠으나……."

탄식에 섞인 유홍기의 목소리는 맥이 풀려 있었으나, 그나마 새 소식을 전해 주는 것이 고맙기만 하다.

"천만다행인 것은 무불이 보낸 이 편지에……, 정한파의 두령이라는 사이고 다카모리라는 자가 조정과 뜻이 맞질 않다면서 모든 관직을 버리고 낙향을 했다 하니, 왜국의 조선에 대한 정책 변화가 있을 수도 있겠지……."

"헛, 참. 왜국이 조선을 정벌하자는 것은 저들의 국론이지 사이고 다카모리 개인의 뜻이 아니질 않습니까."

이동인의 지적은 언제나 정곡을 찌른다. 일본에서 일어나는 소위 '정한론'이라는 것은 명치유신 이후에 일어난 것이 아니라 그보다 훨씬 앞으로 거슬러 올라간다. 일본국 명치유신의 핵인 존황토막尊皇討幕의 당위성을 유신의 주역들인 조슈 번의 젊은이들에게 일깨워 주었던 요시다 쇼인도 정한론자였음은 앞에서 지적한 바와 같다.

역시 유홍기는 질문의 핵심을 피하며 힘없이 대답한다.

"……환경 대감께서 그와 같은 사실을 모르실 까닭이 있겠는가. 좀 더 지켜보노라면……."

"선생님, 언제까지 수구세력들이 스스로 깨어나기를 기다려야 하옵니까. 차라리 빈도가 밀항을 다시 시도할 수밖에 없지를 않겠습니까."

"……!"

"이번에는 반드시 성공을 해서 저들의 참모습이 어떤 것인지를 환경 대감이나 이 땅의 수구세력들에게 깨우쳐 주지 않고서는 달리 방법이 없을 것으로 압니다!"

유홍기는 오늘따라 이동인의 열혈 같은 결기를 받아 주지 않는다.

"이 사람, 동인, 또다시 지난번과 같은 경거망동으로 환경 대감이나 우리 혈맹들을 궁지로 몰아넣는다면……, 내가 용서치 않을 것일세."

"선생님!"

"지금, 우리의 품 안에서 고균古筠(김옥균의 호)과 금릉위 같은 젊은 준재들이 자라고 있음을 유념해야지. 그들을 선각의 길로 인도하는 일 또한 우리에게 주어진 막중대임이 아니겠는가!"

그때 문밖에서 박진령의 목소리가 들렸다.

"주안상 대령이옵니다."

"들어오게."

유홍기가 기다렸다는 듯이 대답한다. 중궁전에서의 일이 궁금해서다.

"중궁전의 상궁이 광통방까지 나오자면……, 네 진언이 있었을 것이 아니더냐?"

유홍기의 빠른 물음에 박진령은 잠시 고개를 숙여서 두근거리는 가슴을 진정하려 애써 보았지만……, 눈앞을 캄캄하게 하였던 좌절의 순간이 주마등처럼 뇌리를 스쳐간다.

"……중전 마마께오서는 선생님이나 소녀가 혹여, 천주교도가 아닌지를 의심하는 기색이 완연하셨사옵니다."

이동인이 반색하듯 참견하고 나선다.

"허허허, 그 일이라면 조금도 걱정할 일이 아니질 않느냐."

"아니라니요?"

"아니질 않고. 운현궁의 부대부인께서도 서양 신부가 집전하는 미사에 나가는 마당이면 이젠 천주교도가 무슨 죄인이겠느냐."

"……!"

이동인의 대답에 놀란 것은 박진령뿐만이 아니라, 유홍기도 두 눈을 크게 뜬 채 움직이지를 못한다. 말을 이어 가는 이동인의 목소리에 더욱 힘이 실리고 있다. 자신감의 발로가 분명하다.

"내가 민씨 일족에게 분명히 일러두었지. 대치장의 학문과 지혜를 빌릴 수만 있다면……, 조정은 말할 나위도 없고 중전 마마의 처신이나 민씨 일문에도 큰 광영이 있을 것이라고……."

박진령은 놀란 시선을 유홍기에게로 옮긴다. 그는 어처구니없다는 표정으로 허공에 시선을 던지고 있다.

"염려할 것 없다는데도. 수삼일 안에 기쁜 소식이 있을 것이니라. 허허허."

유홍기는 아무 말 없이 몸을 일으키며 방을 나간다. 선비가 못 들을 소리를 들으면 귀를 씻는다고 했던가. 문이 열리자 쏴아하게 흐르는 여울물소리가 가까이에서 들렸다.

　유홍기의 배웅을 마치고 돌아온 박진령은 이동인의 가까이로 다가와 앉는다.

　"소녀는 이제야 만 가지 시름을 덜었사옵니다."

　"이르다 뿐인가. 중궁전의 신임이 더욱 깊어질 것일세……."

　"아, 선사님……!"

　박진령은 이동인의 가슴팍으로 몸을 던진다.

　그 포옹은 연민의 정을 넘어서는 격렬한 부딪침이다. 박진령은 창덕궁을 나서서 진장방에 이르기까지 줄곧 스승들에게 밀어닥칠 액운을 걱정하고 있었는데, 이동인의 거칠어진 애무는 지친 박진령의 심신에 활기를 불어넣고도 남았다.

설득과 반발

미소년 민영익

 광통방 유홍기의 약국으로 두 사람의 선비가 들어선다. 앞장선 사람은 열서너 살로 보이는 미소년이고, 그에게 인도되고 있는 듯한 사람은 마흔 살이 넘어 보이는 장년이다. 그러나 두 사람에게서 풍겨지는 기품에는 어느 고관대작에게도 비교될 수 없을 만큼 당당한 위풍이 풍겨 난다.
 약재를 말리고 있던 최우동이 황급히 달려와서 허리를 굽힌다.
 "어서 오소서. 선생님께서는 출타 중이십니다만……."
 "선생님……, 대치장 말씀이신가?"
 미소년이 추궁하듯 반문하는데 여간 총명해 보이지를 않는다.
 "그러하옵니다. 재동 우의정 대감 댁에 가셨습니다만……."
 미소년이 장년의 남자에게 난감해하는 표정을 지어 보이며 하회下回를 구하자 그는 우렁우렁한 목소리로 대답한다.

"기위 예까지 왔다가 헛걸음을 하기도 민망하니 서둘러 재동으로 인편을 보냈으면 하네."

"뉘시라고 말씀 여쭈어야 할지요?"

"허허허, 본 대로 전하면 될 것이 아니겠나. 기가 통하면 서둘러 돌아올 테지……."

"아, 예. 잠시 안으로 드시지요."

최우동이 엉거주춤 손을 들어 약국의 사랑 쪽을 가리키면서 허리를 굽히자 미소년이 냉랭한 목소리로 추궁하듯 말한다.

"일국의 병판 대감을 약국으로 모신다면 큰 결례가 되지를 않겠는가. 마땅히 서재로 뫼시는 게 도리일 것일세."

"병, 판이시면……. 아, 예."

최우동은 께름칙한 생각이 아주 없지는 않았으나, 새 외척의 두령인 민승호라면 예우를 해서 마땅하다는 생각으로 유홍기가 그토록 소중히 하는 송죽재로 인도한다.

진귀한 서양 문물들의 갖가지 모형과 서책으로 가득한 송죽재로 들어서면서 민승호는 가위에 눌리는 듯한 흥분을 가눌 수가 없다. 벽에 걸린 소동파의 친필은 고사하고, 방바닥 가득히 펼쳐진 채색된 세계지도를 보면서는 별천지에 들어선 듯한 미궁에서 헤어나질 못한다.

미소년은 한참 동안이나 지도를 들여다보고서야 민승호에게 묻는다.

"대체 무슨 형상일지요? 제가 보기엔 분명 글자의 모양 같기도 하옵니다만……."

지도에 그려진 대륙과 바다를 하나의 형상으로 살피면서 처음으로 보았을 영문자를 그나마 글자로 살폈다면 대단한 총기가 아니고 무엇인가.

"허허허, 영특하구나. 펼쳐진 그림은 오대양 육대주를 알리는 지도라는 것이고, 꼬불꼬불하게 그려진 것은 서구 사람들이 쓰는 문자이니라."

"아……. 저에게는 저기 서책들도 모두 생소하기만 하옵니다."

"그게 어디 너만이겠느냐. 내게도 생소하기만 한 것을……."

병조판서 민승호의 자탄이 어린 미소년을 더욱 주눅 들게 했던 모양으로 소년은 서가에 가득한 생소한 제목의 책들을 넋을 잃은 채 바라볼 뿐이다.

서재의 주인인 유홍기가 돌아온 것은 승석 무렵이다.

방 안으로 들어서는 유홍기의 당당한 체구와 그에 어울리는 부리부리한 눈매, 그리고 반백을 넘어선 눈부신 은발은 균형 잡힌 홍안과 어울려 그의 후덕한 인품을 드러내 보이는 데 부족함이 없다.

"귀하신 어른의 내방이옵니다만, 결례가 너무 컸사옵니다. 관용하소서."

"아닐세. 주인이 아니 계신 서재를 어지럽히질 않았는가. 더구나 진귀한 물건들이 가득한 은밀한 곳을……."

유홍기에게는 진귀하고 은밀하다는 말이 귀에 거슬렸으나 이동인의 귀띔이 있었던 터이므로 마음에 새길 필요는 없다고 생각한다.

"유홍기라는 의생입니다만, 주부主簿라거나 약국장藥局丈으로 부르셔도 무방할 것으로 아옵니다."

유홍기는 정중히 허리를 굽혀서 예를 표한다. 반상의 개념이 아니라 일국의 병조판서를 대하는 예우에도 모자람이 없다.

"허허허, 약국장이란 당치 않으이. 나도 대치장이라고 부를 것이니 그리 아시게."

"대감……."

"허허허, 대치장의 학덕이나 인품에 대해서는 환경 대감의 보증이 계셨으니 나로서도 응분의 예우를 하는 것이 도리가 아니겠는가."

"시생의 처지로는 황망한 노릇입니다."

"괘념치 않아도 될 일이라니까."

민승호는 세련된 몸짓으로 유홍기의 심기를 편하게 다독이면서 동행한 미소년을 소개한다.

"함께 온 아이는 영익이라고 내 조카일세."

"아, 예. 초대면입니다만, 엄청난 총명을 타고 나시지 않았습니까."

민승호는 유홍기의 상찬이 싫지 않았던 모양으로 은연중에 확인을 청하고 나선다.

"허허허, 내 일찍이 이 아이를 우리 민문閔門의 천리구千里驅로 지목한 바가 있었는데……, 오늘 대치장의 확인까지 얻고 보니 나에게도 사람을 보는 눈이 있지를 않았는가."

"겸사의 말씀이십니다. 민문만의 천리구가 아니라 이 나라 종사의 천리구로도 손색이 없는 것을요."

유홍기는 민승호에게 아첨을 하고 있는 것이 아니다. 그는 민영익閔泳翊을 처음 보는 순간 가슴이 섬뜩해질 만큼 총기가 넘치고 있음을 직감하였다. 그러나 안타까운 것은 그가 민씨 가문의 일원으로 태어났다는 점이다.

공자의 말을 되새겨 보면 안다.

사람에게 세 가지 불행이 있나니, 소년으로 높은 과거에 오르는 것이 첫 번째 불행이고, 부형의 권세에 힘입어 좋은 벼슬에 오르는 것이 두 번째 불행이고, 뛰어난 재주와 문장에 능한 것이 세 번째 불행이다.

곧 알게 될 일이지만 민영익은 위의 세 가지 불행을 빠짐없이 갖추게 될 사람이 아니던가.

민승호와 민영익의 관계는 참으로 운명적이다.

황해도 관찰사 민태호閔台鎬는 도승지 민규호閔奎鎬의 친형이지만, 백부 민치삼閔致三에게로 출계出系(양자)를 하고 나서 민영익을 얻는다. 그러나 민영익은 후일 민승호가 폭사를 당하자 그에게로 출계를 하여 가계를 이어 가게 된다. 그렇다면 민승호는 살아서 양자를 지목해 둔 것이나 다를 바가 없고, 민영익은 당대 제일의 세도가를 친부와 양부로 둔 셈이 된다. 그러나 지금으로서야 누가 그 같은 기연奇緣을 짐작이나 하겠는가.

"나도 틈나는 대로 찾아와서 급변하는 국제정세에 관한 대치장의 가르침을 받을 것이나, 오늘 이렇게 찾은 것은 우리 영익의 학문을 돌보아 주었으면 해서네."

민승호의 당부가 조심스럽게 흘러나온 것은 우의정 박규수의 간곡한 부탁에서 기인된 것이겠지만, 어쩌면 금릉위 박영효 형제와 김옥균, 유길준 등 반가의 자제들이 자신의 문도가 되어 있음을 이동인으로부터 들었을지도 모른다. 그렇다면 민영익이 배우게 될 신학문의 본질을 밝혀 두는 것이 민승호의 내심을 떠보는 것이며, 또 그에게 개항사상을 심어 줄 수가 있을지를 판단하는 첩경일 것이리라.

"아뢰옵기 송구합니다만, 시생이 가르치게 될 내용은 생각하기에 따라서는 학문이라기보다 혹세무민으로 천대받게 될 수도 있사온지라 감히 입에 담기가 어렵사옵니다."

"날 지나치게 경계하는구먼……."

"경계라기보다 국법을 따르고 있음이지요. 도성 한가운데에 척화비가 서 있지를 않습니까. 그런 판국에 시생과 같은 의생이 앞에 펼쳐진 지도를 보면서 거기에 그려진 서구 열강의 문화와 역사를 입에 담는다면, 그것이 종사를 위해 과연 필요한 것인지를 심사숙고해 보셔야 할 줄로 아옵니다."

"대치장, 척화비를 세운 대원위는 이미 퇴진하지를 않았는가."

"그렇다고 친정이 곧 개항을 뜻하는 것은 아니질 않습니까."

무슨 일에건 신중을 으뜸으로 삼아 온 유홍기이지만 민승호를 대하는 그의 어투에는 당차다고 느껴질 만큼 무게가 실려 있다. 후일을 위해서라도 민승호의 본심을 알아 두는 것이 좋겠다는 유홍기의 다짐일 수밖에 없다.

민승호의 대응도 만만치 않다.

"그렇다면 내가 먼저 다짐을 해야겠구먼……. 당장 개항을 하자는 것이 아니더라도 거기에 대비하는 세력은 있어야 하지를 않겠는가."

"……!"

"개항은 변혁의 바람일 것이라고 나는 믿네. 그 변혁의 바람을 줄기차게 헤쳐 나가기 위해서는 우선 인재들이 젊어야 하고, 명문의 자손이어야 한다는 것이 내 생각일세. 지금 당장에 쓰일 인재가 아니라 앞날을 위해서 비축할 인재들이기에 더욱 그렇지를 않겠는가. 내 미련한 생각과 대치장의 지고한 견해가 서로 다르지 않기를 바라는 마음 간절하네."

"대감, 한 치의 착오도 없는 동감입니다."

유홍기는 형언할 수 없는 기쁨에 젖는다.

개항에 대한 민승호의 생각이 여기까지 와 있다면, 미구에 중전 민씨에게로 번져 갈 것은 불문가지의 일이기 때문이다.

"허허허, 고맙네. 영익은 입문의 예를 올려야 할 것이니라. 금릉위 대감의 스승이시면 당연히 네게도 스승일 것이야."

역시 민승호는 금릉위 박영효가 유홍기의 문도임을 알고 있었다.

유홍기는 민승호의 치밀한 성품에 등골이 오싹해지는 전율감을 맛본다. 자신으로 하여금 민영익의 학문을 보살피게 하기 위해 박규수를 찾아가는 번거로움을 마다하지 않았다면 앞뒤의 변화까지를 정확히 내다보고 있음이 아니겠는가.

"환경 대감께서 거기까지……."

"허허허, 등하불명이라더니. 내가 대치장에 관해 소상히 아는 것은 원거의 도움도 있었고, 또 동인 선사의 도움도 컸네."

아, 그랬던가. 그러고 보니 이동인으로부터 좋은 일이 있을 것이라는 소리를 들은 지도 벌써 사흘 전의 일이다. 유홍기의 사람됨을 살피라는 중전 민씨의 명을 받은 민승호는 그 사흘 동안을 유효적절하게 이용하면서 유홍기의 주변을 샅샅이 뒤져 보고서야 민문의 천리구로 점지한 민영익을 맡겨 볼 만하다고 판단하였다면 돌다리도 두들겨 보고 건너는 치밀한 성품이 아니고 무엇인가.

"또 원거나 동인 선사가 아니고도 내 곁에 박진령이 있질 않은가. 내 몸소 대치장을 찾아와서 영익을 맡기고자 하는 것은 민문의 일만이 아니라 나라의 국운과도 관계가 있음을 유념해야 할 것일세. 아시겠는가."

"명심하겠사옵니다. 대감."

유홍기는 감동의 목소리를 쏟아 내며 민승호에게 상체를 굽힌다. 오랜 세월 동안 열망해 온 소망이 이루어지고 있다는 감회가 물결처럼 출렁거렸기 때문이다. 사실이 그렇지 않고 무엇인가. 민승호가 앞장서서 개항세력을 양성하고, 중전 민씨가 이를 비호한다면 조선은 자주적인 개항에 성공할 수가 있을 것이 분명하다.

"입문의 예를 올리옵니다. 선생님……."

민영익의 나이 이때가 열다섯 살, 상기된 미소년의 얼굴은 수려하였고 총기에 넘치는 눈빛은 학구열에 불타고 있다. 그는 중인의 신분인 새 학문의 스승에게 정중한 예를 올리고 좌정한다. 다시 민승호가 환하게 웃으면서 부연한다.

"허허허, 비록 나이 어린 문도지만 덕담을 내려 주셔야지요."

"덕담이랄 것이야……. 학문은 생소할 것이나 사귈 만한 벗들이 많아서 의기가 투합될 것으로 아네. 애쓴 만큼 거둘 수 있다는 것이야말로 천하의 가르침이 아니겠나."

그리고 유홍기는 알성시에 장원한 김옥균의 열혈 같은 기질이며, 과장에 나가기를 거부한 유길준의 기개, 그리고 금릉위 박영효 형제의 학구열을 소개하였다. 민영익은 초롱초롱한 시선을 굴리며 그들에게 뒤지지 않겠다고 다짐하고 있음을 완연하게 드러낸다.

민승호와 민영익이 돌아가자 유홍기는 지체 없이 오경석과 이동인에게 인편을 보낸다. 오늘 있었던 엄청난 일을 알리는 술자리를 마련하겠다는 심산에서다.

지사志士들이나 다를 바가 없는 동지들이 모여들자 유홍기는 전에 없이 들뜬 목소리로 자초지종을 설명하고 나서 이동인을 칭송한다.

"허허허, 오늘 일의 일등공신은 뭐니 뭐니 해도 동인 선사일 것이야."

이동인은 두 손을 휘저으면서 정색하며 말한다.

"구태여 공을 따지자면 단연 진령이가 일등입니다. 진령은 중전 마마께 진언을 하면서도 일이 잘못될까 두려워서 신열을 앓기까지 했다니까요. 하나, 시생은 누구의 공이건 이 나라의 개항이 비로소 햇빛을 보게 되었다는 사실에 만족할 뿐입니다."

"아직 햇빛이라고까지야······. 다소 외척의 비호를 받을 수 있을지는 몰라도 사안에 따라서는 우리만 희생될 수 있다는 점도 각별히 유념해야 할 것이네!"
 오경석이 엄숙해진 목소리로 신중론을 개진한다. '우리만 희생된다' 라는 것이 무엇을 뜻하는가. 배신을 죽 먹듯 하는 권력의 못된 속성을 입에 담았는데도……, 방 안에 가득히 차오른 희열을 압도하지는 못한다.

대만 점령

여름 하늘인데도 구름 한 점 없다.

백송가지에서 들려오는가, 매미소리도 이젠 느릿하게 느껴진다. 우의정 박규수는 산수화가 그려진 합죽선을 접으면서 유홍기에게 묻는다.

"요즘도 병조판서와는 자주 만나는가……."

"웬걸요. 근자에는 영익의 편으로 안부나 전해 듣는 형편입니다."

"그럴 테지. 도승지와 심한 언쟁이 있은 다음부터 개항에 관해서는 조심하는 기색이 완연했으니까."

"언쟁이라니요? 대감……."

병조판서 민승호가 조심스럽게나마 개항의 필요성을 개진한 곳은 빈청에서다. 그는 일본국 유신정부가 수립되기까지의 과정을 설명하고 나서 그들이 채택하고 있는 부국강병의 정책이 조선에도 필요하지 않겠느냐는 식으로 자리를 함께한 신료들에게 물은 일이 있었다. 물론 그것은 유홍기와의 잦은 만남에서 얻어진 정보였고, 때로는 조카 영익이 스승들로부터 배워 와서 전해 주는 세계정세의 변화에 대비해야 한다는 인식임이 분명했다.
"병판께서는 말을 삼가세요. 그건 망언이에요. 반상의 법도를 무너뜨리면서까지 개항을 하다니요. 조선 백성들을 개돼지로 만들자는 것이오이까!"
뜻밖에도 도승지 민규호가 언성을 높이면서 병조판서를 면박하고 나선다. 핏발을 곤두세운 눈으로 남남도 아닌 일문의 두령이자 중전의 오라비를 혹세무민으로 몰아세웠다면 자리를 함께하고 있었던 신료들에게는 민망한 노릇이 아닐 수 없다.
"아니, 이 사람이⋯⋯!"
"그렇지 않으면 무엇입니까. 개항이고 평등이고 간에 그런 터무니없는 일이 성사되면, 어제의 종놈과 같은 반열에 서야 하는데⋯⋯, 그게 바로 나라가 망하는 일이 아니고 무엇이오이까!"
"도승지는 하나만 알고 둘을 몰라서 그런 것이야. 부국강병의 국력을 만들기 위해서는 반듯이 개항은 해야 하고, 또⋯⋯."
"제발 좀 그만두세요. 유림들이 들으면 형님께서는 귀양을 면치 못해요. 또 미처 개항이 되기 전에 형님이 먼저 목숨을 잃게 될 것을 왜 모르십니까. 이 나라 조선은 엄연한 사대부의 나라가 아니오이까!"

"허어, 도승지의 말이 지나치질 않나!"

"지나칠 거 하나도 없어요. 오랑캐들이나 하는 짓거리를 외척의 우두머리가 부러워한다면, 이 나라를 오랑캐의 나라로 만들겠다는 저의가 아니오이까. 성균관에 가서 물어보세요. 모두가 금수의 소행이라고 할 것입니다!"

"말을 삼가시게……!"

병조판서 민승호는 아우를 노려보면서 노성일갈을 터트렸으나, 오히려 도승지 민규호의 얼굴에는 비웃음이 돌더라는 박규수의 전언은 유홍기의 가슴에 허허한 바람을 일으키는 충격의 정보이고도 남았다.

"그 일이 있은 다음부터 병조판서의 언행이 눈에 보이게 위축되었거든……."

그 후로도 민승호를 향한 민규호의 비난은 그치지 않고 있다는 박규수의 설명을 듣고서야 유홍기는 민승호가 광통방으로의 발길을 끊은 까닭을 짐작한다. 유홍기는 화제를 돌릴 수밖에 없다. 구태의연한 조정의 향배를 들으면서 뒤틀리는 심사를 달래기보다는 차라리 새로운 화제로 옮겨 가는 것이 마음 편해서다.

"시생은 초문이어서 여쭈어 보옵니다만……, 일본군이 대만을 쳐서 점령하였다는 게 사실이옵니까?"

"오, 그게 사실인 게로군……. 나도 대치에게 물어보려던 참이었어."

"원거가 전해 준 것이라 틀림이 없을 것으로 압니다만……, 사정이 이와 같다면 저들이 노리는 다음 땅덩이는 우리 조선이 아니겠습니까."

"……."

우의정 박규수는 유홍기의 단정에 당혹감을 감추지를 못한다.

"저들이 이미 수년 전부터 '정한론'을 부르짖고 있었듯이, '정대론征臺論'도 공공연하게 소리치고 있었지 않았습니까. 그 한 가지 뜻을 이루었다면 그 다음 수순이야 뻔할 테지요."

그랬다. 일본국 유신정부는 고종 11년(1874) 4월, 육군중장 사이고 쓰구미치西鄕從道(사이고 다카모리의 동생)를 대만 정벌의 도독都督으로 임명하고 출진을 명했다. 일본국의 대만 정벌군은 대만의 사료항社寮港에 상륙하여 순식간에 모란사牧丹社를 유린하면서 7월에 이르는 석 달 정도의 기간에 대만 남부를 완전 점령해 버렸다.

"옳게 보았으이."

마지못해 대답하는 박규수의 온 얼굴에는 시름이 가득하다. 명색이 정승의 자리에 있으면서도 국론의 향배를 정하지 못하고 있는 자신의 처지가 한심해서일 것이리라. 그러나 유홍기는 따지는 듯한 어조로 박규수를 다시 난감하게 한다.

"저들 일본국의 유신정부에는 군함이 있고, 신식 화포가 있으며……, 잘 훈련된 군대가 있지를 않습니까. 지금과 같은 때에 저들의 침공이 있다면 우리 조선은 싸워 보지도 못하고 패망하게 되어 있는데, 이 엄연한 불행에 대한 조정의 대비가 있어야 하지를 않겠습니까. 그것이 나라를 다스리는 자들의 소임으로 아옵니다만······."

박규수는 고개를 끄덕이며 참담해지는 심중부터 추스르려 애쓴다. 자신의 앞에서는 언제나 공손하고 유순하였던 유홍기의 모습이 저토록 강경하게 변하자면 그의 인내심에도 한계가 있음을 드러내 보이는 것이 아니고 무엇인가.

박규수는 더 일찍 자신의 내심을 밝혀 두지 못한 것을 안타까워하면서 간신히 입을 연다.

"마땅히 조정에서 알고 있어야 하고······, 알고 있다면 당연히 저들과 교섭을 재개해야 옳겠지."

"하오시면 개항이옵니까?"

"속단은 금물일세. 우선은 일본의 서계를 받아들이는 것으로 저들에게 적의가 없음을 확실하게 보여 주는 것이 순서가 아니겠나."

"그렇다면 대감께서 몸소 나서시겠다는 말씀이신지요?"

"그럴 생각이네. 우선은 영상과 좌상부터 설득해야 되겠지만, 수구의 벽이 높기가 태산이나 다름이 없어. 다만 종사를 보전하자는 명분으로 설득에 임할 생각일세."

"대감, 큰 기대를 갖고 기다리겠사옵니다."

유홍기는 가슴이 두근거리는 흥분을 맛본다. 개항사상을 절실하게 가꾸고 있으면서도 조정 공론에 반영하려는 기미를 보이지 않았던 지극히 소극적인 박규수였다. 수구세력의 본산이나 다름이 없는 유림의 존경을 받고 있는 그가 앞장서서 의정부를 설득한다면 개항의 절실함이 가시화될 수 있을 것이라는 것이 유홍기를 비롯한 오경석, 이동인 등 개항세력의 희망이자 염원이었다.

의정부를 설득하고

 다음 날, 의정부의 청사로 들어서는 박규수의 발길은 영의정 이유원의 거처로 향하고 있다. 일이 수월하게 풀리려는가, 영의정의 거처에는 좌의정 이최응이 먼저 와 있다. 박규수는 면밀하게 궁리해 온 대로 외각에서부터 안으로 좁혀 가는 방법으로 말문을 열어 간다.
 "동래부사 정현덕과 왜학훈도 안동준을 원지에 유배를 보냈으면 합니다만……."
 "유배라니. 아무리 지방관이기로 그럴 만한 하자가 있어야 체직遞職을 할 것인데, 하물며 유배라니요?"
 좌의정 이최응의 반응은 퉁명하기만 하다.
 "그야 이를 말이겠습니까. 지난날 일본국의 사정도 모르면서 막무가내로 저들의 서계를 접수하지 아니한 까닭으로 일본국은 초량 왜관을 철수하기까지 하였질 않았습니까. 바로 그 일본국의 유신정부가 무력으로 대만을 공격하여 점령하였답니다."

"아니, 무엇이야!"

"그 다음은 어디를 노리겠습니까. '정한론'까지 거론하였던 저들이라면 당연히 우리 조선으로 총부리를 들이댈 것은 불문가지가 아니겠습니까."

"……!"

영의정과 좌의정의 안색이 창백하게 바래는 것을 지켜보면서 박규수는 말을 이어 간다.

"지난날 대원위께서는 그들 두 사람에게 왜국에 관한 일을 일임하다시피 하였는데, 전하께서 친재를 하시게 되었다면 마땅히 저들의 과오를 중형으로 다스려야 옳지를 않겠습니까."

"그건 우리가 먼저 왜국에게 성의를 보여야 한다는 뜻이 아닌가."

"성의라기보다는 충돌의 빌미를 없애자는 것이지요. 우선 동래부사와 왜학훈도를 원지에 부처付處한 다음, 또 다른 역관을 일본국에 밀파하여 저들의 의사를 타진한다면 이미 흐트러진 양국의 선린관계라고 하더라도 충분히 회복할 수가 있을 것으로 봅니다."

"밀파라니, 대관도 아닌 역관 따위를 왜국에 밀파하여 무엇을 얻고자 하는가. 그게 바로 저들에게 머리를 숙이는 일이 아니고 무엇인가!"
 영의정 이유원과 좌의정 이최응의 대응도 만만치가 않다. 이들 또한 수구세력의 일원이기도 하였지만, 불과 며칠 전 민승호를 몰아 부치던 도승지 민규호의 야멸친 언동이 눈에 선하였으므로 섣불리 단안을 내릴 수가 없어서다.
 박규수의 설득은 점차 위협조로 변해 간다.
 "당장 개항을 하여 문호를 열자는 것이 아니질 않습니까. 두 사람을 유배하는 것으로 조선 땅덩이가 불바다가 될지도 모르는 전화戰禍를 면할 수가 있다면……, 당연히 서둘러야 하고, 또 역관을 밀파해서라도 저들의 속내를 정탐하는 것이 현명하다는 것이지요."
 "허, 그 불바다라는 것이……!"
 "일본국의 침공은 지난 병인년이나 신미년에 있었던 양요洋擾와는 다르다는 것을 아셔야 합니다!"
 "다르다니. 대체 뭐가 다르다는 것인가?"
 "일본국은 미국이나 불란서처럼 멀리 떨어져 있는 나라가 아니라 바로 이웃에 있다는 사실을 유념하셔야지요. 병장기의 보급이 수월하다면 전쟁이 장기화될 수도 있고……, 게다가 저들은 이미 대만에서 철수할 병력 오천여를 장기長崎(나가사키)에 대기시킨다는 풍설이오이다!"
 "……!"

이유원과 이최응의 얼굴은 창백하게 바래고 있다. 아니 그지 없이 일그러질 수밖에 없다. 비록 정승의 반열에 있으나 실세가 아닌 그들로서는 무엇 하나 자력으로 결정할 수가 없어서다. 게다가 일본국과의 관계이고 보면 더욱 속수무책일 수밖에 없다.
 "도승지가 버티고 있는데, 상의 윤허가 계실지……?"
 좌의정 이최응이 책임만은 면하겠다는 투로 중얼거린다. 역시 왕명을 출납하는 도승지 민규호의 반발을 우려하고 있는 것이 분명하다.
 "정 그러시다면 도승지의 설득까지 제가 맡지요."
 "그렇게 된다면야 무슨 걱정인가. 당연히 서둘러야지. 아니 그렇습니까. 영상 대감."
 좌의정 이최응이 거구를 흔들면서 너스레를 떨자 영의정 이유원은 마치 무거운 짐을 덜어 낸 사람처럼 홀가분해진 표정을 지어 보이면서 인심을 쓰듯 동조한다.
 "우상의 소임이라고까지야 하겠습니까만, 허허허……, 그래도 국제정세에 관한 일이라면 우상께서 몸소 앞장을 서는 게 하자를 줄이는 길이 아니겠습니까. 우리의 동의가 있었던 것으로 하는 게 처신하기가 편할 것으로 압니다."
 "알겠소이다. 도승지까지는 시생이 맡지요."
 의정부를 나서는 박규수의 발걸음은 느릿하였지만 등판으로는 땀방울이 흘러내리고 있다. 기승을 부리는 한여름의 무더위

탓이라기보다는 곧 대좌하게 될 도승지 민규호와의 단판에 모든 기력을 곤두세워야 하는 긴장감 때문이다.

민문의 두령이자 집안의 형님인 병조판서 민승호의 개항의지에 찬물을 끼얹으며 조정의 수구세력들을 손아귀에 거머쥔 도승지 민규호라면 만만한 상대일 수가 없다. 그러나 민규호와의 일전을 불사해서라도 일본국의 침략만은 막아야 한다. 그것이 나라의 명운을 정하는 일이기 때문이다.

"어서 오십시오. 우상 대감."

도승지 민규호는 뜻밖으로 상냥하게 박규수를 맞는다.

"대단한 무더위가 아니요. 승정원의 내정이 하얗게 바래져 있었는데 물이라도 좀 뿌리시지 않으시고요."

"허허허, 피해 갈 방도가 없지를 않습니까."

"바로 보셨소이다. 일본국의 침공이 눈앞까지 밀어닥친 것으로 보여집니다만……, 그 또한 피해 갈 방도가 없어요."

박규수는 관복의 소맷자락에 간직하고 온 동래부사 정현덕과 왜학훈도 안동준의 부처를 청하는 문건을 도승지 민규호의 앞으로 밀어 놓는다. 구질구질한 설명을 생략하겠다는 뜻이기도 하다.

문건을 살피던 민규호의 입가에 비웃음이 흐른다.

"헛……, 이건 형님의 발상일 테지요."

아니나 다를까, 민규호는 우의정 박규수의 건의를 민문의 두령인 병조판서 민승호의 계책으로 단정하겠다는 듯 비아냥거린다.

"형님을 꼬드긴 자는 유대치라는 의원일 테고, 그자는 우상대감의 비호를 받고 있지를 않습니까."

"이보세요, 도승지. 나는 화급을 다투는 국사를 계청^{啓請}하고 있어요. 도승지는 상의 재가를 받아 주시는 것으로 소임은 끝납니다."

"아무리 그래도 그렇지요. 천하의 사대부들이 의원이나 중놈의 꼬드김에 놀아나고 있는지, 아닌지 정도는 살펴야 하질 않습니까."

"도승지, 이는 전란을 막아서 종사의 위급을 구하자는 것이라니까!"

"중인들의 꼬드김이 있었는지를 여쭙고 있어요!"

도승지 민규호는 물러설 기미를 보이지 않는다. 박규수는 격노하지 않을 수가 없다. 아무리 외척의 실세기로 어찌 도승지 따위가 공무를 계청하는 시임 우의정을 업수이 여길 수가 있는가. 박규수는 언성을 높인다.

"허어, 이는 의정부의 공론이라고 하지 않았는가. 영의정과 좌의정의 뜻을 모아서 우의정이 몸소 왔다면 도승지는 지체 없이 상께 계청하는 것이 도릴 것이거늘, 무엇을 근거로 그 따위로 거들먹거리는 것이야!"

"……."

박규수의 반격이 워낙 거센 탓인가. 도승지 민규호는 당황하는 기색이 완연하다. 박규수는 다시 모진 말을 입에 담으면서 일을 밀고 나간다.

"할 말이 없으면 당장 도승지의 소임에 임하시게!"

그제야 민승호는 얼굴을 붉히면서 공손해진다. 사림의 존경을 한 몸에 받고 있는 박규수의 면전이 아니던가.

"과연 환경 대감이십니다. 결례가 있었다면 너그럽게 헤아려 주십시오."

"무슨 뜻인가?"

"진작 서둘렀어야 할 일이라고 생각되어서요. 왜국이 대만을 점령하기 전에 조처했어야 할 일이 아니었습니까. 대감의 노고도 함께 진언하겠습니다."

우의정 박규수는 부릅뜬 눈으로 민규호의 표정을 세세히 살핀다. 그는 나이보다 성숙해 있음이 분명하다. 그는 또 일문의 두령인 민승호와의 대립을 자청해서라도 종사의 실권이 자신에게 있음을 과시하고 싶었고, 그런 방법으로 박규수를 대했으나 곧 실패를 자인할 줄도 알지 않는가.

"상께서 윤허하실 것으로 봅니다만, 후임까지 정해서 올리는 것이 옳지를 않겠습니까."

"……?"

박규수는 기어이 얼굴을 붉히고야 만다. 도승지 민규호는 능란한 화술로 유홍기, 이동인 등 중인들의 발호가 있다면 용인하지 않겠다는 의지를 분명히 하고서야 동래부사와 왜학훈도의 후임까지를 거론하고 나섰지만, 거기에 비한다면 오직 민규호를 설득해야 한다는 일념만으로도 버거울 수밖에 없었던 박규수는 자신의 준비 부족이 한심하게 느껴진다.

"서둘러서 후임 동래부사와 왜학훈도를 발탁해 주셨으면 합니다. 그리고 왜국과의 접촉은……."

"바로 그 일일세만……, 내 생각으로는 왜국에 역관 한 사람을 밀파하여 저들이 진정 무엇을 생각하고 있는지를 은밀하게 탐색해 본 연후에 관계 회복을 고려했으면 하는데 도승지의 생각은 어떠하신가."

"그리 하시지요. 오직 대감만이 하실 수 있는 소관입니다. 다만 그 일은 조정이 주관할 수 없는 일임을 각별히 유념하시고요."

"……!"

박규수는 민규호의 빈틈없는 대응을 지켜보면서 사안에 따라서는 희생만 강요될 수 있음을 상기한다. 그러나 영의정과 좌의정을 설득하였고 도승지로부터는 그와 같은 사실을 고종에게 계청하겠다는 확답을 받은 사실만으로도 가슴 뿌듯한 성과가 아니고 무엇인가.

"너무 심려치 마시게나. 나는 견마犬馬의 노고를 아끼지 않을 것일세."

박규수는 연하의 도승지에게 다짐하듯 말한다. 그리고 승정원을 물러나면서 개항의 물꼬가 트이고 있다는 설렘으로 발걸음까지 가벼워진다.

우의정 박규수는 의정부에 들러서 도승지의 견해를 소상히 전하고 퇴청을 서둔다. 오직 개항만을 염원하는 동지들에게 오늘의 성과를 전하기 위해서다.

환희와 인선

 이동인의 서재로 쓰이는 진장방의 별채는 동쪽 벽의 장지문을 접어서 달아매면 대청과 통하게 되어 있다. 매미소리와 물소리가 싱그러운 그 대청마루에 김옥균, 유길준, 민영익, 박영효 등의 어린 문도들이 모여 앉아 이동인의 열강에 숨을 죽이고 있다.
 박진령이 집에 있는 날이면 그들에게는 진귀한 음식상이 나오곤 했는데, 대개는 중전 민씨가 그녀에게 내린 것이라고 자랑하곤 했다.
 "청나라는 개항이라는 변화에 자주적인 힘을 불어넣질 못했던 까닭으로 서양 문물을 일찍 접하였으면서도 아편전쟁과 같은 액운을 면치 못하였어. 그러나 오랜 세월 동안 우리의 천대와 멸시를 받아 온 왜국은 자주적인 힘으로 개항에 성공할 수가 있었기에 그들 스스로 부강한 나라를 만들고 있지 않나. 그 왜인들이 방자하게도 대만을 무력으로 점령하더니 지금은 조선의 땅덩이를 넘본다는 풍설이 자자하다 이 말일세."
 이동인의 설변은 충동적인 힘이 넘치면서도 설득력을 동반한다. 그러므로 김옥균의 열혈 같은 가슴을 울려 놓기에 부족함이 없다. 그러나 민영익이나 유길준의 감동은 언제나 안으로 스며드는 신중함을 동반한다.
 "일본의 유신정부가 우리 조선의 땅덩이를 노리고 있는데도 그들과 선린우호를 돈독히 해야 하는 것은 첫째 그들이 부강하기 때문이며, 둘째 그들의 도성에 세계 각국의 공사관이 있기 때문임을 명심해야 할 것일세. 우리 조선이 모든 나라와 선린하겠다는 뜻을 분명히 한다면 자주적인 개항을 이룰 수 있을 것이나……, 그렇지가 못하다면 외세에 의해 개항을 하게 되는 불행을 자초하고야 말 것이 아니겠는가."
 퇴궐한 박진령이 긴 그림자를 드리우며 댓돌로 다가선다. 그녀는 인기척을 내면서도 안에서 하회가 있기를 기다리고 있다. 정인의 열강을 방해하지 않겠다는 따뜻한 배려이고도 남았다.
 이윽고 이동인의 목소리가 울려 나온다.
 "왔으면 고하질 않고……."
 "우상 대감께서 찾아 계신다는 전언이옵니다."
 "재동에서 말인가?"
 "아니옵니다. 송죽재에 납시어 계시는데 기쁜 소식이라 하옵니다."

송죽재라면 유홍기의 서재가 아닌가. 이동인은 젊은 문도들에게 자습을 당부하고 광통방으로 달린다. 일본의 유신정부가 조선을 정복할 것이라는 풍설이 자자한 판국에 우의정 박규수가 기쁜 소식을 가지고 자신을 찾고 있다면 일본국으로 밀파될지도 모른다는 생각이 솟아나서다. 이동인이 송죽재의 내정으로 들어서자 방 안에서는 왁자한 웃음소리가 울려 나온다.

"동인입니다."

이동인은 달려온 속도를 늦추지 않은 채 방으로 뛰어든다. 소담한 술상을 사이에 둔 우의정 박규수와 집주인 유홍기, 그리고 역관 오경석이 환한 얼굴로 이동인을 맞는다.

"허허허, 어서 오시게나. 우린 곡차가 아닌 술을 마시고 있었으니 너무 서운해하지 말고."

박규수의 너스레로 좌중은 웃음바다가 되었으나, 유홍기는 이동인의 술잔을 채우면서 의정부와 승정원에서 있었던 일을 신명을 섞어서 전한다. 이동인은 상기되지 않을 수 없다.

"대감, 노고가 크셨습니다."

"공치사를 듣자고 선사를 부른 것이 아닐세. 어떤가, 선사의 왜어(倭語)로 저들의 내정을 정탐할 수가 있겠는가."

"……?"

이동인은 대답하지 못한다. 자신의 왜어가 아직은 능통하지 못하지만, 허세를 부려서는 아니 될 중대사라는 생각이 들어서다.

"일본에 다녀오자면……?"

"저, 대감."

이동인은 치밀어 오르는 감정을 가누질 못하는 모양이다. 그는 일본국에 관한 일이면 모두 자신이 관장해야 한다는 의욕으로 박규수의 말을 멈추더니, 잠시 숨을 돌리고서야 엄청난 소청을 입에 담고 나선다.

"외람된 말씀이옵니다만, 그 인선人選을 빈도에게 맡겨 주신다면 날이 밝는 대로 부산포로 달려가겠사옵니다."

"무불無不을 지목할 의향이신가."

"이번 일은 능수능란한 왜어만으로 되는 것이 아니질 않습니까. 그보다는 첫째 국운을 꿰뚫어 볼 수 있는 우국憂國의 열정이 있어야 하고, 둘째 서양 각국의 공관을 두루 방문하여 국제정세를 논할 수 있는 식견이 있는 사람이어야 소임을 다할 수가 있을 것으로 아옵니다."

얼마나 정확한 지적인가. 이동인은 왜어보다 시세를 판단하는 정확한 식견이 필요하다는 점을 강조한다.

"암, 이르다 뿐인가. 그러자니 선사가 아니고서야 누가 그 막중대임을 감당할 수가 있겠는가. 더구나 바다 건너 왜국 땅까지 건너가서 말일세."

박규수는 이동인의 담력을 알고 있다. 왜국에 밀사密使를 파견한다면 지금으로서는 이동인을 능가할 인재가 없다는 사실도 알고 있다. 그것이 어찌 박규수의 생각만이겠는가. 오경석이 부연한다.

"게다가 실패를 감당할 수 있는 담력도 있어야 할 것이옵니다. 더구나 도승지의 말 중에서 '다만 조정이 주관할 일이 아니라는……' 지적을 유념한다면 모든 것을 동인 선사에게 맡기는 것이 최선일 것으로 압니다."

명쾌한 지적이 아닐 수 없다. 만에 하나라도 일이 잘못되어 누군가가 책임을 져야 할 사태가 생긴다면, 그것은 목숨을 버려야 할 일이 아니겠는가. 그런 위기에 처했을 때도 당당하게 자신의 의지를 펼쳐 갈 수가 있어야 하며, 어떠한 위험에 직면해서도 동료들에게 피해를 주지 않을 사람이라면 이동인을 빼고는 상상도 할 수 없을 것이라는 훈수임에랴.

"시생도 그리 생각합니다. 대감……."

이동인은 눈을 감는다. 그의 손에 들려 있는 굵은 단주短珠 알이 달그락달그락 소리 내며 돌아가고 있다.

박규수는 마치 석불의 형상과도 같은 이동인의 모습을 한참 동안이나 바라보고서야 침중한 목소리를 다시 토해 낸다.

"선사의 성품은 알고도 남을 일인데도 여쭙질 않을 수가 없는 것은……, 자칫 목숨을 버리게 될지도 모를 일이기 때문이에요."

"빈도의 목숨이 조선의 개항에 보탬이 된다면, 그보다 더 광영스러운 일은 없을 것으로 압니다. 아미타불."

방 안은 숙연해질 수밖에 없다. 열다섯 살 까까머리 소년이 자주개항의 길로 들어선 지 어언 8년……, 스물 세 살의 열혈 같은 청년으로 성장한 이동인의 호연지기는 충분히 알고는 있었지만, 막상 목숨을 걸어야 할 일을 분담하는 자리가 되면 심리적인 부담이 따르게 마련일 것인데도 이동인의 결기는 아름다울 만큼 담담하게 흘러나온다.

"어차피 조정에서 관장하기는 어려운 노릇이고, 관장을 한들 선사의 식견을 따를 사람이 있겠는가. 우리 겨레의 미래를 생각한다는 각오라면 못 할 것도 없겠지."

"신명을 아끼지 않을 것이옵니다. 심려치 마오소서."

이동인은 상체를 굽히며 결기를 다짐한다. 그것은 대임을 맡겨 준 데 대한 고마움의 표시가 아니고 무엇이랴.

일찍이 봉원사奉元寺의 무공 선사無空禪師는 이동인의 법복이 투구로 쓰일 날이 있을 것이라고 예언하였고, 박규수와 유홍기는 그의 결기를 지켜보면서 승려라기보다 지사의 기풍이라고 말하지를 않았던가.

어찌 되었거나 조선의 개항을 열망하는 선각자의 한 사람이 일본 땅으로 건너가 몸소 서구의 문물을 확인하면서 각국의 외교사절을 접촉할 수 있게 되었다는 사실, 그리고 정한론의 실체를 파악하여 대처하는 것으로 나라와 민족의 장래를 위해 몸 바칠 수 있는 기회를 포착했다는 사실은 오랫동안 가슴에만 간직하였던 열망의 실현이라는 점에서 이들의 결기는 벅차오를 수밖에 없다.

"허허허, 하면 전별餞別의 잔이 되지를 않겠나."

"아니지요. 결기의 잔이어야 할 것으로 알아요."

유홍기가 제안하고 오경석이 수정한다.

"큰 성과가 있을 것으로 믿겠으이!"

박규수가 술잔을 높이 들면서 결기를 다짐하자 선각의 중인들은 열정의 시선을 태우면서 단숨에 잔을 비운다.

"정녕 날이 밝으면 떠나시려는가."

유홍기가 반백의 수염을 쓰다듬으면서 화제를 급하게 몰아간다.

"당연하지요. 이보다 화급을 다투어야 할 일은 없을 테니까요."

이동인의 열정을 누구보다도 잘 아는 유홍기가 공연한 말을 했을 까닭이 없다. 그는 문갑으로 다가가서 무엇인가를 찾아 들고 다시 제자리로 돌아온다.

"여비로 쓰시게……."

유홍기가 이동인의 앞으로 밀어 놓은 것은 굵은 밤톨만 한 크기의 금덩이 세 개다. 이동인은 뜨겁게 치밀어 오르는 감동으로 눈시울을 적시었고, 박규수와 오경석은 유홍기의 대범하고도 치밀한 배려에 목이 멜 정도다.

"넉넉하지는 않을 것이네만, 긴요히 쓰일 것으로 아네."

"우국의 일념으로 보답하겠습니다. 선생님······."

이동인의 젖은 목소리가 격하게 흘러나온다. 부산포에 머물면서 배편을 살펴야 하고, 때가 무르익으면 밀항을 결행해야 한다. 거기에 쓰일 만만치 않은 자금을 유홍기는 이미 마련해 두고 있었음이다.

밤이 이슥해지면서 박규수가 먼저 몸을 일으켰고 곧 오경석이 뒤를 따랐다. 그들은 유홍기와 이동인이 더 깊고 은밀한 계책을 세울 수 있도록 세심한 배려를 하고 있는 것으로 보였다.

"떠나자면 행장을 꾸려야 하지를 않겠는가."

"빈도는 선생님의 선견지명에 머리가 숙여질 뿐입니다."

"허허허, 딱하신 선사로세. 하찮은 약국을 경영하는 데도 돈이 있어야 하는데······, 항차 나라를 개항하는 일을 맨손으로 하겠대서야 어느 천 년에 성사가 되겠는가."

"하면, 진작부터······?"

"어차피 그건 내가 맡아야 할 일이 아니겠나. 선사께서는 기꺼이 쓰기만 하면 될 것이고. 허허허······."

"과시 백의정승이십니다."

"자, 일어서세. 오늘 같은 날은 밤길을 걷는 것도 운치가 있을 것일세."

유홍기는 뭉클해하는 이동인을 채근하여 방을 나선다. 여름밤을 수놓은 별들이 온 하늘에 쏟아질 듯이 빛나고 있다.

두 번째 작별

　밤하늘을 가로지른 미리내의 물줄기는 달빛을 방불케 할 만큼 밝다.
　나란히 걸어가는 유홍기와 이동인의 발걸음은 진장방으로 옮겨지고 있다. 시원한 밤바람이 두 사람의 옷자락을 날린다.
　"중전 마마의 학습은 얼마나 진척되고 있다던가?"
　유홍기가 조심스럽게 묻는다. 그것은 박진령의 활약을 확인하는 것이나 다름이 없다.
　"근자는 학습하실 틈조차 내지를 못하신다는 전언입니다."
　"틈을 내지 못하신다?"
　"하루에도 몇 차례씩이나 병판 대감을 부르신다고 들었습니다……."
　"나도는 풍설이 사실인 게로군."

"풍설이라니요?"

마침내 이동인은 걸음을 멈춘다. 뭔가 상서롭지 못한 일이 뒤엉키고 있다는 직감이 들어서다.

"직곡산장과 도승지가 손을 잡는다는 풍설일세."

"그, 무슨……!"

이동인은 소스라치고야 만다. 양주 땅 직곡산장에 칩거하면서 가슴에 사무치는 원한을 씹고 있을 흥선대원군 이하응이 도승지 민규호와 손을 잡는대서야 말이 되는가.

"겉으로는 수구세력의 야합일 것이나, 궁극에 이르러서는 병조판서의 제거를 노릴 것이 아니겠나."

"선생님, 그건……."

"역사란 종종 그렇게 엉뚱한 쪽으로 흐름을 바꾸는 수가 있는 법이지."

"……!"

"지금이 어디 예사로운 시절인가. 흐름은 분명 개항으로 가고 있는데, 그 길이 시원하게 뚫리지 않으니까 쓸데없는 갈등을 겪고 있는 것이 아니겠나. 지체되면 지체된 것만큼 어려움을 겪다가 마침내 지치고 나서야 그걸 깨닫게 되었을 때는 엄청난 희생을 치루고 난 다음이기가 십상이지. 대저 인류의 역사란 그렇게 흘러온 것인데도 사람들의 방자한 마음이 그 이치를 깨닫지 못했을 뿐이 아니었나."

역사의 흐름을 읽어 가는 유홍기의 인식은 탁월하다. 그러나 이동인은 보다 세세한 것을 알고 싶어 한다. 다시 말하면 흥선대원군과 민규호가 손을 잡고, 민문의 두령인 민승호를 제거하여 얻어지는 것이 대체 무엇이란 말인가.

"병판과 도승지는 민문이라는 수레의 두 바퀴가 아니옵니까."

"수레가 못 쓰게 되는 것은 언제나 한쪽 바퀴로 인해서지……."

"선생님, 좀 더 소상히……."

"허허허……, 여기서 더 소상해지면 참언이 되지를 않겠는가. 어차피 선사는 떠나갈 사람, 내일부터 박진령은 내가 맡아서 부릴 것이니 심려할 일은 아닐세."

"……!"

유홍기는 끝내 더 소상한 말을 입에 담질 않은 채 마지막 당부를 입에 담는다.

"부산포에 당도하거든 먼저 왜국과 밀거래를 하는 장사꾼들을 수소문해야 할 것일세만, 그들에게 물건을 대주는 거간居間들과도 거래를 틀 수가 있다면 일석이조가 아니겠나. 첫째는 거래되는 물건과 자금의 규모를 정확하게 파악해 둘 필요가 있을 것이네. 우리의 상권商權을 보호해야 할 날이 가까워지고 있으니까."

어찌 놀랍지 않은가. 유홍기는 서울에 앉아 있으면서도 부산포에서 일어나고 있는 일본국과의 밀거래까지 관심을 보였고,

또 그것이 조선의 상권이기에 보호할 가치가 있다는 사실을 강조하고 있지를 않은가.

"둘째는 서툰 역관보다 그들의 왜어가 더 유창할 수가 있을 테니까 선사나 나는 쓸 만한 재원을 파악하고 있다가 필요할 때 동원할 수가 있어야 한다는 뜻일세. 설사 그렇다고 하더라도 지금의 우리 처지로야 선사가 지껄이는 왜어가 필요한 것을……. 부산포에 무불이 있기는 하지만 일촌광음을 아껴서라도 선사의 왜어를 다듬어야 할 것이며, 배편이 마련되더라도 선사 혼자 떠난다는 비장한 다짐이 있어야 할 것으로 아네. 이건 천명이나 다름이 없으이."

"명심하겠습니다. 선생님."

두 사람은 동십자각 근처의 돌다리 위에서 걸음을 멈춘다. 돌틈 사이로 흐르는 물소리가 시원하게 들렸다.

유홍기가 손을 내밀며 작별을 청한다.

"얼마간 못 보겠구먼……. 이 나라 제일의 왜국통이자 국제통이 되어서 돌아오기를 기다리고 있겠네."

"반드시 기대에 부응하겠습니다. 선생님."

"고마우이."

이동인의 손을 잡고 흔드는 유홍기의 모습은 거인과도 같다. 오늘따라 그의 언동이 태산교악으로 밀려오는 까닭이 무엇인가.

이동인은 무엇엔가 짓눌리고 있다는 답답함을 느끼면서도 자신이 유홍기의 품 안에 있다는 것이 자랑스럽기만 하다.

짧은 여름밤도 깊어지면 적막하다. 박진령은 행장을 꾸리는 이동인의 침중한 모습을 지켜보면서 가늠할 수 없는 불안 속으로 빠져 들고 있다. 유홍기의 서재에 다녀온 것은 익히 아는 일이지만, 거기서 무슨 일이 있었기에 다급하게 길 떠날 행장을 꾸리면서까지 저리도 침통해하는 것일까.
"이 사람아, 대체 대원위와 도승지가 손을 잡았다는 것이 무슨 소리야. 중전 마마께서도 이 사실을 알고 계시는가?"
"……!"
박진령은 숨이 막힌다. 근자 중전 민씨가 민승호와 자주 대좌하게 되면서 그렇게도 신비로워하던 서양의 문물에 대해 관심을 소홀히 하는 까닭을 의아히 여기고 있었는데, 이제야 그 연유를 알 것만 같아서다.
이동인은 당혹해하는 박진령의 몰골을 지켜보면서 날카로운 목소리로 다시 묻는다.
"짐작하지도 못했던 일이던가?"
"그러하옵니다."
"하면……, 병판께서 도승지를 비방하거나 아니면 중전께서 구름재 쪽을 험담한 일도 없었구……."
"소녀는 모르는 일이옵니다."

박진령은 얼굴을 붉히면서 대답한다. 그녀가 중궁전을 출입하게 된 것은 병조판서 댁 한창 부부인韓昌府夫人(중전의 母) 이씨의 각별한 천거가 있었기 때문이었는데, 그분의 아드님인 병조판서의 신변에 위험이 밀려들고 있음을 짐작하지 못했다면 참언으로 얻어진 신망은 어찌 되는가.

"더 소상한 것은 대치장께 여쭈어 보면 알 것이고, 중전 마마의 학습도 내일부터는 그 어른의 지시를 따르면 될 것일세."

이동인은 더 소상히 알고자 하지를 않는다. 직곡산장과 도승지와의 야합은 사실이 아닐 수도 있을 것이었고, 또 박진령과는 아무 상관없이 진행되는 은밀한 계책일 수가 있을 것이기 때문이다.

"오래 못 볼 것 같네."

"하오시면 왜국엘……?"

박진령은 총명하였다. 그녀는 이동인의 침중한 어투에서 나라 안을 살피는 여행이 아닐 것이라는 사실을 감지하였고, 그렇다면 그가 간절히 소망해 온 왜국으로의 밀항일 것이라고 단정하고 있다.

"꼭 성취할 것이라는 보장은 없네만……, 그렇게 기원하면서 대치장과 작별을 했다네."

"성취하소서. 기필코 이루셔야 하옵니다."

박진령은 이동인의 가슴팍으로 뛰어들면서 울부짖듯 소리친다. 언젠가 한 번은 반드시 겪어야 할 일임을 서로 알고는 있었지만, 격해진 감정을 추스르지 못하는 모양이다. 이동인은 박진령의 가녀린 어깨를 세차게 당겨 안는다. 그리고 그녀의 젖은 입술을 헤친다.

작별을 전제로 한 남녀의 결합은 거칠어지게 마련이다. 살아서 다시 만날 수 있는 보장이 없다면 가지고 있는 모든 것을 아낌없이 던져 버리고 싶은 것이 인지상정이 아니겠는가. 박진령이 그랬고 이동인은 그것을 마다하지 않았다면 두 사람의 몸놀림은 거칠어진 맹수와도 같아진다.

동창에 희붐한 여명이 스며들 때까지 두 사람은 실오리 하나 걸치지 않은 알몸으로 누워 있다. 어느 누구도 먼저 몸을 일으키려고 하지를 않아서다.

문밖에서 새소리가 들려오기 시작한다. 처음 듣는 새소리는 조심스러운 것이었으나 뒤이어 들려오는 새소리는 점차 활기찬 지저귐으로 변하고 있다.

이동인의 얼굴에 미소가 떠오른 것은 그때다. 곧 떠나갈 자신의 행로가 처음 우는 새소리에 비유될 것이기 때문이다. 그랬다. 자신의 뒤를 따르는 수많은 선각의 지식인들에게 안전한 행로를 열어 줄 수가 있다면 그보다 더 보람찬 일은 없을 것이기 때문이다.

"무슨 일이 있어도 중전 마마를 깨우쳐야 할 것일세."

"명심하겠사옵니다. 몸 성히 다녀오소서."

진장방을 나선 이동인은 뒤돌아보지 않는다. 대문 밖에 서 있을 박진령의 안쓰러운 모습을 뇌리에 새겨 두고 싶지가 않아서다.

이동인은 두모포豆毛浦 나루터에서 문도들의 전송을 받는다.
김옥균, 유길준, 박영효 형제와 민영익이 먼저 나와 있다. 물론 유홍기의 배려가 있었기 때문이다.
"선생님, 모든 소망을 이루시고 개선하소서."
김옥균이 들떠 오른 목소리로 감격해한다.
"암, 내 기필코 자네들의 소망에 보답할 것일세."
이동인은 젊은 문도들의 손을 힘차게 잡아 흔들면서 벅찬 소회를 숨기지 않는다. 명가의 후예들이 나루터까지 나와서 중인의 신분인 승려를 전송하고 있다면 적어도 이들에게는 이미 반상의 벽은 무너진 것이나 다름이 없다.
이동인은 흐르는 뱃전에 선 채 두 손을 번쩍 들어서 흔든다. 조금씩 멀어지는 문도들의 모습……, 그들도 손을 흔들면서 스승이 타고 있는 배가 강 건너에 이르기까지 움직일 줄 모른다.

이동인의 바라춤

일본국 증기선

8월로 접어들면 아침저녁으로 시원한 바람이 불어야 한다. 그런데도 조선 반도의 최남단에 위치한 부산포의 날씨는 찌는 듯한 무더위가 기승을 부리고 있다.

"벌써 한 달인가……."

이동인은 흘러내리는 땀방울을 맨손으로 훔치며 탄식한다. 그는 당도한 날부터 무불 탁정식을 거느리고 크고 작은 포구를 누비면서 왜국과의 밀무역에 종사하는 거간들을 만나고 다녔다.

대개가 쌀과 인삼을 거래하고 있었고, 간혹 호피나 종이를 취급하는 경우도 있었는데 거래되는 물량은 뜻밖으로 소규모였다. 발각되면 대죄를 면하기 어려운 밀거래인 탓도 있었지만, 왜국과의 거래는 필담이나 손짓, 발짓으로 이루어지는 것이

보통이어서 규모를 늘리기가 어렵다는 것이 거간들의 하소연이다.

"반드시 거래가 성해질 날이 있을 것이니, 그때를 위해서 힘을 비축해야 할 것으로 압니다."

"힘이라고 하시면……?"

"그야, 여러 가지가 있을 테지요. 조선 땅에서는 물건을 모아들일 수 있는 조직을 만들어서 관장해야 하겠고, 왜국의 거간들과는 배편을 마련하는 방법에서부터 양국에서 필요로 하는 물자는 물론이요, 그 물량을 조절하는 일까지……, 이제는 주먹구구에서 벗어나는 장사를 해야 진정한 무역이랄 수가 있지를 않겠습니까."

"무역이라니요?"

"그야 나라와 나라 간에서 물건을 사고파는 거래가 아니겠습니까. 일본이라는 나라는 서양의 여러 나라처럼 멀리 있지 않아서 우리와는 무역이 성할 수밖에 없겠고……, 그것이 성하고서야 서로 간에 살길이 열린다는 점에 유념한다면 여러분의 무역은 미구에 크게 성할 것으로 믿습니다."

"……?"

"도움이 필요하시면…… 언제든, 범어사로 찾아오십시오. 미력이나마 힘껏 도와 드리겠습니다."

"고맙습니다. 스님……."

이동인은 부산포의 거간들을 사로잡기 시작한다. 그는 낮 시간을 금쪽처럼 쪼개 쓰고서도 밤이 되면 어김없이 무불과 마주 앉아 일본어의 학습에 임하는 열성을 보인다. 대단한 강행군이 아닐 수 없다.

"그러다가는 몸 상하겠으이……."

"허허허, 대치 선생께서는 일촌광음을 아껴서라도 왜어에 숙달해져야 한다고 엄명을 하셨지."

"그렇다면 이거 선생이 신통치를 못해서. 어떤가, 새 왜학훈도에게 배우는 것이……?"

일본국에서 무르익어 가는 정한론의 분위기를 눈치 챈 조선 조정은 우의정 박규수의 주청을 받아들여 그들과의 교섭을 재개하는 것으로 눈앞에 밀어닥친 전란의 위기를 모면하고자 했다. 이 은밀한 계책의 하나로 새 동래부사에 박제관朴齊寬을 제수한 바가 있었고, 왜학훈도에는 현석운玄昔運, 별좌에는 현제순玄濟舜을 임명했었다.

그러니 탁정식은 현석운에게 왜어를 배워 볼 것을 넌지시 권한 셈이다.

"허허허……, 그 사람은 왜어를 가르치는 일보다 먼저 아첨을 일삼을 것일세."

그럴지도 모른다. 우의정 박규수는 동래부사 박제관과 왜학훈도 현석운이 부산포로 떠날 때 대일관계는 이동인의 자문을 받을 것이며, 따라서 이동인이 소망하는 바에 대해서는 협력을 아끼지 말라는 밀명을 내렸던 탓으로 두 사람은 이동인 대하기를 마치 상전처럼 섬길 것이 아니겠는가.

청명하다고 느껴지는 초가을의 바닷바람은 싱그럽기만 하다. 이동인은 거처를 나서면서 오늘은 왜국으로 떠날 배편을 정하리라고 다짐한다. 그동안 부산포에 머물면서 거간들과의 우의를 돈독히 한 탓도 있었지만, 동래부사 박제관이 이동인을 돕고 있다는 풍설이 나돈 후부터 거간들의 태도가 눈에 띄게 고분고분해지고 있다. 일이 수월하게 풀릴 기미가 분명하다.

이동인의 거처를 나서면 바다가 보이는 언덕길로 이어진다. 그 언덕길로 들어서던 이동인은 화급히 발걸음을 멈춘다. 포구 가까이에 산더미 같은 증기선 한 척이 정박해 있었기 때문이다.

"아니……!"

증기선은 흰 바탕에 붉은색 동그라미가 그려진 일장기를 펄럭이고 있다. 그렇다면 일본의 함선이 분명한데 대체 언제 저렇듯 가까운 거리에까지 입항을 했다는 말인가.

이동인이 넋을 놓으며 일본에서 왔을 증기선을 바라보고 있을 때다.

"선사, 선사님……!"

이동인은 비로소 소리 나는 쪽으로 시선을 돌린다. 가파른 비탈길을 사력을 다해 뛰어오르는 사내가 보인다. 별좌 현제순이다. 그는 턱까지 차오른 숨결을 주체하지 못하면서도 다급한 목소리를 토해 낸다.

"사또께서 찾아 계십니다. 화급을 다투는 일이라고 하셨습니다."

"저기 떠 있는 왜선 때문이겠지······."

"하오시면, 선사께서는 왜선임을 아시고 계셨다는 말씀이십니까?"

"왜국의 깃발이 펄럭이고 있지 않은가."

"깃······ 발······!"

이동인은 빙그레 웃는다. 지방 관아의 별좌 따위가 무엇을 알까만, 관할구역으로 들어온 외국의 선박이 어느 나라의 함선인지조차 식별하지 못하고서야 무슨 수로 소임을 다할 수가 있을까 싶어서다.

"왜국 외무성에서 왔다는 관리 몇 사람이 초량 왜관에 들어 있답니다."

"아니, 무에야. 서두르세!"

이동인은 거침없이 몸을 돌린다. 그는 내리막길을 달리면서 일본국 외무성의 관리가 제 발로 찾아온 것을 천우신조라고 생각한다. 일본 땅으로 밀항을 하기 전에 저들의 속셈을 알 수만 있다면 그야말로 국익에 이바지할 수가 있을 것이 아니겠는가. 이동인의 다급해하는 몰골은 마치 굴러가는 형국이나 다름이 없다. 현제순은 숨 가쁘게 그의 뒤를 따른다.
 동래 관아의 동헌으로 들어서는 이동인의 먹장삼은 땀으로 흥건하게 젖어 있다.

모리야마 시게루

왜학훈도 현석운이 마당으로 내려서면서 이동인을 맞는다.
"기다리고 있었어요. 선사……."
"이거 원, 숨이 차서."
이동인은 헐떡이는 몰골 그대로 현석운에게 이끌리어 동래부사 박제관의 집무실로 인도된다.
"초량 왜관에 온 왜인들을 어찌 대해야 하는가?"
"저들이 외무성의 관리라면 직급이 있을 것이 아니오이까!"
"육등출사六等出仕 삼산무森山茂라고 하는데……."
현석운이 애매한 목소리로 부사의 대답을 대신하자 이동인은 노기가 섞인 파대웃음을 토해 내면서 비아냥거린다.
"아무리 서툰 왜학훈도기로, 삼산무라니. 그 사람 지난번에도 초량 왜관에 머물면서 거들먹거렸던 모리야마 시게루가 아닙니까. 육등출사는 그들 외무성의 관위官位일 테고……!"

왜학훈도 현석운은 젊은 이동인의 박력 넘치는 언동에 얼굴을 붉힐 수밖에 없다. 그러나 동래부사 박제관에게는 발등에 떨어진 불이 아니고 무엇인가.

"이름은 그렇다 치고, 그렇게도 요란하게 철관撤館을 했던 저들이 아무 연통도 없이 다시 나타났다면 거기에 합당한 연유가 있을 것이며……, 더구나 몇 사람의 관리를 위해 증기선까지 동원하였다면 기필코 불순한 계책이 숨겨져 있을 것이 아닌가?"

동래부사 박제관이 제기한 문제점은 이동인의 의구심과 조금도 다르지 않다. 모리야마 시게루는 지난번에 왔을 때도 악명을 떨친 바가 있는 간악한 녀석인데, 그런 사람을 다시 초량 왜관에 보냈다는 것은 그의 업무수행 능력이 남다르다는 것을 의미한다. 이를 바꾸어 말하면 조선 측에서는 철저하게 경계해야 할 인물이라는 뜻이 된다.

또 몇 사람 되지도 않는 외무성의 관리를 파한派韓하기 위하여 증기선을 이용하게 한 것은 일본국의 국력을 과시하자는 속셈일 것이 분명하다. 그렇다면 모리야마 시게루에게 부여된 임무도 확연히 드러난 것이나 다름이 없다. 그들은 초량에 머물면서 조선 조정의 대일방책을 염탐할 것이었고, 그 결과에 따라 조선 조정에서 응하기 어려운 조건을 제시하였다가 교섭의 결렬을 빌미로 삼아서 전쟁을 도발할 것이 분명하다.

이동인은 자신의 생각이 옳다고 확신하고 있으면서도 박제관에게 동조하고 싶지가 않다. 아직은 박제관이나 현석운의 수완이나 능력을 신뢰할 수도 없었지만……, 조정의 지시와 상반되어 혼란을 자초할 수도 있을 것이기 때문이다.

"부사께서는 서둘러 이 사실을 조정에 고해야 할 것으로 압니다. 또 조정의 지시가 없다는 것을 빙자하여 공식적인 만남을 뒤로 미루시되……, 비공식적으로는 저들을 극진히 대접하여 교분을 두터이 하는 것이 상책일 것으로 압니다!"

"극진히 대접한다면……?"

"저들에게 자주 주연을 베풀어서 우리 조선은 일본의 새 정부에 아무 적의가 없음을 확실히 하면서……, 그렇게도 큰소리치며 철관한 저들이 무슨 연유로 다시 왔는지도 알아내야 하지를 않겠습니까."

"알겠소. 선사께서 많이 도와주셨으면 합니다. 워낙 생소한 일이어서요."

"그러지요. 그 대신 저들을 위한 연회의 주선은 빈도에게 맡겨 주셨으면 합니다."

"그리 하세요."

동래부사 박제관은 이동인의 제안을 거절할 수가 없다. 시임 우의정 박규수의 당부도 무시할 수가 없었지만, 지금 당장 해결해야 할 여러 가지 사안이 그의 해박한 지식을 빌리지 아니하고서는 어떠한 진전도 기대할 수가 없을 것이기 때문이다.

"서둘러 주시오. 선사만 믿겠소이다."

일본국 외무성의 모리야마 시게루와 그를 보좌하는 사람들을 위한 첫 번째 연회는 동래 객사에서 성대하게 베풀기로 정하면서 이동인은 관기官妓의 동원까지 요구하고 나선다.

"아무리 그렇기로 관기까지야."

"할 수 있는 데까지 해 보는 것이 현책일 테지요."

모리야마 시게루의 내심이자 일본국 유신정부의 밀계를 읽기 위해서라면 미인계도 서슴지 않겠다는 것이 이동인의 계책이다.

땅거미가 스며들면서 이동인은 일본인 관리들을 접대할 관기 몇 사람을 점고點考한다. 선발된 관기들의 미색은 출중한 편이다. 이동인은 그녀들에게도 사안의 중대성을 알려 주면서 협력을 구하는 것이 옳다고 생각한다.

"오늘 자네들이 섬겨야 할 손님은 왜인들일세만……, 조선의 고관대작들 못지않은 귀빈임을 명심해야 할 것일세."

"……!"

기녀들의 안색들이 창백하게 바랜다. 그녀들은 부산포를 관장하는 동래부에 속한 관기들이었으므로 왜인들의 몰골에는 생소하지가 않다. 그녀들은 초량 왜관에 드나드는 왜인들의 몰골을 사람이 아닌 원숭이쯤으로 얕보고 있다. 우선 광대뼈가 튕겨져 나오고, 치아가 입술을 밀어낸 듯한 채신머리 하며, 왜소한 체격으로 안짱걸음을 걷는 등 그들의 생김과 몰골은 어느 하나도 마음에 드는 게 없다. 게다가 동래부는 임진년의 왜란 때도 격전지가 아니었던가. 그때의 앙금이 아직도 말끔하게 가셔지지 않은 탓도 있을 게 분명하다. 그 같은 관기들에게 왜인들의 술시중이라니……, 더구나 귀빈들임을 명심하라는 이동인의 당부는 불결하기까지 하다.

눈치 빠른 이동인은 자신의 솔직한 토로만이 그녀들의 동요를 수습할 수가 있을 것이라고 확신한다.

"자네들도 짐작하고 있었을 것이네만, 저들이 초량 왜관을 떠나간 다음부터 두 나라의 관계가 서먹서먹하기 한량없었는데……, 얼마 전 저들은 대만을 무력으로 점령하였네. 그 뒤로 우리 조선을 침공할 것이라는 풍설이 자자한 때에 저들이 제 발로 다시 돌아왔다면, 우리는 비로소 저들이 무엇을 생각하고 있는지 그 내막을 탐지할 수가 있게 되지를 않았는가."

"하오시면 저희들의 교태로 저들의 본심을 알아내라 이 말씀이시옵니까?"

관기 산홍汕紅이 서운한 빛을 역력히 드러내면서 또박또박 반문한다.

"자네들의 아양으로라도 저들의 본심을 알아낼 수가 있다면……, 자네들이야말로 눈앞으로 밀어닥친 종사의 액운을 더는 충절이 되지를 않겠나."

"……!"

"당연히 부사께서, 자네들에게 당부해야 될 일을 내가 대신하고 있는 것도 오늘의 연회를 관아에서 주도할 수 없기 때문일세. 바라건대 자네들이 열성을 다하여 나를 돕는다면 부처님의 자비 또한 자네들의 곁을 떠나지 않을 것일세. 나무관세음보살……."

이동인은 굵은 단주를 돌리면서 허리까지 숙여 보인다. 아무리 관기라도 숙연해질 수밖에 없다. 이동인의 진솔하고서도 솔직한 토로가 그녀들의 마음을 사로잡았기 때문이다.

곧 모리야마 시게루의 일행이 당도할 것이라는 전언이 있자 이동인은 관기들을 하나하나 다독이고 나서 객사의 중문으로 나간다. 사위는 오색 등촉으로 현란하게 밝혀져 있다.

"정녕 부사께서 불참을 하셔도 결례가 되지를 않을지?"

왜학훈도 현석운이 다가서는 이동인에게 걱정스럽게 묻는다. 관아의 객사를 연회장으로 쓰면서 부사가 불참하는 것이 마음에 걸리는 모양이다.

"참석할 명분이 없질 않습니까. 허허허, 빈도가 부사의 몫까지 다 할 것이니 너무 걱정하지 마세요."

동래 관아의 대문 앞이 술렁거리기 시작한다. 모리야마 시게루의 일행이 당도하였기 때문이다. 그를 수행한 하급관리는 두 사람이었는데 모두 검은색 연미복을 입고 있다. 그들이 현제순의 인도를 받으면서 중문께로 다가설 때다.

"아, 모리야마 선생……. 잘 오셨소이다. 기다리고 있었어요."

손을 내밀면서 소리치는 이동인의 거침없는 몸놀림과 서툴지만 또렷한 그의 일본어에 둘러선 사람들은 기겁을 할 수밖에 없다.

검은색 연미복에 실크 고산모高山帽를 쓴 모리야마 시게루도 놀라워하는 기색이 완연하다. 당연히 동래부사가 영접에 나서야 하는 판국에 새파란 승려가 대신 나와서 조선인답지 않은 언동은 고사하고 서구식 수인사를 청하고 있었음에랴.

"아니, 조선의 개화승이신가요. 허허허……."

"허허허, 바로 보셨소이다. 자, 드시지요."

여기까지는 일본어다. 왜학훈도 현석운은 이동인의 능란한 언동에 부러움과 갈채를 아끼지 않았고, 그에게 일본어를 가르쳤던 무불 탁정식도 이동인의 세련되어 보이는 외교적인 매너에 놀라움을 금하지 못한다.

바라춤

연회장으로 꾸며진 큰 방은 호화롭기 한량없다.

문가에 세워진 청사초롱은 청홍색의 불빛을 은은하게 뿜어내고 있었고, 화려한 채색의 열두 폭 모란병풍은 관기들의 옷차림과 어우러져 주흥을 돋우기에 부족함이 없다.

산해진미로 가득한 술상을 사이에 두고 모리야마 시게루와 이동인이 대좌하였고, 나머지 두 사람의 일본인 건너편에 현석운과 탁정식이 마주 앉았다. 그런 남자들의 사이사이에 여섯 사람의 관기가 끼어 앉은 배열이라 그 어울림도 볼만했지만, 이동인의 간곡하고 능란한 부추김이 있었던 탓으로 초대면의 어색한 분위기는 처음부터 가셔 있다.

"허허허……, 빈도의 일본어가 짧으니까 훈도께서 잘 좀 통변해 주셨으면 합니다."

이동인은 역관 현석운의 통변으로 자신이 주연을 주선하게 된 까닭을 그럴듯하게 설명한다.

"부사께서는 조정의 명을 기다리고 계십니다. 그러나, 우리 조선은 일본국 유신정부와 교린을 갈망하고 있어요. 나와 같은 개화승이 이런 일에 앞장을 선 것이 그것을 입증하는 것이고, 또 이와 같은 주연을 관아의 객사에서 베푼다는 것이 무엇을 뜻하겠소이까. 허허허, 모리야마 선생의 말씀은 빠짐없이 부사에게 전달될 것이니 어려워하시거나 불편해하실 필요는 없을 것으로 압니다."

"참으로 고마운 말씀입니다."

"또한 우리 조선은 서구 열강의 문물도 세세히 알고 있으며, 귀 일본의 개항 과정도 잘 알고 있어요. 그것이 세계의 추세인 것은 사실이나……, 천 년의 풍속이 하루아침에 변할 수 없다는 것이 우리가 처한 어려움이에요."

이동인은 분명히 조선어로 말하고 있는데도 모리야마 시게루는 그의 열변이 자신의 가슴에 직접 스며들고 있다는 사실을 해괴히 여긴다. 현석운과 탁정식의 통변을 들으면서 모리야마 시게루는 더욱 그런 감정을 세세히 느끼고 있다.

"놀랍소이다. 스님의 설득력이……."

"허허허, 빈도는 가슴으로 말하고 있어요. 혀끝으로만 소리 내서는 상대의 믿음을 얻어 내질 못합니다."

모리야마 시게루는 서서히 경계심을 늦추고 있었지만, 이동인은 그에게 잠시의 여유도 주지를 않는다. 순배가 돌면서부터는 이동인의 짧은 일본어가 광기를 뿜어내기 시작한다. 그는 단어와 단어 사이에 손짓을 섞기도 하고, 때로는 필담을 제의하면서 주빈인 모리야마 시게루의 넋을 앗아낸다.

왜학훈도 현석운은 말할 것도 없고, 자리를 함께하고 있는 관기들까지도 끝이 보이지 않는 이동인의 장강과도 같은 식견에 빠져 들고 있는 지경이다.

마침내 모리야마 시게루의 탄성이 터져 나온다.

"동인 선사께서는 중국엘 자주 가시는 모양입니다."

"허허허, 아편전쟁으로 인한 피해가 막심하다는 것은 알고 있으나, 빈도는 아직 우물 안의 개구리올시다."

"호오, 하면 어느 분에게 서구 열강의 문물을 그와 같이 정확하게 배우셨습니까?"

"모리야마 선생의 나라에도 요시다 쇼인과 같은 선각자가 있어서 많은 후학들을 길러 냈듯이 우리 조선에도 선각의 석학들이 많이 계십니다."

모리야마 시게루는 흠칫 놀라는 기색을 감추질 못한다. 일본국 근대화에 불을 당긴 요시다 쇼인吉田松陰을 거론하는 조선인이 있으리라는 것을 어찌 짐작이나 했던가.

요시다 쇼인은 개항에 앞장섰던 조슈 번 출신의 선각자다. 그는 에도江戶(막부가 있었던 곳, 지금의 동경) 유학을 허락받고 고향을 떠나 에도에 갔다가 이른바 구로부네黑船의 소동을 목격하게 되면서 서양의 문명과 세계정세에 대한 관심을 높이면서 일본국의 미래를 걱정하게 되었고, 다음 해에는 개항지 시모다下田로 달려가 미국 군함에 승선하여 밀항을 도모했다가 체포되어 고향인 하기萩로 압송되었다.

쇼인은 옥살이를 하면서도 학업에 전념하여 일본국의 미래에 대한 노심초사를 거듭하였고, 출옥 후에는 젊은 인재들에게 옳게 사는 길은 무엇이며, 자기변혁自己變革의 필요성을 일깨우는 데 열정을 쏟았다.

"죽어서 불후不朽가 되려면 때와 장소를 가리지 말 것이며, 나라를 위해 대업大業을 이루려거든 오래 살아라!"

호연지기浩然之氣. 그렇다. 요시다 쇼인은 젊은 인재들에게 새로운 일본을 짊어지고 나갈 열정과 지혜를 일깨우기 시작했다.

"학문도 중요하지만 학문을 알고 또 이를 실행하는 것이 남자의 길이다. 시詩도 좋겠지만 서재에서 시를 짓고 있는 것만으로는 뜻을 펼 수 없다. 사나이는 자기의 일생을 한 편의 시로 이룩하는 것이 중요하다. 구스노기 마사시게楠正成(『太平記』에 나오는 전략가)는 한 줄의 시도 쓰지 않았으나, 그의 일생은 그대로 비길 데 없이 크나큰 시가 아니었는가!"

얼마나 멋있는 가르침인가. 그는 또 "하늘 높이 솟아올라 세상의 모든 소리를 들으면서 큰 눈을 떠야 할 것이다(飛耳長目)" 라는 말로 젊은 인재들을 감동하게 하였고, 마침내 그들로 하여금 미래의 일본을 위해 몸과 마음을 함께 내던지게 하였던 선각의 횃불과도 같은 인물이다.

다다미 8장 넓이(4평 정도)의 좁은 쇼카손주쿠松下村塾에서, 그것도 겨우 2년여 개월을 강의하고서도 '명치유신'을 성사시키는 주역들을 길러내고, 근대화된 일본국을 이끌어 갈 불세출의 정치가들을 양성해 낼 수가 있었다면, 그의 선견지명이 어느 정도인지, 또 젊은 스승의 영향력이 얼마나 큰 것인가를 알게 된다.

일본국 근대화의 화신이었던 구사카 겐즈이久坂玄瑞, 다카스기 신사쿠高杉晉作는 스승의 가르침에 따라 각각 25세, 29세로 불같은 삶을 마감하였고, 가쓰라 고고로桂小五郎(후일의 木戶孝允이자 명치정부의 총리대신), 촌부의 아들로 태어났으나 명치정부의 초대 총리대신이 되는 이토 히로부미伊藤博文, 잡병 출신인 야마가타 아리토모山縣有朋(총리대신, 육군대신), 이노우에 가오루井上馨(후일의 외무대신, 조선 공사) 등은 그야말로 나라의 대업을 위해 오래 살면서 조선 침략에 앞장서고 있다.

모리야마 시게루의 얼굴이 빨갛게 달아오른다. 이동인이 거론하는 요시다 쇼인의 문도들인 이토 히로부미, 이노우에 가오루 등이 바로 자신의 직속상관이기 때문이다. 도대체 이동인이라는 승려는 어떻게 그것을 알았으며, 또 조선 땅에 요시다 쇼인을 능가하는 선각의 석학이 있다면 그들이 누구란 말인가.
　모리야마 시게루는 경탄의 어조로 이동인에게 묻는다.
　"오, 그 선각의 석학들이 지금 어디에 계신지 저희도 한번 만나 뵐 수가 있겠습니까."
　"허허허, 서둘지 맙시다. 그런 어른과 만나기 위해서 우리가 이렇게 친분을 두터이 하고 있지를 않소이까."
　"친분을……. 무슨 뜻입니까!"
　모리야마 시게루는 경계의 눈초리를 늦추지 않는다.
　이동인은 우의정 박규수의 학덕이나 유홍기의 선각자적인 인품을 자랑하고 싶다. 그리고 김옥균, 유길준, 민영익, 박영효 등 사대부가의 준재들이 조선의 개항을 열망하고 있다는 사실을 공개하여 모리야마 시게루의 오만을 꺾어 놓고 싶었으나, 아직은 시기상조라는 생각으로 가가대소하는 여유를 보인다.
　"허허허, 모리야마 선생, 앞으로 이런 술자리가 자주 있을 것으로 압니다. 우리는 그때마다 더 깊은 말을 나누어서 조일 양국의 우의를 돈독히 해 가야 할 것으로 알아요."
　"……!"
　모리야마 시게루는 이동인을 향한 경계의 눈초리에 날을 세우고 있다. 이동인은 재빨리 분위기를 바꾼다.
　"풍악을 울려야겠구나. 허허허, 아무리 풍속이 달라도 술잔은 차야 맛이고, 계집은 품 안에 있어야 흥취가 도는 법이지요. 게

다가 여독은 흥건하게 푸는 게 상책일 테고요."

그야말로 종횡무진이 아니고 무엇인가. 무불 탁정식은 혀를 내두르지 않을 수가 없다. 이동인이 일본어를 배우면서 술자리에서 흥취를 돋우는 음담패설까지 꼬치꼬치 캐묻더니 그것을 적절하게 활용하고 있어서다.

가야금이 울리면서 춤사위가 너울거린다.

연이어 비운 술잔 때문인가, 아니면 품에 안긴 관기의 아양 때문인가. 모리야마 시게루의 취흥도 도도해진다.

"이보시오. 선사······. 난 선사의 춤도 구경하고 싶소이다."

"아니, 뭐요. 중더러 춤을······."

"소문은 이미 듣고 있어요. 조선의 승려는 바라춤에 능하다는 것을요. 그것이 진실로 양국의 우호를 다지는 것이라면 못 할 것도 없지를 않겠소이까."

좌중의 시선은 일제히 이동인에게로 쏠린다. 모리야마 시게루의 언동이 무례하게 들렸기 때문이다. 그러나 이동인의 얼굴에는 화색이 넘치고 있다.

"허허허, 그까짓 게 무에 어려워요. 추다마다. 얘들아."

이동인은 마치 기다리고 있었던 사람처럼 모리야마 시게루의 취흥을 흔쾌히 받아넘긴다. 이번에는 현석운이 당혹해한다. 이동인도 이미 취해 있는 것으로 보여서다.

모리야마 시게루의 품에 안겼던 관기 산홍이가 재빨리 빠져 나와 문갑 위에 놓여 있던 보자기를 이동인에게 대령한다. 놀랍게도 바라춤을 출 때 입는 검은 장삼과 붉은 띠 그리고 바라까지 준비되어 있다.

이동인은 검은 장삼 위에 붉은 띠를 걸치면서 산홍에게 속삭인다.

"자네에게 큰 신세를 지게 되지를 않았는가……."

이동인은 그녀에게 모리야마 시게루와의 동침을 기정사실화하고 있다. 산홍은 대답 대신 젖은 눈초리를 흘겨 보이는 것으로 반항을 대신했지만, 이동인은 조선 여인의 결기로 받아들이면서 그녀의 가녀린 어깨를 다독여 준다.

"고맙네. 내 자네의 은혜를 잊지 않음세."

이동인은 너울거리는 소맷자락을 걷어 올리며, 머리에 하얀 고깔을 쓰고 양손에 바라를 든다. 그리고 악사들의 앞으로 나아간다.

풍악이 다시 울리면서 이동인의 바라춤이 시작된다. 그는 오늘의 주연에 승부를 걸고 있는 것으로 보인다. 허공으로 치솟는 용트림을 떠받치며 쟁! 하고 바라가 운다. 때로는 쏟아지는 물줄기처럼, 또 때로는 스며드는 안개처럼 바라를 울리면서 이동인의 몸은 승천하듯 너울너울 온 방 안을 날아돌고 있다.

"허어, 저건 신의 경지야……!"

모리야마 시게루는 산홍을 당겨 안으며 탄성을 연발한다.

어찌 왜인들뿐이랴. 현석운을 비롯한 조선의 관기들도 이동인의 황홀한 춤사위에 넋을 잃는다. 아무리 산승이 추는 바라춤이기로 어찌 이렇듯 힘에 넘치는 아름다움을 구사할 수가 있다는 말인가.

산홍은 모리야마 시게루와의 동침을 당부하던 이동인의 목소리가 부처님의 자비로운 음성으로 환청 되는 착각에 젖으면서 너울거리는 춤사위에 빠져 들었고, 무불 탁정식은 이동인의 염원에 가득한 춤사위에 감동의 눈물을 쏟고 있다.

이동인의 바라춤은 모리야마 시게루를 비롯한 좌중의 감동을 절정으로 끌어올리면서 서서히 막을 내린다. 그는 흥건한 땀방울을 손등으로 씻어 내며 자리로 돌아온다. 따뜻하고 진지한 갈채 가운데서도 모리야마 시게루의 절찬은 놀라울 지경이다.

"선사, 부처의 환생이오이다."

"허허허, 내 우정으로 받아 주시오. 같은 값이면 다홍치마라고, 너희가 승무를 추었으면 볼만했을 것을……."

"가슴속까지 적시는 춤사위셨사옵니다."

이동인의 염원을 짐작했음일까, 산홍은 젖은 눈빛으로 속내를 드러내 보인다.

"그렇소이다. 힘차고 아름다운 춤사위였어요."

현석운은 조선인의 감격도 만만치 않다는 사실을 왜인들에게 들려주고 싶다. 그가 짐짓 왜어로 감격해한 것도 그 때문이었지만 모리야마 시게루의 화답이 길어지는 것을 보아도 감동의 깊이를 짐작하고도 남는다.

"놀라운 춤이었어요. 우리 일본의 춤은 팔이나 손목만을 놀리는 것이 고작인데, 조선의 춤은 온몸으로 추는 것이어서 생동감이 넘쳐흘러요."

"과찬의 말씀이십니다."

"아니에요. 더 많은 일본 사람들에게 보여 주고 싶은 춤이었어요!"

"허허허, 어떻습니까. 그런 기회를 만들기 위해서도 이젠 빈도가 초량 왜관으로 선생을 찾아간다면 만나는 주시겠습니까?"

"당연하지요. 내 기꺼이 만날 것이니 사양치 마시오."

"고맙습니다. 모리야마 선생……."

이동인은 주빈인 모리야마 시게루에게 정중히 상체를 숙여 보이고, 자리를 함께한 관기들에게 다시 한 번 당부하는 것도 잊지를 않는다.

"애들 많이 썼네. 자네들의 공헌이 나라의 국운을 좌우한다는 사실을 명심한다면 오늘 밤의 내 몰골이 추해 보이지는 않았을 것일세."

얼마나 눈물겹고 진솔한 호소이던가. 관기들은 이동인의 뜨거운 가슴속으로 빨려 들고 있다는 느낌에서 헤어나지를 못한다. 모리야마 시게루를 위한 동래 관아의 첫 번째 주연은 이렇게 끝났다.

조영하의 상식

 이동인은 주연장을 수습하고 동래부사 박제관의 처거로 향한다. 만만치 않게 술잔을 비웠을 것인데도 긴장한 탓인지 크게 술기운이 도는 것 같지가 않다. 중문께서 기다리고 있었던 현석운이 그의 곁으로 다가와서 주연장에서의 감격을 다시 거론한다.
 "선사, 우물 안의 개구리라는 말이 있소이다만, 우국憂國이라는 것이 무엇인지를 선사께서 깨우쳐 주셨어요."
 "원, 별 과찬의 말씀을……."
 "이보시오. 선사!"
 현석운은 몸을 돌리려는 이동인의 팔을 낚아챈다. 그리고 인광燐光이 번득이는 눈초리로 찌르듯 말한다.
 "명색이 왜어의 역관이면서 왜국을 너무 몰랐어요. 또한 이 나라 조선에 선사와 같으신 선각자가 계셨다는 사실도……. 그래서 부끄럽다는 말씀을 드리고 싶어서 선사를 기다리고 있었어요."

"……!"

"소용이 된다면 서슴지 마시고 부려 주셨으면 합니다. 힘이 되어 드리고 싶습니다."

현석운의 실토는 진솔하고 아름답다. 이동인은 그의 소망을 마다하지 않는다.

"고맙습니다. 현 선생. 나라가 누란의 위기를 맞고 있습니다. 공께서도 개항에 앞장서 주셨으면 합니다."

"고맙소이다. 선사."

마침내 두 사람의 의기가 투합된다. 그들은 뜨거운 손을 마주 잡아 흔들면서 조선 개항의 초석이 되리라고 다짐한다.

"나도 함께 들겠소이다. 자, 선사……."

현석운이 앞장을 선다. 두 사람은 동래부사 박제관의 거처로 들었다. 박제관은 객사에서의 일을 보고 받고 있었던 모양으로 안도의 기색을 보인다.

"무사히 끝났다니 다행일세."

이동인은 주연장에서의 일을 세세히 고한 연후에 모리야마 시게루를 비롯한 일본인들이 객사에서 머물게 되었음을 알린다. 그리고 관기들이 그들의 잠자리 수발을 들게 되었음을 고하는 순간 박제관은 얼굴을 붉히면서 노여움을 토하고야 만다.

"그 무슨 해괴한 짓거리야. 왜인들과 기생들을 객사에 함께

재우다니. 선사는 쓸개도 없는가!"

"국익을 위해서는 불가피하였음을 유념하소서. 빈도는 다만 제 뜻을 따라 준 동래 관기들이 눈물겹도록 고마울 따름입니다."

"닥치지 못하겠는가. 조정에 장계를 올리자고 한 사람이 선사인데, 그런 수치스러운 일을 저질러 놓고서도 국익이라니!"

부사 박제관은 연상을 내리치면서까지 진노한다. 이동인과 같은 젊은 승려에게 외교의 주도권을 빼앗긴 것에 대한 분풀이일지도 모른다. 이동인은 고개를 돌리면서 어이없는 표정을 지었으나 현석운이 명쾌한 어조로 판정을 내려 준다.

"사또, 차후 왜인과의 모든 접촉은 선사에게 맡기는 것이 상책일 것으로 압니다!"

"그 무슨 당치 않은 소리. 아무렴은 내가 부사의 소임을 소홀히 하리라고 여겼는가!"

"맡겨야 한다니까요. 시생이 지켜본 일이오이다!"

"못 하네. 내게는 부사의 책무가 있어!"

갈등의 시작이다. 수구세력의 한 사람인 동래부사 박제관이 이동인의 지혜와 식견을 빌려서 대일정책을 수립하려는 기미를 보이다가 겨우 첫 번째 주연을 끝내고 대립과 충돌의 양상으로 변한다면, 박규수나 유홍기가 주도하는 개항세력의 의지가 조정에 반영될 수조차도 없음이 당연하다. 또 그것은 일본국의 무력침공을 앞당기게 되는 적전분열敵前分裂이 아니고 무엇인가.

천만다행으로 이동인과 박제관의 갈등과 충돌은 오래가지를 않는다. 모리야마 시게루를 비롯한 일본국 외무성 관리가 초량 왜관에 다시 들어왔다는 장계에 접한 조정에서 금위대장禁衛大將 겸 무위도통사武衛都統使 조영하趙寧夏를 부산포에 급파한 때문이다. 조영하 역시 우의정 박규수와 병조판서 민승호의 당부를 받은 모양으로 동래부사 박제관은 거들떠보지도 않은 채 오직 이동인의 자문에 기대를 걸겠다는 의지를 분명히 했기 때문이다.

"선사의 탁월한 식견은 알고 왔으이. 내 소임이 국익에 도움이 되도록 힘껏 도와주었으면 하네."

"하교를 아끼지 마오소서. 견마의 노고를 다할 생각이옵니다!"

"고맙네. 우선 저들의 속셈부터 알고 싶으이."

"빈도가 모리야마 시게루를 만난 것은 모두 다섯 번입니다만, 워낙 교활한 놈이라 속셈을 드러내지는 않았사옵니다. 하오나 이미 정탐은 시작하고 있음을 유념해 주셨으면 합니다."

"정탐이라니?"

이동인은 모리야마 시게루의 사랑을 받고 있는 산홍의 도움으로 초량 왜관의 동태를 세세히 파악하고 있었으므로 왜인들의 속내를 환하게 들여다보고 있다.

"관기 산홍이라는 아이의 도움으로 초량 왜관의 동태를 살피고 있사온데……, 역시 왜인들은 교활합니다. 저들은 이미 동래 관아의 비장裨將 한 사람과 통사通事 한 사람을 금품으로 매수하였사옵니다."

"저런 못된……! 그 비장과 통사란 놈에게도 이름이 있을 것이 아닌가."

조영하가 소리치자 박제관의 안색이 하얗게 바랜다.

"비장의 이름은 남효원南孝源이옵고, 통사의 이름은 김주복金珠福이라고 합니다만……."

"저런 처 죽일 놈들이 있나. 당장에라도 잡아들여 패대기를 쳐서 다스려야 하질 않겠는가!"

"대감, 아니 되옵니다. 지금은 그들을 처단할 수가 없사옵니다!"

"아니 되다니. 매국하는 것들을 살려 두자는 말인가."

"그것이 아니옵고, 저들의 속셈을 알아내기 위해서는 비장과 통사를 역이용하는 것도 한 가지 계책은 될 것이옵니다."

"역이용을……?"

조영하는 그들을 역이용하자는 제의에 고개를 끄덕인다. 이동인은 그때를 놓치지 않는다.

"대감, 서둘러 저들을 만나서 우리 조선은 일본국에 대해 적의를 품고 있지 않음을 분명히 해 두셔야 할 것으로 아옵니다!"

"그건 저들의 서계를 받아들여야 옳다는 것이 아닌가."

"당연하지요. 지금 서계를 받아들이지 아니한다면, 저들에게 침략의 명분을 주게 되지를 않겠습니까."

"아무리 그렇기로……."

"왜인들은 회담을 청하기 위해서 온 것이 아니라, 조선 조정의 개항의지를 염탐하기 위해서 왔음을 유념하셔야 하옵니다. 저들을 빈손으로 돌아가게 해서는 아니 되옵니다. 대감, 전쟁만은 피해야 하지를 않겠사옵니까."

조영하는 이동인의 말에 실린 우국의 무게를 실감하면서도 실행을 다짐하지는 못한다. 왕실의 큰 어른인 대왕대비 조씨의 총애를 받고 있는 사가의 조카이자 풍양 조문豊壤趙門의 희망이라면 당당한 수구세력의 일원이고도 남는다.

"대감, 대감과 모리야마 시게루와의 만남은 새로운 조일관계의 출발일 수가 있사옵니다. 그 결과에 따라서 저들의 무력침공 계획을 무력하게 할 수도 있을 것이라 사료되옵니다."

"……!"

이동인은 자신의 입에 담을 수 있는 모든 문자와 식견을 동원하여 조영하를 설득할 수밖에 없다. 조선 조정을 대표하는 조영하와 일본국 외무성에서 파견한 모리야마 시게루와의 만남은 새로운 조일관계의 출발일 수가 있고, 그 결과에 따라서 저들의 무력침공 계획을 무력하게 할 수도 있을 것이기 때문이다.

"대감께서 허락하신다면 빈도가 회담에 참여할 수도 있사옵니다."

"아닐세. 선사는 어디까지나 사사로운 자문역이 아닌가."

"……!"

"내가 왜인들과 대좌하는 것은 종사의 일임을 명심해야 할 것일세."

이동인의 실망은 이만저만이 아니다. 조영하가 종사의 일임을 빙자하여 자신의 공식적인 참여를 허락하지 않겠다면, 수구세력의 의지만이 반영되는 백해무익한 회담으로 전락될 위험이 있어서다.

또 그것은 일본국 유신정부의 획책에 말려드는 일이기도 하다. 그렇다고 조선 조정에서 파견한 조영하와 일본국의 외교관료인 모리야마 시게루와의 회담을 뒤로 미루기만 한대서야 말이 되는가.

이동인은 타개의 궁리를 거듭하다가 절묘한 생각을 떠올린다. 무불 탁정식을 모리야마 시게루의 통역으로 쓸 수만 있다면 두 가지의 실효를 모두 거둘 수가 있을 것이 아니겠는가. 먼저 조영하나 박제관의 언동을 감시할 수가 있겠고, 또한 회담의 내용을 완벽하게 파악할 수가 있을 것이기 때문이다.

문제는 왜학훈도 현석운이다. 조정의 고관과 왜국의 사절이 공식적으로 만난다면 당연히 왜학훈도가 통역을 맡아야 한다. 그 회담장에 모리야마 시게루가 무불 탁정식을 거느리고 나온다면 현석운의 충격이 얼마나 크겠는가. 또 그것이 이동인의 계책이었음을 안다면 동래부사 박제관은 고사하고 조영하의 분노가 하늘을 찌를 것임은 불문가지의 일이다.

회담 전날, 고심에 고심을 거듭한 끝에 이동인은 현석운을 불러 당부한다.
"결코 현 선생을 믿지 못해서가 아닙니다. 조영하 대감과 모리야마가 만나는 자리에 무불이 나를 대신하여 참여하게 될 것이니 당황하거나 놀라지 마셨으면 해서요."
"아니······, 사또의 허락이 계셨습니까?"
"허락을 받을 일이 아니지요. 무불은 모리야마 시게루의 역관으로 참석할 테니까요."
"······!"
현석운은 무불 탁정식이 모리야마 시게루의 통역으로 참석한다는 말에 충격을 받은 모양이다.
"나라의 흥망성쇠를 좌우하는 일을 조 대감이나 사또와 같은 수구세력에게만 맡겨 둘 수가 없다는 사실에 유념한다면······, 이번 통변의 책무가 얼마나 중차대한 것인지는 아시고도 남을 일이 아니겠습니까!"
치밀하고 능란한 계책이 아닐 수가 없다. 이동인은 무불 탁정식을 모리야마 시게루의 통역으로 배치하여 수구세력들의 언동을 감시함과 동시에 역관들의 야료^{惹鬧}를 사전에 봉쇄하고 나선 셈이다. 현석운으로서는 서운한 감정을 눌러 참을 수밖에 없다.
"숙지하고 있으리다."
"고맙소. 현 선생만 믿고 일을 시작하겠습니다."

해가 지기를 기다렸다가 이동인은 초량 왜관으로 스며든다. 모리야마 시게루를 설득하기 위해서다. 나라의 명운이 걸린 국제회담에서 수구세력의 옹고집은 백해무익일 것이었고, 더구나 통역으로 인한 하자가 생긴대서야 말이 되는가. 그런 까닭으로 이동인은 모리야마 시게루의 설득에 국운을 걸고 나설 수밖에 없다.

"오해하지 마시오. 이건 절대로 오해할 일이 아니라는 사실을 먼저 헤아려 달라는 뜻이외다."

"허허허, 뜸은 그만 들이고 어서 말이나 하시오."

"무불을 모리야마 선생의 통역으로 써 주시오."

"……!"

"모든 것은 당신을 위해서요."

"이것 보시오. 동인 선사. 스파이와 함께 회담장으로 나가라는 것인가!"

"스파이!"

"스파이지. 무불에게 내 속내를 털어놓으라는 뜻이 아니고서야!"

모리야마 시게루의 반발은 거칠기만 하다. 그는 무불을 통역으로 천거하는 이동인의 소행을 잔꾀라고 생각하고 있다. 이동인은 재빨리 모리야마 시게루의 허를 찌르고 나선다.

"그렇다면……, 내가 선생의 통역을 자청하겠소이다."

"동인 선사가……?"

모리야마 시게루는 상체를 곤두세울 만큼 놀라워한다. 동래 관아의 객사에서 연회가 있은 이후, 산홍의 입을 통해서 알게 된 이동인의 인간성에 관해서도 아직 흥미가 식지를 않았고……, 또 여러 차례 만나서 술잔을 기울이면서 이동인의 내심을 살펴보았을 때도 그의 우국충정憂國衷情은 어디 하나 나무랄 곳이 없었다. 특히 일본국의 유신정부를 모델로 삼으면서 개항을 열망하는 그의 열정에는 감동할 정도가 아니었던가.

"내가 모리야마 선생의 통역이 된다면, 조선의 국익을 위해 일본국을 배신할 것이라 믿느냐 이 말씀이오이다."

"아니, 동인 선사의 경우와는 달라요."

"그것이 사실이라면 내 뜻을 따라 주시는 것이 모리야마 선생에게도 도움이 될 것으로 알아요. 그것이 조선의 사정을 가장 바르게 아는 길일 것이오. 어차피 모리야마 선생도 조선 수구세력의 내심은 정확히 알아야 할 것이 아니오이까."

모리야마 시게루는 장고長考를 거듭한다. 이동인의 변설에 말려드는 것이 싫어서다. 그러나 조선 조정의 고관과 대좌하는 자리라면 자신의 편이 되어 줄 통역이 있어야 한다는 사실만은 부정할 수가 없다.

"알겠소이다. 동인 선사의 뜻을 선의로 받아들이겠소."

"고맙소. 기필코 도움이 있을 것이오."

이동인은 홀가분한 마음으로 초량 왜관을 나선다. 무불 탁정식을 모리야마 시게루의 통역으로 내세운다면 비록 자신은 회담장에 들어갈 수가 없다 해도 그들이 주고받는 얘기를 손바닥 살피듯 감지할 수가 있을 것이기 때문이다.

이동인은 밤이 이슥해서야 거처에서 기다리고 있는 무불 탁정식과 마주 앉는다. 두 사람은 이미 마음의 다짐을 하고 있었으므로 서로 결기를 확인하는 것으로 지루하기만 했던 회담 전야의 초조함에 종지부를 찍고자 한다.

"이 사람, 무불, 나는 조영하나 박제관보다 자넬 믿을 수밖에 없어. 통변이라기보다는 회담의 대표로 임한다는 각오를 다지고 서만이 우리에게 주어진 막중한 책무를 다할 수가 있을 것일세."

"어떠한 경우에도 동인의 심려를 끼치지는 않을 것이니 너무 걱정하지 말게나."

"고마우이."

이동인은 탁정식의 손을 움켜잡는다. 두 사람의 가슴은 핏줄이 이어져서 흐르고 있다는 착각에 젖을 만큼 세차게 요동친다.

회담의 성과

 조정에서 파견한 금위대장 조영하가 동래부사 박제관을 거느리고 일본국 외무성 육등출사인 모리야마 시게루와 대좌하였다면 어느 모로 보아도 공식적인 외교회담이 되겠지만, 대표들의 지위만으로 따지자면 일본 쪽이 크게 기운다. 그런데도 회담의 진행은 모리야마 시게루가 주도하는 형국이 될 수밖에 없다.
 "귀 조선은 우리 일본국의 신정부가 새로운 체제로 출범하였고, 세계의 열강들과 통상조약을 체결하고 있음을 어느 정도 알고 있습니까!"
 탁정식의 입에서 흘러나오는 모리야마 시게루의 물음은 조영하를 몹시 당혹하게 한다. 같은 조선인에게 수모를 당하고 있다는 생각이 들어서다.
 조영하는 대답에 앞서 먼저 현석운에게 물어본다.

"저자의 통변에 하자는 없는가."

"그러하옵니다."

"내 말에 부족한 점이 있거든 통변을 하면서 보완해도 상관하지 않겠네."

조영하는 계면쩍은 생각이 들었는지 무불 탁정식의 표정을 살피면서 말을 이어 간다.

"아주 소상하달 수는 없으나 토막討幕은 존황尊皇하기 위한 것이며, 그것이 곧 새로운 유신정부를 세우게 되었고……, 그 후 미리견과 영길리英吉利(영국), 불란서 등의 신문물을 받아들여서 부국강병을 외치고 있으며, 얼마 전에는 무력으로 대만을 정벌한 것으로 알고 있는데……, 이만하면 대답이 되었는지를 모르겠구면."

탁정식은 현석운이 높은 수준의 일본어를 구사하면서도 냉정을 잃지 않는 것이 마음에 든다. 그것은 회담의 성공을 예고하는 일이기 때문이다.

"그렇게 잘 알면서 귀 조선은 우리 일본국의 서계를 수없이 물리쳤는데 그 연유가 무엇입니까. 만일 우리가 다시 서계를 보낸다면 받아 주실 의향은 있습니까?"

급기야 모리야마 시게루는 마각을 드러내기 시작한다.

"한 번 물리친 것도 아니고, 이미 여러 차례 물리친 서계를 어찌 다시 받을 수가 있겠소."

"조선 정부의 사정은 잘 알겠습니다만……, 만일 내가 돌아가서 그 서계의 내용을 고쳐 가지고 온다면 접수를 하시겠습니까?"

"귀국에서는 국왕의 서계까지도 함부로 고쳐 쓴다는 말인가."

탁정식은 흠칫 놀라면서 자세를 고쳐 앉는다. 조영하가 약한 상대에게 호통을 치며 즐기는 조선 사대부의 고질병을 서서히 드러내고 있었기 때문이다. 모리야마 시게루는 그런 조영하의 심기를 건드리고 나설 만큼 간교하다.

"어찌 되었건, 다시 쓰겠습니다. 새로 써 가지고 온 서계라면 접수를 하시겠습니까?"

탁정식은 어조를 조절할 수밖에 없다. 모리야마 시게루의 교활한 어법을 통상적인 흐름으로 바꾸어 놓지를 않으면 조영하의 호기가 발동될 위험이 있었기 때문이다.

"새로 썼다 하여 모두가 훌륭한 서계일 수는 없을 터. 우리는 서계의 문면을 검토한 연후에야 접수의 여부를 결정할 것이오. 다만 한 가지, 우리 조선은 귀국을 적대시하지 않고 있다는 점만은 분명히 해 두겠소."

놀랍게도 역관 현석운이 순발력을 발휘하고 나선다. '우리 조선은 귀국을 적대시하지 않고 있다는 점만은 분명히 하겠소'라는 대목은 현석운의 창작이다. 그러나 모리야마 시게루는 바로 거기에 감동하고 나선다.

"다행입니다. 참으로 다행입니다만……, 귀 조선도 하루속히 반상의 벽을 허물고 만민이 평등한 새로운 나라로 개혁이 될 것으로 압니다."

탁정식은 망설이지 않는다. 조정의 고위관직들에게 들려주고 싶어도 입을 열 수가 없었던 중차대한 사안을 모리야마 시게루의 입을 빌려서 보다 소상히 거론할 수가 있었기 때문이다.

"그건 본말이 전도된 것이기도 하거니와……, 내정의 간섭이 아닌가!"

조영하의 반발은 날카로웠으나, 현석운의 통변은 외교적인 수사로 이어지고 있다. 탁정식의 입가에 웃음이 흐른다. 두 사람은 알게 모르게 통변의 중요성을 실감하고 있었기 때문이다.

교활한 모리야마 시게루는 스스로 대만 정벌에 관한 자초지종을 입에 담는다. 물론 일본국의 군사력을 과시하여 조선 조정으로 하여금 일본국에 대하여 머리를 숙이게 하려는 속셈이다.

"대감, 조정의 뜻은 충분히 전달되지를 않았습니까."

동래부사 박제관이 항변하듯 진언하자 조영하의 시선은 탁정식에게로 옮겨진다.

"저들이 더 원하는 게 없다면 이쯤에서 마쳐도 무방하지를 않겠나."

탁정식은 조영하의 심중을 모리야마 시게루에게 전하면서 회담의 종료를 청한다. 박제관의 표정과 어투에 심상치 않은 기미가 보여서다.

"우리 일본국은 귀 조선이 하루속히 개혁과 개항을 서둘러서 새로운 유신정부를 수립하기를 바라며, 필요하다면 우리 일본국이 도와줄 용의가 있음도 헤아려 주시길 바랍니다."

"허어, 고얀지고……!"

물론 조영하의 마지막 탄식은 통변이 되지를 않은 채 회담은 종료된다. 모리야마 시게루에게는 조선의 고관을 만나서 일본국의 위세를 마음껏 과시한 회담이 되었으나, 조선의 처지에서 보면 아무 실익도 얻지 못한 회담이다.

"이렇게 칠칠치 못한 것들이 있나!"

탁정식으로부터 회담장의 자초지종을 전해 들은 이동인은 거침없이 조영하의 거처로 달려가 엄중히 항변한다.

"대감, 용의 그림을 그리면서 정작 눈알을 빼놓지를 않으셨습니까."

"그 무슨 해괴한……!"

"대감, 저들은 전쟁을 획책하고 있사오이다. 그걸 미연에 방지하자는 회담이 아니었습니까!"

이동인이 핏발을 곤두세우자, 조영하는 장죽으로 놋재떨이를 내리치며 쇳소리를 뿜어낸다.

"저들은 무엄하게도 조선의 풍속을 해치려 들었어. 반상의 벽을 타파해서라도 만민이 평등한 유신정부를 세우라니. 내정 간섭은 고사하고 동방예의지국의 미풍양속을 깨부수라는 방자함이 아니고 무엇이야!"
　이동인은 회담의 결렬을 확인할 수밖에 없다. 그러면서도 조영하의 내심을 다시 한 번 휘젓고 싶다.
　"저들로서야 당연하질 않사옵니까. 저들의 명치유신은 나라의 장래를 걱정하는 젊은이들이 나서서 삼백 년 세도를 무너뜨린 혁명이오이다. 거기에는 상민보다도 밑인 농민의 자식들이 선봉에 서서 사족士族(사무라이)들을 이끌었다는 사실을 유념하셔야지요."
　"닥치지 못할까!"
　"말씀이 과했다면 용서하소서."
　이동인은 상체를 깊이 숙여서 사죄를 한다. 그러나 쏟아진 말을 어찌 주워 담을 수가 있으랴. 조영하가 도성으로 돌아가 복명復命할 때 훈구세력들의 면전에서 '반상의 벽이 무너지는 개혁'이 눈앞에 다가와 있음을 입에 담는다면 왜인들과의 만남보다 더한 개항의 실효를 거둘지도 모른다. 어찌 되었거나 이동인에게는 큰 성과가 아닐 수 없다.
　"노고가 크셨습니다. 대감."
　이동인은 조영하의 거처에서 물러나온다. 시원하게 불어오는 바닷바람이 제법 한기를 느끼게 한다. 그는 밀항을 서두르리라 다짐하면서 부산포를 향해 빠른 발걸음을 옮겨 놓기 시작한다.

한편, 회담을 마치고 초량 왜관으로 돌아온 모리야마 시게루는 무거운 짐을 벗어던진 것처럼 홀가분함을 느낀다. 조선 조정의 공식적인 견해를 일거에 확인할 수가 있었기 때문이다. 그가 다시 부산포로 돌아올 때만 해도 불상사의 연속일 것이라는 선입견에 젖어 있었기 때문이다.

"잡인들의 근접을 막으라!"

모리야마 시게루는 주위를 물리치고 지필묵이 놓인 책상 앞으로 다가가 앉는다. 본국의 외무경外務卿(외무대신)인 데라시마 무네노리寺島宗則에게 보내는 보고서를 쓰기 위해서다.

보고서의 내용에는 다음과 같은 구절도 포함되어 있다.

일본이 대만을 정복하여 대승하였다는 소문을 듣고 조선 사람들은 일경삼탄一驚三歎, 어찌할 바를 모르고 있습니다. 〈중략〉 이제는 그 선입주견先入主見과 의구심을 풀어 주기 위해서라도 다소 위력威力을 사용하지 않을 수가 없습니다.

얼마나 방자한 내용인가. 이 같은 보고서를 쓸 수 있는 모리야마 시게루를 상대로 조일관계의 회복을 논의했다는 사실 자체가 우스꽝스러운 일이었고, 더구나 이 같은 모리야마 시게루의 보고서를 접수한 일본국 외무성에서 조선과의 통상이나 협약체결의 교섭에 성의를 다할 까닭이 있을까. 게다가 마지막 대목은 무력의 사용을 진언하고 있었음에랴.

이동인이 초량 왜관에 당도한 것은 해질 무렵이다. 관기 산홍이가 불안한 표정으로 이동인을 맞는다.

"말씀 들으셨습니까?"

"음, 딱하게 되었어……. 돌아왔겠지?"

"사람들을 물리치고 본국으로 보내는 보고서를 쓰고 있습니다."

마음이 무거우면 시간도 지루하게 흐르기 마련이다. 이동인은 산홍으로부터 모리야마 시게루에게 매수된 남효원과 김주복의 동태를 전해 들으면서도 밀항할 궁리에만 몰두한다. 이젠 서둘지 않을 수 없겠다는 초조함 때문이다.

"드시랍니다."

모리야마 시게루는 거처로 들어서는 이동인을 파안대소로 맞는다.

"아주 훌륭한 통역을 천거해 주신 덕분에 회담을 무사히 마칠 수가 있었어요. 고맙습니다. 선사. 허허허."

"동래부사를 만나고 오는 길입니다만, 일본국으로서는 아주 만족한 회담이 아니었습니까."

"허허허, 모두가 동인 선사의 협조가 있었기 때문이에요."

"그렇다면 다행입니다. 모리야마 선생, 언제쯤 귀국하실지 모르나, 그 공을 인정해서라도 빈도를 일본 땅에 데려다 주실 수는 없겠습니까."

"오오, 일본 땅에……?"

"그렇지요. 빈도는 날로 발전하는 일본의 문물을 살펴보고 싶고……, 또 우리 조선도 유신 일본국의 뒤를 따르고 싶은 일념뿐이오이다. 도와주신다면 그 은혜는 잊지 않을 것이오."

교활한 모리야마 시게루는 말을 뚝 끊은 채 이동인의 속내를 한참 동안이나 살피고서야 비아냥거리듯 반문한다.

"호오, 조선에도 외국으로 나갈 수 있는 여행권旅券의 제도가 있었던가요?"

"……있을 까닭이 없지요. 하나, 밀항이라면 무슨 대수겠습니까. 이 한 몸 일본 땅에 건너갈 수만 있다면 그것으로 그만이오이다."

"밀…… 항을?"

"그렇습니다. 첫째 우물 안의 개구리를 면해야 되겠고, 둘째 서구 문물의 실태를 살피고서만이 조선의 개항을 앞당길 수가 있지를 않겠습니까."

"일본 땅에서의 숙식은 어찌하시렵니까?"

"불가에서는 승려가 떠돌아다니는 일을 운수행각雲水行脚이라고 합니다만……, 귀국에도 사찰이 있을 것이며 문자를 아는 승려가 있을 것으로 압니다."

마침내 모리야마 시게루의 감탄이 쏟아져 나온다.

"호오, 놀랍고 장하시오. 선사……."

"모리야마 선생, 그간의 정리^{情理}를 보아서라도 빈도의 소청을 거두어 주셨으면 합니다. 빈도의 밀항은 일본국의 국익에도 도움이 될 것으로 압니다."

"본국의 외무성과 의논을 하겠소이다. 훈령이 있을 때까지 기다려 주셨으면 합니다."

"고맙습니다. 모리야마 선생……."

이동인은 기쁘기 한량없다. 모리야마 시게루가 부산포를 떠날 때 그가 타고 온 증기선에 몸을 실을 수만 있다면 구태여 위험을 무릅쓰면서까지 밀선을 타야 할 까닭이 없어서다.

조선의 개화세력들이 열망하는 꿈의 실현이 가시화되고 있음이다.

폭탄테러

배신과 좌절

　금위대장 조영하가 귀경하는 날까지 이동인은 분주한 나날을 보낼 수밖에 없었다. 무엇보다도 급하게 서둘러야 할 일은 조영하와 모리야마 시게루의 회담 결과를 세세히 적어서 유홍기에게 보내야 하는 일이다.
　조선의 고관과 일본국 외무성의 관리가 처음으로 대좌한 공식적인 회담인 데다가, 일본국의 계책이 마각을 드러내고 있었다면 조선 조정은 정확한 대응책을 수립해야 하기 때문이다. 바로 그 정확한 대응책을 세울 수 있는 능력을 갖춘 사람이 조선 땅에는 네 사람밖에 없다. 유홍기, 오경석, 이동인 등 세 사람의 중인들과 단 한 사람의 고위관직인 박규수뿐이다.
　그러므로 유홍기에게 보내는 이동인의 보고서는 세세한 일까지 빠짐없이 적어 갈 수밖에 없다. 만에 하나라도 금위대장 조영하가 일본국과의 회담 결과를 정치적으로 이용하려 한다던가, 아니면 지나치게 자신을 과시하려는 의도로 어전에 복명한다면 조선과 일본국의 관계는 다시 파경으로 치달을 수밖에 없다는 점을 명기明記하고, 자신은 곧 일본국 외무성의 증기선을 이용하여 당당하게 일본으로 떠나게 되었음도 부기하였다.

이동인은 동래부를 떠나는 금위대장 조영하에게 자부심을 갖도록 부추겼다. 조금이라도 더 정확하게 복명하게 하려는 속셈에서다.

"대감, 조정에서는 이번에 얻으신 성과에 대해 크게 치하할 것으로 아옵니다. 그간의 노고에 감읍드립니다."

"허허허, 동인의 노고도 컸으이."

"받자옵기 민망하옵니다."

"도성으로 돌아오면 내게도 한번 들리게나."

금위대장 조영하는 수구세력의 일원답게 무척도 거들먹거리는 동태를 보이면서 동래부를 떠나갔다. 이동인은 허허한 심정에 젖어 들 수밖에 없다. 조영하와 같은 조정의 중추세력들이 급변하는 국제정세와 물결치는 신문물에 관심을 두지 않는다면 조선의 개항은 백년하청일 것이기 때문이다.

"떠난다."

이동인은 악몽에서 깨어나듯 중얼거린다. 얼마나 소망하며 기다려 왔던가. 우선은 밀항하지 않아도 되었으니 위험부담을 크게 덜 수가 있었고, 일본국 외무성 관리 모리야마 시게루의 안

내와 보호를 받으면서 새로운 나라 일본국의 수도에 발을 들여 놓을 수가 있다면 얼마나 큰 행운인가.

이동인이 왜국으로 떠날 행장을 챙기고 있을 때, 왜학훈도 현석운이 달려들면서 비명을 토하듯 소리친다.

"선사, 큰일 났어요. 동인 선사……!"

"큰일이면……, 벌써 잡아들였답니까!"

이동인은 세차게 몸을 일으키며 반문한다. 모리야마 시게루에게 매수되었던 비장 남효원과 통사 김주복의 체포와 추국을 우려하고 있었기 때문이다.

"매질 앞에 장사 없다고, 그 못난 것들이 빠짐없이 이실직고를 했어요."

"……아!"

이동인은 온몸의 기력이 일시에 소진된 듯 허망해지는 심신을 가누질 못한다. 애써 닦아 놓은 대일통로가 동래부사 박제관의 조급한 판단에 의해 일시에 무너지고 있음이 아니고 무엇인가.

"그놈들의 소행은 내가 들어도 괘씸했어요. 아무리 돈에 매수되었기로 왜인들에게 부사의 사사로운 동정까지 고자질한대서야 죽어 마땅한 대죄이고도 남아요!"

"아니야. 그게 아니라니까!"

이동인은 주먹을 휘두르며 괴성을 토해 낸다. 얼마나 힘들게 쌓아 올린 공든 탑인가. 모리야마 시게루와 함께 일본 땅을 밟으면서 조선의 미래를 설계하려 했던 그 공든 탑이 무너지고 있었음에랴!
"아니라니요. 대체 뭐가 아니라는 말씀이오이까."
왜학훈도 현석운은 이동인에게로 다가앉으며 따지듯 묻는다.
"그만 됐어요."
이미 창백하게 바랜 이동인의 대답은 탄식이나 다름이 없다.
"되다니요. 때려죽여도 시원치 않은 놈들인데 뭐가 됐습니까."
물론 국익을 돌보지 아니한 채 사사로운 이득에만 매달리는 부류들이라면 거기에 합당한 응징을 받아야 한다. 그러나 응징의 시기를 가리는 일도 중하다는 것을 모른대서야 말이 되는가.
뚜우, 뚜우!
아니나 다를까, 일본국 증기선이 무적霧笛을 울린 것은 바로 그때다. 이동인은 튕겨지듯 거처의 밖으로 달려 나간다. 일장기를 펄럭이는 증기선이 검은 연기를 뿜어 올리고 있다.
'배신자!'
이동인은 도주를 서둘고 있는 증기선을 바라보면서 어금니를 문다. 자신과의 동행을 철통같이 약속했던 모리야마 시게루도 승선했을 것이기 때문이다.
'왜인들의 간사함이라더니!'
이동인은 쏟아져 내리는 눈물을 주체할 길이 없다.
"돌아갈 심산이 아닙니까."
"배신이야. 저건 명백한 배신이에요!"

"첩자까지 드러났다면 더 머물러야 할 까닭이 없지를 않습니까. 저들이 사또의 진노를 무슨 수로 당해요."

현석운은 이동인과 모리야마 시게루와의 약조를 모르고 있었기에 그들의 회항을 당연하게 받아들였지만, 승선을 허락받고 출발하는 날만을 기다리고 있었던 이동인으로서는 모리야마 시게루의 배신에 몸서리를 칠 수밖에 없다.

"선사, 선사는 조선의 사카모토 료마요. 우리 일본의 료마는 유신의 성공을 보지 못하고 유명을 달리했지만, 조선의 료마는 개항의 성사를 확인하게 될 것이오. 나는 성심을 다해 선사를 보살피고 지원할 것이오. 나의 우의를 믿어 주시오!"

이동인은 모리야마 시게루의 천연덕스러웠던 찬사를 떠올려 본다. 아무리 간사한 왜인들이기로 어찌 이럴 수가 있다는 말인가. 이동인의 양 볼이 눈물에 젖어 들고 있을 때 증기선은 다시 한 번 길게 무적을 울리면서 방향을 돌리기 시작한다.

'편지라도……?'

이동인은 지푸라기라도 잡고 싶다. 아무리 경황없이 떠난다고 하더라도 자신과의 위약을 사죄하는 서찰을 남기거나, 아니면 후일을 기약하자는 심회를 적어 놓았을지 모른다는 마지막 기대……, 이동인은 모리야마 시게루의 배려에 실오리 같은 기대를 걸어 본다.

그랬다. 정녕 그럴 수도 있지를 않겠는가. 이동인은 비탈진

언덕길을 힘차게 내닫기 시작한다.
"이보시오. 동인 선사……!"
현석운은 이동인의 돌연한 행보를 의아히 여기면서도 뒤를 따르지는 않는다.
초량 왜관은 비어 있다. 왜인들에게 고용되어 허드렛일을 맡아 하던 잡역들의 모습도 이미 보이질 않는다. 이동인은 부두로 달려가고 싶은 생각이 없지는 않았으나 더는 몸을 움직일 수가 없다. 그리고 얼마의 시간이 흘렀을까. 이동인은 문득 인기척을 느낀다.
"……선사님."
산홍이가 다가서고 있다. 그녀는 이동인의 얼굴에 넘쳐흐르는 회한을 읽은 듯 젖은 목소리를 토해 낸다.
"불가항력이옵니다. 잊으셔야 할 것으로 아옵니다."
순간 이동인은 눈을 감는다. 산홍의 얼굴을 바로 볼 수가 없어서다. 그녀는 일개 승려에 불과한 자신의 당부를 지키기 위해 모리야마 시게루에게 몸을 던진 여인이다. 그래서 얻은 것이 무엇이란 말인가.
이동인은 마음에서 우러나는 사죄의 말을 입에 담을 수밖에 없다.
"여보게, 산홍이……. 면목 없게 되었네. 날 용서하시게."
"분하옵니다. 선사님!"
통한의 눈물을 쏟아 내는 산홍의 모습을 지켜보면서 이동인은 견딜 수 없는 죄책감에 젖어 들고야 만다.

병조판서와의 담판

 문풍지가 요란하게 운다.
 유홍기는 분통을 뿜어내는 듯한 시선으로 장지문을 한참 동안이나 바라보고 있다가 고개를 돌려 상석의 눈치를 살핀다. 부산에서 올라온 이동인의 서찰을 박규수에게 전하기 위해 그는 모질게 불어오는 찬바람을 헤치면서 재동으로 달려와 있다. 그가 서둘러 이동인의 서찰을 박규수에게 전해야 했던 것은 그럴 만한 까닭이 있다.
 부산포에 다녀온 금위대장 조영하가 모리야마 시게루와의 회담 결과를 복명하는 자리에서 개항의 실체가 얼마나 가공한 것인지를 일본국의 유신 과정에 빗대어서 설명한 것이 화근의 씨앗이 되고 만다.
 "그 개항이라는 것을……, 왜국의 유신이라는 것과 비교해 본다면 무엇보다도 먼저 반상의 규범과 법도를 타파하여 만민이 평등한 나라를 만들어 가자는 것인데, 그들 스스로도 반상이 총칼을 겨누고 대포를 쏘아 대는 유혈참극을 수없이 겪었다고 하였사옵니다!"

조영하의 복명은 일본국 유신의 지엽말단만을 강조하는 데 그치고 있었기에, 조선의 훈구세력들에게는 일본국의 유신이 귀를 씻어야 할 만큼 천박한 행태로 전해질 수밖에 없다.

"저런, 짐승만도 못한 무리들이 있나!"

"그 무도한 왜국 외무성의 관리가 말하기를……, 조선이 원한다면 바로 그와 같은 조선의 개항을 일본이 돕겠다고 하기에 신은 그것이 내정 간섭임을 엄하게 꾸짖었사옵니다!"

"꾸짖다니, 패대기를 치고 왔어야 할 일일세!"

훈구세력으로 일컬어지는 유림과 사대부들은 격노를 거듭한다. 홍순목과 같은 원임 대신은 유림들을 거느리고 흥선대원군 이하응을 찾아가 '양이·보국'의 이념이 퇴색하는 것을 통탄하였고, 도승지의 자리에서 예조판서禮曹判書로 승차하였다가 좌참찬左參贊이 되면서 정승의 지위를 바라보게 된 민규호는 개항을 입에 담는 부류들을 극렬하게 비난하면서,

"오백 년 사직을 면면히 이어 온 강상綱常과 윤기倫紀의 뿌리를 흔들면서 개항이라니, 저들이 축생이 아니고서야 어찌 남의 나라의 미풍양속을 해치고자 하는가……. 행여 거기에 동조하는

무리가 있다면 당연히 사문난적으로 몰아서 극형에 처해야 할 것이오이다!"

라는 극언도 서슴지 않았다.

조선의 여론은 언제나 유림에서 주도해 왔다. 유림의 분노는 흥선대원군을 지지하는 훈구세력들에게 천군만마를 안겨다 주는 것이나 다름이 없다. 세태가 이런 지경으로 급변하자 일본국과의 관계 개선을 주장했던 우의정 박규수에게도 극렬한 비난의 화살이 날아들 수밖에 없다.

유홍기는 모리야마 시게루와의 대화록을 압축한 이동인의 서찰이 심란해진 박규수를 위로할 수가 있으리라고 확신했기에 서둘러 그 문건을 전하면서 하회를 기다리고 있다.

마침내 박규수가 읽기를 마친 듯 이동인의 서찰을 내린다. 그의 얼굴에는 홍조가 드러나 있다. 만족해하는 모습이 분명하였기에 유홍기는 위로의 말을 입에 담을 수가 있다.

"근자 심기가 미편하셨을 것으로 아옵니다만……, 그래도 믿을 만한 후학과 문도가 있음을 위안으로 삼아 주신다면 시생 등의 송구함이 얼마간 덜어질 수도 있을 것이옵니다."

"아니야. 나라의 명운을 승려, 역관들에게만 맡겨 놓은 것 같아서 심히 부끄럽게 생각하던 참이야."

"모두가 대감마님의 가르침을 따르고 있사옵니다."

"그만 됐으이."

박규수는 가슴 한가운데가 비어 오는 듯한 허허함을 견디지를 못한다. 나라의 운명을 한 사람의 승려와 두 사람의 역관들에게 맡겨 놓고 있다는 자괴를 뿌리치기 어려웠기 때문이다. 온갖 사치와 방종 그리고 끝없는 부정과 패덕으로 영화를 누리는 이 나라의 사대부들에게는 어찌하여 유홍기, 오경석, 이동인, 탁정식만 한 인재들이 없다는 말인가. 그들의 신분이 중인이라 하여 무능으로 방치하고서도 이 나라 조선이 온전할 수가 있을 것인지, 박규수는 몸서리치는 수치감에 빠져 들고 있다.

재동을 나선 유홍기의 발걸음은 죽동으로 옮겨지고 있다. 박규수의 속내를 알고 있다면 자신이 할 수 있는 일은 오직 한 가지, 병조판서 민승호와 담판을 시도할 수밖에 다른 방도가 없겠다는 생각에서다.

달빛이 휘영청 밝다.

죽동 초입으로 들어서면서 유홍기는 상서롭지 못한 분위기를 감지한다. 다급하게 몸을 숨기는 검은 그림자가 보여서다. 게다가 검은 그림자는 탁발승의 모습이어서 유홍기는 불현듯 이동인을 떠올려 보기까지 한다. 그렇다고 이동인이 죽동에 나타날 까닭이 있겠는가.

"어서 오시오. 대치장."

병조판서 민승호는 유홍기를 반갑게 맞아들인다.

"대감, 이미 밤이 이슥하온지라…… 거두절미하겠사옵니다."

"허허허, 주안이 나올 것이니 천천히 합시다."

유홍기는 우선 이동인이 보내 준 서찰을 민승호에게 읽기를 청한다. 민승호 역시 서찰의 내용을 살피면서 수치감을 느끼는 모양이다. 나라의 운명을 역관들에게 맡겨 놓은 양상이라면 부끄러워하는 것이 당연하다.

"대감, 대죄를 받아 마땅한 일이옵니다만……, 주상 전하를 배알하고 싶습니다……."

"……!"

민승호는 소스라치게 놀란다. 중인의 신분으로 어찌 군왕을 배알할 수가 있다는 말인가.

"전하를 배알하다니, 누가……?"

"그야 시생이지요. 그래서 대죄를 받을 일이라고 먼저 말씀을 여쭙질 않았사옵니까."

"헛, 이거야 원……!"

민승호는 어이없다는 표정을 지어 보였으나, 유홍기는 진지하게 말을 이어 간다.

"방도는 두 가지가 있을 것이옵니다. 대감께서 저를 데리고 비밀리에 입궐을 하시는 일……, 불연이면 전하께서 미행微行을 납시어 시생의 서재로 드시게 하는 일입니다만……."

민승호의 얼굴에 노기가 일기 시작한다. 당장이라도 패대기쳐서 쫓아낼지도 모를 그런 노기다. 그러나 유홍기에게는 이미 보이는 것이 없다.

"대감, 이 엄청난 누란의 위기에서 나라를 구하기 위해서는 조정을 이끌어 가는 사대부에게 더 이상 기대를 걸 수가 없게 되었질 않습니까."

"이 사람, 대치!"

"대감, 시생도 목숨을 아낄 줄은 압니다만……, 나라의 명운이 흔들리는 마당에 하찮은 의원의 목숨이야 무슨 대수이겠사옵니까."

"말을 삼가라니까."

"대감, 그 금위대장이라는 사대부가 일본국의 외무성 관리를 만나고서도 저들의 속셈을 알아차리지 못했다면, 그런 부류들에게 이 나라를 맡겨 놓아도 되겠느냐, 이 말씀입니다."

"허어, 닥치라는데도!"

"들으세요. 들으셔야 합니다. 우리 조선이 중국의 전철을 밟게 된다면 왕실도 무너집니다."

"네 이놈!"

마침내 민승호는 연상을 내리치며 소리친다. 그의 안색은 이미 사람의 형상이 아니라 야차夜叉와 같이 변해 있다. 유홍기의 입에서 왕실이 무너진다는 소리가 나왔다면 지금 당장 대역죄로 다스려도 아무 하자가 없다. 그러나 유홍기의 항변은 더 거세게 이어진다. 죽음을 각오한 사람이나 다름이 없다.

"대감, 방책은 단 한 가지뿐입니다. 주상께서 일본국에 사신을 보내는 일이옵니다."

"허어, 그래도!"

"일본국은 지난날의 왜국이 아닙니다. 부국강병한 나라올시다. 대만을 정벌했던 군대가 나가사키라는 항구에서 조선 침략의 조칙詔勅이 있기를 대기하고 있다질 않습니까. 시생이나 이동인과 같은 중인들이 아는 일을 일국의 병조판서이신 대감께서 모르신대서야 나라꼴이 되겠느냐 이 말씀입니다."

"이렇게 원……!"

"이 나라는 삼면이 바다올시다. 그런데 증기선 한 척 없질 않습니까. 중국 대륙은 수만리 바닷길을 달려온 구라파의 군함에 유린되었으나, 새롭게 국정을 정비한 왜국은 코앞에 있지를 않습니까. 나라의 국방을 책임진 대감이기에 여쭙습니다만, 증기선도 없고, 대포나 소총은 물론이요, 훈련된 군대도 없는 마당에, 지금 저들과의 교린을 서둘지 않으면 이 나라의 땅덩이가 왜적들에게 짓밟히고 마침내 저들의 식민지가 됩니다. 대감께서 병조판서로 계시는 동안에요!"

유홍기의 목소리는 어느새 젖어 들고 있다. 그러면서도 입술을 물면서 피 토하듯 울분을 토해 낸다.

"이 나라가 어디 양반들만 사는 나라랍니까. 중인들도 살고 상것들도 사는 나라올시다. 나라가 망하면 양반 사대부만 망하는 것이 아니라 상것들도 망합니다. 또 양반 사대부들이야 왜놈들에게 빌붙어서라도 어찌어찌 살 궁리를 하겠지만, 우리네 중인, 상것 들은 영락없이 개돼지만도 못한 꼴로 왜놈들의 종노릇을 해야 되는데……, 이 일을 그냥 넘기자는 말씀이오이까. 대감과 같은 사대부가 못 하니까 시생과 같은 중인들이 나서겠다질 않습니까."

"……!"

"그것이 나라를 위한 일이라면 도와주셔야 할 일이지 쪽박을 깨야 할 일은 분명히 아니질 않사옵니까!"

사람들은 유홍기를 백의정승이라고 부른다. 비록 관복은 입질 못했어도 그의 학문과 덕망이 정승의 반열에 있다는 뜻이리라.

"대감, 불공한 말씀이오나 시생이 전하께 세계의 정세를 모두 진언들인 연후에 대죄를 받는다면……, 전하께서는 중인 한 사람의 죽음을 딛으시고 세계를 알게 되지를 않겠습니까. 대감, 원컨대 소인으로 하여금 전하를 배알하게 해 주신다면 미력을 다해서 나라의 위기를 구하고자 합니다. 정녕 아니 될 일이오이까."

유홍기의 얼굴은 뜨거운 눈물로 범벅이 되어 있다. 그는 소리쳐 울고 싶은 심중을 혀를 물면서 참고 있다.

와룡촛대의 불꽃이 요동치면서 유홍기의 얼굴에 불 그림자가 스쳐 지나간다. 얼마의 시간이 흘렀는가. 노기가 가신 민승호는 탄식처럼 뱉어 낸다.

"정녕 그 길밖에 없겠는가."

"대감께서 시생을 대신 해도 무방하시겠지요."

"난…… 개항의 이치나 방도를 아직 잘 모르네."

"그렇다면 시생의 몫이 아니옵니까. 성사된다면 시생의 목숨과도 바꿀 수가 있사옵니다."

"……!"

선각의 한 지도자가 나라의 명운을 입에 담고 있는데도 그 나라의 병조판서는 동조할 생각을 못 한다. 벼슬길에 나설 수도 없는 중인의 신분으로 세계의 정세를, 그것도 조선의 미래를 심려하고 있는데도 지배계급에 있는 고위관료가 아무 대답도, 반론도 못 한다. 참혹하다 해야 옳은가, 무지하다 해야 옳은가. 조선왕조 말의 현실은 이와 조금도 다르지 않다.

유홍기는 지루하고 답답하게 이어지는 정적을 더 견뎌내지 못한다.

"시생은 돌아가 대죄하고 있겠습니다."

"대죄가 아니질 않은가. 내일 밤으로 정하세."

"……예?"

유홍기는 두 눈을 번쩍 뜬다. 잘못 들은 것 같아서다. 그러나 병조판서 민승호의 어조는 분명하게 흘러나오고 있다.

"내일 밤, 나와 함께 대전으로 갈 것이니 간략하게라도 개항의 당위성을 담은 문건을 만들어 두게나."

"대, 대감!"

"뒤로 미룰 일이 아니라는 생각이 들었어. 우리 함께 개항을 서두르세나."

"대감, 천지신명께서 이 나라를 돕고 계심이옵니다."

유홍기는 두 손으로 방바닥을 힘차게 짚는다. 그리고 중인들이 쓰는 작은 갓 테가 방바닥에 닿을 때까지 상체를 굽힌다. 뜨거운 눈물이 뚝, 뚝, 쏟아져 흐른다.

"인편을 보냄세."

유홍기는 감격한다. 그는 진실로 이 나라 조선에 서광이 밀려오고 있음이라고 믿으면서 민승호의 방을 나선다. 그리고 따르는 민승호에게 허리를 굽혀서 작별의 예를 올렸을 때 노복 한 사람이 비단 보자기에 싸인 봉물 상자 하나를 들고 다가서고 있다.

"무엇인가?"

"아주 귀한 봉물이라 지니고 있다가 올리랍시는 분부가 계셨습니다."

"누가?"

"외모가 아주 늠름한 스님이었사온데, 상자 안에 서찰이 들었다고 하옵니다."

"그래……. 어머님 거처로 드세나."

민승호는 유홍기의 건장한 어깨를 다독이며 다시 당부한다.

"내일 밤일세."

"명심하겠사옵니다."

죽기를 작정하고 시작했던 일인데 뜻밖으로 실마리가 곱게 풀린다는 생각으로 유홍기의 발걸음은 가볍기만 하다. 조선왕조가 창업한 이래 임금의 탑전에서 중인中人 의생의 입에서 국가의 진로가 거론되고, 그 거론을 임금이 수용해 준다면 조선왕조는 개항, 개혁에 들어서게 된다. 유홍기는 가슴이 터질 것만 같다. 날이 밝으면 이 나라 조선에서는 참으로 엄청난 일이 벌어진다. 그러나 유홍기의 좌절이 바로 눈앞에 와 있음을 어찌 짐작인들 했으랴.

유홍기가 혜정교惠政橋에 다다랐을 때 등 뒤에서 어마어마한 폭음이 울리면서 지축이 흔들린다. 유홍기가 몸을 돌리자 멀리 죽동 쪽에서 불기둥이 치솟고 있는 것이 보인다.

'혹시!'

유홍기는 오던 길을 급하게 달린다. 아, 화염과 폭음은 민승호의 집 근처에서 치솟고 있음이 분명하다.

폭탄 테러

폭탄 테러.

대체 어디에서 수입된 병폐란 말인가. 조선시대의 정쟁政爭은 학문적, 철학적인 바탕으로 쓰인 상소문으로 정적을 탄핵하여 원지에 유배되게 하거나, 더 심하게는 사사賜死를 청하여 죽게 하는 등 명분론이 성하였으므로 암살과 같은 비열한 방법을 구사할 필요가 없다. 그러나 이때에 이르러 암살이나, 폭탄 테러와 같은 서구적인 방법이 동원되기에 이르렀다면 그 또한 개항의 바람일 수밖에 없다.

유홍기는 오경석과 함께 아침 일찍 재동으로 달려가 지난밤에 있었던 병조판서 민승호와의 약조를 세세히 고해 올린다.

"무에야? 오늘 밤에…… 전하를……?"

"병판 대감께서 그리 약조하셨사옵니다."

"허, 이런 천지개벽이……. 그렇다면 더욱 병조판서의 무사함을 빌어야 하질 않겠나."

우의정 박규수는 기쁨을 감추지 못하면서도 병조판서 민승호가 무사하기만을 입에 담았고, 오경석은 사건의 실마리부터 풀어 가고자 한다.

"개혁을 방해하려는 수구세력의 준동蠢動이 아닐는지요!"

"……끔!"

박규수의 반응은 신음으로 새어 나온다.

"그렇지 않으면 무엇이옵니까. 우선은 흥선대원군을 다시 옹립하려는 무리들의 소행일 수도 있고, 불연이면 같은 외척끼리의 세력 다툼일 수도 있을 것이옵니다. 하나, 어느 쪽이 되든 수구세력들의 안간힘인 것은 분명하지를 않사옵니까!"

오경석은 숨 가쁘게 화제를 몰고 가고자 한다. 그러나 박규수는 냉정을 잃지 않는다.

"두 가지 의구심 중에서 하나를 택하는 것이 사태를 바로 살피는 첩경일 것이나, 지금은 인명의 손실을 먼저 살펴야 하는 것이 도리가 아니겠나."

"……!"

"가령, 외척들의 세력 다툼이라면 대치가 무사하지를 못해. 병조판서가 개항의 필요성을 입에 담는 것으로 좌참찬의 시샘을 살다면 그건 전적으로 대치 자네에게서 기인되지를 않았겠나. 그래서 병판의 생사가 대치 자네와 무관하지를 않아. 아이들의 장래도 걱정이고…….”

"대감마님, 진령이옵니다."

박진령의 울음 같은 목소리가 들렸다. 유홍기는 불문곡직 방 밖으로 튕겨져 나가면서 소리친다.

"병조판서는 무사하시더냐!"

댓돌을 내려서던 유홍기가 다급하게 몸놀림을 멈춰야 했던 것은 박진령의 뒤에 서 있던 김옥균의 입에서 엄청난 말이 쏟아져 나왔기 때문이다.

"선생님, 잠시 피신하시어 사태의 추이를 지켜보시는 것이 옳을 듯싶사옵니다."

"아니, 무에야!"

민승호에게 참변이 있은 게 분명하다. 유홍기는 숨 막히는 긴장감에서 헤어나지를 못한 채 박진령의 흐느낌 소리를 듣는다. 참변이 아니고서야 박진령의 울음소리가 저리도 처절할 수가 있을까. 유홍기는 느릿한 몸놀림으로 내려서던 댓돌을 다시 오르면서 말한다.

"들어오너라…….”

박규수의 거처로 들어선 박진령의 몰골은 참담하기 그지없다. 눈두덩은 빨갛게 부어올라 있었고, 옷은 여러 곳이 검은 숯

검정 자국으로 얼룩져 있다. 그것만으로도 죽동 민승호의 집에서 일어난 폭파 사건이 얼마나 참혹한 것인지를 미루어 짐작할 수가 있다.

"인명의 손실이 있었더냐……?"

박규수가 심란하면서도 조심스런 목소리로 묻는다.

"한창 부부인 마님을 비롯하여 병판 대감, 그리고 열 살 난 자제분까지 삼대가 모두 폭사하였사옵니다."

"허어……!"

"모두가 일순간에 일어난 참변이었다고들 하옵니다."

어찌 놀랍지 않은가. 중전 민씨의 어머니인 한창 부부인 이씨가 거처하는 국모의 사가임은 고사하고, 시임 병조판서의 저택에 폭탄이 터져서 3대가 함께 목숨을 잃었다면 대체 도성 안의 치안은 어찌 되어 있다는 말인가.

11월 28일(양력 1875년 1월 5일) 밤, 폭탄으로 목숨을 잃은 민승호의 연치가 45세였다면 얼마나 아까운 나이던가.

"어느 놈의 소행인지는 밝혀졌느냐?"

"아직은 짐작조차도 못 한다 하옵니다."

"하면, 누군가가 밖에서 폭탄을 던졌다고 하더냐."

"아니옵니다! 폭탄은 봉물 상자로 위장되어 있었다고 하옵니다."

"무에야!"

유홍기가 다시 놀란다. 지난밤 민승호의 방을 물러나왔을 때

노복 한 사람이 서찰이 들었다는 봉물 상자를 민승호에게 보였고, 그때 민승호는 어머님의 거처로 들이라고 말하지 않았던가. 그렇다면 한창 부부인의 방에서 봉물 상자를 열다가 폭발한 것이 분명하다.

대체 누구의 소행이란 말인가.

"외모가 아주 늠름한 스님이었사온데, 상자 안에 서찰이 들었다고 하옵니다."

유홍기는 다시 노복의 말을 떠올려 본다. 외모가 늠름한 스님은 누구인가. 폭탄이 봉물 상자로 위장되어 있었다면 민승호를 살해하기 위해 치밀한 계획을 세운 집단이 있을 것이었고, 그 폭탄을 죽동에 전한 외모가 아주 늠름한 스님은 운반책이 분명하다.

물론 나중에서야 알게 된 일이지만 사용된 폭탄은 청나라에서 흔하게 나돈다는 자기황自起黃임이 밝혀지면서 수구세력에서 자행한 조직적인 테러라는 풍설이 나돌기도 했다.

박진령은 울음 섞인 목소리로 죽동에서 있었던 일을 더듬더듬 입에 담는다.

"뒤늦게 달려온 좌참찬 대감께서는 곧은골 홍선대원군의 사주를 받은 무리들의 소행일 것이라고 단언을 하셨사옵니다."

물론 좌참찬이란 민규호를 말하는 것이지만, 유홍기는 박진령의 말을 단호하게 부정하면서 민규호의 소행일 수도 있다고 단언한다.

"꼭 흥선대원군의 사주를 받은 무리들의 소행이라고 단정할 수만은 없겠지. 그 좌참찬이 사주했을 수도 있을 테니까!"

"……!"

우의정 박규수는 넋이 나간 표정이었으나 수습책을 궁리하고 있는 것으로 보인다. 문가에 말없이 앉아 있던 김옥균이 입을 연 것은 바로 그때다.

"스승님 면전이라 입을 열기가 난감하옵니다만……."

"아니야. 괘념할 일이 아닐세."

유홍기는 송구해하는 김옥균의 마음을 편하게 해 준다. 이런 경우 젊은 문도들의 견해를 들어 볼 필요가 있어서다.

"……그간의 경위를 두루 살펴본다면, 대원위 대감의 재집권을 노리는 패거리의 소행이든……, 병판을 제거하려는 좌참찬의 소행이든 간에 개항을 지지하면 불행한 죽음을 당한다는 것을 경고하자는 소행임이 분명하지를 않사옵니까. 사정이 이와 같다면 개항세력에 대한 대대적인 검거령이 있을 것으로 보여지옵니다."

"바로 살폈네."

오경석이 거침없이 동조하고 나선다.

"그렇다면 형조와 의금부가 발칵 뒤집힐 것이고, 그 댁에서 불공을 드리다 도주한 승려가 동인 선사로 오인된다면……, 모든 혐의는 대치 선생님께로 돌아올 수도 있사옵니다."

김옥균의 추리는 날카로운 것이었지만 유홍기의 반론은 여유

만만하다.

"그 무슨 당치 않은 소리. 자넨 내가 관여된 일이라고 생각하는 모양일세만……."

"아니옵니다. 그것이 아니옵고, 병판 대감께서 폭사된 것이 이 나라의 개항을 지지했기 때문이라면……, 그 원인을 제공하신 선생님도 당연히 제거의 대상이라는 뜻이옵니다!"

"……!"

"우선 중전 마마의 진노가 불과 같을 것은 불문가지의 일인데, 형조와 의금부에서 진범을 가리면서 검거에 나설 것이라고 보시옵니까. 마구잡이로 끌어갈 것이 분명하다면 서둘러 피신하시는 게 백 번 지당할 것으로 아옵니다!"

김옥균의 진언이 어찌나 진지하였던지 좌중의 시선은 모두 유홍기에게 쏠릴 수밖에 없다. 유홍기는 눈을 감은 채 미동도 하지 않고 있다.

"선생님, 잠시만이라도 피신하시어 사태의 추이를 지켜보심이 옳은 줄로 아옵니다. 가납하소서."

"내가 피하면 일은 더 번거로워질 것일세."

유홍기는 비로소 입을 연다.

"선생님……!"

"내가 겪는 고초가 조선이 처한 오늘의 사정을 세간에 바로 알리는 일이라면, 나는 당연히 고초를 택하는 떳떳함을 보일 것일세!"
 유홍기의 선언은 당당하다. 그리고 숙연하다. 그는 스승이자 후원자 격인 박규수의 면전에서는 말할 나위도 없고, 더구나 나 어린 문도인 김옥균의 앞에서 비굴해지고 싶지를 않다. 또 그와 같은 자신의 모습을 박진령에게 보여줌으로써 그녀로 하여금 중전 민씨의 앞에서 떳떳해지게 하고 싶다.
 "또 내 이 자리에서 분명하게 밝혀 둘 것은……."
 오늘 밤, 병조판서 민승호와 함께 대전으로 들어가 고종 임금을 배알하고, 지금 조선이 취해야 할 가장 시급한 것이 유신 일본국에 사신을 파견하여 위험수위에 이른 전쟁의 단서를 제거하는 일임을 주청하게 되어 있었고, 그 자리에서 개항의 필요성을 사심 없이 개진할 생각이었음을 구체적으로 입에 담으려는 찰나, 박규수의 목소리가 들려온다.
 "이 사람, 대치……!"
 유홍기는 박규수에게로 시선을 옮긴다. 보일 듯 말 듯 고개를 가로젓는 박규수의 표정은 아직 입에 담을 일이 아님을 간곡히 당부하고 있음이다. 유홍기는 고개를 숙이면서 울음처럼 토해 낸다.
 "알겠습니다. 대감……!"
 뚝, 유홍기의 굵은 눈물방울이 방바닥으로 떨어지면서 천천히 번져 나간다. 그리고 굳게 입을 다문 채 물기에 젖은 시선을 허공으로 던진다.

사태의 진상

 누군가가 말하기를 정치란 살아 있는 생물과 같아서 어떤 주기에 따라 아주 천연덕스럽게 그 흐름에 기복이 생긴다고도 한다. 민승호의 폭사로 노기가 머리끝까지 치밀어 오른 중전의 측근들……, 그리고 반대원군 세력들에게 쾌재를 부르게 하는 상소가 올라온다.
 전 장령^{掌令}인 손영로^{孫永老}가 영의정 이유원의 무능을 맹렬하게 비난하고 나서, 오늘의 혼란을 수습하기 위해서는 흥선대원군을 다시 불러 섭정케 해야 한다는 참으로 엄청난 내용을 담고 있다.

 전하. 아흔아홉 가지 선정^{善政}도 단 한 가지 악정^{惡政}으로 상쇄될 수 있음이 고금에 전해지는 치도의 도리온데, 한 가지 선정은 고사하고 만 가지 악정만을 되풀이하는 의정부의 행태는 목불인견의 참경과 무엇이 다르옵니까…….

그랬다. 사람들은 한두 가지의 선정으로 백 가지 악정을 상쇄하려는 자가당착의 우를 범하면서 스스로 강상과 윤기를 무너뜨린다. 이 같은 어리석음이 쌓이면 마침내 사회는 도덕적인 불감증으로 물들게 된다.

민규호, 민겸호, 조성하趙成夏, 조영하 등의 신진세력들에게는 곤경을 타개할 수 있는 호재가 아니고 무엇인가.

'흥선대원군이 한쪽으로는 처남을 폭사케 하면서, 다른 한쪽으로는 자신의 재기를 노리는 상소를 올려서 조정을 위협한다!'

물론 고종도 진노한다.

"손영로의 소에 군부君父를 협박하는 내용이 있으니, 그 본심이 지극히 의심스럽다. 국문鞫問하여 진상을 세세히 밝히도록 하라!"

형조와 의금부에서는 손영로를 잡아들여 혹독하게 문초한다. 흥선대원군의 복귀를 주장하였으니 민승호의 폭사를 사주받았을 것이라는 쪽으로 추국이 진행되었으나 아무 것도 얻은 게 없다.

결국 폭사와는 관련이 없음이 밝혀졌으면서도 손영로는 만신창이가 된 몸으로 진도珍島로 위리안치되고 만다.

"대체 형조와 의금부에서는 뭘 하고 있답니까!"

중전 민씨는 하루에도 몇 번씩 영의정 이유원은 물론 의금부의 당상관堂上官을 불러서 득달한다. 의금부에서는 허둥거릴 수밖에 없다.

"만들면 되네. 그까짓 범인이야 만들면 되지를 않겠나."

"암, 매질 앞에 장사 없네!"

중전 민씨의 득달에서 벗어나자면 그녀의 입맛에 맞는 범인을 만들면 된다. 백의정승 유홍기와 역관 오경석이 의금부로 끌려간 것도 이날의 일이다. 김옥균은 이 급보를 전하기 위해 진장방 박진령의 거처로 달려갔으나, 벌써 며칠째 귀가하지 않고 있다는 전언을 들었을 뿐이다.

김옥균은 그녀가 민승호의 집 초종初終 수발을 들고 있거나 중궁전을 맴돌면서 의금부의 동태를 살피고 있을 것이라고 생각한다.

'문초라도 받으신다면.'

백의정승 유홍기가 이 나라에서 으뜸가는 개항세력의 스승임은 천하가 다 안다. 또 그가 민승호와 민영익에게 서양 문물을 깨우치고 있었던 것을 민규호가 모른대서야 말이 되는가. 더구나 폭탄 테러가 있었던 날 유홍기가 죽동을 다녀갔다면 혹독한 매질을 당할 것임은 불문가지의 일이다.

김옥균이 진장방으로 돌아온 박진령을 만날 수 있었던 것은 밤이 이슥해서다. 그는 반갑게 다가서면서 스승들의 소식부터 전한다.

"대치 선생님과 원거 선생님께서 잡혀가셨네."

"소식은 듣고 있었습니다."

"들었다면 다행일세만은……, 중전 마마께 고해 올려서라도 문초만은 면하게 해 드리는 것이 문도 된 도리가 아니겠나."

"심려하실 일이 아니옵니다. 진범이 잡혔다고 들었습니다."

"진범이면……, 대체 그놈이 누구라는 게야?"

범인은 범행현장에 미련을 둔다고 했던가. 민승호의 집에 폭탄을 전한 자가 체포된 것은 민승호의 집 근처에서다. 비단 보자기를 전해 받은 노복이 그를 발견하고 미행하다가 의금부의 병사들에게 알렸다면 진위를 가리기 위해 애쓸 필요도 없을 것이 아니겠는가.

"이실직고하지 않고서는 살아남질 못할 것이니라. 어느 놈의 사주를 받았느냐."

성을 장가張哥라고만 밝힌 건장한 사내는 승려의 행색이다. 그는 혹독한 문초를 받으면서도 사주한 사람의 이름은 고사하고 자신의 이름조차도 밝히지 않는다.

"압슬형을 가하라!"

압슬형壓膝刑이 무엇인가. 날카로운 사금파리 조각 위에 무릎을 꿇리고, 꿇린 무릎 위에 무거운 돌덩이를 얹는 잔혹한 형벌이 압슬형이다.

툭! 하고 무릎 뼈가 상하는데도 사내는 입을 열지 않는다.

장가의 강인한 버팀은 인간의 한계를 넘어서는 것이나 다름이 없다. 육신은 만신창이가 되어 성한 곳이 없는데도 그는 입을 열지 않는다.

"열라. 누구의 사주를 받았는지만 고한다면……, 너는 반드시 살아나갈 것이니라."

"……!"

사내는 강인하기 그지없다. 의금부의 주변에 불길한 기운이 나돌기 시작한다. 진범으로 지목된 자가 문초를 견디지 못해 옥사獄死를 한다면 어찌 되는가.

아니나 다를까, 장가는 넝마와 같은 알몸을 뒤틀다가 숨을 멈추고 만다. 옥사나 다름이 없다. 진범을 잡아 놓고도 자백을 받지 못한 것은 고사하고 그를 죽게 하였다면 국문에 임했던 추관推官들이 책임을 면하기가 어려워진다. 그러나 천우신조라고 했던가. 사태가 꼬여 갈 기미를 보이고 있을 때 옥사한 장가가 신철균申哲均의 문객이었다는 제보가 날아든다.

신철균은 옛 이름을 효철孝哲이라 했으니, 고종 5년에 영종첨사永宗僉使로서 남연군南延君(흥선대원군의 父)의 무덤을 파헤치려고 들었던 오페르트Ernst J. Oppert의 일당을 격퇴시킨 바로 그 사람이다. 그 일을 인연으로 흥선대원군의 각별한 비호를 받아 왔다면 그가 흥선대원군의 밀명을 받고 장가를 사주했을지도 모른다는 그럴듯한 추리가 가능해진다.

"나는 본래 방술方術을 좋아하여, 내 집에는 온갖 잡객들이 끊이질 않고 몰려드는데 죽은 장가도 그 중의 한 사람일 뿐이오."

지체 없이 의금부에 끌려와서 하옥된 신철균은 장가가 자신의 집을 자주 출입하던 식객임을 대수롭지 않게 시인한다.

"허, 이런 못된 놈이 있나. 압슬형을 가해도 이실직고를 아니 하겠느냐!"

"나는 다만 사실을 말할 뿐이오."

장가의 옥사를 지켜보았던 추관들이다. 그들은 더 잔혹한 국문을 가하면서도 목숨만은 부지하게 하였으므로 신철균의 고통은 이루 헤아릴 길이 없다. 그의 심신에 피멍이 들게 하는 혹독한 문초는 연일 쉬지 않고 계속되었다. 신철균의 몸뚱이는 갈기갈기 찢어지며 핏자국으로 얼룩이 진 넝마쪽으로 변하였으나 그는 끝내 입을 열지 않는다.

"이놈아, 네 집 식솔들마저도 장가를 의심하고 있는 판국인데 정작 네놈이 모른대서야 말이 되느냐!"

"모른다. 나는 모른다……!"

"발칙한 놈. 대원위의 밀명을 받고 저지른 소행이렷다!"

추관들은 흥선대원군의 사주가 있었다는 사실을 밝혀내기 위해 안간힘을 다할 수밖에 없다. 중전 민씨가 그 같은 결말을 기다리고 있음을 추관들이 모른대서야 말이 되는가.

신철균은 잔혹하게 계속되는 문초보다 정신적인 고통을 동반하게 하는 조작된 대질에 진저리를 칠 수밖에 없다. 죽은 장가와 함께 폭탄을 운반했다는 자들이 속출하여 대질을 요구하는 음모가 끊임없이 이어지면서 신철균의 강인한 정신력도 서서히 시들어 가기 시작한다.

견디다 못한 신철균은 모든 허물을 자신이 뒤집어쓴 채 사건을 종결하는 것이 마음 편할 것이라는 자포자기에 빠져 든다. 또 많은 사람들이 죄 없이 잡혀 와 조직적으로 파인 함정에 빠지면서 죄인의 굴레를 뒤집어쓰게 될 것이며, 그 여파가 흥선대원군에게 미친다면 민심을 왜곡하게 될지도 모른다는 생각만으로도 끔찍했기 때문이다.

신철균은 스스로 형장의 이슬로 사라짐으로써 권력의 주변을 어지럽히는 세력 다툼이 얼마나 허망한 것인가를 보여 주리라고 다짐하면서 추관들을 부른다.

"내가 장가에게 민승호를 죽이라고 사주하였으니 어서 죽여 주시오."

"진작 그럴 일이지. 일국의 병판대감을 죽이자면, 그럴 만한 연유가 있었을 게 아니냐!"

"당연하질 않은가. 외척의 발호는 망국亡國으로 가는 길……, 민승호는 새 외척의 두령이 아닌가!"

"그게 바로 대원위와 결탁한 증좌가 아니더냐!"

"내가 자복하는 것은 그와 같은 조작을 막아 보고자 함인데……, 내 진의를 알아듣질 못한다면, 나는 다시 옛날로 돌아갈 것이니 그리 아시오!"

"……그건 그렇다 치고 폭탄은 어디서 구했느냐?"

"청나라에서 들여온 자기황이오."

스스로 죽기를 작정하면서 사건의 진상을 호도하는 신철균의 대답은 그 늠름하기가 한결같아서 오히려 추관들을 감동하게 할 지경이다.

민승호의 폭사 사건은 흥선대원군의 사주를 받은 자의 소행일 것이라는 무성한 소문만을 남겨 놓은 채 이렇게 종결되었지만, 어느 일각에서는 민규호의 사주일 것이라는 의구심도 만만치 않게 꿈틀거렸다면 온전한 해결이랄 수는 없다.

우여곡절

'또 흐지부지되고 말려는가.'

의금부에 하옥된 유홍기는 한숨을 놓는다. 새로운 지식인들의 동참을 부르기 위해서는 사태의 진상이 밝혀지면서 진전되어야 한다. 그런데도 사태의 진상은 고사하고 왜곡된 채 매듭지어지는 것이 특정세력에 의해 운영되는 정치의 간특함이다.

'원거는 무사한지……?'

유홍기는 함께 투옥된 오경석의 일이 걱정되어 견딜 길이 없다. 국제정세의 흐름을 옳게 판단하지 못하고 있는 수구세력의 조정에서 그나마 중인들에 의해 뿌려진 개항의 씨앗을 송두리째 걷어 낸다면 너무도 참담하다. 이동인 한 사람에게 모든 것을 맡겨 놓고 사형대의 이슬로 사라질 수가 있는가.

유홍기는 천지신명의 보살핌을 구하기 위해 몸을 일으키며 정좌한다. 비록 옥중에 있었어도 뭔가 해야 할 일이 있다면 찾아보기 위해서다.

"……선생님, 어서 나오십시오."

의금부의 수의부위 이승준이 옥문을 열면서 들뜬 목소리로 고함치고 있었으나, 유홍기는 긴가민가할 뿐이다.

"중궁전에서 지엄한 하교가 계셨습니다."

그제야 유홍기는 보일 듯 말 듯 고개를 끄덕인다. 박진령이 중전 민씨에게 간곡히 청했을 것이라는 생각이 들어서다. 그제야 옥사정이 달려오는 등 옥사가 소란해진다.

"중전 마마의 하해와 같으신 은혜인 줄 알라."

옥사정이 퉁명스럽게 뱉어 낸다. 중전의 분부만 아니었어도 혼찌검을 냈을 것이라는 위협이 서린 목소리다. 유홍기는 이승준의 인도를 받으면서 옥사를 나선다. 햇빛은 눈부신데 바람은 그지없이 차다. 유홍기는 이승준에게 묻는다.

"오경석이라는 역관도 풀려났는가?"

"예. 잠시 전에 귀가하시면서 대치 선생님을 잘 모시라는 당부가 계셨습니다."

"오, 고맙네."

"광통방까지는 시생이 뫼시겠습니다."

이승준은 중심을 잡지 못하는 유홍기를 부액하면서 걷는다.

섣달 찬바람이 살을 에듯 옷 속까지 스며든다. 유홍기의 거친 숨결은 하얀 수염에 서리로 내려앉곤 한다.

'벌써 8년인가.'

미국 상선 제너럴셔먼 호가 대동강에서 화공으로 격침된 때로부터……, 프랑스 함대와의 접전이 있었던 병인년의 양요(洋擾)로부터도 무려 8년이라는 세월이 흘러가는 동안 유홍기는 오직 개항 그 일념에만 매달려 있었는데도 이 땅에는 눈꼽만 한 변화도 없다.

오히려 수구세력의 기승이 더해 가는 판국에 병조판서 민승호와 함께 고종을 배알할 수 있는 천금의 길이 열렸어도 뜻을 이루지 못했다. 중인의 신분인 의원이 수구세력들에 의해 첩첩히 둘러싸인 대전으로 들어가 군왕을 배알한다는 것……, 더구나 개항의 필요성과 급변하는 세계정세를 입에 담으면서 고종의 눈을 뜨게 할 수 있었다면 그나마 변화의 바람이 불었을지도 모른다. 그 천지개벽의 변화를 약속한 병조판서 민승호가 폭사되던 탓으로 옥살이까지 하는 지경이고 보니 유홍기에게는 그 실기(失機)가 아쉽고 또 아쉬워서 털썩 길바닥에 주저앉아 통곡하고 싶은 심정일 뿐이다.

광통방 약국으로 들어선 유홍기는 자신을 부액하고 온 이승준을 약국의 식솔들에게 소개한다.

"눈에 익은 얼굴일 것이다만, 갇혀 있는 동안 내 수발을 아끼지 않았느니라."

"······!"

"지난번 통영에서는 동인 선사의 위급한 길을 열어 주었고······."

그랬다. 약국의 식솔들은 의금부에 몸담고 있는 이승준이 유홍기의 주변을 염탐하고 있었음을 눈엣가시처럼 여기고 있었지를 않았는가.

"사람이 귀한 때가 아니더냐. 이 사람이 나를 도와서 이 나라 조선의 개항에 목숨을 던질 것임을 다짐하기도 하였거니와 이미 무과에 급제한 준재임도 잊지 말았으면 좋겠다."

이승준이 무과에 급제하여 의금부에서 복무하고 있다면 당당한 서반西班이다. 이승준이 유홍기의 개항사상에 감동한 것은 박규수가 그를 돕고 있다는 사실을 확인하면서 부터였다. 그가 유홍기의 문하가 되리라고 결심했다면 김옥균이나 유길준의 경우와 다를 것이 없다. 그러나 이승준은 의금부에 적을 둔 채 아무 내색도 없이 유홍기의 편의를 보살피고 있었다. 유홍기는 그 점을 흡족히 여기면서도 내색할 수가 없었으나, 이번 옥중에서 겪은 이승준의 수발은 더욱 유홍기를 감동하게 하였다.

이승준은 끝내 고개를 들지 않은 채 그간의 일에 대해 사죄하는 기색만으로 일관한다. 그를 바라보는 다슬의 눈길은 어느새 감동의 시선으로 따뜻하게 변해 있다.

고종은 폭사한 민승호에게 '충정忠正'이라는 시호를 내려 처족으로서의 예우를 아끼지 않았고, 살아남은 아들이 아직 젖먹이였으므로 민태호의 아들인 민영익으로 하여금 그의 가계를 이어 가게 한다.

여기서 잠시 민승호 폭사에 대한 기록을 살펴보자.

일본인이 쓴 『여왕민비』에는 폭탄을 가지고 온 사람이 맹인盲人이었다고 적고 있으며, 서양인 헐버트Homer B. Hulbert는 민승호의 최대의 정적이라 적었으니 대원군임을 암시하였고, 또한 매켄지Frederic A. McKenzie는 대원군이 보냈다고 단정하였다.

황현黃玹이 쓴 『매천야록梅泉野錄』에는 민규호의 짓이라는 설을 내세우고 있고, 같은 사람의 별저인 『오하기문梧下記聞』에도 민규호가 관련되었을 것임을 명시하고 있음도 유념할 필요가 있겠다.

여걸을 위하여

방화

우의정 박규수는 부산포에서 있었던 일본국 유신정부와의 마찰을 자신의 무능으로 돌리고자 하였다. 특히 이동인의 맹활약이 있었음에도 조영하의 잘못된 복명으로 인해 조정의 대응책이 무너진 것이 못내 아쉽고 안타까워서다. 여기에 영의정 이유원의 표리부동이 드러나면서 박규수의 처신을 더욱 난감하게 하였기 때문이다.

영의정 이유원은 박규수의 진언에 따라 일본국 유신정부의 서계書契를 접수하여 저들의 무력침공을 미연에 방지하자고 철통같이 약조해 놓고서도, 여론이 악화되는 기미가 보이자 언제 그랬느냐는 듯 태도를 돌변하면서 일본국의 서계를 받아들일 수 없다는 강경론에 가세하였다.

"대체 이 무슨 표리부동이랍니까. 나라를 구하고자 하는 약조가 아니었습니까. 어찌하여 사사로운 이해로 국익에 반하시려 하시오이까!"

"허어, 아직은 때가 아니라기에……."

"이 일은 영상의 사사로운 일이 아니라 나라의 명운이 걸린 일이라질 않았소이까!"

우의정 박규수는 영의정 이유원의 무지한 행태를 통렬히 비난하면서 등청을 거부하고 있던 중에 병조판서 민승호가 폭사되는 사태가 있었다면 이젠 누구도 박규수의 개항의지에 동조하지 않을 것이 분명하다.

박규수는 고종을 배알하고 사임을 청한다.

"전하, 종사가 누란의 위기에 처해 있사옵니다. 지금 왜국과의 교섭을 서둘지 않으시면 미구에 큰 재난을 면치 못할 것이옵니다. 통촉하소서."

"그러게 과인은 경의 도움을 청하고 있질 않소."

"전하, 아뢰옵기 황공하오나 신이 다시 왜국과의 관계를 회복하고자 한다면 국론은 분열되고 조정은 큰 혼란에 빠지게 될 것이옵니다. 원컨대 전하의 권도權道(임금의 응변으로 정무를 처단하는 것)로써 어리석은 신료들을 꾸짖으시며 서둘러 개항의 길을 열어 가시기를 간곡히 청할 따름이옵니다."

"이보시오. 환경……."

"전하, 신 박규수의 마지막 소청을 가납하여 주오소서."

박규수는 불충을 각오하고서라도 작금의 행태가 망국의 길로 들어서고 있음을 거론하고자 하였으나……, 끝내 그 말만은 입에 담지 못한 채 고종의 탑전을 물러나온다. 그나마 조정 안에 있던 개항세력의 마지막 보루가 힘없이 무너져 내리는 순간인 셈이다.

　고종 11년(1874).
　액운이 잦았던 한 해는 빨리 흘려보내고 싶은 것이 인지상정이다. 이 해를 떠밀어서라도 밀어내고 싶은 것이 고종의 심중이라면 그 답답함이 오죽하겠는가. 서둘러 새해를 맞아 알차고 뜻 깊은 친정의 새 출발을 다짐하고 싶었으나, 하늘의 시샘은 거기서 멈추질 않는다.
　12월에는 흥인군 이최응의 사저가 방화로 불탄다. 다행히 인명의 피해는 없었으나 주상의 백부이자 시임 좌의정의 대저택에 불을 지른 자가 있다면 정치 불신이 어느 지경에 있었는지를 짐작하고도 남는다.
　"친아우(홍선대원군)를 배반하고 외척과 야합을 하더니, 천벌을 면치 못하는군!"
　"대원위 대감의 미움을 사고서는 누구도 무사하지 못할 것이네!"
　끔찍하고 고약한 풍설까지 난무하고 보면 시임 좌의정인 홍인군 이최응의 저택에 방화를 한 것도 흥선대원군의 사주를 받은 무리들의 소행이 될 수밖에 없다.

정치가 갈팡질팡하면 백성들의 살길이 막막해질 수밖에 없다. 조정의 고위관직들이 특정세력의 눈치를 살피게 되면 그들의 언동은 천박해지게 마련이 아니겠는가. 여기에 이념의 혼란이 가세하면 백성들은 아무리 작은 일에도 더욱 갈피를 잡지 못하게 된다.

민씨 일문에 발탁되어 종사의 앞날을 가로막는 난제를 헤쳐 나가면서 개혁에 박차를 가해야 할 신진들은 방향감을 상실할 수밖에 없다. 이 방향감의 상실이 혼란을 부추기며 흘러가는 것은 역사의 본질이다. 그렇다고 흥선대원군을 섭정의 자리에 다시 불러들일 수는 더더욱 없는 노릇이 아니겠는가.

갑술년은 저물고

 병조판서 민승호가 폭사되었다는 소식에 접한 이동인은 지체 없이 상경하여 진장방 별저로 잠입한다. 그는 박진령을 통해 그간의 사정을 되도록 정확하게 파악하려 하였으나, 들으면 들을수록 울화통이 치미는 좌절감에 젖을 뿐이다.
 '그 못된 놈을 어찌 응징해야 되나!'
 물론 조영하를 향한 원한이다. 그가 금위대장의 자격으로 동래부로 내려와 일본국 외무성의 관리들과 접촉할 때, 자신의 도움이 아니고서야 어찌 소임을 마칠 수가 있었던가. 그때 이동인은 조정에 또 한 사람의 개항 지지세력이 생겨날 수 있을 것이라는 기대에 젖었는데, 지금 와서 생각하면 조영하의 배신이나 모리야마 시게루의 배신이나 다를 것이 없다.
 "우의정 대감의 사임을 가납하셨답니다."

"정녕 나라가 망하는 꼴을 볼 생각이라더냐!"
"전하께오서도 달리는 방책이 없었을 것으로 아옵니다."
박진령은 울먹이면서 말한다. 이동인은 벌컥 몸을 일으킨다.
"어딜 가시게요?"
"약국엘 다녀와야겠다."
겨울바람은 모질게도 매섭다. 삿갓을 쓴 이동인은 중학교中學橋 밑으로 흐르는 냇가를 끼고 빠른 걸음으로 내닫는다. 징청방澄淸坊을 지나 혜정교를 스쳐지나기까지 단숨이었다면 얼마나 빠른 걸음인가.
"동인이옵니다."
이동인은 거친 숨결을 몰아쉬며 세계의 문물이 살아서 숨 쉬는 유홍기의 서재 송죽재로 들어선다.
"아니……, 선사가……?"
화롯가에 앉아 있던 유홍기와 오경석은 놀라워하는 기색을 감추질 못한다. 부산포가 아니라면 일본에 있어야 할 이동인이여서다.
"아무튼 잘 왔어. 어서 앉게나."
오경석이 이동인의 손을 잡아 앉히면서 온 얼굴에 어색한 웃음을 담는다. 두 사람이 박규수의 사임 이후의 변화를 의논하고 있었음을 눈치 챈 이동인은 거칠어진 어조를 토해 내기 시작한다.

"대치 선생님, 이젠 환경 대감께서도 아니 계신 조정이 아닙니까. 우리 개항세력들이 은밀하게만 몰려다닐 게 아니라, 비밀결사를 해서라도 행동으로 옮겨야 하지를 않겠사옵니까!"
"아직은 때가 아닐세!"
유홍기는 짜증스럽다는 반응을 보인다.
"때가 아니라니요. 도성 안 병조판서의 집에 폭탄이 터졌고, 시임 좌의정의 집에 불을 지르는 판국이 아닙니까. 이미 나라의 위엄이 무너지고, 조정의 체모를 잃었는데……, 이 눈치 저 눈치 살필 게 뭐가 있어요. 이 나라 조선의 개항은 폭력을 사용해서라도 앞당길 수밖에 없질 않습니까."
"허, 허어!"
"빈도의 말을 따르셔야 한다니까요. 폭력으로라도 개항을 앞당기자는 세력이 있어야 공론이 생기고, 공론이 생겨야 뜻을 같이하는 사람들이 몰려들 게 아닙니까!"
이동인이 주먹을 흔들면서 열변을 토하자 오경석의 격조 있는 논리가 흘러나온다.
"허허허, 일본에서 성공한 명치유신의 방도를 따르자는 동인선사의 뜻은 모르지 않지만……, 저들에게는 원성의 대상인 막부를 때려눕히고 유명무실해진 황실의 존엄을 다시 찾자는 명분이 있었기에 그것이 가능하지를 않았나. 하나, 우리의 처지는 아직 그런 명분이 없다는 사실을 알아야지."

"명분이 없다니요?"

"황공하게도 왕실을 때려 부수자고 나선다면 대역죄를 면치 못할 것이며, 반상의 법도를 폭력으로 무너뜨리자면 중인, 상것들이 나서서 저 많은 사대부들을 때려뉘어야 하는데……, 그런 싸움에 흔쾌히 나설 중인, 상것 들이 이 나라에 있다고 보는가. 이래도 승산이 있겠느냐 이 말일세."

"……!"

이동인은 두 주먹을 불끈 쥐며 부르르 몸을 떤다. 분하고 답답해서다. 그는 일본국 외무성의 모리야마 시게루가 다시 올 때는 군함을 타고 올 것이며, 그 군함에는 수많은 대포가 장전되어 있을 것이라는 사실을 주장하고 싶었으나, 그런 기회는 오지 않은 채 이번에는 유홍기의 차분하면서도 격정적인 논리가 이동인의 가슴을 쥐어짜기 시작한다.

"……가령, 동인 선사의 뜻대로 개항에 성공하고 유신의 시대가 열렸다고 치세. 그때 정승의 자리에는 누가 올라서 의정부를 관장할 것이며, 또 판서의 자리는 누구에게 맡겨서 국제정세에 걸맞은 근대정부를 이끌어 가게 할 생각인가."

"……!"

"먼저 인재를 양성하여 그들로 하여금 서구 문명을 이해하게 한 연후에 조선의 개항을 주장하게 하고……, 혹은 전담하게 하는 것이 성공의 비결이 아니겠나. 내가 동인 선사를 단순한 행동

대원이 아닌 선각의 지휘자로 보고 있음을 선사가 모른대서야 말이 되는가. 다시 떠나가시게. 선사는 부산포에 가 있다가 무슨 일이 있어도 왜국으로 건너가야 하는 것이 선사에게 주어진 소임일 것이야. 그것이 바로 이 땅의 개항을 앞당기는 길이네. 아시겠는가."

이동인은 다시 한 번 대치 유홍기의 거인 됨에 온몸을 움츠릴 수밖에 없다. 새로운 근대정부를 이끌어 갈 인재가 없다는 지적이 이동인을 주눅 들게 하였기 때문이다.

뭔가 불길한 예감을 잉태하게 하였던 갑술년의 세모는 또다시 이동인을 부산포로 내려 보내면서 서서히 저물어 가고 있다.

'새해에는 뭔가 나아지는 것이 있겠지······.'

유홍기는 세월의 무상함을 뼈저리게 느끼면서도 부산으로 떠나간 이동인이 자력으로 일본 땅을 밟게 되기를 하늘에 기구한다. 그래, 새해에는······, 새해에는 보다 새로운 개항의 기운이 불어오겠지. 유홍기는 애써 그리 소망하면서 어수선했던 한 해를 마무리하고 있다.

세자 책봉

새해가 밝았다. 고종 12년(1875)이다.

중전 민씨는 내외명부들의 신년하례를 받으면서도 얼굴에 웃음을 담지 않는다. 그녀는 보다 더 위엄당당한 국모가 되리라고 다짐하면서 새해의 덕담을 내린다.

"뜻 깊은 을해년이 될 것으로 압니다. 올해도 많은 도움을 청하게 될 것이고요."

"망극하옵니다. 중전 마마. 하교가 계시면 천명으로 받들 것이옵니다."

덕담으로 주고받는 말일 테지만, 중전 민씨의 싸늘한 어조가 내외명부들의 긴장감만 더해 주는 하례의 자리다. 또 그것은 중신들의 앞이라 하여 달라지지 않는다.

"의정부의 정승들에게도 당부를 하였습니다만……, 때가 아주 어렵질 않습니까. 육조의 판서들께서도 급변하는 세계정세에 눈을 떠 주셨으면 합니다."

하례를 마치고 중궁전을 물러나는 공경들의 등판에는 식은땀이 흘러내린다. 급변하는 국제정세에 눈을 뜨라는 대목이 조정에 불어 닥칠 모진 바람이 될지도 모른다는 두려움 때문이다.

번거롭기만 하던 공식적인 행사가 끝나고 내객들이 물러가자 비로소 중전 민씨의 얼굴에 웃음이 담기면서 측근들의 세배로 이어진다.

지난해 섣달 폭사를 당했던 병조판서 민승호의 가계를 이어가게 된 민영익과 박진령이 나란히 들어와 큰절을 올린다. 사가의 장질長姪이라거나, 하루하루의 운세를 일러 주는 사적인 관계를 떠나서라도 이젠 가장 가까이에 두어야 할 두 사람이다.

"이젠 영익이 네가 더욱 학업에 열중하여 나를 도와야 할 것이니라."

"황공하옵니다."

"그리고 유대치에게 배우고 있다는 신학문도 게을리 해서는 아니 될 것이야. 네 행실은 박진령이 지켜보고 있을 터인즉!"

"명심하겠사옵니다."

민영익은 박진령을 바라보며 활짝 웃는다. 아직 어린 나이라고는 해도 도량이 넓고 기상이 늠름한 민영익이다. 게다가 김옥균, 박영효 등과 어울려서 서구 문명에 눈떠 가고 있었으므로 박진령과는 농담까지 주고받을 정도로 가까운 사이가 되어 있다.

"호호호, 대견하구나. 그리고 진령이 너는……."

"예. 하교하소서."

"이제부터 내가 서둘러야 할 일은 무엇이라고 생각하느냐?"

"원자 아기씨의 세자 책봉을 서둘러야 할 것이옵니다."

"……!"

중전 민씨는 자세를 고쳐 앉을 만큼 화들짝 놀란다.

원자는 아직 강보에 싸여 있다. 그 핏덩이나 다름이 없는 원자에게 세자 책봉世子冊封을 서둘러야 한다는 박진령의 진언이 그녀에게는 엄청나게 불길한 소리로 들려서다.

"강보에 싸인 원자에게 세자 책봉이라니?"

"중전 마마……, 세월이 어수선하지 않사옵니까. 마마의 사가에서 폭탄이 터지는 마당이옵고, 주상 전하의 백부이자 시임 좌의정의 저택이 불길에 휩싸이는 지경이온데……, 만에 하나라도 적서嫡庶보다 장유長幼를 중히 여기려는 자가 있다면 불측한 일이 생길 수도 있음을 통촉하여 주소서!"

"……!"

박진령의 진언은 중전 민씨의 가슴을 뒤흔들고도 남을 충격이다. 영보당 이씨의 소생인 완화군이 무럭무럭 자라고 있는데 왕실과 외척을 시기하는 무리들이 주상을 에워싼다면……, 이미 무너지기 시작한 적서의 법도보다 장유의 개념이 우선할지도 모른다. 그것은 곧 세자 책봉이 뒤바뀔 수도 있음을 경고하는 것이 아니고 무엇인가.

"중전 마마, 후회를 남기시는 일이 있어서는 아니 될 줄로 아옵니다. 서둘러 주소서."

원자 척拓(후일의 순종)의 나이 이제 겨우 두 살, 그 어린 것을 세자로 책봉하자면 거기에 합당한 명분이 있어야 하지만, 지금으로서는 어떠한 명분도 통할 까닭이 없다. 그러나 박진령의 진언에 소름까지 돋았던 중전 민씨는 우격다짐으로라도 밀고 나가고 싶어진다.

중전 민씨는 민규호, 민겸호, 민태호 등 족척의 당상관들을 동원하여 묘당廟堂으로 하여금 세자 책봉이라는 막중대사를 발설하게 하면서 자신은 고종에게 매달리기로 다짐한다.

"전하, 원자의 세자 책봉을 서둘러 주셨으면 하옵니다."

"아니······, 아직 강보에 싸여 있는 원자에게 세자 책봉이라니요. 전례가 없었던 일이 아닙니까."

"아니옵니다. 그렇지가 아니하옵니다. 저위儲位(세자의 자리)가 굳건함을 과시하고서만이 날로 번다해지는 환란의 기운을 물리칠 수가 있을 것이옵니다. 통촉해 주오소서!"

"······!"

"전하, 원량의 지위를 튼튼히 하여 종사의 기틀이 확고함을 내외에 알리시고, 아울러 전하의 친정親政에 위엄을 세우셔야 할 것이옵니다."

고종은 연일 반복되는 중전 민씨의 눈물겨운 호소에 진저리를 치면서도 점차 그것이 종사의 기반을 튼튼히 하고, 자신의 친정에 위엄을 세우는 일임을 깨닫게 된다.

"세자 책봉을 서둘라!"

마침내 고종은 두 살 난 어린 원자를 세자로 책봉한다는 교서를 내린다. 중전 민씨는 지아비의 탑전에서 흐느낌을 토할 만큼 소망을 이루는 기쁨에 젖는다.

그리고 2월 18일(양력 3월 25일), 원자 척을 세자로 책봉하는 거창한 의식이 거행된다. 이날 강보에 싸인 세자를 품에 안고 인정전 仁政殿의 석계를 내려와서 도열한 중신들의 앞을 지나가는 중전 민씨의 자태는 아름답다 못해 눈부시기까지 하였다.

박진령은 책봉의식을 마치고 중궁전으로 돌아온 중전 민씨의 앞으로 다가가 앉으면서 정중하게 묻는다.

"어느 어른께서 청나라로 가게 되시는지요?"

"청나라라니, 주청사로 말이더냐?"

조선왕조는 임금이 세상을 뜨고 새로운 임금이 즉위하거나, 세자를 책봉하는 등의 막중대사가 있을 때마다 청나라에 주청사 奏請使를 보내 허락을 받아 오고 있다.

"그야 세자 책봉이 막중대사라면 당연히 영상께서 다녀오셔야 하질 않겠느냐?"

중전 민씨는 일인지하요 만인지상이라는 영의정이 주청사가 되어 청나라에 다녀오는 것을 당연시하고 있었으나, 박진령의 생각으로는 천만부당한 처사일 수밖에 없다. 두 살짜리 어린아이에게 무슨 까닭으로 세자 책봉을 하느냐고 청나라 예부의 관리들이 생트집을 잡고 나온다면 이유원의 우유부단한 성품으로는 해결의 실마리조차도 풀지 못할 것이기 때문이다.

"영상 대감은 적임이 아니옵니다. 중전 마마."

"그게 무슨 소리야. 영상이 주청사의 적임이 아니라니?"

"중전 마마, 아뢰옵기 송구하오나 영의정께서는 젊은 유생들의 빗발치는 탄핵으로 파직되었다가 재서용되신 것이 이미 서너 차례나 되질 않았사옵니까. 자칫 청국의 예부가 주청사의 인품에 대해 트집을 잡을 수도 있사옵고……."

"트집이라니, 상국에 대한 공경의 표시로 일인지하요 만인지상이라는 영의정을 주청사로 보내는데, 그것이 어찌 청국이 트집을 잡을 일이라더냐!"

"뿐만이 아니옵고, 영상 대감이 우유부단함으로 청국 예부의 눈치만을 살피다 보면…… 어찌 그 막중한 소임을 다할 수 있으리이까."

"그렇다면 대안이 있어야 할 것이 아니더냐?"

박진령은 잠시 뜸을 들였다가 어렵게 말을 이어 간다.

"중전 마마……, 소녀를 부산포에 다녀오도록 허락해 주오소서."

"느닷없이 부산포라니?"

중전 민씨의 안색이 하얗게 바래고 있다.

박진령은 영의정 이유원의 무능하고 우유부단한 성품을 믿을 수가 없다. 그는 이 나라 제일의 지성인 박규수를 곤경에 빠뜨려서 사임하게 했으면서도 태연할 수 있는 위인이었고, 자신으로 인해 일본국과의 관계 개선이 파국에 빠져 들었는데도 책임을 통감하는 것은 고사하고 훈구세력들의 바람잡이 노릇을 자청하고 있었음에랴. 그런 이유원이라면 청나라에 가서 세자 책봉이라는 구실로 청나라와의 친분만을 더욱 공고히 하고 돌아올 것이 분명하여서다.

"중전 마마, 세자 책봉의 조칙을 받아 오는 일보다 더한 막중대사는 없을 것이옵니다. 소녀는 그 막중대사를 북경北京에 주재하고 있는 일본국 공사관의 힘을 빌리고자 하옵니다."

"……!"

"초량 왜관에 머물고 있는 일본국 외무성의 관리들에게 은밀히 청한다면 들어줄 것이라고 사료되옵니다."

일본국 외무성은 모리야마 시게루 등이 초량 왜관에서 철수한 지 달포쯤 지나서 다시 몇 사람의 외교관을 파한하여 조선의 내정을 정탐하게 하고 있다.

"딱하구나……. 조선을 정벌하겠다는 왜인들에게 세자 책봉을 거들어 주기를 청하다니, 그게 말이나 될 법한 소리더냐!"

"아뢰옵기 송구하오나, 중전 마마께오서 일본국의 서계를 받아들이겠다고 약조를 하신다면 북경 주재 일본국 공사는 영상 대감께서 북경에 당도하기도 전에 책봉의 조칙이 내려지게 할 것이옵니다."

"……!"

얼마나 치밀하고 영리한 주청인가. 중전 민씨는 벌어진 입을 다물지 못한 채 박진령의 당돌한 모습을 한참 동안이나 지켜보다가 찌르듯 묻는다.

"일본국의 서계를 받아들이고 아니 받아들이는 것은 묘당에서 정해야 하는 그야말로 막중대사인데……, 내 어찌 그런 엄청난 일에 나설 수가 있음이더냐."

"중전 마마, 소녀의 진언을 들으시고 망언이라 여기신다면 중벌을 내려 주소서."

박진령은 마치 죄지은 사람처럼 몸을 움츠리면서도 비장한 목소리로 다짐한다. 중전 민씨는 그녀의 상기된 얼굴에 시선을 정지하고 마른침을 꿀꺽 삼켰다. 두려운 생각이 들어서다.

아니나 다를까, 박진령은 무엄하게도 중전 민씨에게 정치에 개입해 줄 것을 종용하고 나선다.

"중전 마마……, 일본국의 서계를 받아들이지 아니하고서는 종사의 앞날을 가늠할 수가 없사옵니다. 저들은 서양의 문물을 받아들여서 증기선과 대포도 만든다고 하옵니다. 뿐만이 아니옵고, 또한 저들은 군병을 동원하여 대만을 정복하였사옵니다. 이 어려운 때를 슬기롭게 넘기려는 신료들이 없음을 안타까이 여기신다면……, 중전 마마께오서 몸소 종사를 위기에서 구하시어 세자 저하로 하여금 태평성대를 열어 가시게 하셔야 할 줄로 아옵니다. 이는 천명을 따르는 일임을 통촉해 주소서."
 박진령의 얼굴에는 비장감이 넘치고 있다. 그녀는 중전 민씨에게 몸소 정치에 관여해 줄 것을 강청하면서도 그것이 국운을 여는 길이며, 세자의 시대를 열어 가는 첩경임을 천명에 빗대어 강요하고 있음이다.
 "중전 마마, 촌각도 지체할 수 없는 일임을 유념하소서!"
 중전 민씨는 일찍이 없었던 긴장감에 사로잡히면서도 그것이 짜릿한 쾌감으로 다가오고 있음을 감지한다. 박진령은 중전 민씨의 내심을 환하게 꿰뚫어 볼 수가 있었으므로 이 순간을 승부처로 포착하고 나선다.
 "중전 마마, 소녀에게 서구 문물을 강론하면서 조선의 미래를 일깨워 주신 동인 선사께오서 지금은 부산포에 계시옵니다. 마마의 밀명이 그분에게 전해진다면 능히 뒷일을 감당할 것으로 믿어지옵니다. 바로 그것이 중전 마마의 위엄을 세우면서 세자 저하의 지위를 반석 위에 올리는 일임을 통촉해 주오소서!"
 "……!"

'아, 그랬더냐. 그것이 내가 가야 할 운명의 길이더냐.'

마침내 중전 민씨는 눈을 감는다. 쿵쿵거리며 울려오는 심장의 고동소리가 그녀의 결기를 뒤흔들고 있어서다.

중전 민씨는 가끔 자신이 사대부로 태어났다면 의정부도 휘저을 수가 있을 것이라는 자부심에 젖어 보곤 했지만, 막상 결단을 내리려니 두려운 생각이 앞서는 것을 어찌하랴.

박진령에게는 뼈를 깎는 아픔을 감내하면서 기다려 온 절실하고도 소중한 기회가 아니던가. 유홍기로부터도 이동인으로부터도 알게 모르게 전해진 이심전심이 열매를 맺게 된다면 얼마나 대견한 일이겠는가.

박진령의 절절한 안간힘이 다시 이어진다.

"중전 마마……, 세자 저하의 지위를 보전하는 일이옵고, 나아가서는 중전 마마의 위엄을 내외에 과시하면서 조선의 앞날을 열어 가는 일임을 통촉하소서."

"그러다가 일이 여의치 않으면……."

"마마, 오백 년 사직이 중전 마마의 결단으로 굳건히 보전될 것이옵니다. 소녀의 충정을 거두어 주소서."

중전 민씨는 보일 듯 말 듯 고개를 끄덕이며 박진령을 바라본다. 찐득한 정감과 화끈한 열기가 뒤엉키는 순간이 쌓여 가더니 마침내 중전 민씨는 침중한 목소리를 토해 낸다.

"나는 네 진언을 따를 것이나, 한 치의 소홀함도 용인하지 않을 것이니라!"

"명심하겠사옵니다. 중전 마마……."

"영근이로 하여금 동행하게 할 것이니, 일이 여의치 않으면 지체 없이 그곳의 사정을 적어서 그 아이 편으로 올려 보내면 도성에서의 일은 내가 감당할 것이니라."

중전 민씨에게는 모험이 아닐 수가 없다. 청나라의 예부로부터 강보에 싸인 세자의 책봉을 허락받기 위해 북경에 주재한 일본국 공사관을 움직이고, 그 대가로 일본국의 서계를 받아들이겠다는 밀계를 도모한다면 그야말로 고도의 정치적인 승부가 아니고 무엇인가. 이 엄청난 일의 성사를 위해 중전 민씨는 가장 신임이 두터운 심복인 고영근을 박진령과 동행하게 한다.

여걸을 위하여

　박진령은 고영근을 거느리고 백두대간에 휩쓸리며 부산포로 향한다. 물론 조선의 간선도로 제4로를 빠짐없이 누벼야 하는 천 리 길의 노정이다. 중전 민씨의 밀명을 받은 고영근은 박진령의 행보를 안전하게 지켜 주었다. 그러나 박진령에게는 모험보다도 위험을 동반하는 길이고도 남았다.
　중전 민씨를 정치전면으로 끌어낸다면 훈구대신들과의 갈등을 수반하게 된다. 아직은 중전 민씨의 주위에 그 일을 도맡아 할 두뇌가 없는 것이 큰 걱정이다. 김굉집金宏集은 우유부단하고 김옥균은 아직 어리다. 그렇다고 민영익을 앞세우기엔 아직은 이르다.
　"아니, 아니 자네가 예까지 웬일인가. 응, 허허허."
　이동인은 너털웃음을 토하면서 박진령을 반긴다.

"오래 머물지 않을 것이옵니다. 심려 놓으소서."

박진령은 긴장을 풀지 않은 얼굴을 정인의 가슴에 묻으면서 응석을 부린다. 이동인은 박진령의 가녀린 어깨를 다독이면서 흠칫 놀란다. 팽팽한 긴장감을 느꼈기 때문이다.

밤이 이슥하기를 기다렸다가 박진령은 중전 민씨와의 밀계를 입에 담는다.

"아니, 뭐야. 국교의 회복을 전제로 북경에 있는 일본 공사관을 움직인다. 대체 누가 그런 엄청난……?"

밀계를 꾸몄느냐고 물으면서도 이동인은 한없이 즐거워하는 기색이다.

"진령이 자네의 슬기로움인가. 아니면 중전 마마의 오기란 말인가?"

"책망하실 일이면 제가 대죄할 것이옵니다."

"허허허, 책망이 아니라 극찬하고 있음일세. 허허허, 제갈공명인들 그런 절묘한 계책을 짜낼 수가 있겠느냐니까."

박진령의 얼굴에 비로소 웃음이 담긴다. 중전 민씨의 허락을 받아 낼 때도 중벌을 각오했었고, 도성을 떠나 부산포에 당도할 때까지의 긴긴 여정 속에서도 불안과 긴장감을 늦추질 못했었다. 이 엄청난 계책이 실패로 돌아간다면 중전에게서는 중벌을 면치 못할 것이었고, 이동인에겐 엄청난 폐를 끼치게 될 것이기 때문이다.

"선사님, 잘된 일이라면 서둘러 주셨으면 하옵니다. 북경에 있는 일본 공사관의 협력으로 세자 저하의 책봉조칙을 받아 낼 수가 있다면 명실상부한 새 시대가 열리게 되질 않겠사옵니까. 천운도 중궁전으로 밀려들 것이고요."

"북경에 주재한 일본 공사가 나선다면 그만한 일쯤은 식은 죽 먹기일 것이야."

"하오시면 서둘러 주오소서."

박진령의 초조함에 비한다면 이동인의 느긋함은 이만저만이 아니다. 그는 뭔가 새로운 계책에 매달리는 듯한 기색이다. 아니나 다를까, 이동인은 참으로 엄청난 말을 입에 담고 나선다.

"허허허, 나는 그 일이 성사될 것으로 믿고……, 중전 마마께서 왜국과의 국교 회복을 위해 밀계를 도모하고 있다는 사실을 훈구세력들에게 흘릴 것일세."

박진령은 소름끼치는 두려움에 몸을 떨 수밖에 없다.

"아니 됩니다. 그리 되면 중전 마마의 처신은 어찌 되시고요?"

"어차피 세자 책봉의 조칙이 무사히 내려진다면, 중전께서 우리들 개화세력의 바람막이가 되어 주셔야 하네. 그러기 위해서는 중전께서 정사에 관여하였다가 탄핵을 당하는 곤혹을 치루면서 여걸의 풍모를 갖추어 가야 하질 않겠는가."

"여걸의 풍모……. 아무리 그렇기로……!"

"당연하지. 그런 엄청난 곤경을 스스로 수습하시고서야 모든 두려움에서 헤어날 수가 있게 되지를 않겠나. 또 그런 자신감에 스스로 만족할 수 있어야 한 나라의 국정을 좌지우지하는 여걸이 될 것일세!"

"……!"

얼마나 당차고 치밀한 생각인가. 중전 민씨를 곤경 속으로 밀어 넣으면서라도 뜻한 바를 성취하려는 이동인의 비책은 칼날과도 같은 서슬이 서려 있다. 중전 민씨로 하여금 훈구세력과의 갈등을 겪게 하면서 자신을 향해 밀려오는 모함과 공격을 스스로 뿌리치게 하는 것으로 중전 민씨를 더욱 강인하게 만들 수가 있다면 '비로소 이 땅에 한 사람의 여걸이 탄생될 것'이라는 이동인의 주도면밀한 비책은 지체 없이 실행으로 옮겨진다.

이동인은 초량 왜관에 드나들면서 일본국 외무성의 관리들과 접촉하기 시작한다. 일은 뜻밖으로 쉽게 풀릴 기미를 보인다. 일본국 외무성은 내심 중전 민씨를 자신들의 품 안으로 끌어들이면서 조선 정책을 수립할 수 있다면 북경 공사관의 노고쯤 대수롭게 여기지 않겠다는 뜻을 분명히 했기 때문이다.

"정녕 믿어도 되오이까."

"믿으시오. 나를 믿고 우리 세자 저하의 책봉고명을 받아 주신다면, 일본국의 서계는 반드시 받아들일 것이오."

"알겠소. 우린 선사만 믿고 이 일을 추진할 것이오."

박진령은 부산에 머무는 하루하루가 꿈만 같다. 푸른 바다를 바라보는 한가로움이 있는가 하면, 정인의 품에 안겨 끝없이 뒹구는 환희는 그대로 열락이나 다름이 없다. 게다가 새롭게 변해가는 일본의 모습을 배울 수가 있었음에랴. 박진령에게는 되도록 오래 간직하고 싶은 꿈같은 나날이었으나, 이별해야 하는 날은 예상 밖으로 빠르게 다가오고야 만다.

"그만 돌아가야 하질 않겠는가."

"……!"

박진령에게는 하늘이 무너지는 소리나 다름이 없다.

"제가 귀경을 하면 중전 마마께 복명을 해야 하옵는데……?"

"허허허, 아무렴은 아무 소득 없이 자넬 돌아가게야 하겠는가."

"하오시면……?"

"중전 마마께오서는 뜻하시는 소망을 모두 이루실 것일세!"

"아, 그렇다면 며칠만이라도……."

이동인은 서운해하는 박진령의 속내를 끝내 외면한다. 이동인은 연상 위에 놓인 몇 가지 사진들을 그녀의 앞으로 밀어 놓으면서 부연한다.

"녹명관에서 서양 공사들과 어울려서 춤을 추는 일본국 대신들의 부인들일세."

"녹…… 명관?"

녹명관鹿鳴館은 일본의 유신정부가 서양 외교관들과의 댄스파티舞蹈會를 위하여 새로 마련한 연회장이다. 이노우에 가오루는 일본국 대신들의 부인들에게 서양 춤을 배우게 하여 걸핏하면 녹명관으로 불러 서양 외교관들과 춤을 추게 하였다. 말하자면 댄스외교인 셈이다.

박진령은 사진에 찍힌 일본국 대신부인들의 모습을 보면서 마른침을 꿀꺽 삼켰다. 서양 사람과 서로 안고 춤을 추는 일본국 대신부인들은 바닥에 끌리는 드레스를 입고 있었는데, 그 황홀한 모습이 박진령의 가슴을 한없이 두근거리게 하였다.

또 어떤 사진에는 4, 5층의 빌딩이 있었고, 대로에는 화려한 마차가 서 있기도 했다.

"사진에 대한 부연의 말씀은 자네가 소상하게 전할 것으로 아네만……, 대치 선생께서 허락하신다면 이 사진들을 중전 마마께 올렸으면 하는 것이 내 소망일세!"

"……?"

"중전 마마께오서도 때로는 화려함을 즐기고자 하는 여성이 아니시겠는가."

이동인의 치밀함은 놀랍기 그지없다. 댄스외교에 임한 일본국 대신부인들의 화려한 의상도 때로 중전 민씨에게 훌륭한 자극이 될 것이라고 믿고 있기 때문이다.

"소녀에게 맡겨 주오소서."

"대치 선생님께 기쁜 소식을 전해 올리기 위해서라도 자네가 서둘러 도성으로 돌아가야 할 것이며, 또 이런 일은 하루라도 빨리 결과를 예측하게 하는 것이 서로에게 도움이 될 것이 아니겠는가."

"……!"

박진령은 치솟는 서운함을 눈물로 달랜다. 매사를 정해 놓은 대로 밀고 나가는 이동인의 사람됨을 익히 알고 있었기 때문이기도 하다.

박진령이 도성으로 돌아가자 이동인의 활동은 더 힘차게 재개된다. 그는 귀양에서 돌아온 왜학훈도 안동준에게 중전 민씨가 일본국과의 국교 회복에 나섰음을 넌지시 흘린다. 흥선대원군의 실각으로 파직, 부처되기까지 하였던 안동준에게는 천금의 정보가 아닐 수 없다.

"허어, 나라에 망조가 들지 않고서야……, 철부경성의 바람이 불다니!"

철부경성哲婦傾城은 '여자가 똑똑하면 나라를 망친다'라는 뜻으로 쓰이는 『시경詩經』 「대아大雅」편에 나오는 말이다.

안동준은 지체 없이 강렬한 문투를 구사한 상소문을 초한다. 물론 중전 민씨가 정사에 관여하고 있음을 통렬하게 비방하면서 비밀리에 일본국과의 국교를 회복하려는 밀계를 도모하고 있음도 강도 높게 비난하는 내용이다. 또 그것은 '양이·보국'의 국론에 어긋나는 천만부당한 망동임도 조목조목 따지면서 질타하는 충동적이면서도 강경한 문장으로 일관된 상소문이기도 했다.

"아니, 이런……!"

승정원이 발칵 뒤집힌다. 중전 민씨가 일본국과의 국교 회복을 위해 밀계를 도모했다면 어찌 되는가. 승지들은 전전긍긍할 수밖에 없다. 사실이라면 일대 혼란이 야기될 것이며, 자칫 폐비론廢妃論(중전을 사가로 내쫓는 일)으로까지 비약될지도 모른다.

사색이 된 도승지는 일단 중궁전에 먼저 알리기로 한다. 사실 여부를 확인하려는 생각에서다.

"이런 못된 놈이 있나!"

어찌 짐작이나 하였으랴. 중전 민씨의 반격은 무섭게 드러난다. 아무 물증도 없이 국모를 모함하였으니 참수斬首로 다스려서 마땅하다는 중전 민씨의 노여움은 고종은 물론 신료들까지 주눅 들게 하고도 남는다.

"살려 둘 수가 없사옵니다. 신첩의 사가에 폭탄이 터지게 하여 어미와 오라비를 몰사하게 하더니, 이젠 역관 따위가 중전을 모함하는 지경이옵니다. 전하, 왜학훈도 안동준을 효수하소서!"

"효, 효수까지야……."

"국모를 모함하여도 효수하지 않으시겠다면……, 차라리 신첩을 죽여 주소서!"

"중전, 고정하시고……."

"고정이라니요. 병조판서를 죽인 무리들이옵니다. 국모를 모함하여 위해하려 들었다면 당연히 효수하셔야지요. 전하, 안동준을 효수하여 신첩의 원한을 풀어 주소서!"

중전 민씨의 칼날과도 같은 울부짖음은 몇 날 며칠 동안 계속된다. 고종은 중전 민씨의 처절한 발버둥을 외면할 수가 없다.

"왜학훈도 안동준을 효수하라!"

비참한 종말이 아닐 수가 없다. 중전 민씨를 비방 질타하는 것이 홍선대원군의 은혜에 보답하는 길이라고 믿었던 왜학훈도 안동준은 참수되었고, 그 목은 장대에 꽂힌 채 시정에 매달린다. 그런 와중에 경상도 유생 유도수柳道洙, 이학수李學洙 등이 홍선대원군의 회가回駕를 청하는 상소를 올린다.

"지금이 어디 대원위를 거론할 때라더냐!"

중전 민씨는 형조판서刑曹判書와 의금부의 당상들을 득달한다. 왜학훈도 안동준이 극형을 당한 때라 형조에서도 그녀의 노여움을 감당할 길이 없다. 결국 유도수와 이학수는 원지에 유배된다. 환란을 자청한 꼴이 아니고 무엇인가.

'허허허……, 이젠 여걸이라 하여도 모자람이 없을 터인즉!'

소식에 접한 이동인은 만족한 웃음을 흘리면서 초량 왜관과의 강도 높은 접촉을 시도하고 나선다. 새로운 조일관계의 초석을 다지기 위해서라도 중전 민씨의 영향력을 극대화하려는 것이나 다름이 없다. 마침내 일본국 외무성은 북경 주재 일본 공사에게 세자 책봉을 인정하는 청나라 황제의 조칙을 받아 내라는 밀명을 보낸다. 그것은 엄청난 변화를 예고하는 것이나 다름이 없다.

중전 민씨에게는 스스로 청나라로 하여금 세자 책봉의 칙명을 내리게 하였다는 자부심을 챙기는 쾌거이고도 남았다. 그것도 주청사로 떠나간 영의정 이유원이 돌아오기도 전에 그 결과를 알고 있었다면 외교의 중차대함을 터득한 것이 아니고 무엇인가. 그 엄청난 자부심이 자신을 모함하는 무리들을 일거에 주살하는 힘으로 변하면서 아주 자연스럽게 정치의 표면으로 나서는 계기를 마련한 셈이다.

"호호호, 네 총명함이 나를 살렸구나."

"과찬의 분부 거두어 주소서."

"아니다. 이젠 누구도 내가 가는 길을 막지 못할 것이니라."

"감축, 감축하옵니다. 중전 마마."

중전 민씨의 입가에는 자신감에 불타는 웃음이 담기기 시작하였고, 그 자신감은 점차 의욕적인 나날을 만들어 가기 시작한다. 박진령에게는 큰 즐거움이 아닐 수가 없다.

재회

뚜우, 하는 무적을 울리면서 군함 세 척이 부산포에 입항한다. 군함은 모두 일장기를 펄럭이고 있다. 초량 앞바다는 군함을 구경하려는 사람들로 인산인해를 이룬다. 이전에 들어왔던 증기선과는 그 모양새부터가 사뭇 달라서 큰 산이 수평선을 가로막고 있다는 표현이 더 적절할 정도다.

이동인은 급하게 걸으면서도 따르는 산홍에게 말한다.

"저건 상선이 아니고 군함이니라……!"

"하오시면 일본군의 침공이라는 말씀이옵니까?"

"함포외교라는 말이 있다더니, 저들은 필시 미리견의 흉내를 내고 있음일 것이니라!"

나무랄 데 없는 이동인의 탁견이다. 물론 나중에 밝혀진 일이지만, 이 군함들이 운양호雲揚號, 춘일호春日號, 제이정묘호第二丁卯號라고 이름 붙여진 조선 침략의 주력함들이라면 함포외교의 시작이라 하여도 무방하다.

실제로 일본국 외무성은 모리야마 시게루가 정탐한 조선의 사정을 토대로 새로운 서계를 작성하였고, 조선 조정으로 하여금 그것을 강제 접수하게 하기 위해 세 척의 군함을 파견하였다.

조선 조정이 저들의 서계를 접수하지 아니한다면 함포를 쏘아 대며 무력시위를 감행할 것은 불문가지의 일이다. 바로 그런 방법으로 미국의 군함(일본에서는 개항을 요구한 미국의 군함을 '구로부네黑船'라고 불렀다.)이 일본국을 개항하게 하였다면······, 저들은 자신들이 당한 방법을 고스란히 조선 개항에 적용하고 있는 것이 아니고 무엇인가.

봄 바람이 제법 훈훈하다.

언덕에서 내려다보이는 세 척의 군함은 한결같이 커다란 굴뚝으로 검은 연기를 뿜어 올리고 있었고, 갑판에서 바다로 내려진 밧줄 그물에는 보트로 내려오는 수병들이 매달린 채 흔들리고 있다.

이동인은 경사가 급한 비탈길을 구르듯 내닫으면서도 궁리를 거듭한다. 저들이 세 척이나 되는 군함을 동원하여 함포외교를 시도하고 있다면 조선에 대한 요구 조건이 있을 것이었고, 그 요구 조건을 관철하기 위해서는 보다 끈질기고 교활한 외교관을 파견하였을 것이 분명하다.

선창가로 달려가던 이동인의 발걸음이 초량 왜관 쪽으로 방향을 바꾼다. 새로 동래부사로 부임한 황정연黃正淵보다 한발 앞서 일본국 외무성에서 파견된 고위관리와 접촉을 시도하겠다는 속셈이다.

이동인은 지난번의 실패를 다시 되풀이하지 않겠다는 다짐을 거듭하면서 초량 왜관에 당도한다.

"아이고 선사님……, 그렇잖아도 인편을 보내려던 참이었습니다요."

왜관의 허드렛일을 맡아 보는 노복 이창수가 이동인을 동기처럼 반긴다.

"인편이라니요. 무슨 좋은 일이라도 있답니까?"

"좋은 일이라기보다는, 지난번에 선사님을 속이고 떠나갔던 그 모리야마란 자가 다시 왔다니까요!"

"……!"

이동인은 쿵 하고 울리는 가슴의 고동소리를 듣는다. 그는 모리야마 시게루의 배신을 꿈에서도 잊은 적이 없다. 언젠가는 응징할 날이 있을 것이라고 칼날을 세우고 있었던 판국에 또다시 그자와 얼굴을 맞대야 한다는 것이……, 더구나 배신한 왜인과 더불어 조선의 개항을 다시 거론할 수밖에 없는 자신의 처지가 혐오스럽기 그지없다.

"모리야마보다 더 지체가 높은 고관은 아니 왔다는 말입니까."

"분명히 그러한 것으로 압니다요."

이동인으로서는 일전을 각오하지 않을 수가 없다. 여기서 뒷걸음질 친다면 모리야마 시게루의 술수에 말려들 위험이 있을 것이기 때문이다. 일본인 한 사람이 안채 쪽에서 황급히 달려 나와 허리를 굽힌다.

"정중히 모시랍시는 분부가 계셨습니다."

이동인이 나타났다는 사실이 모리야마 시게루에게 보고되었다면 피해야 할 까닭이 없다. 이동인은 인도하는 일본인의 뒤를 따라서 모리야마 시게루의 거처로 향한다.

"선사, 지난번의 제 무례를 용서하시오."

방문 밖까지 나와서 이동인을 영접하는 모리야마 시게루는 사색이 된 얼굴로 사죄의 말을 입에 담고는 상체를 숙여지는 데까지 굽혀 보이는데, 그 짓을 세 번이나 반복한다.

"선사, 용서하십시오!"

최경례最敬禮로 자신의 과실을 인정하면서 솔직하게 용서를 구하는 일본인들의 예법을 모르고 있었던 이동인은 당혹감을 견디어 내기가 어렵다.

두 사람이 방으로 들었을 때도 모리야마 시게루는 단정하게 무릎을 꿇은 채 상체를 숙여서 다시 한 번 용서를 구하는데, 그 공손하기가 보기에도 민망할 지경이다.

"선사, 이 못난 사람을 용서하신다면 죽었다가 다시 살아온 사람이 되겠습니다."

"허어, 이거야 원, 당신은 쓸개도 없는가."

"성심을 다해 용서를 빌고 있습니다. 용서해 주십시오."

"그만 되었어요."

"아, 예. 실은……, 지난번 남효원과 김주복이 체포되었다는 소식을 접했을 때, 저희들은 오직 철관하는 것만이 살아남는 길이라고 믿었을 뿐……, 다른 어떤 것도 생각할 겨를이 없었습니다. 옹졸한 제 소행을 용서해 주신다면 백골이 난망이겠습니다."

속지 않을 터. 이번에는 속지 않으리라! 이동인은 내심 고개를 흔들고 있다. 어디서 어디까지가 진실인지를 알 수가 없어서다.

"선사, 만일 박제관이 동래부사의 자리에 그냥 있었다면, 저는 오지 않았을 것입니다. 천만다행으로 동래부사가 바뀌었다는 소식이 있었기에 다시 오게 되었는데……, 진심을 다해 말씀 드립니다만 제가 다시 오겠다고 자청한 것은 선사를 만나서 사죄해야 하는 책무가 있었기 때문입니다. 용서해 주십시오."

"자, 자, 그만 되었다고 하질 않았소."

"아닙니다. 용서하신다는 말씀이 계셔야 제 난감해진 처지가 조금은 나아질 것으로 압니다."

모리야마 시게루의 소청이 너무도 간절하였기에 이동인은 가슴에 새겨 두었던 응어리를 털어 낸다는 심정으로 조선식 용서를 선언한다.
"귀하의 배신에 치를 떨었던 나로서는 다시 상종을 하지 않는 것이 대장부 사내의 도리일 것이나……, 그나마 귀하의 진솔한 사죄가 있었기에 지금은 한결 마음이 편해진 느낌이외다."
"고맙습니다. 외람된 말씀이나 이제야 선사를 다시 도울 수가 있게 되었습니다."
비로소 모리야마 시게루의 얼굴에 화색이 돌았다. 그는 진실로 이동인과의 재회를 반겨하고 있는 것으로 보인다. 그는 준비해 온 상자 하나를 뜯으면서 말한다.
"선사, 선사의 관심사를 모아 보았습니다. 도움이 되었으면 합니다만……."
모리야마 시게루가 이동인의 앞으로 밀어 놓은 것은 서른 장 남짓 되는 사진뭉치다. 지난번에 녹명관의 사진을 얻으면서 관심을 보였던 것을 기억해 두었던 모양으로 이번 사진은 미국과 영국 등 서양 제국의 군함과 기차, 방적산업 등을 중심으로 한 산업사회의 진면목을 일목요연하게 보여 주는 것이었고, 아울러 고층건물, 전원주택, 화려한 여인들의 모습을 담은 것 등이다.
'허어, 과연!'
이동인은 내심 탄성을 연발하면서 사진에 담긴 서구 문화에 관심을 보였고, 모리야마 시게루는 사진의 내용을 소상히 설명하는 것으로 조선 개항의 시급함을 암암리에 지적한다.

"고맙소. 긴요하게 쓸 것이외다."

"다행입니다. 나는 선사의 의지를 조선 조정의 뜻으로 받아들일 생각입니다. 많은 가르침을 주셨으면 합니다."

"조선은 분명히 변하고 있어요. 기다리는 미덕을 보인다면 양국의 우호관계는 돈독하게 발전할 것으로 확신합니다."

"동감입니다. 선사."

소원해졌던 이동인과 모리야마 시게루의 개인적인 우의가 다소 회복되는 것으로 보였지만, 실상은 오월동주吳越同舟의 상반된 접근이 아닐 수가 없다.

판단 착오

5월 10일(양력 6월 13일).

고종은 시원임 대신들을 탑전으로 불러 동래부사 황정연이 묘당에 올린 장계를 돌려 읽게 한다. 그 내용을 요약하면 다음과 같다.

일본국의 사신에게 서계의 요식과 접수, 연회 절차 등에 대하여 알렸던바 몇 개 조항에 대해서는 순순히 따를 뜻을 보이고 있사오나, 다른 몇 개 조항은 의논하여 정하자 함으로 결정을 보지 못하고 있사옵니다. 신이 보기로 문제가 되는 점은 첫째, 서계를 대마도를 거치지 않고 직접 외무성에서 가지고 온 것은 왜국과의 교린 삼백 년에 일찍이 없었던 일이옵고, 둘째로는 교린하자는 문자 안에 저들 스스로 존대함이 있사옵고, 셋째는 접수와 연회의 절차에 대하여 저들은 고쳐서 변경해 줄 것을 요구하고 있사옵니다. 신의 생각으로는 저들에게 계속 역관을 보내어 그 세 가지 문제를 바로 잡도록 하고, 그 결과에 따라 다시 서계의 접수 여부를 정해야 할 것이라고 사료되옵니다.

전임자들이 올렸던 장계의 내용과 조금도 달라진 것이 없었지만, 왜인들을 업신여기는 일에 익숙해 있던 이 땅의 훈구대신들에게는 더없이 만족스러운 내용이 아니고 무엇인가.
좌의정 이최응이 지체 없이 찬동하고 나선다.
"전하, 동래부사 황정연이 실로 사리에 합당하게 일을 분별하고 있는 것으로 사료되옵니다. 장계에 적힌 대로 저들이 스스로 존대한 것은 고쳐서 다시 쓰게 하고, 우리 조선이 제시하는 관행대로의 절차를 따르지 않는 한, 받아들여서는 아니 될 것이옵니다."
"그러하옵니다. 전하!"
우의정 김병국金炳國이 좌의정 이최응의 진언을 지지하고 나서자 홍순목, 김병학 등 훈구의 거벽들이 동조하고 나선다. 아무리 세월이 흘러도 변하지 않는 것이 조선의 훈구들이다.
"알겠소. 동래부사에게 장계대로 시행하라 이르시오."
"당치 않으시옵니다. 전하. 다시 상량하오소서!"
절규하듯 외치고 나선 사람은 판중추부사 박규수다. 작년, 동래 왜관에서의 교섭이 여의치 않았던 탓으로 우의정의 자리에서 물러나긴 했으나, 조선의 개항을 열망하는 박규수의 결기는 종전과 조금도 다름이 없다. 더구나 며칠 전에는 부산포에 머물고 있는 이동인으로부터 초량 왜관의 움직임이 소상히 적힌 서찰을 받은 바가 있었기에 그는 탑전인데도 절규하듯 소리치고 나설 수밖에 없다.

"다른 의견이 있습니까!"

"그러하옵니다. 전하. 외교는 국익을 도모하는 막중대사이옵니다. 교섭에 임하여 실익을 얻기 위해서는 무지와 아집을 경계해야 하는 것이 상책임을 유념하소서."

좌중은 일순 술렁거리기 시작한다. 무지와 아집을 경계해야 한다는 말에 심사가 뒤틀렸기 때문이다.

"환경, 무지는 뭐고 아집은 또 무엇인가. 더구나 어전에서 그 무슨 망언이야!"

홍순목이 삿대질을 하면서 나무라는데도 69세의 박규수는 이번이 마지막 충정의 기회가 될지도 모른다는 일념으로 혼신의 힘을 다한 투혼을 발휘한다.

"전하, 아뢰옵기 황공하오나 이제는 우리 조선도 '자주개국'이라는 말을 내놓고 논의할 시기가 되었다고 사료되옵니다."

"……!"

어찌 놀랍지 않으랴. '자주개국自主開國'이란 스스로의 힘으로 개항을 단행하여 근대적인 국가로 탈바꿈해야 한다는 뜻이었고, 또 그것은 반상의 법도를 무너뜨려서라도 만민이 평등하게 살아가는 민주사회를 건설해야 한다는 중대한 의미가 내포된 충격적인 선언이나 다름이 없다.

"일본은 이미 서양 제국에게 문호를 개방하여 그들의 새로운 문물을 받아들였사온지라, 지난 수년 동안 서양 제국의 외교관례에 따라 서계의 접수를 집요하게 요구하고 있사옵니다. 전후의 사정이 이러한데도 유독 우리 조선만이 이를 거부하는 것은 스스로 낙후되어 있음을 드러내면서 환란을 자초하는 일이라고 사료되옵니다."

"환란이라니, 대체 무엇이 환란이라는 말인가!"

이최응이 거구를 흔들면서 소리친다. 박규수는 일본국의 유신 과정을 입에 담는다.

"지난날, 미리견이 왜국의 개항을 요구하면서 함포외교를 자행한 바가 있사온데……, 오늘에 이르러, 일본국의 유신정부가 세 척의 군함을 동원하여 서계를 접수하고자 하는 것이 바로 그 함포외교임을 유념하셔야 하옵니다."

"말을 삼가시오. 그래서 우리가 저 무도한 왜구들에게 허겁지겁 머리를 숙여서 애원이라도 하자는 말인가."

이번에는 홍순목이 얼굴을 붉히면서 목소리를 높인다. 그것은 훈구대신들의 아집을 대변하는 것이나 다름이 없었고, 당시 사대부의 공론을 대변하고 있었기에 박규수는 참으로 오랜 세월을 별러 왔던 내심의 말을 입에 담는다.

"우선 아뢰올 것은 나라마다에는 각기 그 나라 나름의 관행이 있사온데, 다른 나라의 관행에 대해서는 옳거니 그르거니 해서는 아니 되는 법이옵니다. 일본국의 서계에 '황皇'이니 '칙勅'이니 하는 글자가 있다 하여 그것이 우리의 상국 노릇을 하려 한다고 보는 것은 천만부당한 일이옵니다. 일본국에서는 아주 옛날부터 제 나라의 임금을 '천황天皇'이라 불렀는데, 이를 우리가 왈가왈부하는 것은 국제관례에 어긋나는 일임을 유념하셔야 하옵니다!"

"허어, 저런……!"

"다음은 저들의 국체에 관한 일이옵니다. 지금까지 있어 온 왜국과의 교린은 덕천막부德川幕府와의 교섭이었사온데, 그 덕천막부는 이미 궤멸되고 없사옵니다. 따라서 우리 조선은 왕정을 이미 복구한 일본의 유신정부를 저들의 유일정부임을 인정하지 않으면 아니 되옵니다."

박규수의 설변이 아무리 도도하여도 급변하는 국제정세에 까막눈이었던 이 땅의 훈구대신들에게는 귀를 씻어야 할 만큼 욕스러운 망언일 뿐이다.

그럼에도 박규수의 열변은 멈추어지지를 않고 쏟아져 나온다.

"우리가 저들의 새 정부를 상대로 교린을 하자면 마땅히 새로운 의례에 따르는 것이 순리일 것이옵니다. 바로 이 점이 나라와 나라가 교섭하는 바른 도리임을 아셔야 할 것이옵고, 따라서 일본이 조선의 위에 군림할 수가 없는 것처럼 우리 조선도 저들의 위에 군림할 수가 없사오며, 오직 양국은 서로를 존중하는 위치에서 서계를 주고받으며 대등하게 통상하는 것이 국제간의 관례가 아니리까."

오랜 동안 청나라를 섬겨 왔던 속방屬邦의 관례는 골수에 사무쳐 있었어도, 국제관례의 개념을 모르는 훈구대신들에게는 박규수의 변설은 작고 미개한 나라에 머리를 숙이자는 천박한 소리로밖에 들리지 않는다.

"환경은 말을 삼가시오. 조선이 어찌 왜국과 동등할 수 있으며, 더구나 왜구의 무리들을 존중할 수가 있는가!"

"헛! 교린은 무엇이며, 통상은 또 무엇이란 말인가!"

마침내 훈구대신들은 탑전임도 아랑곳하지 않고 서로 소리쳐서 박규수를 면박하기 시작한다. 그 면박은 곧 탄핵으로 이어질 것이기에 고종은 훈구대신들의 자제를 호소할 생각으로 상체를 당겨 세운다.

바로 그때 박규수의 카랑카랑한 목소리가 다시 울려 퍼진다.

"일본이 청나라의 연경燕京에 공사관을 설치한 것은 청나라가 이미 오래전에 일본국의 서계를 받아들였기 때문이옵니다. 이는 곧 청나라와 일본이 서로 대등한 외교관계를 수립하였음이옵고, 우리 조선의 공사관이 연경에 없는 것은 스스로 청나라의 속방임을 자처하여 국제사회의 일원으로 인정받지 못하고 있음이 아니오니까."

"닥치라. 환경은 말을 가려서 하라!"

"전하, 환경에게 중벌을 내리소서."

급기야 좌중의 반응은 분노로 소용돌이치기 시작한다. 그러나 박규수는 아랑곳하지 않는다.

"전하, 주변의 사정이 이와 같은데도 우리 조선이 끝까지 저들의 세계를 접수하지 않는다면, 부산포에 정박하고 있는 세 척의 일본국 군함은 반드시 무력을 행사할 것이옵니다. 하오나 전하, 차마 입에 담기 민망하오나 우리 조선은 저들의 무력을 감당할 만한 힘이 없사옵니다. 나라와 나라 사이에 선린외교가 있어야 하는 것은 오늘과 같이 무력충돌의 징후가 보일 때 그런 불행을 사전에 봉쇄할 수가 있기 때문임을 유념하셔야 하옵니다. 통촉하소서!"

"저, 저런, 환경은 망언을 삼가라는데도!"

"불란서의 함선도 미리견의 군함도 싸워서 물리친 바가 있었는데 그대는 어찌하여 패퇴만을 입에 담는가!"

마침내 훈구대신들의 분노가 어전임도 아랑곳하지 않을 만큼 흥분으로 넘쳐나자 고종이 침중한 목소리로 중재에 나선다.

"모두가 버릴 말은 아니질 않은가. 어렵게 논의된 것이니 끝까지 들어 보는 것도 나쁘지 않을 것이오. 판중추부사는 어서 계속하시오."
 박규수는 고종의 성은에 용기백배한다.
 "지금은 불란서와 미리견의 함선을 격퇴한 때와는 또 다르옵니다. 불란서나 미리견은 이역만리에 있는 나라이오나, 일본은 우리와 지척 간이온지라 무기와 군량의 보급에 어려움이 없을 것이옵니다. 임진년의 왜란 때를 거론할 것도 없이 저들은 호전적인 인종이며, 또한 근래 서양 문물을 받아들이면서 함선을 비롯한 병장기까지 실로 만들지 못하는 것이 없다고들 하옵니다."
 "⋯⋯!"
 "아뢰옵기 송구하오나, 어느 특정한 나라의 총칼에 짓밟히면서 억지 개국을 하게 된다면 얻는 것보다 잃는 것이 더 클 것이옵니다. 지금의 청나라가 바로 그러하옵니다. 따라서 스스로 자주개국의 뜻을 밝히면서 서양 제국에게 문호를 개방하는 것이 진실로 보국하는 길임을 유념하여 주소서."
 "저, 저런⋯⋯!"
 "전하, 원하옵건대 자주개국을 선포하오소서. 오직 그 길만이 우리 조선의 종사를 길이 보전하는 길임을 통촉하소서!"
 박규수는 두 손으로 방바닥을 짚으며 상체를 숙인다. 그리고 무거운 짐을 벗어던진 후련함을 만끽한다.
 '전하, 신은 오직 이 말을 하기 위해 칠십 평생을 살아왔다 해도 과언이 아니옵니다. 조선의 자주개항은 전하의 치세를 빛나게 할 것이오며, 이 나라 왕실에 서광을 내려 줄 것이옵니다. 전하, 이제 신에게는 아무 여한도 남은 것이 없사옵니다. 원하옵건대 신의 충절을 가납하오시고 세계를 향해 큰 걸음을 옮겨 놓아 주소서.'

그러나 박규수의 탁견이 받아들여지기에는 수구의 벽은 너무도 높고 험난하다. 아니, 그것은 무지의 발로가 불러들이는 이념의 혼란에 불을 지르는 일일 수도 있다.

고종의 용안은 넋이 나간 사람으로 보였고, 대소 신료들은 붉으락푸르락 온몸으로 숨을 쉬듯 분노의 열기를 식히지 못한다. 그동안 금기시되어 왔던 '자유개국'에 관한 논란이 군주가 임석한 탑전에서, 그것도 유림의 존경을 받고 있는 박규수에 의해 공식적으로 발의되었다는 사실 하나만으로도 그 충격의 크기가 얼마나 큰 것인지는 짐작하고도 남는다. 게다가 고종이 박규수의 진언에 관심을 보인 것만으로도 일단 큰 진전이 아닐 수가 없다.

"판중추부사의 의향에 대하여 말씀해 보시오."

고종은 훈구대신들의 맹목적인 보수 성향을 누구보다도 잘 알고 있었기에 토론을 유도하고 나선다. 물론 아버지 흥선대원군의 '양이 · 보국' 정책을 스스로 파기하는 불효를 저지르고 싶지 않아서다.

홍순목이 먼저 목청을 돋우고 나선다.

"참으로, 황당무계한 말인 줄로 아옵니다. 우리 조선은 '양이 · 보국'의 일념으로 척화비를 세워서 후대에 이르기까지 경계를 삼고 있는데, 정승의 자리를 거친 자의 입에서 어찌 자주개국이라는 말이 나올 수가 있는지 심히 천박하고 한심한 작태라고 여겨지옵니다."

홍순목의 뒤를 이은 김병학의 주청은 훈구세력들의 지지를 받고도 남을 내용을 입에 담는다.

"전하, 먼저 장구한 역사를 이어 온 우리 조선의 처지를 생각한다면 자주개국의 주장은 대역지설大逆之說과 다르지 않다는 점을 유념하셔야 하옵니다. 강상과 윤기의 법도가 엄연한데 어찌 서양 오랑캐의 도리를 받아들일 수가 있으리까. 차후 다시 거론될 수 없는 사안임을 왕명으로 밝혀 두시는 것이 장차 밀려올지도 모르는 환란을 미연에 방지하는 일인 줄로 아옵니다!"

학덕을 고루 갖춘 김병학의 주청이기도 하였지만 더 부연할 것이 없는 내용이라 신료들은 고종의 하명을 기다릴 수밖에 없었는데, 우의정 김병국은 동래 관아에 보내야 할 고종의 비답까지를 청하고 나선다.

"전하, 지금 황급히 결정해야 하는 것은 일본국의 서계에 관한 것이온지라, 동래부사의 장계에 따라 그 서식이나 절차에 있어서 구례에 어긋남이 있다면 단호히 물리침이 옳은 줄로 아옵니다."

고종의 용안에는 어느새 화기가 돌아와 있다. 그는 박규수의 발의를 가상히 여기면서도 아버지 홍선대원군이 심혈을 기울인 대외정책이 지켜질 것이라는 사실에 내심 안도하고 있음이다.
 "'양이·보국'은 우리 조선의 국론임을 척화비를 세워서 다짐하지 않았소. 이미 정해진 국론이 함부로 변경되는 것은 더 큰 혼란을 자초하게 될 것이오. 서둘러 동래 관아에 기별하여 부사의 장계대로 시행하라 이르시오!"
 박규수는 눈을 감고 만다. 이 나라 사대부의 무지와 오만을 어찌해야 나라가 부강해질 수가 있는가. 만사휴의라는 말은 이런 경우를 두고 하는 소린지도 모른다.
 어전에서의 논의가 수구세력들의 주장대로 매듭지어지자 의기양양해진 훈구대신들의 따가운 눈총들이 박규수의 온몸에 화살처럼 날아 박힌다. 또 그것은 자신의 탄핵으로 이어지는 횃불이 될 것임을 모를 까닭도 없다.
 '부산포에 다시 인편을 보내야 하나.'
 박규수는 부산포에서의 일을 걱정하지 않을 수가 없다. 조정의 공론이 동래부사를 통해 초량 왜관에 전해진다면 일본국은 지금까지 감추어 두고 있었던 마각을 드러낼 것이 분명하다. 그것은 입항해 있는 세 척의 군함이 함포사격을 가하면서 전단戰端의 구실을 찾아나서는 일이 아니겠는가.
 '속수무책인가.'
 박규수를 태운 자비는 광통방 유홍기의 약국을 향해 속도를 높이고 있다.

운양호 사건

함포사격

쾅 콰르릉! 쾅 콰르릉!

운양호를 비롯한 세 척의 군함이 움직이기 시작하더니 곧 함포사격이 시작된다. 함포가 불을 뿜을 때마다 귀청을 찢는 듯한 폭음이 울렸고, 포탄이 터지면서 물기둥이 치솟을 때는 지축을 뒤흔드는 진동과 굉음으로 넋을 잃어야 할 지경이다. 구경을 나온 사람들은 어찌해야 할 바를 모른다. 구경거리가 분명한데도 처음 보는 광경이라 마음 둘 곳이 없다. 물기둥과 포연의 방향에 따라 사람들의 표정들도 순식간에 변하곤 한다.

동래부사로부터 서계를 접수할 수 없다는 통고를 받은 모리야마 시게루는 마치 기다리고 있었다는 듯 운양호의 함장인 해군소좌少佐 이노우에 요시카井上良馨에게 함포사격을 명했다.

'이런 못된 것들이!'

이동인은 지체 없이 초량 왜관으로 달려간다. 모리야마 시게루가 함상으로 철수했다는 정보가 없었기에 그자의 멱살이라도 잡아 흔들고서야 울화가 풀릴 것 같아서다.

"이 무슨 해괴한 난동이야!"

이동인은 모리야마 시게루의 방으로 뛰어들면서 바둑판을 번쩍 들어 올린다. 모리야마 시게루의 면상으로 집어던질 태세다. 모리야마 시게루는 몸을 움츠리며 애원하듯 말한다.

"선사……!"

"이건 전단을 찾으려는 의도된 도발이 아닌가!"

"그건 내가 할 소리요. 조금 전에 서계를 접수하지 못하겠다는 동래 관아의 공식통보를 받았어요."

"아니, 뭐요……!"

이동인은 들어 올렸던 바둑판을 내린다. 온몸의 핏기가 빠져나가는 듯한 허기虛氣를 이기지 못해서다. 이어 모리야마 시게루의 칼날 같은 반격이 시작된다.

"선사의 말은 어디까지가 진실인가. 조선의 국모가 서계를 접수하게 한다기에 우리는 북경 주재 공사를 동원하여 조선국 세자 책립에 관한 조칙이 내려지도록 헌신적인 협조를 아끼지 않았는데……, 이제 와서 서계의 접수를 아니 하겠다면 이는 명백한 배신행위가 아닌가!"

이동인은 기가 막힐 수밖에 없다. 이 같은 사단을 미연에 방지하기 위해 박진령의 편에 초량 왜관의 사정을 알리는 장문의 서한을 올리지 않았던가. 박규수와 유홍기에게 올린 서한의 내용에는 이미 조선을 침공하려는 전쟁준비가 완료되었다는 외무성 관리들의 증언까지 부연되어 있었는데, 그 진의를 반만이라도 헤아렸다면 적어도 일본국의 서계를 접수하지 않겠다는 투의 단정적인 회답을 통고하지는 않았을 것이 아니겠는가.

"나는 선사와의 우의를 지키고 있음을 명심하시오. 함포사격의 포탄은 육지가 아닌 바다에만 떨어지고 있지를 않소!"

"……!"

모리야마 시게루의 생색은 사실과도 부합했다. 운양호에서 쏘아 대는 함포사격은 부둣가 내항에서만 작렬하고 있을 뿐, 부산포의 나루에는 미치지 않고 있다.

이동인은 비참해질 수밖에 없다.

"모두가 빈도의 불찰이오만……, 그렇다면 전쟁을 시작하겠다는 말인가!"

"본국의 훈령을 기다리고 있을 뿐이오."

"염치없는 말이나, 그 본국의 훈령을 빈도에게 귀띔해 줄 수는 없겠소?"

"선사에게는 미안한 말이나 국가의 기밀을 누설할 수는 없지 않겠소."

이동인은 모리야마 시게루를 원망할 수가 없다. 내심 그와의 유대를 공고히 한다면 국익에 도움이 되리라고 믿고 있었는데, 이제 거기에 기대를 걸 수도 없는 형국으로 변하고 있음을 어찌하는가.

"밝은 마음으로 다시 만나게 되기를 바랄 뿐이오……."

이동인은 참담해진 심정을 가다듬으며 천천히 몸을 돌린다. 모리야마 시게루는 초량 왜관을 나서는 이동인의 처량한 뒷모습을 지켜보면서 그가 패배자라는 생각보다 선각의 씨앗을 뿌리는 우국憂國의 지사志士라는 생각이 더 들었다. 그것은 곧 존경심으로 우러나고 있다는 사실도 스스로 깨닫게 된다.

"본국의 훈령입니다."

모리야마 시게루는 기다리고 있던 이노우에 요시카로부터 본국의 외무성에서 타전된 전문을 받아 든다.

대마해협對馬海峽과 조선 동남 해안의 수로측량이 끝나는 대로, 서해안을 따라 청국의 우장牛莊에 이르는 수로를 측량하라.

역시 무력도발의 전단을 구하라는 내용이다. 타국의 해안 수로를 무단 측량하라는 것은 충돌을 자청하는 행위가 아니고 무엇인가. 그러나 조선 조정이 이에 대한 대책을 세우기는 고사하고 이 같은 정보조차도 모르고 있었다면 얼마나 한심한 일인가. 까마득한 옛날 얘기가 아닌 불과 1백30여 년 전의 일이기에 더욱 그렇다.

이동인은 끓어오르는 분노를 참을 길이 없고, 또 한편으로는 자꾸만 참담해지는 수치심을 가눌 길이 없다. 뭔가 일을 저지르고서야 뒤틀린 속이 풀릴 것만 같다. 그는 휘청거리는 걸음으로 동래의 기방으로 향한다.

"산홍이를 불러라. 산홍이를……."

이동인은 산홍을 찾는다. 명주 타래가 뒤엉킨 것과도 같은 불편한 심기를 그녀에게 풀어 보게 하고 싶어서다. 이 부산 바닥에서 이동인의 본심을 헤아릴 사람은 무불 탁정식과 산홍이뿐이다.

산홍이 기방으로 들었을 때 이동인은 이미 취해 있었다.

"선사님……."

"오, 그래……. 마시자 산홍아. 너만은 알리라……. 금수만도 못한 양반 나부랭이들이 저지르는 저 오만과 무지가 이 나라를 망치고 있음을……!"

이동인은 횡설수설하면서도 가슴에 응어리진 한을 또렷하게 쏟아 내고 있다. 함포사격이 시작되는 순간부터 일이 크게 잘못되었음을 짐작하고 있었던 산홍으로서도 울고 싶은 심정뿐이다.

"이 나라가 어디 양반만 사는 나라더냐. 저 머저리 병신 같은 양반놈들에게 나라를 맡겼더니……, 어찌 이리도 깡그리 망쳐 먹으려 든다는 말이더냐. 시거든 떫지나 말지, 빌어먹을 놈의 양반새끼들 같으니……."

그랬다. 양반들로 지배계급을 이룬 지 어언 5백 년, 그 안에 치룬 전쟁이 어디 한두 번이던가. 전쟁이 일어나면 언제나 중인, 상것 들이 싸움터에 나가서 죽었고 양반들은 호의호식하면서 피란들이나 다녔는데도, 전쟁이 끝나면 심신이 찢어져 넝마가 된 중인, 상것 들은 또 그들의 핍박을 당하면서 숨도 쉬지 못하는 나라……, 그야말로 원한으로 얼룩진 눈물겨운 삶을 되풀이하고 있을 뿐이다. 이런 역사가 조선왕조가 아니고 또 어느 천지에 다시 있다는 말인가.

그 양반 사대부들로 이루어진 훈구세력들이 나라의 문을 닫아걸고 전화戰禍를 자초하고 있다. 그 화근이 식민지로 가는 길임도 모른다. 그 모른다는 사실에 대한 수치도 모르는 것들을 어찌 국록을 받는 사대부士大夫라고 하랴.

이동인은 단숨에 술잔을 비우고 참담하게 중얼거린다.

"……중놈이 아는 일을 정승, 판서가 모른대서야 말이 되느냐."

"어디 스님뿐이옵니까. 기생도 아는 일이옵니다."

"……!"

이동인은 산홍의 한마디에 가슴이 찢어지는 아픔을 맛본다. 조선의 안위를 위해 모리야마 시게루에게 몸을 맡길 것을 청할 때 아무 저항 없이 응해 준 산홍이다. 자신을 원망한다 해도 할 말이 없을 것인데도 산홍은 오히려 이동인의 울분을 감싸 안아

주고 있다.
이동인의 얼굴에는 굵은 눈물줄기가 흘러내린다.

운양호 사건

운양호는 모리야마 시게루를 초량 왜관에 남겨 둔 채 부산포를 떠나 동해안을 따라서 유유히 북상한다. 그들은 보트를 내려서 연안의 수심을 측량하였으나, 조선의 연안포구에서는 아무 반발도 문정問情도 없더라는 모리야마 시게루의 비야냥 같은 소리를 들었을 때, 이동인은 차라리 죽고 싶었다. 그러나 죽을 수도 없는 자신의 처지가 참담하기만 하다.

함경도 영흥만永興灣까지 진출하였던 운양호는 단 한 번의 저항도 받지 않은 채 부산포로 다시 돌아왔다가 일단 규슈에 있는 나가사키로 회항한다.

이것이 이른바 운양호의 1차 도발행위였지만, 한심하기까지 한 조선국의 국방개념으로 인해 오히려 일본국은 무력도발의 전단을 잡지 못했다면 얼마나 아이러니한 일인가.

일본국의 2차 도발행위도 역시 운양호로부터 시작되었다.

나가사키 항을 떠난 운양호는 조선의 남해안을 지나 서해안을 따라 북상하면서 유유히 조선 연안의 수심을 측량한다. 물론 무력충돌의 전단을 구하기 위해서다. 그리하여 8월 20일(양력 9월 19일), 마침내 그들이 획책한 대로 조선군과의 충돌이 있게 된다. 또다시 운명의 섬 강화도에서다.

초지진草芝鎭, 덕진진德津鎭, 광성진廣城鎭 등 강화도의 요새는 두 차례의 양요를 거치면서 조선 정부가 전력을 기울여 보안을 거듭하였으므로 성벽은 더욱 튼튼하게 보수되었고, 동포銅砲 등 중화기 장비도 확충하였으며, 군량도 넉넉히 비축하여 만일의 사태에 대비한 요새화에 만전을 다하고 있었다.

초지진 앞바다에 당도한 운양호의 함장 이노우에 소좌는 망원경으로 근방의 지형을 살피면서 여기가 충돌을 유도하며 전단을 구할 수 있는 최적지라고 판단한다. 그는 강화섬의 동남방인 소황산도小黃山島 앞바다에 운양호를 멈추게 하고 초지진으로 접근하리라고 다짐한다.

"닻을 내려라!"

한편, 초지진 포대에서는 이양선異樣船 한 척이 연안으로 접근하는 것을 지켜보면서 가슴을 죄고 있었는데, 모선에서 내려진 보트가 연안으로 다가오는 형국에 이르자 당황하지 않을 수가 없다.

"장군, 작은 배가 수심을 재면서 접근해 오고 있소이다!"

"어서 가서 어디서 온 배며, 무슨 연유로 연안으로 다가오는지를 알아 오너라!"

병사 몇 사람이 언덕 밑으로 내려가서 다가오는 보트를 향해 소리친다.

"어느 나라의 배며, 무슨 연유로 연안으로 다가오는가."

애당초 전단을 구하기 위한 도발이라 통역조차도 대동하지 않은 일본군이다. 그들은 손을 들어서 물을 마시는 시늉을 해 보이며 점점 가까이로 다가올 뿐이다.

"멈추어라. 당장 물러가라!"

포대에서 내려온 병사들이 피토하듯 외쳤으나 일본군의 보트는 멈추지 않고 다가온다. 게다가 보트에 타고 있는 사람들이 군복을 입고 무장을 하고 있음에 당황한 조선 병사들은 사력을 다해 포대로 달아날 수밖에 없다.

"발포하라!"

초지진 포대에서는 어쩔 수 없이 위협사격을 가하게 되었지만, 전단을 찾고 있었던 일본군에게는 절호의 기회일 수밖에 없다. 보트에 탄 일본군은 소총을 난사하면서 모선으로 돌아갔고, 운양호는 마침내 초지진 포대를 향해 맹렬하게 함포사격을 가하기 시작한다.

초지진 포대의 응사도 만만치 않다. 그러나 중화기의 성능면에서는 비교가 되지 않는다. 조선군의 대포는 구경 12센티미터의 구식포로 명중률이 거의 없었고, 일본군의 110파운드 포와 40파운드 포는 최신식 중화기로 가공할 만한 파괴력과 정확도를 자랑하는 신무기다.

초지진 포대는 순식간에 초토화될 수밖에 없다. 병인년에 있었던 프랑스군의 침공이나 신미년에 있었던 미리견 해병대와의 접전과는 비교도 되지 않는 화력이 퍼부어졌기 때문이다.

운양호는 초연硝煙이 난무하는 초지진 포대를 지켜보면서 서서히 방향을 바꾸더니 다시 영종도永宗島 공략을 시도하고 나선다. 게다가 이번에는 접근과 동시에 맹포격을 가하면서 육전대陸戰隊(지금의 해병대)를 상륙하게 한다.

전투랄 것도 없다. 잘 훈련된 일본국 육전대에 의해 조선군 수비대는 어육이 되어 갈 뿐이다. 조선군은 미처 불을 댕겨 보지도 못한 화승총을 내던지며 도망하기에 급급하다. 영종도 방어사防禦使인 이민덕李敏德이 앞장서서 도망치는 지경이었다면 무지렁이 병사들의 동태야 말할 것도 없다.

영종도를 유린한 일본국 육전대는 민가에 불을 지르는 등의 만행을 자행하면서 조선군의 병장기와 군량을 약탈한다. 그들에게는 일방적인 승리였으나 조선군으로는 참담한 패배가 아닐 수 없다.

이 전투에서 조선군은 전사자 35명, 포로 16명 등의 인명의 손실을 입었고, 대포 36문, 화승총 1백30자루를 잃었다. 여기에 비하여 일본군은 단 2명의 부상자를 냈을 뿐이다. 역사는 이 충돌을 '운양호 사건雲揚號事件'이라고 적었지만, 일본국 유신정부의 조선 침략은 이제 시작된 것에 불과할 뿐이다.

이동인이 부산포를 떠나 도성으로 돌아온 것도 이 무렵이다. 그는 도성의 문턱인 경기도 파주坡州 땅에 이르러서야 운양호가 저지른 만행을 전해 들었지만, 그 배가 어느 나라의 함선인지를 모르고 있었다는 조선 사대부의 무지에 치를 떨게 된다.

'이런 때려죽일 놈들!'

이동인은 조정 중신들의 무지하고 무능한 몰골을 떠올리면서 두 주먹을 불끈 쥔다. 대체 나라를 어디로 끌고 갈 생각이란 말인가. 오만으로 거들먹거리는 그들의 얼굴에 똥바가지를 퍼 안기고 싶은 충동으로 이동인은 빠르게 몸을 일으킨다. 물론 한시라도 빨리 도성으로 달려가기 위해서다.

이동인은 동트는 새벽 대지를 힘차게 내닫고 있다. 미투리와 바짓가랑이가 순식간에 젖어 들면서 풋풋한 흙내음이 코끝을 맴돈다. 한여름의 무더위가 가신 상쾌한 아침인데도 훈구대신들의 무지를 향한 그의 분노는 식어 들지를 않는다.

'어리석은 놈들 같으니, 때려죽일 놈들 같으니!'

중인의 신분인 승려의 몸으로 불철주야 조선의 개항을 염원하였고, 부산포에 머물면서는 초량 왜관과 교유하며 일본국과의 선린우호의 방책을 강구하고자 그야말로 노심초사하지 않았던가. 그런데도 양반 사대부 나부랭이들은 그 신분만으로 조정에 입사하여 온갖 향락과 탐욕을 일삼으면서 국록만 축내고 있다. 대체 그들의 무지와 오만한 작태를 어찌 다스려야 한다는 말인가. 일본국이 유신한 방법대로라면 쏘아 죽이고 때려죽이면 그뿐인 쓸모없는 무리들이 아니고 무엇인가.

"돌아가야 하나."

이동인은 빠른 걸음을 옮겨 놓으면서 중얼거린다. 지금이라도 발걸음을 돌려서 부산포로 달려가면 모리야마 시게루를 만날 수가 있을지도 모른다. 그의 앞에 무릎이라도 꿇는다면 이른바 운양호 사건 이후에 취할 일본국의 야욕을 조금은 알아낼 수가 있지를 않겠는가. 그러나 이동인은 발걸음을 되돌리지 않는다. 시거든 떫지나 말라는 속언처럼 한심하고 몹쓸 꼬락서니를 모두 다 갖춘 이 땅의 훈구대신들을 응징해야겠다는 생각 때문이다.

대토론

"선생님, 대치 선생님!"

이동인은 광통방 유홍기의 약국으로 들어서면서 고래 같은 목소리를 질러 댄다. 약국의 사랑에서 젊은이들이 우르르 달려 나오면서 이동인을 반긴다. 김옥균, 유길준, 박영효, 민영익 등이다. 그들은 거친 숨결이 턱밑까지 치받치고 있는 이동인의 처연한 모습을 지켜보면서……, 땀에 젖어 검게 보이는 승복자락을 바라보면서 모골이 송연해지는 감동을 느낀다. 이동인의 눈빛에서 강력한 인광이 뿜어지고 있었기 때문이다.

"선생님……!"

김옥균이 그에게로 다가서면서 울먹인다. 그 또한 훈구대신들의 작태에 분통을 터트리고 있었던 모양이다.

"때려잡아야 해. 방도가 있어!"

"일러 주십시오. 시생이 몸을 던지겠습니다."

유홍기의 약국 마당에는 뜨거운 열기가 뒤엉키고 있다. 지켜보고 있는 젊은이들이 가세만 한다면 당장에라도 일을 저지를 것만 같은 분위기가 고조되고 있을 때,

"이 사람, 동인……!"

유홍기가 맨발로 댓돌을 내려서면서 이동인의 땀에 젖은 손을 움켜잡는다. 젊은이들은 그들의 만남에 뭔가 끈적이는 듯한 당김이 있음을 엿볼 수가 있다.

"선생님, 대체 저 훈구대신이란 것들을……!"

"이심전심이란 고사가 있느니. 내당에 기별을 할 테니 옷부터 갈아입게나."

그제야 이동인은 천천히 몸을 돌린다. 우물가로 갈 모양이다. 유홍기는 건물의 모퉁이로 사라지는 이동인의 뒷모습을 끝까지 지켜보고서야 약재를 손질하고 있는 최우동에게 명한다.

"내당에 기별하여 동인 선사가 입을 적삼을 내오라 이르고, 곧장 진장방에 다녀와야겠네."

"진령이를 만나면 뭐라고 말을 해야 할지요?"

"그야 본 대로 말한다면 단걸음에 달려올 것이 아니겠나."

최우동이 내당 쪽으로 걸음을 옮기자 유홍기는 비로소 젊은이들에게 침중한 목소리로 말한다.

"송죽재로 자릴 옮겨야겠다."

앞으로 전개될 화제의 심각성을 고려한다면 마땅히 송죽재로 옮겨야 할 일이지만, 김옥균을 비롯한 젊은 개화파開化派에게는 가슴 설레는 일이 아닐 수가 없다. 유홍기의 서재인 송죽재에는 개항세력들이 읽어야 할 서책들이 즐비하였기에 젊은이들에게는 꿈의 공간이나 다름이 없다. 그들은 송죽재로 들어설 때마다 유홍기의 인품과 마주하는 듯한 훈훈한 향기에 젖었기에 절로 외경심에 사로잡히곤 했다.

또 거기에는 오경석의 힘찬 필치를 자랑하는 편액이 걸려 있었는데, '松竹齋송죽재'라고 쓰인 전자체篆字體는 살아서 꿈틀거리는 소나무와 대나무로 보일 만큼 절필이다.

젊은 개화파들은 경건한 마음으로 송죽재로 들어선다. 그리고 유홍기와 이동인이 앉을 상석을 비워 두고 단정하게 좌정을 하였으나, 누구도 입을 열고자 하지 않는다. 분노에 이글거리던 이동인의 안색 때문일 것이리라. 잠시 후, 유홍기가 들어와 늘 자신이 앉았던 자리에 몸을 던진다. 그의 모습도 잠시 전 마당에서 보았을 때보다 더 침통하다.

이윽고 이동인이 합석한다. 그는 유홍기의 것으로 보이는 하얀 모시 바지저고리를 입고 있었으나 앳되게만 보일 뿐 어울리지는 않는다. 게다가 얼굴에 가득한 노기가 일촉즉발의 기운을 내뿜고 있었으므로 방 안은 긴장감에 휩싸일 수밖에 없다.

유홍기는 이동인의 울분보다 초량 왜관에서 있었던 일본인과의 교유 결과가 소상하게 개진되는 것이 순서라고 판단한다. 더 정확하게는 일본국의 침략야욕이 젊은 개화파의 가슴에 논리적으로 새겨지기를 바라고 있다. 그러기 위해서는 화제의 방향을 정해 두는 것이 이롭질 않겠는가.

"어찌하려느냐. 먼저 홍문관 부교리가 초량 왜관에서의 일을 여쭙겠느냐?"

이동인이 부산포에서 머무는 동안 김옥균은 홍문관弘文館 부교리副校理로 승차해 있었으므로 조정의 사정이나 훈구세력들의 무지한 소행에도 소상한 편이었다. 그러므로 이동인과 김옥균의 대화가 다른 젊은이들에게 도움이 될 것이라고 유홍기는 판단하고 있다.

이윽고 김옥균이 그의 기대에 부응한다.

"선생님, 훈구대신들의 작태는 나중에 다시 거론하겠습니다만……, 초지진과 영종도를 초토화한 함선이 일본의 군함이라면 저들은 세계의 일을 빌미로 우리 조정을 위협하고 있는 것이 아니옵니까?"

"위협이 아니라 전단을 구하고 있었는데……, 우리 조선은 제대로 싸워 보지도 못한 채 형편없는 방위력만 고스란히 드러낸 꼴이 되었어. 그걸 알고서도 저들이 회항한 것은 조선에서 엄중하게 항의해 주기를 기다리고 있는 것이 아니겠나."

"당연하지요. 엄중한 항의가 있어야 할 것으로 압니다!"

김옥균의 어조는 이동인에게 따지고 드는 것으로 들릴 만큼 자신감에 넘쳐 있다.

"그렇지. 조선으로서야 국토가 유린을 당했으니 당연히 엄중 항의를 해야지. 그러나 일본은 그 항의를 기다렸다가 서로 대관을 내보내서 회담을 하자고 할 것일세. 그 회담이 열리면 저들은 온갖 회유와 협박, 때로는 무력을 동원하여 조선의 문호를 개방해야 할 것이라고 덤벼들 것이 아니겠나."

"……!"

오직 개항만을 염원하고 있었던 김옥균이었지만 일본국의 비열한 오만에는 얼굴을 붉힐 수밖에 없다. 김옥균이 거칠어진 숨결을 가다듬는 동안 젊은이들 중에서도 가장 나이가 어린 박영효가 개항에 대한 급진적인 의향을 드러내 보인다.

"그것이 사실이라면 저희가 소망하는 개항이 앞당겨지는 것이 아니옵니까?"

유홍기는 놀라지 않을 수가 없다. 아무리 나이가 어리기로 발상까지가 위험천만해서야 되는가. 그는 상체를 곧추세우면서 주의를 환기시킨다.

"어떤 경우에도 개항은 자주개항이어야 하네!"

"……!"

박영효의 실언으로 젊은 개화파들은 머쓱해질 수밖에 없다. 유홍기는 그들의 눈빛을 한참 동안이나 쏘아보고서야 비로소 그들에게 다짐하듯 부연한다.

"어느 특정한 나라의 압력에 굴복하는 개항이라면 차라리 대원위 대감의 '양이·보국'만도 못한 것임을 명심해야 될 것이야!"

이동인은 쩝 하고 입맛을 다신다. 그는 부산포에서의 체험으로 박규수나 유홍기의 맹목적인 자주개항과는 견해를 달리해야 하는 부분이 있음을 뼈아프게 절감하였는데, 그것은 바로 조선의 개항도 일본국의 명치유신과 궤를 같이해야 성공할 것이라는 확신이기도 했다. 그러나 젊은 문도들이 지켜보고 있는 자리라 급진적이고 혁명적인 견해를 자제하는 것이 도리라는 유홍기의 뜻을 받아들인다. 그렇다고 얼굴에 나타난 불만까지 가신대서야 말이 되는가.

김옥균은 이동인이 부산포에 머문 것을 기화로 지나칠 만큼 친일본적인 발상에 젖어 있는 것이 역겹게 느껴졌음인지 비아냥거리는 어투로 항변하고 나선다.

"선사께서는 일본국의 국력이 우리를 위협할 만큼, 강성하다고 믿고 계시질 않습니까."

"딱한 노릇일세만……, 나는 그리 확신을 하고 있네. 저들이 미리견의 출현을 계기로 십오 년 만에 소위 명치유신에 성공하여 명실상부한 근대국가로 탈바꿈하면서 국력을 키워 오지 않았나. 그 십오 년 세월이 우리에게는 족히 백오십 년의 격차로 벌어지고 말았다는 사실을 인정하지 않을 수가 없어."

"말씀이 좀 지나친 듯싶사옵니다."

"지나칠 거 하나도 없어. 저들이 '명치개원明治改元'을 선언한 지가 겨우 칠 년인데……, 겨우 칠 년의 경험을 바탕으로 우리 조선을 유린하지 않았나."

"유린이라니오!"

민영익의 항변이 있자 이동인의 언성도 높아진다.

"암, 유린이고말고. 초지진을 박살 낸 저들의 무력을 익히 보질 않았나. 그게 유린이 아니면 뭐야!"

"……!"

젊은 문도들은 숨이 막힌다. 대체 부산포에서 무엇을 보고 왔기에 제 나라의 무력함을 저토록 당당하게 입에 담을 수가 있는가.

이동인은 일본국의 강성한 국력을 거론하면서도 망설이는 기색이 없다. 그것은 일본식 개항의 필요성을 우회적으로 강조하는 것이나 다름이 없다.

'하면, 우리도 유신인가!'

유길준이 재빨리 이동인의 내심을 간파한다. 그는 어린 나이로 과장에 나가기를 거부하면서까지 신학문의 탐구에 몰두하지를 않았는가. 또 조선의 개항에 몸을 던지리라 다짐하면서 개항에 필요한 논리적인 근거를 정립해 보고 싶었기에 일본국의 개항 과정에 지대한 관심을 드러내 보이고 있음이다.

"저들에게도 기득권을 잃지 않겠다는 수구세력이 있었을 것이 아닙니까!"

날카로운 질문이다. 조선이 개항에 성공하자면 기득권을 고집하는 수구세력부터 제거하지 않으면 안 된다. 그 답답하고 암담한 사정을 일본의 경우에 빗대어 물었다면 동석한 젊은 문도들에게도 큰 관심사가 아닐 수 없다.

"……있었다 뿐인가, 백성들의 피고름을 짜내면서 삼백 년 세도를 유지한 도쿠가와 막부德川幕府가 있었지. 또 지역마다에는 기세등등한 번주藩主(지역을 다스리는 장군이자 지방 영주)와 가로家老(가신들)들이 있었질 않았나."

"그렇다면 누가 어떻게 앞장을 섰으며, 어떤 방도로 삼백 년 세도의 막부를 때려누이면서 개항의 험한 길을 열어 나갔는지, 그 경위를 세세히 알 수가 있다면 저희들에게도 귀감이 되질 않겠습니까!"

"참으로 좋은 물음일세. 일본 땅에는 나가사키라는 항구도시가 있네. 이미 삼 백여 년 전에 천주교가 들어와 있었으니 서양사람들이 낯설게 느껴지기는커녕 오히려 발달된 문물이 부러울 수밖에 없었거든……. 그중의 하나가 서양 의학이었는데 죽을병에서 회생하는 것을 목격하고서도 관심을 갖지 않는대서야 말이 되는가. 그래서 선각의 젊은이들이 나가사키로 잠입하여 난학蘭學(네덜란드의 학문과 문화)을 공부하게 되었지. 거기에는 의학뿐만이 아니라 산업이라는 새로운 개념도 있었거든……. 수만 리 바닷길을 헤쳐야 하는 큰 배를 만드는 조선술, 그 배의 항해술을 알게 되면서 탑재한 신무기의 위력까지 확인하게 되었으니, 일본국의 젊은이들이 문명의 본고장을 선망하게 된 것은 당연하지를 않았겠나…….”

이동인의 진지한 설명은 젊은 문도들의 관심을 자극하고도 남는다. 심지어 유홍기까지도 일본국을 강성하게 한 이른바 명치유신의 구체적인 경과에 두 귀를 곤두세운다. 그러므로 이동인은 젊은 문도들을 비롯한 모든 개항세력에게 새로운 세계로 뻗어 가기 위한 개혁의지를 심어 주어야 한다는 결기를 날 세우고 있음이리라.

"선각의 젊은이들은 일본 땅에서 듣고 보는 서양 문물에 감동하면 감동할수록 점차 본바닥의 문물을 체험해 보고 싶은 욕망에 젖게 되었지. 꿈을 이루고 이상을 실현하기 위해서는 떠나갈 수밖에 없질 않았겠나. 나라의 미래를 짊어지겠다고 다짐하는 젊은이들이 서양 각국으로 공부를 하러 떠나게 된 것은 개인의 영달보다 나라의 앞날을 걱정하는 우국의 충정이 더 컸다는 점을 우리는 간과해서는 아니 될 것일세. 그러니 나가사키 항은 선진문명국으로 떠나는 거점이 될 수밖에…….”

이동인은 젊은 문도들의 달아오른 얼굴을 찌르듯 살피면서 농민의 신분으로 일본국 유신정부의 초대 총리대신이 된 이토 히로부미伊藤博文와 그의 죽마고우인 이노우에 가오루井上馨 등의 입지전적인 개혁의지를 입에 담는다면 젊은 문도들의 결기를 자극하게 될 것이라고 확신하면서 말을 잇는다.

"자네들도 대충 알고 있는 일일 줄 아네만……, 일본국의 명치유신을 성공하게 한 몇 개의 집단 중에 조슈 번이라는 지방정부가 있었는데 바로 그 지방에 젊은 지사로 촉망받고 있었던 요시다 쇼인吉田松陰이라는 선각자가 사숙私塾을 열어서 자네들과 같은 선각의 젊은이들에게 미래의 일본국이 어떻게 변할 것인가를 눈에 선하게 그려 보이면서 호연지기를 심어 주고 있었지. 문도들은 대부분 사족의 자제들이었지만 이토 히로부미라고 불리는 가난한 농민의 자식도 섞여 있었네. 허허허, 여기까지는 우리가 더 개명을 한 셈이지. 여기 대치 선생님의 문하에는 금릉위와 같은 부마도위가 있는가 하면 나와 같은 중인도 있고, 또 진령과 같은 여인까지 섞여 있으니까 말일세."

이동인은 팽배해 있던 좌중의 긴장감을 덜어 주면서도 동석한 젊은 개화파들에게는 새로운 일본국을 건설한 명치유신의 주역들보다 결단코 뒤지지 않는다는 자긍심까지 일깨우고 있을 만큼 여유가 만만하다.

"하면, 무엇이 우리가 저들보다 못하다는 말씀이신지요."

"그거야 간단하지 않나. 우리가 저들보다 불행한 것은 나가사키 항과 같은 서양 문물과 접할 수 있는 거점이 없었기에 구라파 대륙으로 연결되는 통로를 열지 못하고 있는 것이지. 그러나 저들은 마음만 먹으면 밀항으로라도 서양 문물이 넘실거리는 본고장으로 떠나갈 수가 있었거든……. 조슈 번의 사족인 이노우에 가오루와 농민의 아들인 이토 히로부미가 대등한 신분으로 영길리英吉利(영국)에 밀항을 할 수 있었던 것이 이미 명치유신의 성공을 예고하는 것이나 다를 바가 없지를 않나."

"……!"

"그들은 영길리의 도성인 런던이라는 곳에 당도하여 기차가 달리는 광경을 보았어. 기차가 무엇인가, 쇠로 된 수레인데 한 번에 수백 명을 실어 나를 수 있는 괴물이라면 자네들은 믿겠는가. 어디 그뿐인가. 옷감을 기계로 짜는 방적공장을 구경하면서는 베틀 위에 앉아 있는 일본 아낙네들……, 결국 자신들의 낙후된 조국이 얼마나 초라하고 보잘것없는 나라인가를 깨닫게 되었지. 그건 엄청난 좌절일 수도 있었겠지만, 다른 한편으로는 자신들의 조국을 영길리와 같은 부강한 나라로 만들어야 한다는 사명감을 불태우게 되는 계기를 마련해 준 것이 아니겠나. 그 두 사람이 분초를 아껴 쓰며 영길리의 국가경영과 사회제도 그리고 근대산업을 살피고 있을 때, 참으로 어처구니없게도 고향인 조슈 번에서 영길리의 군함을 향해 포격을 가했다는 신문기사를 읽게 되었거든……."

이동인은 엄연한 사실을 입에 담고 있는데도 젊은 문도들은 만들어진 얘기를 듣는 것만큼이나 흥미로워한다.

"생각을 해 봐. 겨우 달구지로 짐을 나르고, 베틀에 앉아서 길쌈을 하는 나라가 기차로 무기를 나르고, 방적공장에서 군복의 옷감을 짜는 나라의 군함에 대포를 쏜다면 그 결과는 너무도 자명하질 않겠나. 놀라지 말게나. 이토 히로부미와 이노우에 가오루는 학업을 중단하고 귀국을 서둘게 되네. 패하는 전쟁을 막기 위해서가 아니겠나. 두 사람은 허겁지겁 귀국하여 고베^{神戶}에 있는 영국 공사관으로 달려갔어. 번의 가로^{家老}들을 설득하여 사죄하게 할 것이니 전쟁만은 중지해 달라고 애원하지를 않았겠나. 영길리는 과연 문명국이었네. 자국에 유학한 젊은이들의 약속을 믿고 전쟁보다 화해를 택했거든……."

"그래서 결과는 어찌 되었습니까?"

"마침내 두 사람의 노력이 훈구세력이나 다름이 없는 번의 가로들을 설득하여 전쟁의 위험을 제거하는 데 성공하였지. 이 사실이 타 번에 알려지면서 이른바 근왕파^{勤王派}라고 불리는 개혁세력이 당당하게 나서게 되었다면, 그건 논리가 아니라 실천으로 얻은 명예가 아니겠나."

내용이 흥미로운 것은 말할 나위도 없었고, 그 흥미로운 내용을 조선의 개항과 빗대어서 끌고 나가는 이동인의 뛰어난 화술은 문제를 제기한 유길준의 가슴을 두근거리게 하고도 남았다.

"그들이 아니고도 유신에 앞장선 사람들이 더 있었을 게 아닙니까?"

"당연하지. 조슈 번이 아니고도 사쓰마 번薩摩藩(지금의 가고시마 현)의 사이고 다카모리西鄕隆盛, 오쿠보 도시미치大久保利通와 같은 선각의 열혈 같은 젊은이가 있었고, 또 도사 번土佐藩(지금의 시코쿠)에는 사카모토 료마坂本龍馬라고 불리는 실천가가 있었거든. 특히 사카모토 료마는 일본국의 유신을 설계하고 실천한 행동파의 두령이지만 서른세 살의 아까운 나이에 유신반대파에 의해 암살이 되지를 않았나."

김옥균을 비롯한 젊은 문도들은 자신들의 동지를 잃은 듯한 울분에 젖는다. 이동인은 그들의 가슴에 호연지기를 심어 준다.

"……문제는 명치유신을 성사시키고 일본국의 근대화를 위해 몸을 던진 사람들이 누군가라는 점일세. 쉰 살, 예순 살의 늙은 훈구들이었던가, 천만에! 그들은 열아홉 살에서 서른을 갓 넘긴 젊은 사자들이었다는 사실을 우리는 명심해야 할 것일세!"

"……!"

이동인은 명치유신에 나섰던 기수들을 '젊은 사자'라고 불렀고, 그들의 나이를 말할 때는 불끈 쥔 주먹을 흔들면서 목청을 높였다. 김옥균을 비롯한 젊은 문도들은 목구멍으로 불기둥이 치솟는 듯한 흥분에 떨 수밖에 없다.

"살아서 대업大業을 이루려면 오래 살 것이나, 죽어서 불후不朽

가 되려거든 때와 장소를 가려서 뭘 해! 지금 이 나라는 글 잘하는 선비가 아니라 나라를 개혁하여 강병부국을 만들겠다는 우국의 젊은이가 필요한 때임을 명심해야 하네!"

유홍기는 눈을 감는다. 글 잘하는 선비가 되기보다 국운을 개척하는 젊은이가 되어야 한다는 이동인의 호연지기가 젊은 문도들에게는 혁명전선으로 뛰어들기를 촉구하는 것으로 받아들여질 것이 염려되어서다. 아직은 시기상조라는 것이 유홍기의 신중론이다.

아니나 다를까, 김옥균이 다짐하듯 묻는다.

"그렇다면 지금 우리 조선이 서둘러야 하는 것은 미리견을 비롯한 모든 서구 열강과 통상조약을 체결하고 조선의 문호를 개방하는 일이 아니겠습니까."

"암, 이르다 뿐인가."

"일본국의 무력도발이 이미 시작된 마당인데 과연 그런 방도가 있겠습니까!"

"있다마다. 서둘러 외교사절단을 구성하여 북경으로 보내면 거기서 서구 열강의 공사들과 만나 서로 대등한 자격으로 통상교섭에 임할 수가 있을 것일세."

좌중이 웅성거리기 시작하자 유홍기가 다시 나서면서 불타오르는 열기를 식힌다.

"자, 그만 되었으이……. 거기까지는 우리의 몫도 아니려니와 아직은 조정의 형편도 그렇지가 못해."

이동인은 불만스러운 시선을 유홍기에게로 보낸다. 방 안에는 불길한 기운이 돌기 시작한다.

"환경 대감의 자주개국론과 거기에 대한 훈구대신들의 거센 반발을 이미 세세히 일러두질 않았나. 그렇다면 지금은 국론을 모아서 일본국과의 교섭에 나서는 것이 나라의 안위를 걱정하는 일임을 왜 모른다는 것이야."

"일본은 이미 우리 조선을 무력으로 짓밟고 있질 않사옵니까."

김옥균의 불만이 당차게 일어난다. 유홍기는 이동인을 달래는 것으로 그의 열기를 식히고자 한다. 그러자면 화제를 영종도 사건으로 옮기는 것이 효과적이다.

"동인 선사. 자네의 생각을 들려주시게. 조선 조정에서 저들에 대한 엄중항의를 뒤로 미루면서 함선들의 동태를 다시 살핀다면 그 결과는 어찌 될 것 같은가."

"빈도의 생각이 아닌……, 일본국의 계책을 말씀드리지요. 저들은 다시 무력을 동원하여 어느 한 지역을 초토화할 것으로 봅니다. 또 그런 도발을 끊임없이 되풀이해도 조선의 대응이 시원치 않다면 대대적인 침략전쟁으로 몰아갈 것으로 단언합니다."

"저들의 속셈이 정녕 그러하다면, 만나서 교섭에 임한들 불평등 조약이나 강요당할 게 뻔한 노릇이 아닌가."

"우리 조정의 오만과 무지가 불러들인 자업자득이라면 불가항력이 아니겠습니까. 다만 그 불평등 조약의 피해를 줄이기 위해서는 저들에게 꿀리지 않을 외교사절을 구성하는 것이 최선책일 것으로 압니다."

"자네는 그럴만한 인물이 이 나라의 조정에 있다고 보는가."

"있다마다요. 우선 환경 대감께서 정사正使가 되시고 대치 선생과 원거 선생께서 부사副使가 되신다면 일당백일 것이옵고, 불연이면 빈도도 서장관書狀官쯤으로 저들과 마주 앉을 수가 있지를 않겠습니까."

"거 원……, 말 같은 소리를 해야지."

유홍기가 퉁명스럽게 뱉어 낸다. 박규수가 정사가 되는 것도 어려운 판국인데, 자신과 오경석이 부사가 되고 이동인이 서장관이 되다니, 이 나라 조선이 개명을 하지 않고서는 불가능한 일이다.

"말 같지를 않다니요. 나라의 명운이 걸린 일인데도 또다시 수구세력에게 수습을 맡긴다면 이 나라 조선은 일본의 식민지가 됩니다!"

"식민지라니, 말을 삼가 해!"

마침내 유홍기는 노성일갈을 터트린다. 이동인은 지지 않는다. 백척간두에 서 있다는 생각 때문이다.

"아니면요. 군함은 고사하고 증기선 한 척 없는 조선이 아닙니까. 신식 소총은 고사하고 화승총마저도 부족하질 않습니까.

저들은 잘 훈련된 신식 군대를 거느리고 근대화된 작전으로 전투에 임하는데, 호랑이나 곰을 잡는 포수들로 포대를 지키게 해서 전쟁을 이길 수가 있다고 보십니까. 지면 끝장이 아닙니까. 이게 바로 저들의 식민지가 되는 것이지, 어디 식민지가 되는 것이 학문이 모자라서랍니까!"

"……아악!"

순간 김옥균은 두 주먹으로 방바닥을 내리치며 통탄의 비명을 지른다. 그는 이미 자신을 추스를 이성을 잃고 있는 듯하다. 그리고 잠시 후, 김옥균이 용수철과 같이 튕겨져 오르면서 송죽재를 뛰쳐나간다. 유홍기도 이동인도 더는 말이 없다.

얼마나 시간이 흘렀을까, 방 밖에서 인기척소리가 나더니 박진령이 다소곳이 들어와 앉는다. 흥분을 수습한 듯한 김옥균도 그녀의 뒤를 따라 들어와 단정하게 앉는다.

"늦어서 송구하옵니다."

박진령은 방 안의 분위기가 심상치 않음을 눈치 챈 듯 마치 사죄를 하듯 상체를 숙여 보인다. 그때 이동인이 다시 분통을 터트리고 나선다.

"이래서는 아니 됩니다. 나라가 망하는 지경인데도 허구한 날을 양반, 상것이나 따지고 있대서야 말이 됩니까. 바로 그런 위인들을 제거하여 몰아내고서야 진정한 개항이 이루어질 것이 아닙니까."

"허어, 달라지고 있다질 않은가."

"달라지다니요. 어디가요?"

"자네의 앞에 앉은 젊은 문도들을 보면서도 그런 말을 입에 담으려는가. 또 환경 대감께서는 수많은 훈구대신들이 지켜보는 탑전에 이르러 자주개국을 하는 것이 나라를 구하는 첩경임을 피를 토하시듯 주청하였는데도 아직 파직되지를 않으셨다면 이미 개항의 길로 들어서고 있음이 아니고 무엇인가."

"……!"

"더구나, 십 년 전에는 상상도 할 수 없었던 말들이 선사의 입에서 쏟아지고 있는데도 변한 것이 없다고만 할 터인가. 그게 바로 변하고 있음이 아니고 무엇인가. 분명히 변하고 있네. 그것도 우리의 힘으로 변하고 있다니까."

"아니지요. 우리 조선이 변하고 있는 것보다 일본과 서구 열강들의 변혁이 더 빠르고 무서우니까 하는 말입니다만……, 결단코 말하거니와 이대로는 안 됩니다. 얼마간의 희생을 감수해서라도 변화의 불기운을 타오르게 해야 한다니까요."

유홍기와 이동인의 대결은 팽팽하기만 하다. 이동인은 자신의 신념을 유홍기에게 강요하는 형식으로 젊은 문도들의 마음에 개혁의지를 심어 주고 있고, 유홍기는 이동인에 대한 설득을 빙자하여 김옥균 등에게 급진적인 변화가 화를 자초할 것임을 설득하는 형국이다.

여기서 우리는 '운양호 사건'의 수습을 논의하는 과정에서 선각의 꿈을 실현하려는 사람들이 누구였던가를 다시 한 번 확인해 둘 필요가 있다.

1866(고종 3)년 7월, 미리견 국적의 상선인 제너럴셔먼 호가 평양부민들의 화공火攻을 받으면서 대동강에서 격침되던 그해, 조선은 프랑스국의 침략을 받았었다. 이른바 '병인양요丙寅洋擾'라고 불리는 서구 열강의 개항압력이었다. 그때를 전후하여 이 땅에도 자주개항의 필요성을 절감하는 선각자들이 모습을 드러내게 되었다.

환경 박규수, 연암 박지원의 손자로 제너럴셔먼 호 사건을 진두지휘했던 당시의 평안도 관찰사이다. 조정의 요직을 두루 거치면서도 실사구시實事求是를 바탕으로 한 실학사상으로 자주개항의 씨앗을 뿌린 선각의 지도자, 지금은 우의정의 자리에서 물러났으면서도 여전히 개항세력의 존경을 받는 스승이자 정신적 지주이다. 당년 69세.

대치 유홍기, 백의정승으로 불리는 의원으로 젊은 개항세력을 이끌어 가고 있다. 45세.

원거 오경석, 청나라에 자주 내왕하면서 국제정세에 정통하게 된 역관. 45세.

이동인, 개화세력의 열혈 같은 행동파 승려. 24세.

이 네 사람 중에 이름 있는 사대부 출신으로 고위관직에 몸담고 있었던 사람은 오직 박규수 한 사람뿐이라는 사실을 감안한다면, 이른바 개화 1세대로 분류되어야 할 선각자는 당연히 유홍기, 오경석, 이동인 등 중인 출신의 세 사람이다.

박규수의 주선이라고는 하지만, 사대부의 신분으로 중인들의 문도가 된 이른바 개화 2세대의 면면들을 함께 살펴 두어야 하는 것은 장차 조선의 개항이 그들에 의해 행동으로 옮겨지기 때문이다.

박영교, 박영효의 형. 27세.
김옥균, 홍문관 부교리. 25세.
유길준, 이때 이미 과거를 거부하였다. 20세.
박영효, 부마도위. 15세.

여기에 중전 민씨의 장조카이자 외척의 우두머리로 등장하게 될 민영익이 포함되어야 마땅하겠지만, 그는 아직 수구세력의 범주에서 뛰쳐나오지를 못하고 있다.

개화 1세대가 영향력을 행사하기 어려운 중인 일색인 데 비하여, 아직 나이는 어리지만 개화 2세대가 모두 사대부라는 점을 감안한다면 이들의 결기가 모아지는 데 시일이 소요되는 것을 탓할 수가 없다.

또 한 가지, 일본이 근대화하는 계기가 된 명치유신에 소요된 시간과 비교해 보는 것도 이해를 돕는 좋은 자료가 될 것이다.

1853년(일본 연호 嘉永 6), 미국의 동인도함대 사령관인 페리 제독이 기함 서스쿼해나를 비롯한 미시시피, 새러토가, 플리머스 등 4척의 군함을 이끌고 에도 만江戶灣(지금의 동경 만) 어귀인 우라가浦賀 앞바다에 닻을 내리고, 미국 대통령 필모어의 친서를 전하겠다고 위협하면서 개항의 바람에 불씨를 댕기기 시작한 지 불과 15년 만인 1868년에 소위 '명치개원'을 내외에 선포하면서 새로운 시대, 새로운 나라를 열어 갈 수가 있었던 것은, 나이 든 정치가들의 경륜에 의해서가 아니라 앞에서 거론한 20대의 피 끓는 젊은이들의 물불을 가리지 않는 투혼과 열정에 의해 이루어졌다는 사실을 감안한다면, 조선의 경우 병인양요로부터 9년이라는 세월이 흘렀어도 아직 아무 변화도 없다는 사실에서 두 나라의 개화 과정이 너무도 상이하다는 사실을 알게 된다.

그러나 밖에서부터 몰아치는 급변의 바람은 조선의 사정은 아랑곳하지 않은 채 세차게 불어오고 있다.

산홍의 편지

이해의 가을은 어수선하기만 했다.

초지진과 영종도가 일본군의 함포사격과 육전대의 상륙으로 초토화되었음에도 조선 조정은 엄중항의를 해야 할 창구조차도 찾질 못하고 있다. 저들에게 또 다른 구실을 줄지도 모른다는 두려움도 있었지만……, 서계의 접수를 거부한 처지로 초량 왜관과의 접촉을 재개하는 것이 어쩐지 께름칙했기 때문이다.

'다시 부산포로 내려가야 하나.'

이동인은 초량 왜관의 동태가 궁금하여 견딜 길이 없다. 조선 조정이 움직이지 않고 있다면 일본국의 후속 조처가 있을 것이 분명한데도 아직까지 일본 군함이 함포사격을 재개했다든가, 상륙을 감행하여 난동을 부렸다는 소식은 없다.

이동인이 다시 부산포로 내려가서 모리야마 시게루의 속셈이라도 알아낼 수가 있다면 조선의 처지로서야 그보다 더 귀중한 정보가 없을 것이리라. 길 떠날 행장을 갖춘 김옥균이 진장방 이동인의 거처를 찾아온 것은 시월 보름을 갓 넘긴 어느 날 아침께다.

"어서 오시게나 고균古筠. 한데, 어디 먼 길이라도 떠나려는 행색이 아닌가."

"그러하오이다. 행선은 부산포로 정했습니다만……, 간다 한들 무슨 할 일이 있겠습니까. 생각 끝에 선사를 뫼시고 떠나든가, 불연이면 초량 왜관에 머문다는 왜인에게 시생을 소개하는 서장이라도 한 장 써 주신다면 큰 도움이 될 듯도 싶어서요."

"……!"

이동인은 상기된 표정으로 다가서는 김옥균의 눈빛에서 뜨거운 동지애를 느낀다. 자신이 겪었던 부산포에서의 체험을 고스란히 김옥균에게 전할 수가 있다면 또 한 사람의 행동파를 얻을 수가 있지를 않겠는가.

"뿌리치지 마소서!"

"뿌리치다니. 열정적으로 도와줄 일이야. 고균!"

"고맙습니다. 선사!"

"가야지. 당연히 함께 갈 것이나 오늘은 여기서 나와 같이 지내고 내일 떠나도록 하세나."

"무슨 급한 사정이라도……?"

"꿈에서도 기다리던 소식이라서."

이동인은 어리둥절해하는 김옥균에게 참으로 엄청난 말을 입에 담는다. 얼마 전 박진령의 편으로 일본국 동경에 새로 세워진 녹명관 무도회의 사진과 4, 5층으로 지어진 서양식 건물 등 서구 문물을 받아들인 일본국의 발전상을 담은 사진을 중궁전에 전한 바가 있는데, 그것을 본 중전 민씨의 관심이 엄청나게 컸었다는 사실, 그리고 오늘 박진령이 그 사진을 마련해 온 승려가 도성에 들어와 있으니 한번 만나 보기를 넌지시 청해 본다고 했다.

'아무리 그렇기로……'

김옥균의 감동은 이만저만 큰 것이 아니었으면서도 실현가능성에 대해서는 의구심이 일 수밖에 없다. 승려의 도성 안 출입도 여의치 않은 판국에 어찌 대궐에 들어갈 수가 있으며, 게다가 중궁전으로 든대서야 말이 되는가.

"나는 다만 중전 마마의 용단이 계시기를 하늘에 기구할 뿐일세."

이동인은 대궐출입 따위는 아랑곳하지 않은 채 중전 민씨의 결단에만 기대를 걸고 있는 듯하다.

승석 무렵에 박진령이 퇴궐하였으나 중전 민씨의 전언이 아니라 참으로 엉뚱한 소식을 전한다.

"부산포의 산홍 아가씨가 보낸 서찰입니다."

"산홍의 편지가……, 어쩐 일로!"

너에게 전해졌느냐고 반문하는 이동인의 목소리는 날카로웠으나, 박진령은 금호문金虎門의 문직갑사가 전해 주더라는 말을 입에 담으면서 산홍의 기지에 찬사를 아끼지 않는다.

"그 서찰이 궐문까지에만 당도하면 저에게 전해지리라고 믿었다면 산홍 아가씨의 머리 씀이 비상하지를 않사옵니까."

이동인은 산홍의 편지를 펼쳐 들다가 핏기가 가실 만큼 몸을 떨고야 만다. 다급해진 사태를 지켜보면서 적은 모양으로 휘갈겨 쓴 산홍의 글씨는 알아보기조차도 힘든 것이었으나, 적혀진 내용은 참으로 엄청난 것이고도 남았다. 요약하면 대략 다음과 같다.

10월 12일, 부산포 앞바다에 정박하고 있던 일본 군함 맹춘호孟春號가 함포사격을 시작하더니 육전대 70여 명을 부산포에 상륙시켜 민간인을 도륙하는 살생을 자행하였다. 일본군 육전대가 소총을 난사하고 장검을 휘두르는 행패를 거침없이 자행하는데도 동래 관아의 병사들은 구경만 하였다. 이 행패가 있은 지 이틀이 지나서야 동래 관아에서 초량 왜관에 항변을 하였는데, 모리야마 시게루의 대답은 이러하였다.

"그 병사들은 해군 소속이므로 우리로서는 규제할 방법이 없음을 이해하라!"

동래 왜관의 더 거친 항변을 기다리다 못해 부산포의 답답한 사정을 적어 올리니 적법한 조처를 취해 달라.

이게 어디 말이 되는가. 이동인은 산홍의 편지를 김옥균의 가슴팍에 쥐어박듯 밀어 넘기면서 거칠어진 목소리를 토해 낸다.
 "조정에서 이 문제가 논란이 된 바가 있는가!"
 김옥균은 산홍의 편지를 세세히 살피고서야 마치 죄지은 사람처럼 힘없는 목소리로 대답한다.
 "금시초문이옵니다."
 "이런 얼뜨기 같은 관원들이 있나. 국록만 축내는 정승, 판서들의 생각이 한낱 기생보다 못해서야 원……!"
 "……!"
 "더구나 의정부와 육조에서 장계로 받아야 할 일을 일개 중놈이 관기를 통하여 먼저 알게 된 지경이면, 이따위 조정은 있으나마나한 것이 아닌가."
 "용서하소서. 부끄럽사옵니다."
 김옥균은 사대부의 과실을 머리 숙여서 사죄하였으나, 이동인은 허공으로 시선을 옮긴다. 그의 분노는 좀처럼 가실 기미를 보이지 않는다.
 박진령은 노여움으로 이글거리는 이동인의 모습을 지켜보면서 그를 위해 힘이 될 수 있는 일이라면 무엇이든 자청하고 싶을 뿐이다.
 "민 도령이라도 만나 보시겠습니까?"
 "민 도령이라니?"

"중전 마마의 거처에 무시로 드나들 수 있는 사람은 민영익뿐인데, 지난날보다는 많이 숙성해진 것으로 아옵니다."

이동인은 마다할 수가 없다. 그는 중전 민씨와 대좌할 수 있는 계기만 마련된다면 누구라도 만나야 했기 때문이다.

"꿩 대신 닭이라면 도리가 없겠지. 서둘렀으면 좋겠네."

박진령이 빠른 걸음으로 댓돌을 내려서는 것을 지켜보면서 이동인은 모리야마 시게루의 교활함에 다시 치를 떨어야 했다.

임박한 회담

　이미 일본 정부는 조선 조정의 사정을 손바닥 들여다보듯 정확하게 파악하고 있었으므로 조선으로 하여금 친일적인 개항을 선택하도록 외교와 함포를 동시에 사용하는 양면작전을 쓰고 있음이 분명하다.
　우선 조선 연안을 함포사격으로 초토화하는 것으로 조정의 대관들이나 백성들에게 전쟁발발의 위기감을 조성하는 것으로 청나라의 영향력을 축소하면서 조선 문제를 해결하겠다는 치밀한 계책이 바로 그것이다.
　전통적으로 조선의 상국임을 자처해 온 청나라도 일본국과는 대등하게 교린하고 있으므로, 조선과 일본의 교섭에 개입할 수 없음을 선언하게 한다면 조선으로서는 일본과의 타협에 응하지 않을 수 없을 것이라는 확신이 있었기에, 일본국 유신정부는 모리 아리노리森有禮에게 북경 주재 일본 공사의 중책을 맡기면서 청나라의 정부에 각서를 전달하게 하였다.

본국은 조선의 강화섬 부근에서 일어난 본국 전함 운양호의 피격 사건에 대하여 조선 조정에 배상을 청구하고, 다시는 그와 같은 불상사가 재발하지 않도록 조약을 체결하기로 하였다. 이에 귀국은 일체 이 일에 관여하지 말기를 바란다.

조선으로서는 통분을 금할 수 없는 내용이었으나, 이 같은 각서가 청나라 조정에 접수된 것조차도 모르고 있는 사이에 일본국은 조선에 대한 책임추궁과 배상을 요구할 전권단全權團을 구성하고 있었다.

전권변리대사全權辨理大使는 명치유신의 실세이자 육군중장과 참의參議(유신정부의 최고위직)를 겸하고 있는 구로다 기요타카黑田清隆, 부사副使는 이노우에 가오루이다. 이는 이토 히로부미의 강력한 추천에 의해서 짜인 막강한 진용이 아닐 수 없다.

그리고 초량 왜관의 악동인 모리야마 시게루와 미야모토 고이치宮本小一 등을 비롯한 30여 명의 수행원과, 여기에 수도 도쿄東京와 오사카大阪, 구마모토熊本, 히로시마廣島 등지의 정병만을 골라 8백여 명으로 구성된 혼성 여단旅團을 함께 딸려 보내기로 하였다면 타협과 무력도발을 병행하려는 노골적인 도발이 아니고 무엇인가.

　일본군은 이와 같이 주도면밀한 계책으로 조선 침략의 마각을 드러내고 있는 데 비해 조선 조정의 무지는 참으로 한심한 지경이다. 부산포에 일본국의 육전대가 상륙하여 난동을 부리고 물러난 지 달포가 지난 11월 15일^(양력 12월 12일)에 이르러서야 그나마 좌의정 이최응이 서계의 문제를 재론하고 나섰을 정도였으니까.

　"전하, 왜국의 서계를 받아들이느냐 아니 받아들이느냐 하는 것은 지난해로부터 지금에 이르기까지 갑론을박을 계속해 왔으나 아직도 국론을 하나로 모으지 못하고 있사옵니다. 애당초 그 서계의 정본을 보지도 않고 베껴서 보낸 것만으로 그 가부를 논하는 것도 현책이 아니었사옵니다. 가만히 생각해 보건대 저들의 서계 중에 문제가 된 글귀만 하더라도 저들의 신하가 저들의 국왕을 존대한 것뿐이니, 이는 우리와는 아무 상관이 없는 일로 여겨질 따름이옵니다. 엎드려 바라옵건대 동래부사로 하여금 왜국의 서계를 봉납하게 하시고 그 내용을 조정에서 면밀하게 살핀 연후에 응답 처리하는 것이 진실로 옳은 줄로 아옵니다."

　정세가 워낙 다급해서인가, 좌의정 이최응이 언젠가 박규수가 진언했던 내용을 그대로 재탕하는데도 반대하는 신료가 없다. 그러므로 고종의 옥음은 밝게 들렸다.

　"서둘러 시행하라 이르시오."

"성은이 망극하옵니다. 전하."

고종의 명을 받은 역마는 낮밤을 가리지 않고 달려서 동래 관아에 당도한다. 일본의 서계가 말썽을 일으켜서 무력도발로까지 이어지던 때인 만큼 동래부사의 자리는 파리 목숨이나 다름이 없다. 말썽이 있을 때마다 동래부사의 체직遞職을 거듭하더니 이때에 이르러 홍우창洪祐昌이 새로운 동래부사로 부임해 있었다. 그는 어명이 당도하자 지체 없이 왜학훈도를 거느리고 초량 왜관으로 달려가 마치 인심이나 쓰듯 조선 조정의 결단을 통고하였으나, 모리야마 시게루의 대답은 교활하기 한량이 없다.

"허허허……, 대단히 미안한 일이나, 이미 늦었소이다."

"늦다니, 그게 대체 무슨 소린가."

동래부사 홍우창은 조정의 어려운 사정을 세세히 알고 있었으므로 당황하지 않을 수가 없고, 반대로 조선 조정에 책임을 추궁하고 배상을 청구할 전권단의 일원으로 발탁되었음을 통고받고 있었던 모리야마 시게루는 기고만장일 수밖에 없다.

"이젠 서계를 받고 아니 받는 일 따위로 허송세월할 수 없게 되었다는 말씀이외다."

"대체 그게 무슨 말이냐니까. 오늘날의 모든 분란이 서계로부터 빚어진 것인데, 이제 와서 서계를 받고 아니 받는 것이 문제가 아니라면 대체 무엇을 어쩌자는 것인가!"

"이렇게 말귀를 못 알아듣는 부사가 있나. 우리 일본국은 귀국에게 책임을 묻고, 배상을 청구하기로 방침을 정했어요. 알겠소이까!"

"아니, 뭐야. 아무리 적반하장이기로 책임이란 무엇이며, 대체 무엇을 배상하라는 것인가!"

"허허허, 벌써 잊으셨소이까. 귀국에서 우리 전함 운양호에 포격을 감행한 사실을 말씀이외다!"

"허어, 우리는 그 배가 귀국의 군함인지도 몰랐거니와 피해를 입었다면 오히려 우리 쪽인데……, 배상이라니!"

"몰랐다……? 허허허, 운양호에는 일장기가 나부끼고 있었는데도 몰랐다면 말이 되는가. 아무튼 귀국에서는 책임과 배상을 요구하는 회담에 대관을 보내야 할 것이외다."

"……!"

"우리 일본국의 전권단은 이미 본국을 출발하였으니, 곧 도착할 것으로 압니다. 따라서 회담의 준비에 박차를 가하는 것이 환란을 면하는 길임을 귀국 조정에 주청하도록 하시오. 그게 부사의 소임일 것이오!"

동래부사 홍우창은 모리야마 시게루의 오만하고 방자한 협박에 머쓱해지면서도 사태의 심각함을 어렴풋이 눈치 챈다.

"허어, 이거야 원, 적반하장도 유만부동이지……!"

홍우창이 퉁명스럽게 내뱉자 역관 현석운이 그럴듯하게 통역을 하고 나선다.

"이보시오. 사신을 보내고 아니 보내는 것도 서계를 접수한 다음에 정하는 것이 순서가 아니오."

"내 말을 명심해서 들으시오. 우리 일본국은 조선에 대하여 서계를 받아들이라는 것이 아니오. 서계 따위를 놓고 왈가왈부 하자는 것이 아니라, 사신들이 와서 보상을 요구하는 회담에 응하라는 것뿐이오."

"허어······! 서계부터 먼저 받으라니까!"

"이것 보시오. 조선국은 수심을 재고 있는 우리 배에 대포를 쏘질 않았는가. 이 같은 조선국의 도발행위를 문책하고 매듭짓 자는데, 서계는 무슨 얼어 죽을 서계란 말인가!"

"나라와 나라 사이에도 예절이 있어야지. 또한 일에는 선후가 있는 것이 당연하거늘······, 그대는 어찌하여 한 가지 일에만 생 떼를 쓰듯 몰두하려 하는가!"

"우리의 뜻을 따르지 아니하려거든 물러가시오. 물러가서 또 다른 하회를 기다리시오!"

"말을 삼가렷다!"

"애초부터 동래부사와 의논할 일이 아니었어. 어서 가서 회담에 임할 대신들이나 정하라니까. 대신들을······!"

모리야마 시게루는 벼락같이 소리치면서 탁자를 내리치고는 방을 뛰쳐나간다. 방자한 소행이 아닐 수 없었으나 워낙 강경한 요구사항이라 달리 해결할 방도가 없다.

서둘러 관아로 돌아온 홍우창은 지필묵을 차비하라 이르면서 심호흡에 열중한다. 조정에 올릴 장계마저 잘못 쓰는 날이면 일본국과의 마찰에 대한 모든 책임을 자신이 뒤집어 쓸 위험이 있어서다.

홍우창의 장계를 접수한 승정원에서도 일본국에서 추궁할 책임의 한계가 어디까지인지, 또 요구하는 배상의 정도가 얼마쯤인지도 알 수가 없었고, 심지어 회담의 형식이나 규모에 관하여도 전혀 짐작할 수가 없었으니 얼마나 답답한 노릇인가.

"허어, 이거야 도무지 뭐가 뭔지 알 수가 있나."

형세가 이같이 어지러워지고 있었는데도 조선 조정에서 한 일이라고는 수상의 자리를 오래 비워 둘 수가 없다 하여 홍인군 이최응을 영의정으로 승차시킨 일 뿐이다. 일찍이 아우인 흥선대원군을 비방하면서까지 입신양명을 노려 왔던 이최응이 마침내 일인지하요 만인지상인 영의정의 자리에 올랐다고 하더라도 그에게 주변정세를 판독할 능력이 없었다면 조선으로서는 불행한 사태를 자청한 것이 아니고 무엇인가.

일본국의 전권단이 오고 있는 데 대한 대책은 고사하고 그러한 사실을 실감조차도 못 하고 있던 조선 조정은 또다시 일본군의 도발을 당하고서야 사태의 심각함을 깨닫기 시작했지만, 역시 마땅한 대응책을 강구할 능력이 없다.

11월 16일.

일본군 59명이 두모포豆毛浦, 개운포開雲浦에서 다시 무력도발을 감행하여, 조선군 12명을 부상하게 하였다.

그리고 11월 29일.

일본국 외무성의 히로쓰 노부히로廣津信弘라는 육등출사六等出仕가 부산진에 상륙하여 동래부사 홍우창에게 회담에 임하는 일본국 정사와 부사의 명단을 공식적인 절차를 밟아서 제출한다.

12월 15일에서 24일 사이에 우리 일본국의 전권단이 도착할 것임. 전권변리대사 구로다 기요타카黑田淸隆, 부사는 이노우에 가오루井上馨이며 수행원은 30명, 호위군사 8백 명임.

호위군사의 수효까지 밝힌 것은 회담에 불응하면 무력을 행사하겠다는 위협이나 다름이 없다. 지난 수백 년 동안 왜국, 왜인으로 낮추어 부르면서 그들을 업수이 여겼던 조선 조정은 고관을 보내 그들과 대좌해야 하는 그 자체를 탐탁히 여길 수가 없다. 또 그런 회담의 정·부사로 선정되는 것도 불명예로 여겨 전전긍긍일 수밖에 없는 조정의 대관들이라면 어찌 타개의 길을 열어 간다는 말인가.

강화도 조약

입궁

섣달 초이튿날의 해질녘.

이날따라 서쪽 산자락이 빠르게 밀려드는 땅거미로 음산한 기운을 뿜어내고 있었는데, 진장방 어귀로 꽃가마 한 채가 스며들고 있다. 인도한 사내가 고영근이라면 중궁전에서 나온 가마가 분명하다.

꽃가마는 이동인의 거처로 소리 없이 스며든다.

"아니, 영근이…… 자네가?"

이동인은 놀라지 않을 수가 없다. 그때가 언제던가. 박진령이 부산포로 달려왔을 때, 중전 민씨가 딸려 보낸 겸복 중의 겸복이라던 그 고영근이 무슨 연유로 예까지 왔는가. 놀라운 일은 거기에서 그치질 않는다.

고영근이 내려진 꽃가마의 앞문을 들치자 민영익의 당찬 모습이 드러난다. 이동인은 쿵 하고 울리는 가슴의 고동소리를 들으면서 그의 앞으로 다가선다.

"공께서 이 같은 시각에, 더구나 꽃가마를 타고……?"
"드시지요. 은밀한 의논입니다."

이동인은 곧 민영익이 꽃가마를 타고 온 사연을 간파한다. 그는 며칠 전 박진령으로부터 조정의 중신들이 일본국의 회담요청을 받고 갈팡질팡하며 탁상공론에만 열을 올리고 있다는 소식을 들은 바가 있다. 조정의 사정이 그러하다면 민영익이 고종의 밀명을 받았을지도 모른다.

민영익은 고영근에게 잡인들의 근접을 용인하지 말 것을 명하고 이동인의 거처로 들었다.

거처에는 등촉이 밝혀져 있질 않았으므로 밀담을 나누기에는 안성맞춤이다. 그런데도 민영익은 한참 동안이나 이동인을 쏘아보고 나서야 침중한 목소리를 토해 낸다.

"날이 더 저물면 입궐하셔야 합니다."
"……!"

이동인은 숨이 막히는 환희를 맛보면서도 고종의 부름인지, 중전의 부름인지를 가늠하지 못한다. 그는 더듬거리듯 확인해 본다.

"입궐이라 하셨습니까?"
"중전 마마께서 선사를 뵙고 싶어 하십니다."

"공의 마음 씀이 한량없이 고맙구먼……."

"시생의 마음 씀이 아니옵고, 지성으로 간한 박진령의 충정을 가납하셨습니다."

"……!"

이동인의 눈자위에 물기가 스며들고 있다.

"선사께서도 익히 아시는 일입니다만……, 아무리 야심한 시각이기로 승복 차림으로야 내전을 출입할 수가 있겠습니까."

"이르다 뿐인가. 당연히 당상관의 복색이어야지. 환경 대감께서 도와주실 것일세."

"그러실 테지요. 하오나 공개할 일은 더욱 아니질 않습니까. 선사께서 중궁전을 출입하였다는 사실이 세간에 알려진다면……, 그 뒷일은 아무도 감당할 수가 없을 테고요."

그랬다. 승려들의 도성출입이 자유롭지 못한 배불숭유排佛崇儒의 나라가 아니던가. 더구나 밤이 이슥한 시각에 젊은 승려가 은밀하게 대궐로 들어가 그것도 중전과 대좌한 것이 세간에 알려진다면 흥선대원군을 다시 옹립하려는 수구세력들에 의해 중전 민씨는 몰락의 길로 들어설 수밖에 없다. 물론 이동인 또한 그들이 만든 올가미를 쓰고 형장의 이슬로 사라지게 되는 것이 이 나라 조선의 법도다. 그런데도 이동인의 대답은 명쾌하기만 하다.

"국운이 걸린 일인데, 스승을 속이면서까지 위험을 무릅쓰고 싶지는 않네."

이동인이 말하는 스승은 박규수만을 의미하지는 않는다. 거기에는 당연히 유홍기도 포함된다. 민영익은 그들의 우애를 알고 있었기에 더 이상의 보안을 요구할 수가 없다.

"알겠습니다. 차비를 서둘러 주셨으면 합니다."

"알겠으이."

이동인은 진장방 거처를 나서면서 뛰듯이 걷는다. 조선왕조가 창업된 이래 가장 위험한 일에 나서게 되었으나, 그렇다고 목숨을 부지하기 위해 뒤로 미룰 수는 더욱 없다. 이동인은 재동에 들러 박규수의 관복을 먼저 빌리고 광통방 약국으로 가서 유홍기를 만난다.

"다녀와서 들러도 되는 일을……, 어서 서두르게."

유홍기는 이동인을 앉지도 못하게 한다. 서로의 의향이 분명히 알려져 있는 판국에 새롭게 다짐해야 할 일도 없었지만, 사태가 한가롭지 못하다는 생각에서다.

섣달 초이튿날의 밤이면 가로에 인적이 있을 까닭이 없다. 등촉도 밝히지 않은 꽃가마 한 채가 창덕궁의 협문인 금호문으로 들어선다. 기다리고 있던 젊은 여인이 가마를 향해 상체를 깊게 굽히면서 말한다.

"어서 오소서. 기다리고 계시옵니다."

박진령이다. 그녀는 만일의 사태에 대비하여 수문장을 비롯한 문직갑사들에게 중전 민씨의 지엄하고도 은밀한 명이 있었음을 전하고 몸소 이동인이 탄 꽃가마를 기다리고 있었다.

"서둘러야 하네."

박진령은 고영근에게 채근하듯 말한다. 꽃가마는 다시 어둠을 뚫기 시작한다. 거벽과도 같은 수구의 세력과 이제 겨우 싹트기 시작한 개항의 세력이 공존하는 대궐이라면, 궐 안 도처에 음모가 도사리고 있을 것이 분명하다. 가마를 인도하는 고영근의 눈초리는 그래서 더 싸늘할 수밖에 없다.

중전과의 밀약

중궁전은 어둠 속에 묻혀 있다.

"내리시지요."

박진령이 꽃가마의 앞문을 위로 올리자 당상관의 복색을 갖춘 이동인이 당당하게 내려선다. 박진령은 중궁전의 댓돌께를 가리키며 앞장을 선다. 이동인은 조심스럽게 그녀의 뒤를 따르면서 주위를 둘러보았으나, 무슨 조처가 있었는지 상궁, 나인 들의 모습은 전혀 보이질 않는다.

"중전 마마, 분부 받자왔사옵니다."

"어서 들라."

"예. 어서 오르소서."

이동인의 몸놀림은 태연하고 당당하다. 그는 박진령이 열어준 방문을 들어서면서 온몸을 감싸는 향긋한 냄새로 비경秘境에 들었음을 실감한다.

중전 민씨의 앞에는 대나무발이 드리워져 있었던 탓으로 그녀의 모습을 소상하게 살펴볼 수는 없다.

"어서 오세요. 동인 선사. 한번 만나리라는 생각은 늘 하고 있었으나 이제야 그 뜻을 이루게 되었습니다."

중전 민씨의 목소리는 부드럽고 다정하다. 이동인은 상체를 숙여 보이며 지극한 답례를 올린다.

"빈도에게는 평생의 광영인 줄로 아옵니다. 중전 마마."

"호호호, 그 무슨 당치 않은 소리……. 선사께서는 세자의 책명이 내려지기까지 큰 힘이 되어 주시질 않았습니까. 게다가 내 일찍부터 선사의 뜻은 진령이 편에 전해 듣고 있었고, 또 지난번에는 귀한 사진을 스무 장이나 보내 주시지를 않았습니까. 내가 서구 문물을 조금이라도 생소하게 여기지 않게 되었다면 그 모두가 선사의 은혜가 아니겠습니까."

"과찬의 분부 거두어 주소서."

"호호호, 겸사도 지나치면 흉이 된다질 않습니까. 아시는 바와 같이 내 처지가 선사와 같은 분을 만나기는 쉽지가 않습니다. 아무리 궐 안이 첩첩산중이라도 지켜보는 눈이 있을 테니까요. 하나, 우리가 이미 만났다면 때로는 생사를 같이해야 될지도 모르는 위험을 안고 있지를 않습니까. 선사께서는 이 점에 유념하면서 내게 많은 가르침을 주어야 할 것으로 압니다."

"가르침이라 하오심은 당치 않사오나, 종사의 앞날이 가늠할 수 없는 위난에 처해 있사온지라······."
"위난이라면, 왜국이 청한 배상 때문이란 말씀이오?"
"그러하옵니다. 이에 대한 현명한 대응책이 없고서는······."
"선사는 잠시 말씀을 멈추세요. 진령이는 어서 이 발을 걷어 올리라."

중전 민씨의 목소리는 상기되어 간다. 그녀의 명을 받은 박진령이 죽렴竹簾(대나무로 만든 발)을 조심스럽게 걷어 올리자 이동인은 비로소 눈앞이 환하게 트이는 시원함을 맛보면서 중전 민씨의 화사한 모습을 그대로 바라볼 수가 있게 된다. 출중한 미색은 아니었어도 국모의 위엄을 갖춘 자태라 한 폭의 그림같이 아름다운 모습이다.

중전 민씨는 당상관의 복색이 어울릴 까닭이 없는 이동인의 해괴한 모습에 미소를 보내면서도 화제를 챙기려는 긴장감을 늦추질 않는다.

"죽렴을 사이에 두고서야 어찌 종사의 안위를 함께 걱정할 수가 있겠습니까. 그래서 발을 걷었으니 선사께서는 아무 심려 마시고 내가 알아듣도록······, 아니 내가 알아들을 때까지 왜국과의 대비책을 진언해 주세요!"

"성심을 다하겠사옵니다. 중전 마마······."

마침내 이동인의 도도한 변설이 흘러나오기 시작한다.

그는 일본국과의 접촉을 말하기에 앞서 서구 열강이 동양으로 몰려오는 식민지정책을 세세히 설명하면서 거기에는 신분의 차별을 거부하는 평등사상과 산업이라는 문명의 힘이 소용돌이치고 있음을 강조한다.

"진령의 편에 전해 올린 사진을 보시면 아실 것이옵니다만……, 서구 열강의 문물을 받아들이면서 그들과 동등한 자격으로 교역한다면 새로운 도약을 할 것이오나, 그것을 거부하고서는 가난에서 헤어나지 못할 것은 말할 나위도 없거니와 열강의 식민지로 전락할 위엄도 있사옵니다."

"……!"

중전 민씨에게는 귀중한 깨우침이 아닐 수가 없다. 그녀는 비로소 청나라와 일본이 아니고도 또 다른 미지의 나라들인 미국이나 프랑스의 실체를 조금은 실감해 간다.

"우리가 대국으로 섬겨 온 청국은 이미 저 지경이 되었고……, 우리가 그리도 업수이 여기던 왜국이 저토록 강성하게 된 연유를 더 소상히 알고 싶습니다."

중전 민씨의 안색에 조선의 미래를 가늠해 보려는 의지가 넘치고 있었으므로 이동인의 눈빛에도 불꽃이 일어난다. 만에 하나라도 중전 민씨가 급변하는 세계정세를 이해하게 된다면 그 내용은 고종에게 정확하게 전달될 것이 아니겠는가.

이동인은 아편전쟁으로 인해 지리멸렬 파국으로 들어선 청나라의 비극을 입에 담으면서는 그들의 오만과 무지를 조선 조정에 빗대어 울분을 토하듯 설명을 했고, 미리견의 개항압력을 슬기롭게 헤쳐 나갈 수가 있었던 일본국의 명치유신을 설명하면서는 그 시작에서부터 성사되는 과정까지를 눈에 본 듯이 그려 내는 열변으로 일관한다.

"중전 마마, 일본의 개항을 '명치개원'이라고도 합니다만……, 그것은 훈구세력이 이루어 낸 것이 아니라, 스무 살에서 서른 살을 갓 넘긴 젊은이들이 일본국의 미래를 위해 열다섯 해 동안 쌓아 올린 피나는 희생을 딛고 성사된 것이옵니다."

"희생이라니요?"

"조국의 미래를 걱정하는 젊은이들이 낡고 찌든 국법으로 인해 형장의 이슬로 사라지고, 오만과 부패를 일삼는 수구세력들의 칼날에 쓰러지고, 총탄에 쓰러졌다면 그야말로 숭고한 희생이 아니고 무엇이리까."

"……!"

중전 민씨는 두 주먹을 불끈 쥐면서 입술을 문다. 일본국의 명치유신이 스무 살에서 서른 살을 갓 넘긴 젊은이들의 숭고한 희생을 딛고 성사되었다는 사실에 핏기가 곤두서는 울분을 느낀 것이 아니고 무엇이랴.

이동인의 나이 이때가 24세. 그의 열혈 같은 변설이 한 살 위인 중전 민씨의 울분을 끓어올린 것은 당연하다. 두 사람은 신분의 격차는 하늘과 땅일지언정 새로운 조선을 열어 가기 위한 뜨거운 열정을 불태우고 있음에는 조금도 다름이 없다.

"중전 마마, 그들 젊은이들은 유신정부를 세우면서 병들고 찌든 낡은 제도를 과감히 혁파하는 대신……, 서구 열강의 새로운 제도와 문물을 과감히 받아들였사옵니다. 잘 살펴보오소서. 소위 명치유신이라는 것이 성사된 지 이제 겨우 칠 년째이온데, 저들의 나라에는 기차가 달리고 있사옵니다. 또 그들은 새로운 학교를 세워 신식 교육으로 국민들을 깨우치면서 부국강병의 나라를 만들고 있지 않사옵니까. 그리고 저들은 군함을 이끌고 우리 조선으로 달려와 대포를 쏘고 있사온데……, 조선의 양반조정에서는 서계를 받느니 마느니 하면서 세월만 허송하고 있었사옵니다. 참으로 통탄할 일인 줄로 아옵니다."

이동인의 얼굴에 굵은 눈물방울이 흘러내린다. 그 때문인가, 중전 민씨도 눈시울을 적시고 있다. 중전 민씨는 박진령으로부터 개항의 필요성을 들을 때마다 그것이 멀리 있는 남의 나라의 일로만 여겨 오고 있었는데, 이동인의 열변을 듣고서야 조선 사대부의 무지에 수치심을 느꼈고, 비로소 발등에 떨어진 불임을 깨닫게 된다.

"하면, 선사께서는 이 나라의 고관 중에 일본국 전권대사와 마주 앉아서 급변하는 국제정세를 함께 논하고, 끝까지 국익을 도모할 수 있는 사람이 있다고 봅니까!"

마침내 중전 민씨는 일본국과의 회담을 기정사실로 받아들이고 나선다. 이동인에게는 오늘의 만남을 결산해야 하는 대목이 아닐 수가 없다.

"계시다마다요. 이 땅에 선각의 씨앗을 뿌리신 대관이 계심을 유념해 주오소서."

"선각의 씨앗이라면……, 환경 대감이 아니십니까."

"그러하옵니다. 중전 마마. 고위관직에서 찾으신다면 오직 환경 대감 한 분일 것으로 아옵니다. 우리 조선의 사절단이 일본국 유신정부의 전권단과 개항을 논의하자면 환경 대감께서 그 일을 주도해야 하옵고, 이는 어느 한 파당의 실익을 구하는 것이 아니라 오직 종사의 앞날을 내다보는 충정임을 헤아려 주소서."

"……!"

"중전 마마, 심히 불공한 말씀이오나……, 우리 조선이 일본국의 유신과 같이 개항과 개혁에 성공하기 위해서는 백의정승 대치 선생이나 빈도를 사절단의 말석에 끼워 넣어 주신다면 국익에 큰 도움이 될 것이라고 사료되옵니다."

이동인의 종횡무진한 개항론은 그의 해박한 지식에서 분출되는 불꽃이나 다름이 없었으나, 유홍기나 자신을 사절단에 포함시켜 주기를 소망하는 것은 조선사회의 신분제도를 정면에서 부인하는 폭언이나 다름이 없다.

이동인은 싸느랗게 바랜 중전 민씨의 안색을 지켜보면서 자신의 경솔함을 후회했다. 그러나 중전 민씨는 노기를 드러내지 않는 대범한 모습을 보인다.

"내가 왜 선사의 충정을 모르겠습니까. 내 언제고 때가 되면 주상 전하께 선사의 우국충정을 전해 올리고, 환경 대감으로 정사를 삼아 회담에 임하게 하는 것이 상책임을 간곡히 주청할 것입니다만……."

중전 민씨가 잠시 말을 멈추자 이동인은 마른침을 꿀꺽 삼키면서 숨을 죽인다. 자신의 경솔을 추궁할지도 모른다는 생각에서다.

"선사의 열정은 알고도 남으나……, 이 땅에는 일본의 막부와 같이 타도해야 할 실체가 없지를 않습니까."

타도해야 할 실체가 없다는 게 대체 무슨 말인가. 낡고 찌든 조선의 사대부들이 때려뉘어야 할 실체임을 다시 한 번 폭언을 써서라도 중전 민씨에게 일깨워 주고 싶은 심정이 들끓어오른다.

중전 민씨는 그런 이동인의 속내를 헤아리고 있다는 듯 목소리에 자애로움을 담는다. 대범한 여인의 모습이다.

"나는 선사의 가르침도 잊질 않을 것이나……, 진령이 너의 충정도 잊지 않을 것이니라."

"망극하옵니다. 중전 마마."

"선사와는 이후 또 만나게 될 것입니다만……, 선사께서 중궁전을 출입하는 것이 세인에게 알려진다면 아직은 얻는 것보다 잃는 것이 더 많을 것으로 압니다. 내 말이 무슨 뜻인지 아시겠습니까?"

"명심하겠사옵니다. 중전 마마."

"되었습니다. 오늘은 그만 물러가세요."

중궁전을 물러나오는 이동인의 안색은 밝지가 못하다. 뭔가 다하지 못한 미진함이 그의 마음을 압박하고 있기 때문이다.

이동인을 태운 꽃가마는 다시 어둠을 뚫는다. 인적이 뜸한 진장방에 이르기까지 박진령이 가마의 곁을 떠나지 않았다면 외견상으로는 아무 하자가 없는 모양새지만, 얼마의 거리를 두고 장정 몇 사람을 거느린 고영근이 따르고 있었다면 아직은 마음을 놓을 일이 아니다.

"아무도 못 따를 충정이라더니!"

박진령은 중얼거린다. 고영근이 은밀하게 가마의 뒤를 따르는 것은 자신들을 지켜 주려는 선의라기보다는 감시를 겸하고 있음이라고 여겼기 때문이다. 또 그것은 중전 민씨의 명을 받았다기보다 고영근이 자청한 소임이라는 사실도 그녀는 알고 있다.

물론 후일의 일이지만 고영근의 자발적인 충정에 감동한 중전 민씨는 그의 미천한 신분을 아랑곳하지 않고 경상감사慶尙監司라는 막중한 자리에 앉히는 파격의 은혜를 내리게 된다.

진장방 거처로 돌아온 박진령의 감회도 남다를 수밖에 없다.

중궁전을 출입하게 된 이래 오늘만 한 성과를 올린 일이 있던가. 물론 정인을 위해 소임을 다했다는 설렘도 있었으나, 그래도 나라의 앞날을 열어 가고 있다는 자부심을 따르지는 못한다.

"네 노고는 잊지 않을 것이니라."

이동인은 뜬눈으로 밤을 새우면서 중전 민씨와의 대좌를 면밀하게 곱씹어 보고 있다. 조선이 당면한 가장 시급한 일들을 개괄적으로 진언했다는 점에서는 큰 불만이 없었으나, 신분의 벽을 무너뜨려서라도 만민이 평등한 사회를 이루어야 하는 것이 진정한 개혁임을 더 강조하지 못한 것이 아쉽게 느껴진다.

이동인은 동이 트기를 기다렸다가 유홍기의 약국으로 황급히 달려간다. 지난밤 중궁전에서 있었던 밀담의 내용을 박규수에게 전하자면 먼저 유홍기의 조언을 들어 둘 필요가 있었기 때문이다.

"그게 어디 내 조언부터 들을 일인가. 그보다는 환경 대감께 먼저 고하고 우리의 힘을 보태는 것이 도리가 아니겠는가."

"그러시다면……, 서둘러야지요."

새벽바람을 헤치는 두 사람의 발걸음은 빠르기만 하다.

몇 해를 간직해 온 염원이던가. 조선 땅에 개항의 씨앗을 뿌린 환경 박규수가 정사가 되어 일본국 전권대사와 대좌한다면……, 또 중인의 신분인 유홍기와 이동인이 사절단의 일원으로 선발된다면 비로소 이 땅에 공식적인 근대화의 깃발이 펄럭이게 되지를 않겠는가.
　박규수는 두 사람의 상기된 표정을 살피면서 뭔가 화급한 사정이 있음을 직감한다.
　"허허허……, 상서로운 아침이 되려나 보이."
　"그러하옵니다. 기뻐하소서."
　중이 제 머리를 깎지 못한다는 고사는 이런 경우를 두고 말한다. 이동인이 뒷머리를 긁적이며 멋쩍어 하자 유홍기가 그를 대신하여 지난밤 중궁전에서 논의되었던 엄청난 사실을 소상히 고해 올리면서 박규수에게 맡겨질 중차대한 소임을 거론하고 나선다.
　"대감, 중전께서 친히 주상 전하께 진언해서라도 대감께서 이번 사절단의 정사로 나가실 수 있도록 조처하시겠다는 확약의 말씀이 계셨다고 하옵니다."
　"그러하옵니다. 대감께서 일본국 전권단과 조선의 개항을 논의하신다면 저희들의 오랜 숙원이 이루어지는 경사가 될 것이옵고……, 혹여 대치장과 빈도가 사절단의 말석을 어지럽힐 수가 있다면 이 땅에는 비로소 개항의 깃발이 펄럭이게 되지를 않겠사옵니까."
　유홍기의 목소리가 떨리고 있을 정도라면 이동인의 흥분은 흥이 될 수가 없다. 그들은 열망이 이루어지고 있다는 희열에 들뜨고 있었으나, 박규수의 반응은 뜻밖으로 냉정하다.

"나도 그리 되기를 간절히 바라고는 있을 것이네만……, 이 땅의 수구세력들은 주상 전하의 어의를 꺾어서라도 나를 회담에 나가게 하지는 않을 것일세!"

"……!"

"내가 일본국의 전권단을 만나서 무엇을 주장하고, 무엇을 얻고자 하는 바를 훈구대신들이 모르지 않을 것인데……, 그것을 알고서도 전하의 뜻을 따른대서야 말이 되는가."

"어명입니다. 대감!"

"딱한 사람들이로세. 게다가 언감생심 대치나 동인이 사절단에 뽑힐 궁리를 하다니. 중전 마마의 진노를 사지 않고 퇴궐한 것만도 하늘이 도왔음이야."

이동인은 비로소 지난밤 중전 민씨의 하얗게 바래던 안색을 상기한다.

"좀 더 삼가고 신중해야 하네. 중궁전의 위세가 아무리 크기로 지금과 같은 난세를 중궁전의 의지만으로 이끌어 갈 수가 있다고 보는가. 지난 오백 년 동안을 이 나라는 사대부들이 이끌어 왔음을 간과해서는 아니 될 것일세."

유홍기는 이동인의 손을 잡는다. 고개를 숙인 채 좌절의 아픔을 씹고 있는 이동인의 마음을 달래 주고 싶어서다.

대원군의 편지

"전하, 이 사진들을 보소서. 더러는 서양 각국의 산업시설이옵고, 더러는 그것을 흉내 낸 일본국의 모습이옵니다. 이에 비한다면 낙후된 조선의 모습이 너무 초라하다는 생각으로 밤잠을 못 이룰 때도 더러 있었사옵니다."

참으로 이상한 노릇이다. 언제부터 중전의 달변이 이 같은 수준으로 뛰어올랐다는 말인가. 고종은 지난밤을 뜬눈으로 새울 만큼 중전 민씨의 개항론에 심취하였다.

"지금 일본국이 우리 조선에게 배상을 청하는 것은 천부당만부당한 것이오나, 그것이 전단을 구하고자 하는 방자한 소행이라면 슬기롭게 대처하지 않을 수가 없사옵니다."

중전 민씨는 19세기 대항해시대大航海時代의 개념과 강대국의 식민지정책을 되도록 알기 쉽게 설명하면서도 지아비 고종의 넋을 앗아 낼 만큼 설득력을 발휘하고 있다.

"전하, 원컨대 신첩의 충정을 헤아려 주오소서."

중전 민씨는 대전으로 향하는 고종에게 모든 정성을 아끼지 아니하는 지어미의 모습을 보인다. 대전의 내정으로 들어서던 고종은 뒤돌아보면서 말한다.

"대소 신료들을 들게 하라."

승정원은 서둘러 승명패를 돌린다. 소식에 접한 대소 신료들은 허겁지겁 입궐하면서도 지난밤에 무슨 일이 있었는지를 수소문하기에 바쁘다. 아무 일도 없었다는 전언에 늙은 원임들은 간신히 안도한다.

'급기야 개항으로 가는가!'

편전을 가득 메운 원임과 시임 중신들의 모습은 무겁고 답답해 보인다. 그들은 일본국 전권단과의 회담 결과가 몰고 올 엄청난 변화를 어렴풋이 짐작은 하고 있다. 첫째는 회담이 결렬되고 난 다음에 밀어 닥칠 전란이 무서웠고, 둘째는 회담이 성사된다면 개항의 바람이 불어와서 수백 년 동안을 누려 온 기득권이 송두리째 뿌리 뽑힐지도 모른다는 두려움이 눈앞을 가리고 있다.

고종은 중전의 달변을 떠올리면서도 그 내용을 발설하지 않은 채 중신들의 의향부터 듣고자 한다.

"대체 저들이 추궁한다는 책임은 무엇이며……, 요구하는 배상은 무엇에 대한 배상인지를 알아야 대책을 세울 수가 있지를 않겠소."
 중신들은 누구도 먼저 입을 열고자 하지를 않는다. 이렇게 되면 서열 순으로 발언하는 것이 그간의 관례다. 전 영의정 이유원이 조심스럽게 자신의 의중을 개진한다.
 "전하, 배상이라는 것은 한낱 빌미일 뿐이옵고, 저들은 실상 우리 조선과 교역을 하고자 하는 것이옵니다. 저들이 원하는 것이 우리와 싸우는 것이 아니라 화호和好하자는 일이라면 그 뜻을 받아들여도 무방할 줄로 아옵니다."
 아무리 전란을 피하기 위한 자구책이라도 훈구대신을 대표할 만한 이유원의 발언으로는 상상을 넘어서는 변화가 분명하다. 여기에 고무되었음인가, 시임 영의정 이최응은 보다 선명한 의견을 개진하고 나선다.
 "그러하옵니다. 전하. 화호를 하고 교역을 한다고 해도 나라의 근본을 뒤흔들 만큼 큰일이 있지는 않을 것이옵니다. 전과 같이 통신사를 오가게 하고, 대마도와 동래부를 통해 하던 교역을 조금 더 늘리는 데 지나지 않을 것으로 아옵니다."
 서계의 격식이 틀리다 하여 그렇게도 아우성치던 조정의 훈구대신들로서는 엄청난 후퇴를 자청하는 것이었지만, 그것이 때늦은 후퇴이며 잘못된 정세의 판단에서 기인되었음을 아는 사람이 없다는 데 문제가 있다.
 생각해 보면 선수를 둘 수가 있었던 기회를 깡그리 놓쳐 버리고 상대방의 강수에 밀리게 되면서는 계속 패착敗着으로 이어지는 악수만을 연발하는 바둑판과 무엇이 다르겠는가.
  마침내 고종은 회심의 미소를 지으면서 하문한다.
  "저들과 화호하는 것이 무방하다면, 우리로서도 회담에 임할 정사와 부사를 정해 두는 것이 옳지를 않겠소."
  "그 인선人選은 신중을 기해도 늦지 않을 것이옵니다. 다만 저희가 명심해야 될 것은 지나치게 품계가 높은 관원을 회담에 임하게 하여 나라의 체모를 깎아내리는 우를 범한다면 얻는 것보다 잃는 것이 더 많다는 점을 유념해야 될 줄로 아옵니다."
  장김의 일원이되 우의정의 자리에 있는 김병국이 카랑카랑한 목소리로 주청하고 나선다. 그는 회담에 임하는 것부터가 역겨운 일이었으므로 회담자의 격을 낮추는 것으로 조선의 위상을 높이려는 속셈이다.
  고종은 중전 민씨의 의향에 따라 박규수를 정사로 발탁하리라고 다짐하고 있었지만, 김병국의 결기를 나무랄 생각 또한 없다.
  "그야 이를 말이겠소. 일본국의 전권이라는 자가 육군중장이라고 하는데, 그게 어느 정도나 되는 직급이오?"
  일본국 유신정부의 군제軍制를 모르는 마당이라면 육군중장의 지위를 알 까닭이 없고, 더구나 전권인 구로다 기요타카가 명치유신의 주역이자 유신정부를 대표하는 참의의 한 사람임을 모르는 지경인데 제대로 된 대책을 세울 수가 있을까.

"신이 짐작컨대 아마도 우리의 훈련대장이나 어영대장보다 높지 않은 무반의 직급인 듯하옵니다."

장님 몇 사람이 모여 코끼리 다리를 만진다는 고사가 있다. 내심 박규수를 정사로 지목하고 있던 고종이 힘없이 반문한다.

"그렇다면 우리로서도 그 정도의 무반으로 인선을 해야 한다는 말씀이 아니오?"

"마땅히 그리 하심이 옳은 줄로 아옵니다!"

"……!"

고종의 용안에 시름이 밀려든다. 중전 민씨와 약조를 한 것은 아니지만, 내심 그리 하는 것이 국익에 도움이 될 것이라고 확신하고 있었음에랴. 바로 그때 울부짖는 듯한 판중추부사 박규수의 목소리가 울려 나온다.

"전하, 아뢰옵기 송구하오나 신을 보내 주오소서!"

좌중은 놀라지 않을 수가 없다. 정승의 반열에 있는 사람이 왜국의 전권과 마주 앉을 것을 자청할 줄을 어찌 짐작이나 하였던가.

박규수는 어렵게 포착한 기회를 무산하고 싶지가 않았기에 자신의 심회를 솔직하게 토로하고 나선다.

"신은 이미 지난날에 일본국의 서계를 받아들임이 불가피하고……, 또한 자주개국만이 현책임을 아뢴 바가 있사옵니다. 이제 뒤늦게 저들의 전권을 맞아 회담을 하게 되었으나, 저들은 이미 해외의 정세를 잘 알고 또한 다른 나라와 회담을 해 본 경험이 있사온지라 결코 소홀히 대할 수 없음이옵니다. 신이 듣기로는 저들의 전권대사인 흑전청융黑田淸隆은 유신정부의 실세이고, 부사인 정상형井上馨은 영길리에 유학한 책사로 알고 있사옵니다. 따라서 이번 회담에서 주고받게 되는 말 한 마디, 글자 한 구는 모두가 국익에 직결되는 일이온지라 결단코 그 인선을 소홀히 할 수가 없사옵니다. 신의 재주에 비록 모자람이 많으나 국제정세에 관해서만은 들은 바가 있사옵기에 감히 자천하오니 거두어 주오소서."

고종은 박규수가 자신의 심중을 헤아려 주는 것을 천만다행으로 여겼으나, 대다수의 훈구대신들은 박규수의 진의를 헤아릴 만한 외교감각을 갖추지 못하고 있었기에 일은 또다시 뒤틀리고야 만다.

"전하, 판중추부사의 충정은 헤아리고도 남사오나……, 저들의 부사가 책사이든 모사이든 간에 전권을 맡은 정사가 일개 무장임이 분명한데 어찌 우리가 먼저 정승의 반열인 환경을 저들과 대좌케 하여 나라의 체모를 스스로 깎아내릴 수가 있사옵니까. 불윤하심이 옳은 줄로 아옵니다."

영의정 이최응이 목청을 돋우면서 반대주청을 개진하자, 고종의 난감해진 시선이 다시 박규수에게로 옮겨진다. 한 번 더 자청하라는 뜻일 것이리라. 박규수는 용기백배한다.

"전하, 신 박규수는 오직……."

"판중추부사는 말을 삼가시오. 공은 어찌하여, 일개 왜장과 마주 앉는 것을 국익이라고 하는가. 그것이 나라의 체모를 깎아내리는 일임을 정녕 모른다는 말인가!"

김병국의 호통이다. 유림의 지지를 받고 있는 거유의 반발이었기에 고종은 좌절을 맛볼 수밖에 없다.

박규수 또한 분루를 삼킬 수밖에 없다. 위험을 무릅쓴 이동인과 박진령의 노고가 수포로 돌아가는 것은 고사하고, 환란을 눈앞에 둔 종사의 위기를 구하기 위해 자신이 베풀 수 있는 마지막 봉사의 기회가 무산되는 것이 못내 안타깝다.

박규수는 눈시울이 젖어 드는 것을 느낀다. 이제 고종의 탑전을 물러난다면 다시 입궐할 수가 없을 것만 같은 비감에 젖어 들고 있을 때다.

"전하, 영돈령부사 입시옵니다."

좌중은 긴장하지 않을 수가 없다. 영돈령부사領敦寧府事가 누구인가. 흥선대원군의 수족과도 같은 홍순목이 아닌가. 그가 나타난 것은 일본국 전권단과의 회담을 반대하는 초강경의 발언을 하기 위해서가 아니겠는가.

"어서 뫼시어라."

편전으로 들어선 홍순목은 성큼성큼 용상으로 다가가서 지니고 온 봉투 하나를 올리고서야 천천히 곡배曲拜를 마친다.

"전하, 신은 국태공 합하閤下의 분부 받자왔사옵니다. 합하께서는 오늘과 같은 난국을 당하여, 오래 국정에 참여하였던 처지라 좌시하고만 있을 수가 없다고 하시며……, 그 서찰을 대소 신료들에게 전하라 하셨사옵니다. 통촉하소서."

흥선대원군 이하응이 몸소 적어서 신료들에게 내린 글이라면 범상한 내용일 리가 없다. 고종은 가위에 짓눌린 듯한 목소리를 뱉어 낸다.

"대소 신료들에게 내린 글이라면……, 영돈령부사께서 읽으시오!"

"예. 전하."

홍순목은 목청을 가다듬고 흥선대원군의 글을 읽어 내리기 시작한다.

제공들이 요즘 날마다 모여 앉아 나라 일로 걱정을 한다는데 그 의논하는 바가 대체 무엇인가. 내가 더불어 참여하여 듣지 못한 지가 이미 오래되었으니 비록 말을 한다 해도 채택을 보지 못할 것이요, 계획을 한다 해도 시행치 않을 것임을 번연히 아나 오백 년 종사가 장차 폐허가 될 지경에 이르러서야 이를 어찌 나의 허물이라 아니 하리. 내 잠잠히 있을 처지가 아닌지라, 두어 조목을 적어 보내노라. 왜국이 우리와 더불어 예로부터 형제국이라 일컫는 것은 지난 삼백 년 동안 약조가 있었음인데, 저들이 가져온 국서에 스스로 '대일본 황제'라 일컫고 또한 '조칙'이라는 글자를 쓴 것은 그 저의가 흉흉한 일이 아니고 무엇이겠는가. 저들이 이 나라 조선과 평등한 항렬에 있음을 내세우면서 외람되게도 조선의 위상을 깎아내리려 하고 있으니, 이같이 무모한 일은 전에 없었던 바이라 내 부끄러움은 이미 아픔에 이르렀거늘 제공들은 어찌하여 깨닫지를 못하는가.

근래에 초지, 영종 양진을 침범하고 동래에 발을 들여놓은 왜인들의 병기와 의복이 또한 서양의 것과 같으니 이는 필시 양이洋夷의 앞잡이가 아니겠는가. 그런 무리들을 맞아 차라리 앉아서 속임을 당할지언정 어찌 스스로 멸망하기를 취하려 드는가. 사신이 들어오면 먹이고 대접하는 장소가 정해져 있음인데 왜국은 병선을 앞세우고 총질을 하면서 내양內洋을 침범하였으니, 이는 조정에 사람이 없음을 알아차림인데도 저들 방자한 왜국을 물리쳤다는 쾌보는 들리지 아니하고 저들의 생각대로 받아들일 뜻이 있는 듯하니 이 무슨 한심한 꼴인가!

오늘날 이 나라 조선의 형편을 보라. 이 나라는 마침내 누구의 나라가 되었는가. 조정의 의논이 허둥대고 어지러움이 이와 같으니 어찌 장차를 기약할 수가 있겠는가. 내가 국정의 일부나마 맡고 있을 당시에는 차마 오늘 같은 일이 있을 줄은 알지 못하였노라. 글을 받고 아니 받고는 묘당에서 알아서 하려니와 일이 나라를 보존하고 보존치 못하는 데에 이르게 되면 나 한 사람 여기에 있음을 잊지 말라. 내가 아직 움직일 수 있고 또한 따르는 무리가 있으니 좌시하고만 있지는 않으리라.

이 나라 청구青丘 삼천리는 어질고 거룩하신 조종祖宗께오서 길이 보존해 온 땅이 아니더냐. 이러한 지경에 이르러 어찌 제공들이 나를 망령되다 할 수 있겠느냐. 명심하여 깨달음이 있어야 할 것이니라.

추상과도 같은 힐문이 넘쳐흐르는 도도한 문장이요, 우국충정으로 가득한 흥선대원군 나름의 시국관時局觀이기도 하다.

고종은 대소 신료들의 눈치를 살핀다. 아버지 흥선대원군의 힐책이라 비답을 내리기가 난감해서다. 잠시의 침묵이 있은 다음에 영의정 이최응이 헛기침을 토하면서 간신히 입을 연다.

"전하, 대원위의 뜻이 종사를 아끼는 충정에서 나온 것은 사실이나, 이미 국론이 정해졌는데 이를 재론하는 것은 다시 혼란을 야기할 우려가 있사오니 없었던 것으로 하심이 옳을 것이옵니다. 엎드려 생각해 보건대 대원위는 국정에 참여하지 못하게 되어 있는데도 이와 같은 글을 보낸 것은 심히 무례한 것이라 사료되오나, 그 근본이 충정에서 나온 것임을 감안하여 불문에는 부치시되 다시는 이 같은 일이 없도록 엄히 분부하심이 옳은 줄로 아옵니다!"

"이보시오. 영상!"

홍순목이 강하게 반발할 기세가 보이자, 전 영의정 이유원이 나서면서 이최응의 진언에 동조를 하자 고종은 화두를 급히 다른 곳으로 몰아가기 시작한다.

"하면, 전권대관의 인선을 서둘러야 하질 않겠소."

"어영대장御營大將 신헌申櫶을 정사로, 도총부都摠府 부총관副摠管 윤자승尹滋承을 부사로 삼아, 저들을 맞는 것이 합당한 줄로 아옵니다."

"알겠소. 영상께서는 서둘러 전권대관의 인선을 마치고……, 회담에 임해 주시오."

모든 것은 여기서 끝나고 마는가. 박규수는 눈을 감는다. 아무리 국제정세를 모르기로 제 나라의 명운이 걸린 외교정책을 이렇듯 탁상공론으로 끝낼 수가 있는가.

설혹 어영대장 신헌과 부총관 윤자승이 일본국의 전권단과 마주 앉는다 해도 두 나라가 해결해야 할 일의 선후조차도 가리지 못할 것이었고, 무엇이 국익인지도 판별하지 못할 것이 뻔한데도 그들에게 중차대한 책무를 맡긴대서야 말이 되는가.

오경석의 문정

마침내 12월 19일(양력 1876년 1월 15일).

수송선 현무함玄武艦에 탑승한 구로다 기요타카 등 일본국 전권단 일행이 군함 3척과 수송선 2척을 거느리고 부산포에 입항하였고, 이어 동래부사 홍우창에게 다음과 같이 통보한다.

일본국 전권대신은 장차 귀국의 강화도로 향하여 그곳에서 귀국의 전권대신과 회담할 예정이오. 만일 합당한 대신이 합당한 예에 따라 응하지 않는다면 경성京城(서울)으로 들어갈 것이오.

이 문면을 어찌 외교문서라고 할 수가 있을까. 예상을 훨씬 더 앞지른 강공이 아니고 무엇인가. 홍우창은 이 급박한 사태를 허둥지둥 조정에 알린다.

"허어, 이런 고얀 것들!"

조선 조정이 분통을 터트리는 것이 당연하다. 지난 수백 년 세월 동안 오직 미개한 왜구쯤으로 업수이 여겨 왔던 무리들이 회담에 임하는 조선 측의 태도가 마땅치 않다면 도성으로 들어가겠다는 오만은 결국 전단을 구하겠다는 협박이나 다름이 없었기 때문이다.

조선의 훈구대신들은 전전긍긍할 수밖에 없다. 겉으로는 태연을 가장하면서도 내심의 두려움은 가눌 수가 없다. 게다가 엄동설한의 세모가 다가와 백성들의 마음은 어수선하기만 하다.

병자년(1876)의 정초는 정말로 어수선했다.

부산포를 떠난 일본국의 함선들이 북상하고 있다는 장계가 연일 날아들더니, 마침내 초사흗날에 이르러 주력 함대가 남양부南陽府 앞바다에 이르렀으며, 그 선봉인 맹춘호는 이미 초지진에 당도했다는 급보가 전해진다.

"그냥 내버려 둘 수만은 없고……, 문정관問情官을 보내서 연유나 들어 보는 것이 어떠하오이까."

어찌 이리도 한가할 수가 있는가. 일본국의 전권단이 함선을 동원하여 회담을 채근하면서 여의치 않으면 무력을 앞세우고 서울로 쳐들어오겠다는 마당인데, 문정 타령이나 하고 있대서야 말이 되는가. 그나마 천만다행인 것은 문정관으로 선임된 오경석과 현석운이 개항에 눈뜬 역관들인 데다가 박규수나 유홍기의 의사가 반영될 수 있는 사람들이라는 점이다.

"어떤가, 함께 가는 것이……?"

오경석이 심기가 뒤틀린 이동인에게 함께 갈 것을 청하자 현석운이 찬성하고 나선다.

"그게 좋겠어요. 모리야마 시게루가 동행을 했다면 저들의 속내를 들여다볼 수가 있지를 않겠습니까."

"그러세. 선사의 도움이 없이는 일이 수월치가 않아."

이동인은 오경석의 간곡한 소청을 거부할 수가 없다. 오경석과 현석운은 살을 에는 듯한 강바람을 헤치며 초지진을 향해 걷는다. 물론 이동인도 탄식을 거듭하며 그들의 뒤를 따른다.

10년 전, 프랑스 함대의 위용을 살펴보기 위해 강화도로 달려갔던 바로 그 외로운 길을 지금은 두 사람의 동행과 함께하고 있으면서도 이동인은 통한의 한숨을 토해 내고 있다.

'아무리 무지한 바보들이 모여 살기로 이럴 수가 있나!'

이웃나라 일본국의 젊은이들은 '구로부네'라고 불리던 미국 군함을 구경하면서 개항에 눈을 떴고, 그 후 15년 동안 내란이나 다름이 없는 고난을 헤쳐 내고 명치유신이라는 위업을 이루어 냈는데, 미국의 상선을 불태우고 프랑스군과 전쟁을 치른 조선은 10년이라는 천금 같은 세월을 허송하고 있음이 그의 가슴을 짓이기고 있다.

어디 그뿐인가. 일본국의 젊은이들은 유신을 성공한 지 불과 6년 만에 군함을 이끌고 대만을 공격하여 점령하고, 그 여력을 앞세워 조선을 침공하고 있다. 그동안 조선은 무엇을 하고 있었는가. 흘러내린 눈물이 얼어붙어 얼얼해진 이동인의 얼굴에는 경련이 일고 있다.

오경석과 현석운은 초지진에 당도하자 촌각도 지체하지 않고 맹춘호의 함상에 올라 선장인 가사마 히로다테笠間廣盾와 대좌한다.

"잘 오시었소. 회담의 준비에 임하는 귀국의 사정을 알고 싶었던 참이었습니다."

가사마 함장은 제법 공손하게 두 사람을 맞이하였으나, 오경석은 사태의 심각성을 헤아리고 있었으므로 되도록 얘기를 길게 끌어서 예비회담의 성격으로 몰고 갈 태세를 취한다.

"함장께서도 잘 아시는 바와 같이 왕조의 역사가 유구한 우리 조선의 처지로 귀국이 요청한 회담에 임하자면……."

"이것 보시오. 오경석 선생. 우리는 이미 귀국 정부에 통고한 바가 있어요. 회담에 임하는 귀국의 태도가 부실하면 도성으로 들어가겠다는 것이 무엇을 뜻하오. 그게 전단을 구하는 일임을 아직도 모른대서야 말이 되는가."

"알지요. 안다고 하더라도 국론을 조정해야 하고, 사절들의 회담 절차 또한 논의해야 하질 않겠소이까."

"회담 장소에 대해서는 추후 통고하겠지만, 서둘러 귀경하여 국론부터 조정토록 하시오. 그것이 늦어지는 것은 전단을 앞당기는 일이 될 뿐이오."

가사마 히로다테의 태도는 오만하고 방자하다. 그는 언성을 높여 윽박지름으로써 이미 정해진 방향으로 화제를 몰아갈 뿐이다.

"이보시오. 가사마 함장. 전단보다 회담이 우선이라면 서로의 정보를 미리 교환해 두는 것이 양쪽 모두에게 도움이 될 것이 아니겠소. 따라서 우리는……."

"귀국은 회담에 임하는 준비를 서두르면서, 우리 대일본국의 하회를 기다리면 되오이다!"

"……하회를!"

오경석은 사태의 심각성이 예상을 훨씬 넘고 있다는 사실만을 감지한 채 도성으로 돌아와야 했다. 그는 자신을 기다리고 있던 대소 신료들에게 회담의 필요성을 역설하는 것으로 동지들의 결기를 대변한다.

"저들은 무엄하게도 전쟁의 빌미를 찾고자 혈안이 되어 있었사온데, 아뢰옵기 송구하오나 이 나라의 고위관직들께서는 국제정세의 변화는 고사하고 곧 발등에 떨어질 불덩이가 얼마나 크고 얼마나 뜨거운 것인지조차도 헤아리지 못하고 계시니 안타깝고 답답한 심정을 가눌 길이 없사옵니다."

"허어, 저런 무엄한⋯⋯. 그게 어디 역관 따위가 입에 담을 소린가!"

김병국의 호통소리가 찌렁하게 대전을 울린다.

오경석은 김병국의 호통을 가소롭게 여긴다. 그가 비록 정승의 반열에 있는 거유라고 하더라도 눈앞으로 밀어닥친 종사의 위급지경을 모르고 있다면, 진실로 나라를 걱정하는 역관보다 나을 게 무엇인가.

"너무 한가하신 듯싶어서 말씀 여쭈었을 뿐이옵고, 시생이 벌을 받아야 할 일이라면 그 또한 사양하지 않을 것이나⋯⋯, 다만 지금 조정에서 해야 할 일은 체통에만 얽매일 것이 아니라 서둘러 접견대신들의 인선을 저들에게 통보하고 회담의 일정을 협의하는 것이 전쟁의 참화에서 벗어나는 길임을 유념하소서!"

왕조의 주인임을 자부하는 사람들이 유림들이요, 그들이 곧 조정을 이끌어 온 대소 신료들이 아니던가. 역관 오경석이 몸부림치듯 그들을 타박하자 좌중은 어이없다는 헛기침을 토하면서 반격할 기세를 돋운다. 판중추부사 박규수가 재빨리 오경석을 두둔하고 나선다.

"전하, 병법에 지피지기면 백전백승이라 하질 않았사옵니까. 따지고 보면 병인, 신미 두 양요나 영종진의 소란 역시 우리가 적을 알지 못했기 때문에 일어난 불상사이옵니다. 전하, 이 회담으로 전쟁을 막고 조선의 자주개국이 성취될 수만 있다면 오 역관의 고언이 약이 되고도 남을 것이옵니다. 각별히 유념하오소서!"

"이보시오. 환경. 그대는 끝까지 저들 오랑캐나 다름이 없는 왜인들의 편에 서려 하는가."

영돈령부사이자 흥선대원군의 분신과도 같은 홍순목이 노기가 뻗친 수염발을 곤두세우면서 박규수를 책망하고 나섰으나, 박규수의 반발은 당당하기만 하다.

"딱하시오이다. 불행하게도 저들은 함포사격을 앞세우고 도성으로 진격하겠다질 않았소이까. 대감의 노여움만으로 오백년 종사를 능히 지켜 갈 수가 있사오이까. 이 땅에 대포가 있사오이까, 잘 훈련된 병사가 있사오이까!"

"……!"

"전하, 지금은 체모를 따지는 일보다 나라의 흥망을 먼저 생각해야 하는 위급한 지경임을 통촉하소서."

비수와 같은 오경석의 항변이 있었고, 그의 진언이 틀리지 않았음을 알리는 박규수의 부연이 있고서야 훈구대신들의 기세가 꺾인다.

결국 역관 오경석의 진언을 받아들이는 것으로 공론을 정하기는 하였으나, 누구도 책임을 지고자 아니 하였으므로 앞장서서 일을 추진하려는 중신들은 없다. 그러자니 접견대신을 확정하는 일에 진척이 있을 까닭이 없다. 그나마 중전 민씨의 채근이 있었다는 소문이 나돌기 시작한 정월 초닷새에 이르러서야 겨우 인선을 확정하게 된다.

접견정사에는 어영대장 신헌을 제수하였으나, 행여 품계가 낮다는 시비가 있을 것을 염려하여 판중추부사의 직함을 임시로 더 주었고, 부사에는 부총관 윤자승으로 확정한다.

왜국의 벼슬아치와 같은 항렬로 얼굴을 맞대는 것은 종묘에 대죄를 짓는 것이라는 명분론이 있었는가 하면, 싸워서 이기기 위해서는 흥선대원군의 회가를 청해야 한다는 극단론까지 대두되었을 정도의 혼란을 겪는 그야말로 우여곡절 끝에 정해진 인선이다.

사정이 아무리 딱해도 일본국과의 회담은 발등에 떨어진 불이다. 조정은 국제정세에 밝은 오경석에게 사역원司譯院 당상堂上을 제수하고 다시 남양부로 내려가게 한다.

공포의 회담장

눈보라는 눈앞을 가리었고 겨울 바다는 거칠게 출렁거린다.

사역원 당상 오경석은 가랑잎이나 다름이 없는 쪽배를 타고 거대한 일본국의 함선으로 다가간다. 갑판에서 내려진 그물사다리에 흔들리면서 군함으로 오르는 오경석의 모습은 위기에 처한 조선의 모습이나 다름이 없다. 오경석이 일본국 함선의 갑판에 오르자 오만의 눈빛을 굴리는 사내가 다가서면서 서툰 조선어를 토해 낸다.

"어서 오시오. 내 이름은 조선식으로 읽으면 삼산무森山茂가 되오."

"하면……, 모리야마 시게루?"

오경석은 이동인을 떠올리면서 입가에 웃음을 담는다. 모리야마 시게루의 오만함은 이동인을 통해 전해 들은 바가 있었지만, 지금과 같이 다급한 사정이면 의지처가 될지도 모른다는 막연한 기대에 젖어 보는 것도 무리는 아닐 것이리라.
"아, 반갑소이다. 동인 선사로부터 모리야마 선생의 말씀을 귀가 따갑게 들은 바가 있었는데 이렇게 만나게 되다니요."
모리야마 시게루는 당혹해하는 기색이 완연하다. 오경석이 이동인과 친분이 있다면 산홍과의 염문을 비롯한 자신의 치부가 드러났을지도 모른다는 수치심 때문이 아니겠는가. 그러나 모리야마 시게루의 변신은 능란하다. 그는 뱃멀미로 핏기가 가신 오경석의 의표를 찌르고 나선다.
"불행하게도 지금은 긴 얘기를 나눌 겨를이 없소이다. 우리는 수심의 측량이 끝나는 대로 강화부로 옮길 것이오. 따라서 귀국의 접견대신은 강화부에 와서 기다리고 있어야 할 것이외다."
"모리야마 선생, 그건 너무 일방적인 요구가 아니오."
그랬다. 모리야마 시게루는 일방적인 통고를 끝내자 곧 선실 쪽으로 몸을 돌리고 있다. 오경석은 어금니를 물면서 돌아설 수밖에 없다.
오경석으로부터 문정의 결과를 보고 받은 조선 조정은 허겁지겁 접견대신 신헌과 부사 윤자승을 강화도로 떠나게 한다.

눈보라는 멈추었어도 장대추위는 계속되고 있다.
어수선하기만 하였던 병자년의 정초는 사람들의 마음을 더욱 심란하게 한다. 하늘을 찔렀던 훈구대신들의 분노도, 찬반으로 갈라졌던 조야朝野의 의견도 이젠 강화도에서 진행될 회담의 결과를 기다릴 수밖에 다른 방도는 없다.

1월 8일(양력 2월 2일), 인천부사 윤협尹陜은 제물포濟物浦에 상륙한 모리야마 시게루에게 조선 측 접견대신의 이름과 관직을 통보하였고, 모리야마 시게루는 무엄하게도 회담 장소를 강화부 중으로 정할 것을 강력히 요구하고 함선으로 돌아간다.

한편, 강화부 중의 객관에는 접견정사 신헌과 부사 윤자승이 이동인을 만나고 있다. 물론 오경석의 주선으로 이루어진 만남이었으나, 신분의 격차가 아직 엄연하였으므로 자칫 잘못되는 날이면 신헌이나 윤자승의 수치심을 자극할 우려가 있었기에 이동인은 되도록 자세를 낮출 수밖에 없다.

"사역원 당상의 얘기로는 동인 선사가 그 모리야마란 자와는 잘 알고 지내는 사이라는데……, 그것이 사실인가?"

"빈도가 한때, 금정산 범어사에 머문 탓으로 모리야마 시게루란 자와 교유하게 되었는데……, 그자는 교활하고 오만한 데다가 좀처럼 내심을 드러내지 않는 위인이옵니다!"

"하면, 그자와 대좌를 한다 해도 일이 쉽게 풀릴 것 같지는 않겠구먼……."

"신중을 기하셔야지요. 우선 저들의 속셈을 미리 간파한 연후에 회담에 임하신다면 큰 도움이 될 것이라고 사료되옵니다만……."

이동인은 신헌과 윤자승에게 일본국 유신정부의 숨겨진 계책이 무엇인가를 하나하나 벗겨 내기 시작한다. 그의 변설은 장강과도 같았고 그가 뱉어 내는 해박한 식견은 끝이 보이지 않았으므로 신헌과 윤자승에게는 국제정세에 눈뜨는 감동의 나날이 아닐 수가 없다. 다만 시시각각 회담의 날짜가 다가오는 것이 안타까운 노릇일 뿐이다.

그리고 1월 12일.

부사 윤자승은 강화부 중에서 일본 측 수행원인 모리야마 시게루를 만나서 양국 대신들의 접견 절차를 의논하는 예비회담에 임한다. 그 의논 중에 주목해야 할 대목이 있기에 당시의 대화록을 그대로 옮겨 보기로 한다.

윤자승 "회담 장소는 귀국의 선단이 정박한 초지진으로 하자."

모리야마 "강화부성에 넓은 장소가 있는데 왜 협소한 초지진으로 정하자는 것인가."

윤자승 "강화부성 또한 협소하여 많은 사람을 수용할 수 없으니, 귀국 대신과 의논하여 가능한 한 인원을 줄이도록 하자."

모리야마 "좋다. 이번에 우리와 동행한 병력이 4천인데, 회담 장소에는 4백 명만 데리고 들어가겠다."

윤자승   "4백을 어찌 적은 수라고 하겠는가. 더 줄여야 한다."

모리야마 "우리 대신의 행차에는 갖춰야 할 예의가 있다. 4백에서 더 줄일 수는 없다. 그리고 우리 병사들이 지쳐 있으니 인천仁川, 부평富平 등지에 2천 명이 머물 곳을 정해 주길 바란다."

윤자승   "양국의 대신이 서로 만나는 것은 예로부터의 교유를 계속하자는 것에 지나지 않는데, 어찌하여 많은 병사들이 필요한가. 또한 초량 왜관 이외에는 아직 일본인의 거주를 허락한 바 없으니 부평 등지의 상륙은 허락할 수가 없다."

위에 인용한 윤자승과 모리야마 시게루의 대화록을 살펴보면 일본 측은 2천 명의 병사를 조선의 영토에 상륙시켜 무력시위를 병행하면서 회담의 분위기를 유리하게 이끌어야겠다는 마각을 드러내고 있었고, 조선 측은 명분론을 내세우면서 이를 완곡하게 거절하고 있음을 알 수가 있다.

본회담의 장소와 시간을 놓고 몇 날 며칠에 걸친 논란을 거듭하면서도 아무 진척을 보이지 아니하자 마침내 일본군은 군사력으로 위협하기 시작한다. 무장한 육전대를 강화섬에 상륙하게 하자, 윤자승은 모리야마 시게루를 불러 엄중항의하여 본다.

"무엄하지 않은가. 누구의 허락을 받고 상륙하였는가."

"허허허, 미안하오. 함상에서의 침식이 너무 오래 지속되어 잠시 병사들에게 휴식을 명했을 뿐이오."

"당장 승선을 명하시오!"

"우리는 조속이 회담이 성사되기를 원할 뿐이오!"

"……!"

윤자승의 항의를 묵살한 일본군의 상륙은 더욱 본격화된다. 그들은 대포까지 끌어내리더니 마침내 바다를 향해 포격을 하는 지경이었고, 그때마다 성 안을 배회하던 일본군 육전대는 공포空砲를 쏘아대며 괴성까지 질러 대는 판국이다. 이 같은 공포 분위기가 계속되자 조선의 접견정사 신헌은 일본 측의 요구대로 강화부성에서 회담을 열기로 합의하지 않을 수가 없다.

본회담은 17일부터 강화부 영하營下의 연무당鍊武堂에서 열되, 양측 대신의 첫 상면만은 16일에 강화부의 영내에서 하기로 결정된다. 거기에 부수하여 4백 명의 병사로 전권대신을 수행하게 한다는 일본 측의 주장이 관철되었는데, 그것도 연무당 구내에 들어설 수가 있는 숫자였으니 건물 밖에 포진할 병사의 수는 1천여 명을 헤아리고도 남았다.

사정이 이와 같았는데도 초지진에 정박한 일본국 함선에서는 연일 함포를 쏘아 대고 있었으니 강화섬은 이미 일본군에게 완전히 점령된 것이나 다름이 없다.

이동인은 분노하지 않을 수가 없다.

그는 빠른 걸음으로 연무당 담 밑으로 달려가 예비회담을 마치고 함상으로 돌아가는 모리야마 시게루를 소리쳐 부른다. 일본국 대표단을 호위하던 병사들이 우르르 몰려든다. 병사들은 두 사람을 에워싸면서 소총의 안정장치를 푸는 등 험악한 분위기를 연출했으나 이동인은 조금도 위축되지 않는다.

"여보시오. 모리야마 선생. 날 기억하시겠소!"

"오, 동인 선사……."

모리야마 시게루의 동태는 돌변해 있다. 그는 다가선 병사들을 제지하지 않은 채 이동인의 앞으로 거들먹거리듯 다가오더니 어처구니없는 말을 뱉어 낸다.

"내가 동인 선사를 가까이한 것은 오늘 이와 같은 불행한 사태를 막고자 하였음인데, 조선 조정이 아직도 우리 일본 정부의 진의를 알지 못하는 까닭이 무엇인가!"

"이런 못된 놈이……!"

이동인은 모리야마 시게루의 교활한 배신에 몸을 떨면서도 목구멍까지 치밀어 오른 욕설을 뿜어내질 못한다. 뭔가 한 가지만이라도 그의 속내를 알아내고 싶어서다.

"나는 모리야마 선생이 이번의 회담에서 우리 조선을 위해 힘이 될 수는 없어도……, 나와의 우정을 생각해서라도 평화적인 회담이 되도록 힘써 줄 것으로 믿었어요."

"허허허……, 그렇다면 미안하오. 우리 병사들이 상륙한 것은 함상에서의 침식이 너무 오래 지속되어 잠시 휴식을 취하게 한 것으로 알아요."

"이보시오. 그런 말로는 변명이 되지를 않아. 병사를 상륙하게 하고, 포격을 하는 것은 회담보다 전단을 만들기에 급급해하는 간악한 소행이 아닌가. 지금 당장 포격을 중지하고 승선을 명하는 것이 회담에 임하는 온당한 태도가 아니겠는가."

"아, 허허허, 과연 동인 선사요. 그렇게 잘 알고 있으면서 왜 진작 조선 조정을 설득하지 못하였소. 이같이 험악한 사태를 눈으로 보면서도 회담에 왈가왈부 조건을 다는 것은, 그야말로 일전불사一戰不辭를 각오하고 있음이 아닌가."

"이런 못된 놈이……, 네놈은 처음부터 교활했어!"

이동인은 모리야마 시게루의 멱살을 잡아낚으면서 병사들 쪽으로 몸을 돌린다. 눈 깜짝할 사이에 일어난 돌발사태다.

"물러서라고 해."

모리야마 시게루가 물러서라고 명하자 모리야마를 구하고자 했던 일본군 병사들은 두 사람을 에워싼 포위를 풀 수밖에 없다. 이동인은 모리야마 시게루에게 타이르듯 말한다.

"서로 처지는 다르다 해도……, 그래도 그간에 사귀었던 정리는 살려야 하지를 않겠는가."

"허허허, 선사, 불행한 사태를 막고자 한다면 촌각을 다투어서라도 우리 일본국의 진의를 깨닫는 것이 상책일 것이오. 이게 선사가 말하는 내 우정임을 명심하시오!"

말을 마친 모리야마 시게루는 조용히 이동인을 밀어내며 육전대의 호위 속으로 걸음을 옮긴다. 이동인은 울고 싶다. 강화도는 이미 일본 땅이나 다름이 없어서다.

여건은 날로 악화되어 가기만 한다.

접견대신 신헌과 부사 윤자승은 회담을 파기하고 도성으로 돌아가고 싶은 심정이었으나, 오경석과 이동인의 자문 또한 무시할 수가 없다.

"대감, 저들은 이미 마각을 드러내고 있지를 않습니까. 신식 무기로 무장한 병력이 무려 4천임을 공언하지를 않았습니까. 지난 병인년이나 신미년의 양요가 기껏 기백 명의 소요였음을 감안한다면……, 이건 경천동지가 되고도 남습니다."

"……!"

"대감, 심히 굴욕적이긴 합니다만, 구태여 회담에 임하시는 명분을 찾는다면 나라를 전란에서 구하는 것이 아니겠습니까."

"아무리 그렇기로 이 같은 공포 분위기에서 공평한 회담이 성사된다고 보는가?"

"그렇다고 지금 파기하는 것은 저들에게 개전開戰의 빌미를 주는 것이 되지를 않겠습니까."

결국 어느 나라의 땅덩이인지도 알 수 없는 악조건 속에서 16일에는 양측 대신들이 처음으로 대면하는 수인사의 절차가 있었고, 뒤이어 17일에는 강화부성 영내에 있는 연무당에서 공식적인 본회담이 시작되었다.

첫날 회담의 대화록을 살펴보자.

구로다 "우리 군함 운양호가 작년 귀국의 병사들로부터 포격을 당했으니 어찌 교린의 예라고 하겠는가."

신 헌 "외국의 배가 국경을 범했을 때 이를 막는 것은 당연하다. 어느 나라 배가 무슨 일로 오는지도 몰랐으니 발포는 부득이한 일이었다."

구로다 "운양호의 세 돛대에 모두 국기를 세웠거늘, 어찌 몰랐겠는가."

신 헌 "그 깃발은 황색이라 다른 나라의 배로 알았다."

구로다 "우리가 우리의 국기를 이미 귀국에 통고하였거늘 어찌 모른다고만 하는가."

신 헌 "그렇다고 영종진을 분탕질한 것을 교린의 예라고 할 수 없다."

구로다 "이 회담에서 논의하는 사항에 대해 귀 대신에게 전결권이 있는가."

신 헌 "아니다. 우리는 매사를 조정의 처분에 따라야 한다."

구로다 "칠팔 년간이나 사신을 접하지 않고, 서계를 받지 않은 연유는 무엇인가."

신 헌 "중국에서 보내온 신문지에 귀국이 우리 조선을 공격한다는 내용이 있었기 때문이다."

구로다 "어찌 그런 풍문을 믿는가."

신 헌   "우리나라에서는 이미 의심한 지 오래되었다. 교린의 도리는 서로 믿고 경의를 가져야 하니, 이제라도 옛 우호를 복구하게 됨은 다행한 일이다."

첫날의 회담은 서로의 의중을 탐색하는 정도로 끝났지만, 회담장으로 사용된 연무당 밖에 4백 명의 착검한 병사들이 공포 분위기를 조성하고 있었다는 사실을 간과해서는 안 된다.

회담 이틀째인 18일에 이르러 일본 측 전권대신인 구로다 기요타카는 무엄하게도 조선 측 접견대신인 신헌을 윽박지르면서 자신들의 계책대로 회담을 몰고 가고자 한다.

"구호舊好를 회복함에 있어서 그동안 수차 수호를 청하였는데도 귀국에서 번번이 거절한 연유에 대해 해명이 있어야 하지를 않겠는가."

"이제 와서 그간의 사정을 일일이 말해 무엇 하겠는가. 다만 화호를 하면 그만일 것으로 알아요."

"화호하겠다는 뜻은 알지만, 우리는 해명을 듣고 싶다니까요. 귀국에서 서계를 받지 않은 일로 인하여 우리 정부에서도 의논이 분분하여 대신 네 사람이 죽기까지 했고, 또 수만의 군사가 귀국에 출병하자는 것을 간신히 무마하였다지를 않았는가. 그러니 우리는 그 원인을 알아서 정부에 보고해야 한다니까."

"헛, 이거야 원, 출병하지 않은 것은 고마우나 이제 와서 대체 무엇을 보고하겠다는 말인가?"

회담의 균형은 좀처럼 맞아떨어지지를 않는다. 군인 출신의 구로다는 꼬투리를 잡아 전단을 삼겠다는 듯 안색을 붉히고 나섰으나, 신헌은 언성을 낮춘 말투를 느릿하게 꾸려 가면서 그의 예리한 추궁을 무딘 답변으로 피해가고 있다.

초조해진 구로다는 마련해 온 조약 초안을 신헌에게 밀어 놓으면서 퉁명스럽게 말한다.

"여기 조약 13조를 초록하였으니 조속히 조정과 의논하여 주시오."

"거기에 적힌 내용이 무엇이오?"

"귀국의 항구를 열어 서로 통상하고자 하는 것이외다."

"허허허, 지난 삼백 년 동안 통상하지 않은 때가 없었는데 갑자기 무엇을 통상하자는 것인지 알 수가 없구려."

"지금은 천하 각국이 서로 자유로이 오가고 있지를 않은가. 우리 일본국도 이미 각국에 영사관을 개관하고 있어요!"

"그것 참. 우리나라는 바다의 한끝에 위치하였을 뿐 아니라, 곡식과 면포 외에는 이렇다 할 산물도 없고, 백성들은 구습에 젖어 신령新令을 싫어하니, 종래대로 왜관에서만 교역하게 하는 것이 옳을 것이오."

"이것 보세요. 조약을 정하여 영구히 변치 않는 장정章程으로 삼으면 양국 간에 적의가 없게 되고, 또 그것이 만국의 공법임을 정녕 모른다는 말인가!"

"그와 같은 통상론은 이 나라 조선에 일찍이 없었던 일이니, 내 마땅히 조정에 품신한 후에 가부를 알려 주겠소이다."

구로다 기요타카는 더 이상 참지를 못한다. 마치 딴전을 피우는 듯한 신헌의 언동에 화가 머리끝까지 치민 모양으로 그는 탁자를 내리치며 소리치고 나선다.

"도대체 뭘 하자는 것인가. 그렇다면 뭣 하자고 예까지 나왔는가! 조약을 체결하든지, 안하든지 명확하게 대답하시오. 만일 대일본의 의사가 관철되지 않는다면 우리는 무력행사를 하겠소. 대답을 하시오. 대답을!"

순간 쾅콰르르 쾅! 하는 함포사격소리가 들리면서 연무당의 기둥이 흔들린다. 신헌은 상체를 세우면서 언성을 높인다.

"당장 저 함포사격을 중지하게 하시오!"
"허허허, 연습이오. 너무 놀라지 마시오. 대답을 기다리겠소."

구로다 기요타카는 입가에 비열한 웃음을 흘리면서 몸을 일으킨다. 수행했던 일본 측 대표들도 의기양양 그의 뒤를 따라 나간다.

숙소로 돌아온 신헌은 오경석과 이동인을 불러 구로다 기요타카가 넘겨준 13조로 된 조약 내용을 검토해 보게 한다.

그 내용을 요약하면 다음과 같다.

조선은 자주국으로 일본국과는 평등하다. 양국은 수시로 사신을 내왕시키며, 동래 왜관 이외에 일본이 지정하는 2개의 항구를 열어서 무역을 허용한다. 양국이 통상한 후에는 양국 국민이 자유로이 무역을 하며 관에서는 이를 일절 금하거나 제한할 수 없다.

이동인은 쾌재를 부른다. 드디어 조선에도 개항의 시대가 열리고 있었기 때문이다. 스스로 항구를 열어서 외국의 문물을 받아들여 구악을 물리치고 낡은 제도를 개혁하여 부국의 기틀을 세울 수가 있다면 그보다 더 좋은 일은 없을 것이지만……, 외국의 힘으로라도 고리타분한 훈구세력들의 발호를 깨부술 수가 있다면 어찌 차선의 방책이 아니겠는가.

"저들의 요구는 단순한 교역의 확대가 아니라, 우리 조선을 저들이 대신하여 개항해 주겠다는 것이 아니겠습니까. 어차피 개항하지 않고서는 살아남을 수가 없다면, 흔쾌히 응해야 할 것으로 압니다."

"말을 삼가시게!"

부사 윤자승이 이동인의 비약을 나무라고 나섰으나, 그렇게 호된 책망으로는 들리지 않는다. 이동인의 설변이 다시 이어진다. 그는 신헌과 윤자승을 설득하려 하고 있다.

"대감, 일본이 수호를 청하면서도 함선을 이끌고 왔으니 저들의 숨은 저의를 알고도 남질 않습니까. 우리 조선이 보다 더 일찍 안으로 힘을 기르고 밖으로 현명하게 대처하였던들 어찌 일개 섬나라에 불과한 왜국으로부터 이와 같은 수모를 당하겠습니까. 빈도는 통분함을 가눌 수가 없습니다만……, 저들의 총칼에 종사를 망칠 수가 없다면, 조약을 체결하여야지요. 일단 체결하고 나서 우리의 처지를 다시 생각할 수밖에 없지를 않겠습니까."

이동인의 비통한 어조에 좌중은 참담해질 수밖에 없다. 오경석이 두 볼에 흘러내리는 눈물을 훔치면서 탄식하듯 말한다.

"제가 도성에 다녀오지요. 뒤로 미룰 일이 아닌 듯싶어서요."

오경석은 신헌의 대답을 기다리지 않고 몸을 일으킨다. 그가 방을 나갔는데도 세 사람은 몸을 움직이질 못한다. 그리고 얼마의 시간이 흘렀을까, 신헌이 이동인에게 묻는다.

"정녕 다른 방도가 없겠는가."

"있다면 전쟁인데……, 함포와 대포를 앞세우고 사천 명이나 되는 정예 병사들이 도성으로 간다면……, 도성은 고사하고 왕궁인들 온전하겠습니까. 패전군의 수모를 당하느니 저들의 힘을 빌려서라도 개항을 하는 것이 옳을 것으로 압니다."

"……!"

"전쟁에 패하면 인명의 손실은 고사하고, 배상금을 물어야 합니다. 정녕 우리에게 병졸이 있습니까, 배상할 만한 돈이 있습니까. 이게 양반 사대부들이 자초한 이 나라의 비극이오이다."

이동인은 울분을 터트리고 나서 빠르게 몸을 일으킨다.

연무당 밖에는 정월달 바닷바람이 휘몰아치고 있다. 마른 나뭇가지만 춤추듯 흔들리고 있을 뿐 인적은 없다.

눈물의 조인식

도성으로 갔던 오경석이 돌아와서 엄청난 소식을 전한다.
"면암이 지부상소를 올렸어."
면암勉菴이면 최익현崔益鉉이 아니던가. 그는 왜倭와 양이洋夷를 같은 것으로 보고 있는 수구세력의 기둥이나 다름이 없다. 또 '지부복궐상소持斧伏闕上疏'란 무엇인가. 글자 그대로 몸에 도끼를 지니고 상소를 올리는 것을 말한다. 상소를 가납하지 않겠으면 그 도끼로 자신을 죽여 달라는 것, 가히 당대 유림을 대표하는 최익현의 기개가 아닐 수 없다.
"하면, 면암의 상소를 가납하셨다는 말씀입니까?"
"아니지. 흑산도에 부처하였네."
"하면……?"
면암 최익현의 지부상소가 받아들여지지 아니한 것은 고사하고 그를 흑산도에 위리안치케 한 것은 조정의 공론이 개항 쪽으로 기울어졌음을 알리는 것이나 다름이 없다.

그리하여 조정은 13개조를 받아들이는 수호조약의 체결이 불가피하다는 것을 알면서도 접견정사 신헌에게는 현지의 여러 정황을 감안하여 스스로 판단하여 체결해도 무방하다는 어명을 내린다. 좋게 말하면 신헌에게 전권을 위임한 것이었고, 나쁘게 말하자면 책임을 전가한 것이나 다름이 없다.

결국, 2월 3일(양력 2월 27일).

신헌과 윤자승은 다시 연무당에서 일본 측 전권대신인 구로다 기요타카와 부사인 이노우에 가오루와 마주 앉아 무려 보름여 동안이나 밀고 당기는 실랑이를 벌였던, 이른바 이 나라 최초의 근대적인 국제조약으로 기록되는 「병자수호조약丙子修好條約」, 일명 「강화도조약江華島條約」을 체결하기에 이른다.

굳게 닫혀 있던 이 나라 조선의 문호가 타의에 의해서 개항되는 공식문서이자, 일본국의 침략을 합법화하는 문서나 다름이 없는 「병자수호조약」의 문면은 전문前文과 12개조로 구성되어 있으나, 그 핵심은 다음과 같은 내용들이다.

대조선국과 대일본국은 원래 오랫동안 우의를 두텁게 하였으나 지금 양국 간의 정의가 미흡함을 보게 된 까닭에 구호舊好를 중수

449

重修하고 친목을 굳게 하고자 한다. 이를 위하여 일본국 정부는 특명전권변리대신 육군중장 겸 참의 개척장관開拓長官 흑전청융과 특명부전권변리대신 의관議官 정상형을 간발簡拔하여 조선국 강화부에 파견하고, 조선국 정부는 판중추부사 신헌과 도총부 부총관 윤자승을 간발하여 각각 유지喩旨를 받들어 의립議立한 조관條款을 좌左에 개열開列한다.

제1관, 조선국은 자주지방이며 일본국과는 평등지권平等之權을 보유한다.

제2관, 일본국 정부는 지금부터 15개월 후에는 수시로 사신을 조선국 경성에 파견할 수 있고, 조선국 정부 또한 수시로 사신을 일본국 동경에 파견할 수 있다.

제3관, 이후 양국 간의 왕복 공문은, 일본은 국문을 쓰고 조선은 한문을 쓴다.

제4관, 양국의 통상에 관한 새로운 기준을 정하여, 기존의 부산 초량항草梁港 외에 별도로 2개 항구를 개항하여 일본 국민의 왕래와 통상을 허가한다.

제5관, 개항장은 경기, 충청, 전라, 경상, 함경 5도의 연해 중 편리한 두 곳을 택한다.

제6관, 일본국의 선박이 조선국 연해에서 대풍大風을 만나거나 물자가 부족할 때에는, 지정된 항구 이외의 어떠한 항구에서라도 기항하여 위험을 피하고 선구船具의 수선, 물자의 보충을 받을 수가 있다.

제7관, 일본국의 항해자로 하여금 자유로이 조선국의 해안을 측량할 수 있도록 한다.

제8관, 일본국 정부는 조선국이 지정한 각 항구에 일본국의 상민常民을 관리하는 관원을 둘 수 있다.

제9관, 양국 인민은 각자 임의로 무역할 수 있으며, 양국 관리는 이에 간섭하거나 금지, 제한할 수 없다.

제10관, 일본국 인민이 조선국이 지정한 항구에서 죄를 범한 것이 조선국 인민에 관계되었을 경우, 이를 일본 관원이 처벌한다. 조선국 인민이 일본국 인민에게 관계되는 죄를 범하였을 경우에는 조선 관원이 조사한다.

아무리 위급하고 불리한 조건에서 체결된 조약이라고 하더라도 어찌 이렇게도 일방적일 수가 있는가. 일본국 전권변리대신 구로다 기요타카는 자신의 위엄을 상징하는 구레나룻을 쓰다듬고 나서 환한 웃음과 함께 치하의 말을 입에 담는다.

"그간의 노고와 협력에 진심으로 감사드리면서, 아울러 조선의 개항에도 축하의 말씀을 드립니다. 허허허······."

"······!"

붉게 충혈 된 신헌의 눈언저리가 물기에 젖어 들고 있다. 그는 자신에게 주어진 소임에 대해 통한을 씹고 있음이 아니겠는가.

"모두가 국제적인 변혁에 보조를 맞추는 경사가 아니겠습니까. 우리 양국은 곧 다시 만나서 후속 조처를 논의하게 될 것이며, 더욱 돈독한 우의를 나누게 되리라고 봅니다."

이노우에 가오루가 과장된 몸짓으로 작별의 악수를 청했지만 신헌은 끝내 그의 손을 잡질 않는다. 어색한 가운데서도 모리야마 시게루만이 상체를 깊게 숙여서 소망을 이루었음에 만족감을 표한다.

그들을 태운 함선이 강화부를 떠나서 일본으로 향한 것은 다음 날인 2월 4일이다.

「병자수호조약」혹은「강화도조약」으로 불리는 이 불평등조약은 조선의 역사상 최초의 근대적인 국제조약으로 기록될 것이지만, 무력을 앞세운 일본국의 강압에 굴복하여 자국의 기본권까지 양보한 조약이었음도 기록되어 마땅하다.

대동강으로 들어왔던 미국 상선 제너럴셔먼 호가 불타고, 프랑스 함대가 강화도를 유린한 병인양요가 있은 때로부터 10년, 흥선대원군이 척화비斥和碑를 세워서 "양이와 화친하는 것은 나라를 파는 일이다. 이를 자손만대에 전해 경계를 삼는다"라고 선언한 때로부터는 5년 세월이 흘렀지만, 결국 타의에 의해 힘없이 개국의 문이 열린 꼴이다.

강화부를 떠나 도성으로 돌아오는 오경석의 발걸음은 무겁기만 하다. 그로서는 열망을 거듭했던 개항이었지만, 막상 일본국 유신정부의 힘에 밀려 굴욕적인 조약이 체결되고 보니 애써 달려와서 발버둥 친 보람까지도 무위로 돌아간 셈이다. 묵묵히 그의 곁을 따르는 이동인의 얼굴에는 어떤 결기가 출렁이고 있다.

"선생님, 세상만사가 새옹지마란 고사도 있고……, 전화위복이라는 말도 있지를 않습니까. 불길한 징조가 아주 없지는 않습니다만……, 극복을 할 수밖에요."

틀린 말일 수가 없다. 까닭이야 어찌 되었건 쇄국鎖國의 문이 열리고 신문물의 물결이 거세게 밀려들 것이 분명하다. 그 거센 물결을 조선의 힘으로 헤쳐 나갈 수만 있다면, 오늘의 수모를 벗어던질 수가 있을 것이라는 것이 이동인의 생각이다.

이윽고 오경석이 걸음을 멈추며 이동인을 부른다.

"동인 선사……!"

이동인은 그렁그렁하게 눈물이 고인 스승의 얼굴을 바라보며 가슴이 메어지는 아픔을 맛보고 있다.

"이젠 조선의 운명을 선사에게 맡길 수밖에 없게 되었어."

오경석은 이동인의 싸늘해진 두 손을 세차게 움켜잡으면서 부르르 몸을 떤다. 그 전율과도 같은 떨림은 이동인의 가슴속으로 격하게 옮겨지고 있다.

이동인은 불현듯 흐느낌을 토한다. 두 사람은 얼마 동안 움직이질 못한 채 혹한의 바람 속에 잠기면서 석상처럼 굳어지고 있다.

〈제3권으로 계속〉